Nora Roberts est le plus grand auteur de littérature féminine contemporaine. Ses romans ont reçu de nombreuses récompenses et sont régulièrement classés parmi les meilleures ventes du *New York Times*. Des personnages forts, des intrigues originales, une plume vive et légère… Nora Roberts explore à merveille le champ des passions humaines et ravit le cœur de plus de quatre cent millions de lectrices à travers le monde. Du thriller psychologique à la romance, en passant par le roman fantastique, ses livres renouvellent chaque fois des histoires où, toujours, se mêlent suspense et émotions.

Le cœur de la mer

Du même auteur aux Éditions J'ai lu

Les illusionnistes (n° 3608)
Un secret trop précieux (n° 3932)
Ennemies (n° 4080)
L'impossible mensonge (n° 4275)
Meurtres au Montana (n° 4374)
Question de choix (n° 5053)
La rivale (n° 5438)
Ce soir et à jamais (n° 5532)
Comme une ombre dans la nuit (n° 6224)
La villa (n°6449)
Par une nuit sans mémoire (n° 6640)
La fortune des Sullivan (n° 6664)
Bayou (n° 7394)
Un dangereux secret (n° 7808)
Les diamants du passé (n° 8058)
Les lumières du Nord (n° 8162)
Coup de cœur (n° 8332)
Les feux de la vengeance (n° 8822)
Le refuge de l'ange (n° 9067)
La maison aux souvenirs (n° 9497)
Si tu m'abandonnes (n° 9136)
La maison aux souvenirs (n°9497)
Si je te retrouvais (n°9966)
Un cœur en flammes (n°10363)
Une femme dans la tourmente (n°10381)
Maléfice (n°10399)
L'ultime refuge (n°10464)

Lieutenant Eve Dallas :
Lieutenant Eve Dallas (n° 4428)
Crimes pour l'exemple (n° 4454)
Au bénéfice du crime (n° 4481)
Crimes en cascade (n° 4711)
Cérémonie du crime (n° 4756)
Au cœur du crime (n° 4918)
Les bijoux du crime (n° 5981)
Conspiration du crime (n° 6027)
Candidat au crime (n° 6855)
Témoin du crime (n° 7323)
La loi du crime (n° 7334)
Au nom du crime (n° 7393)
Fascination du crime (n° 7575)
Réunion du crime (n° 7606)
Pureté du crime (n° 7797)
Portrait du crime (n° 7953)
Imitation du crime (n° 8024)
Division du crime (n° 8128)
Visions du crime (n° 8172)
Sauvée du crime (n° 8259)
Aux sources du crime (n° 8441)
Souvenir du crime (n° 8471)
Naissance du crime (n° 8583)
Candeur du crime (n° 8685)
L'art du crime (n° 8871)
Scandale du crime (n° 9037)
L'autel du crime (n° 9183)
Promesses du crime (n° 9370)
Filiation du crime (n°9370)
Fantaisie du crime (n°9703)
Addiction au crime (n°9853)
Perfidie du crime (n° 10096)
Crimes de New York à Dallas (n° 10271)

Les trois sœurs :
Maggie la rebelle (n° 4102)
Douce Brianna (n° 4147)
Shannon apprivoisée (n° 4371)

Trois rêves :
Orgueilleuse Margo (n° 4560)
Kate l'indomptable (n° 4584)
La blessure de Laura (n° 4585)

Les frères Quinn :
Dans l'océan de tes yeux (n° 5106)
Sables mouvants (n° 5215)
À l'abri des tempêtes (n° 5306)
Les rivages de l'amour (n° 6444)

Magie irlandaise :
Les joyaux du soleil (n° 6144)
Les larmes de la lune (n° 6232)
Le cœur de la mer (n° 6357)

L'île des trois sœurs :
Nell (n° 6533)
Ripley (n° 6654)
Mia (n° 8693)

Les trois clés :
La quête de Malory (n° 7535)
La quête de Dana (n° 7617)
La quête de Zoé (n° 7855)

Le secret des fleurs :
Le dahlia bleu (n° 8388)
La rose noire (n° 8389)
Le lys pourpre (n° 8390)

Le cercle blanc :
La croix de Morrigan (n° 8905)
La danse des dieux (n° 8980)
La vallée du silence (n° 9014)

Le cycle des sept :
Le serment (n° 9211)
Le rituel (n° 9270)
La Pierre Païenne (n° 9317)

Quatre saisons de fiançailles :
Rêves en blanc (n° 10095)
Rêves en bleu (n° 10173)
Rêves en rose (n° 10211)
Rêves dorés (n° 10296)

En grand format

L'hôtel des souvenirs :
Un parfum de chèvrefeuille
Comme par magie
Comme un charme

NORA ROBERTS

Magie irlandaise - 3

Le cœur de la mer

Traduit de l'anglais (États-Unis) par Béatrice Pierre

J'AI LU

Titre original
HEARTH OF THE SEA
A Jove book, published by The Berkeley Publishing Group,
a division of Penguin Putnam, Inc., N. Y.

À Pat Gaffrey

Toutes les références à la musique irlandaise vous sont destinées.

Ses yeux étincelaient comme des diamants,
On aurait dit la reine du domaine.

Black Velvet

1

Niché sur la côte sud de l'Irlande, dans le comté de Waterford, le village d'Ardmore fait face à la mer. Une digue de pierre longe la plage de sable doré. Un peu plus loin se dresse une avancée de falaises verdoyantes, au sommet de laquelle se cramponne un hôtel. Pour qui aime à se promener, un étroit sentier en fait le tour et mène à un oratoire et à une fontaine antiques dédiés à saint Declan. Une fois là-haut, la vue sur la mer et sur le village compense largement les efforts de l'ascension. De nombreux morts sont enterrés dans ce lieu sacré, mais une seule stèle porte un nom encore lisible.

Le village lui-même peut s'enorgueillir de rues proprettes et de pimpants cottages colorés, dont certains sont couverts du traditionnel toit de chaume. Les fleurs poussent en abondance ; jardinières, paniers, pots et cours en regorgent. Vu d'en haut comme d'en bas, le tableau est charmant et, à l'époque où commence cette histoire, les villageois n'étaient pas peu fiers d'avoir gagné deux ans de suite le prix du plus beau village de la région.

Au sommet de la colline, on peut admirer une immense tour ronde dotée d'un toit conique. Elle veille sur les ruines de la cathédrale construite au XIIe siècle en l'honneur de saint Declan. Au cas où vous poseriez la question, les gens du pays s'empresseraient de vous expliquer que Declan a débarqué en Irlande une bonne trentaine d'années avant saint Patrick – pas pour se vanter, bien sûr, seulement pour que vous soyez au courant.

Ceux que ces choses intéressent trouveront dans ces ruines des pierres portant des inscriptions en ogham, la plus ancienne écriture celtique connue, ainsi que des arcades romanes quelque peu usées par les intempéries, mais qui valent toujours le coup d'œil.

Le village lui-même ne prétend pas à une telle majesté. C'est simplement un endroit où il fait bon vivre, qui se résume à quelques boutiques, deux ou trois rues bordées de cottages, un pub et une jolie plage de sable fin.

« *Failte* » proclame le panneau à l'entrée d'Ardmore, ce qui signifie « bienvenue ».

C'était précisément ce mélange d'histoire, de simplicité et d'hospitalité qui attirait Trevor Magee. Son grand-père, Dennis Magee, était né dans une petite maison proche de la baie d'Ardmore. Il avait passé les premières années de sa vie à respirer l'air marin et à trottiner aux côtés de sa mère le long des rues ou sur cette plage. Plus tard, il avait quitté son village et emmené sa femme et son jeune fils en Amérique. À partir de ce jour, il s'était consacré à sa nouvelle existence et n'avait plus que rarement fait allusion à l'Irlande, à Ardmore ou à la famille qu'il avait laissée derrière lui.

C'était en partie le besoin de connaître ses racines qui avait poussé Trevor à choisir cet endroit. Il pouvait se permettre de tels caprices. Il travaillait dans le bâtiment et, comme son père et son grand-père avant lui, il excellait dans son métier.

Son grand-père avait gagné sa vie en posant des briques et fait fortune en spéculant sur l'immobilier pendant et après la Seconde Guerre mondiale. Il avait alors acheté des terrains, sur lesquels d'autres mains que les siennes avaient construit des immeubles qu'il avait ensuite vendus.

Dennis Magee ne faisait pas plus de sentiment au sujet de ses débuts d'ouvrier qu'à propos de sa mère patrie. D'ailleurs, pour autant que Trevor pût s'en souvenir, le vieil homme ne s'était jamais laissé attendrir par quoi que ce fût.

Mais le petit-fils avait hérité du courage et des talents de bâtisseur de son grand-père, ainsi que de son sang-froid et de son sens aigu des affaires. Et il mettait en œuvre ces qualités – auxquelles s'ajoutait toutefois ce qui avait manqué à son aïeul, à savoir un trait de sentiment – pour construire une salle de spectacle à l'architecture traditionnelle destinée à la musique traditionnelle, dont l'entrée devait jouxter le *Gallagher's*, le pub du village.

Le contrat avec les Gallagher avait été signé et les bases du projet jetées avant qu'il n'ait trouvé le temps de faire un saut à Ardmore. Mais maintenant qu'il était là, il n'avait pas l'intention de se contenter de signer des chèques et de regarder les autres travailler. Il voulait mettre la main à la pâte.

Même au mois de mai et dans un climat tempéré, on pouvait prendre une bonne suée quand on passait la matinée à couler du béton. Ce matin-là, Trevor avait enfilé un blouson avant de quitter le cottage qu'il avait loué pour la durée de son séjour à Ardmore. Quelques heures plus tard, le blouson gisait dans un coin du chantier, et des auréoles de transpiration maculaient le devant et le dos de sa chemise.

Il aurait bien donné cent livres pour une bonne pinte de bière fraîche.

Pour atteindre le pub, il lui suffisait de fouler quelques mètres de gravats. Mais comment aurait-il pu étancher sa soif avec une Harp bien fraîche, alors qu'il interdisait formellement à son personnel de boire de l'alcool pendant le travail ?

Il tourna la tête de droite à gauche et examina le chantier. La bétonnière émettait son grondement continu, des hommes criaient pour transmettre des ordres, d'autres pour assurer qu'ils les avaient compris. La musique du boulot, pensa Trevor. Il ne s'en lassait pas.

Il tenait ce goût de son père. Apprendre le métier par la base était le credo de Dennis le jeune, et le Magee de la troisième génération s'y était conformé. En dix ans

– quinze en comptant les étés passés sur les chantiers –, Trevor avait eu le temps de découvrir les plaisirs du métier du bâtiment... ainsi que les maux de dos, les écorchures et les courbatures. À trente-deux ans, il se retrouvait plus souvent dans les réunions et les conseils d'administration que sur les échafaudages, mais il aimait toujours manier le marteau. Et ici, sur le chantier de sa salle de spectacle, il avait l'intention de s'en donner à cœur joie.

Une petite bonne femme coiffée d'une casquette décolorée et chaussée de bottes usées jusqu'à la corde s'approchait de la bétonnière. Elle rajouta du sable et du gravier, racla la trémie avec sa pelle et fit signe à l'ouvrier d'arrêter la machine. Puis, suivie de trois autres hommes, elle entra dans la gadoue pour pelleter et lisser.

Brenna O'Toole... Trevor se félicitait d'avoir écouté son instinct et de les avoir embauchés, elle et son père, comme contremaîtres. Pas seulement à cause de leurs compétences, lesquelles étaient impressionnantes, mais parce qu'ils connaissaient tout le monde et savaient commander dans la bonne humeur. Dans le bâtiment, il était tout aussi important d'établir de bonnes relations avec ses collaborateurs que de construire de solides fondations.

Oui, vraiment, c'étaient d'excellents travailleurs. Trevor n'était là que depuis trois jours, mais il savait déjà qu'il avait fait le bon choix en engageant les O'Toole.

Il tendit la main à Brenna pour l'aider à s'extirper de la boue.

— Merci.

Elle planta sa pelle dans le sol et s'appuya dessus. Malgré sa tenue de travail, elle avait l'air d'un charmant lutin, avec sa peau crémeuse et les boucles rousses qui s'échappaient de son couvre-chef.

— Tim Riley dit qu'il ne devrait pas pleuvoir d'ici quarante-huit heures, et d'habitude ses prévisions sont justes. Je pense qu'on aura fini la dalle avant que le temps ne change.

— Je vous crois volontiers. Quand je suis arrivé, vous aviez déjà fait une bonne partie du boulot.

— Sûr. On s'y est mis dès que vous nous avez donné le feu vert. On va vous faire une fondation solide, monsieur Magee, et dans les temps.

— Trevor.

— OK, Trevor.

Elle repoussa sa casquette en arrière et lui sourit. Même avec ses bottes, qui la grandissaient de trois ou quatre centimètres, elle était obligée de lever la tête pour le regarder. Cet homme mesurait au moins trente centimètres de plus qu'elle.

— Les types que vous nous avez envoyés d'Amérique forment une bonne équipe.

— Comme c'est moi qui les ai choisis, je ne dirai pas le contraire.

Il parlait d'un ton un peu distant, mais pas inamical.

— Et vous n'engagez jamais de femmes ?

Les lèvres de Trevor frémirent, et Brenna vit une lueur amusée pétiller dans ses yeux.

— Mais si, et aussi souvent que possible. Un de mes meilleurs charpentiers est une femme. Elle doit arriver la semaine prochaine.

— Je suis contente de voir que mon cousin Brian ne s'était pas trompé. Il m'avait affirmé que vous embauchiez en fonction des compétences et non du sexe. On a bien bossé, ce matin, ajouta-t-elle en faisant un signe de tête en direction du chantier. Cette bétonnière va nous tenir compagnie encore un bout de temps. Darcy doit rentrer de vacances demain, et je peux vous dire que ce vacarme va la faire sortir de ses gonds.

— Moi, j'aime bien ce bruit. C'est celui du travail en train de s'accomplir.

— C'est ce que j'ai toujours pensé.

Ils restèrent immobiles un moment, à regarder la bétonnière cracher une dernière coulée grise.

— Je vous invite à déjeuner, dit Trevor.

— Je ne dis pas non.

Brenna siffla pour attirer l'attention de son père, puis porta une fourchette imaginaire à sa bouche. Mick répondit par un sourire et agita la main, avant de se remettre au travail.

— Il est au paradis, commenta Brenna, tandis que Trevor et elle allaient rincer leurs bottes. Mick O'Toole n'est jamais plus heureux que sur un chantier. Et plus c'est boueux, plus il jubile.

Brenna tapa deux fois ses pieds par terre pour faire bonne mesure, puis elle se dirigea vers la porte de service du pub, qui menait à la cuisine.

— J'espère que vous n'allez pas vous cantonner au travail et que vous profiterez de votre séjour pour visiter les environs.

— J'en ai bien l'intention, affirma Trevor.

Il s'était renseigné sur la région et avait appris tout ce qu'il y avait à savoir sur le flux de touristes en été, l'état des routes, les itinéraires pour aller et venir entre Ardmore et les villes principales, mais il tenait à voir les choses par lui-même. En fait, il en avait besoin, songea-t-il. Depuis plus d'un an, il se sentait étrangement attiré par l'Irlande, par cette région en particulier. Elles hantaient même ses rêves.

— Ma parole, voilà un beau garçon en plein travail ! s'écria Brenna en poussant la porte de la cuisine. Qu'est-ce que tu nous as préparé de bon aujourd'hui, Shawn ?

Un homme élancé, aux cheveux noirs un peu trop longs et aux yeux d'un bleu limpide, se tourna vers eux.

— Soupe aux épinards et sandwich au rosbif. Bonjour, Trevor. Cette fille-là ne vous embête pas trop ?

— Au contraire. Grâce à elle, les choses avancent rapidement.

— Il le faut bien, puisque l'homme de ma vie est aussi lent qu'un escargot paraplégique. Shawn, tu as choisi une ou deux chansons de plus à montrer à Trevor ?

— Non, j'étais trop occupé à satisfaire ma femme. C'est une créature exigeante, dit-il à l'adresse de Trevor.

Il se pencha pour embrasser Brenna et ajouta :

— Sors de ma cuisine, maintenant. C'est déjà bien assez compliqué ici, sans Darcy.

— Elle sera de retour demain et, à cette heure, tu l'auras déjà injuriée une bonne douzaine de fois.

— C'est bien pour cela qu'elle me manque. Je n'ai personne sur qui crier. Passez votre commande à Sinead, dit-il à Trevor. Notre Jude est venue lui donner un coup de main. Sinead est une brave fille, mais elle manque de pratique.

— Sinead est une amie de ma sœur Mary Kate, expliqua Brenna, en poussant la porte battante qui séparait la cuisine de la salle. Comme l'a dit Shawn, c'est une brave fille, mais pas très futée. En ce moment, sa seule ambition, c'est d'épouser Bill O'Hara.

— Et qu'en pense Bill O'Hara ?

— Disons qu'il n'est pas aussi ambitieux que Sinead. Bonjour, Aidan.

— Bonjour.

Sans lâcher les robinets de bière, l'aîné des Gallagher se tourna vers eux.

— Vous venez nous tenir compagnie pour le déjeuner ?

— Exactement. Tu as l'air très occupé.

— Un car de touristes a débarqué, mais je ne m'en plains pas.

Avec un clin d'œil à l'adresse de Brenna, Aidan poussa deux chopes vers des mains impatientes.

— Tu préfères qu'on déjeune à la cuisine ? proposa Brenna.

Les yeux d'Aidan, d'un bleu plus profond que ceux de son frère, firent le tour de la salle.

— Non, sauf si vous êtes très pressés. Le service est un peu plus lent que d'habitude, mais il y a encore une table ou deux de libres.

Brenna se tourna vers Trevor.

— Au patron de décider, déclara-t-elle. Que préférez-vous ?

— Restons ici, répondit-il.

Cela lui donnerait l'occasion de voir comment marchaient les affaires, se dit-il, tout en suivant Brenna dans la salle qui bourdonnait du brouhaha des conversations. Dans l'air flottaient un léger brouillard de fumée et l'odeur de levure de la bière.

— Vous prenez une pinte ? demanda Brenna en s'asseyant.

— Pas avant la fin de la journée de travail.

Les lèvres de la jeune femme se pincèrent.

— C'est ce que j'ai entendu dire. Vos hommes affirment que vous êtes intraitable sur le sujet.

— C'est exact, approuva Trevor sans se démonter.

— Je vais vous dire une chose : ici, vous aurez du mal à faire respecter cette règle. La plupart des hommes que vous avez embauchés ont été élevés à la Guinness, et c'est pour eux un breuvage aussi naturel que le lait de leur mère.

— Moi aussi, j'aime bien la bière, mais quand on travaille pour moi, on doit se contenter du lait maternel.

— Ah, vous êtes un homme dur, Trevor Magee ! s'écria-t-elle en riant. Dites-moi, le cottage de la colline aux fées vous plaît ?

— Oui, beaucoup. Il est confortable, calme, et la vue est splendide. C'est exactement ce que je cherchais. Je vous remercie de m'avoir mis sur le coup.

— De rien. Ça n'a pas été difficile, il appartient à la famille. Shawn y a vécu un certain temps, vous savez, et il regrette la petite cuisine, car la maison que nous construisons est loin d'être terminée. On peut très bien y vivre, mais je vais devoir consacrer mes jours de congé à l'installation de la cuisine si je ne veux pas le voir malheureux comme les pierres, ajouta-t-elle en faisant la grimace.

— J'aimerais bien voir votre maison.

— C'est vrai ? Venez quand vous voulez, vous êtes le bienvenu. Je vous indiquerai le chemin. Ça vous ennuie si je vous dis que je ne m'attendais pas que vous soyez aussi sympathique ?

— À quoi vous attendiez-vous ?

— Plutôt au genre requin.

— Eh bien, ça dépend des eaux dans lesquelles je nage.

— J'espère que je ne vous ai pas offensé.

— Pas du tout. Ne vous inquiétez pas.

En voyant l'épouse d'Aidan s'approcher de leur table, il se leva pour lui offrir une chaise, mais elle lui fit signe de se rasseoir.

— Merci, mais je ne peux pas me joindre à vous, dit-elle en posant une main sur son ventre de femme très enceinte. Je suis de service, aujourd'hui.

— Vous ne devriez pas rester debout, encore moins transporter des plateaux.

Jude sortit son bloc-notes et soupira.

— On croirait entendre Aidan. Je surélève mes jambes dès que j'en éprouve le besoin, et je ne porte rien de lourd. Mais Sinead n'arrive pas à se débrouiller toute seule.

— Ne vous inquiétez pas, Trevor, intervint Brenna. Ma propre mère était en train de ramasser des pommes de terre lorsque je me suis annoncée et, une fois l'accouchement terminé, elle les a mises au four.

L'air perplexe de Trevor la fit pouffer de rire.

— Bon, peut-être pas, mais je suis sûre qu'elle en aurait été capable. Je vais prendre un bol de soupe, s'il te plaît, Jude, et un verre de lait, ajouta-t-elle en lançant un sourire narquois à Trevor.

— La même chose pour moi, dit-il. Plus le sandwich.

— Un très bon choix. Je reviens tout de suite.

— Elle est plus forte qu'elle n'en a l'air, reprit Brenna, lorsque Jude se fut éloignée. Et elle est aussi très têtue. Plus on lui dira de se reposer, plus elle travaillera. Mais Aidan ne la laissera pas en faire trop, croyez-moi. Il l'adore.

— Oui, j'ai remarqué. Les hommes Gallagher ont l'air très attachés à leurs femmes.

— Et ils ont intérêt, sinon gare à eux.

Brenna repoussa sa chaise d'un coup de pied et ôta sa casquette. Ses boucles rousses tombèrent en cascade sur ses épaules.

— Alors, vous ne trouvez pas Ardmore trop… rustique, après avoir vécu dans un endroit aussi civilisé que New York ?

Trevor songea à tous les chantiers sur lesquels il avait travaillé et aux mille difficultés qu'il avait rencontrées : coulées de boue, inondations, chaleur torride, vandalisme et sabotage.

— Pas du tout. Le village est exactement tel que je l'avais imaginé d'après les rapports de Finkle.

— Ah, oui, Finkle, votre émissaire… Voilà un homme qui préfère manifestement le confort des villes. Vous n'êtes pas aussi exigeant que lui, apparemment.

— Je suis très exigeant, au contraire. C'est pour ça que j'ai adopté la plus grande partie de vos plans pour construire cette salle de spectacle.

Rien n'aurait pu faire plus plaisir à Brenna.

— Voilà un compliment à la fois habile et gentil, commenta-t-elle. À vrai dire je ne parlais pas du travail. J'aime beaucoup le cottage de la colline aux fées, mais je n'étais pas sûre que ce genre d'endroit vous plairait. Je craignais qu'avec vos habitudes et vos moyens vous ne préfériez l'hôtel de la falaise, où il y a service de chambre, restaurant, etc.

— À la longue, on étouffe dans une chambre d'hôtel. Et ça me plaît d'habiter la maison où est née, a vécu et est morte la fiancée de mon grand-oncle.

— Maud était quelqu'un de remarquable, une femme généreuse et sage. Sa tombe est là-haut, près de la fontaine de saint Declan. Là-bas, on peut sentir sa présence. Mais ce n'est pas elle qui hante le cottage.

— Parce qu'un fantôme hante le cottage ?

— Vous ne connaissez pas la légende ? Pourtant, votre grand-père est né ici, et votre père aussi, même s'il n'était qu'un bébé lorsqu'ils sont partis pour l'Amérique. D'ailleurs, il est revenu à Ardmore, il y a de nombreuses années. Ni l'un ni l'autre ne vous a raconté l'histoire de lady Gwen et du prince Carrick ?

— Non. Alors, c'est lady Gwen qui hante le cottage ?

— Vous l'avez vue ?

Les légendes et les mythes n'avaient pas baigné l'enfance de Trevor, mais il avait assez de sang irlandais dans les veines pour s'interroger à leur sujet.

— Non. Mais je sens une présence féminine dans le cottage, comme un parfum... J'imagine que c'est elle.

— Et vous ne vous trompez pas.

— Qui était-elle ? Puisque je partage ma maison avec elle, autant que j'en sache un peu plus sur elle.

Pas de rejet désinvolte, pas d'ironie ou de condescendance envers les Irlandais et leurs légendes, songea Brenna. Juste de l'intérêt.

— Décidément, vous êtes un homme surprenant, commenta-t-elle. Attendez-moi une minute, s'il vous plaît. Je reviens tout de suite.

C'était fascinant, songea Trevor. Il avait un fantôme pour lui tout seul.

Il avait déjà perçu ce genre de présence surnaturelle, dans de vieux bâtiments, sur des terrains abandonnés, dans des champs déserts. On ne pouvait guère en parler pendant un conseil d'administration ou en buvant une bière fraîche avec les ouvriers après la journée de travail. Ici, c'était différent. L'ambiance semblait imprégnée de croyances et de superstitions. De plus, il était réellement curieux. Tout ce qui avait trait à Ardmore et à sa région l'intéressait. Une bonne histoire de fantôme pouvait attirer autant de monde qu'un pub accueillant. Tout était dans l'atmosphère.

Celle qui régnait au *Gallagher's* correspondait exactement à ce qu'il recherchait. Les vieilles poutres noircies par le temps, la fumée et la graisse, les murs crème, la cheminée de pierre, les tables et les bancs rustiques formaient un décor authentique et chaleureux. Le comptoir en châtaignier était splendide, et il avait déjà remarqué que les Gallagher l'astiquaient régulièrement, si bien qu'il brillait en permanence.

Des consommateurs de tous âges se pressaient dans le pub, depuis le bébé de quelques mois que berçait une jeune femme jusqu'au vieillard juché sur un tabouret, à l'une des extrémités du bar. À la façon dont certains clients étaient assis, fumaient ou sirotaient leur bière, on devinait qu'il s'agissait de gens du coin. Quant à ceux qui avaient posé leurs appareils photo à côté de leurs chaises et étalé devant eux des guides et des cartes, ce ne pouvait être que des touristes. Les conversations étaient teintées de divers accents, où prédominait cependant la charmante petite intonation qu'il se rappelait avoir entendue dans la bouche de ses grands-parents.

Avaient-ils souffert de ne plus l'entendre ? se demanda-t-il. Pourquoi n'avaient-ils jamais eu envie de retourner en Irlande ? Quels mauvais souvenirs les en avaient tenus éloignés ? Quoi qu'il en soit, la curiosité avait sauté une génération, et c'était lui qui avait éprouvé le besoin de revenir au pays et d'y laisser sa marque.

Phénomène étrange, lorsqu'il était arrivé, le paysage lui avait paru familier. Il avait reconnu Ardmore et la vue qu'offrait le cottage. Et il savait d'avance ce qu'il verrait en grimpant sur les falaises, comme s'il portait en lui une photo de cet endroit, une photo que quelqu'un d'autre avait prise et mise de côté pour lui.

Son père était venu une fois à Ardmore, alors qu'il était plus jeune que Trevor ne l'était aujourd'hui, mais ses récits de voyage avaient été pour le moins concis.

Bien sûr, Finkle lui avait fourni des photos et des descriptions détaillées du site. Mais Trevor n'avait pas eu besoin d'ouvrir son rapport pour savoir ce qu'il contenait.

Était-il possible que la mémoire de ces lieux soit inscrite en lui ? se demanda-t-il, bien qu'il ne crût guère à ce genre d'explication. Hériter des yeux gris clair de son père et de ses paupières un peu allongées, c'était une chose. On lui avait également dit qu'il tenait ses mains de son grand-père, ainsi que son talent pour les affaires. Mais comment la mémoire pouvait-elle se transmettre dans les gènes ?

Tout en y réfléchissant, il continua à observer la salle. Il songea soudain qu'avec ses vêtements de travail et ses cheveux blond foncé tout ébouriffés, il aurait pu passer pour un gars du coin. En outre, il avait le visage étroit et maigre d'un guerrier ou d'un intellectuel, et non la mine compassée d'un homme d'affaires. La femme qu'il avait failli épouser prétendait que ses traits devaient être l'œuvre d'un sculpteur dément. Il avait une minuscule cicatrice au menton, souvenir d'une tornade à Houston qui avait projeté du verre brisé dans la pièce où il travaillait. Elle ajoutait à l'impression générale de dureté qui se dégageait de son visage, un visage qui laissait rarement deviner quoi que ce soit, sauf si c'était dans l'intérêt de Trevor Magee.

Son expression lointaine céda la place à un sourire avenant lorsque Brenna revint en compagnie de Jude, dont elle portait le plateau.

— J'ai demandé à Jude de prendre un moment pour s'asseoir et vous parler de lady Gwen. C'est une *seanachais*, ajouta Brenna, tout en déchargeant le plateau.

— C'est le mot gaélique pour « conteur », précisa Jude en voyant Trevor hausser les sourcils. Je ne suis pas vraiment conteuse, je suis seulement...

— Elle a écrit un livre qui est sur le point d'être publié, et elle en a commencé un autre. Le premier va sortir à la fin de l'été, annonça Brenna. Ça fera un très joli cadeau, souvenez-vous-en quand vous entrerez dans une librairie.

— Brenna ! protesta Jude en roulant des yeux.

— J'y penserai, promit Trevor. Certaines des chansons de Shawn sont aussi de véritables petits contes, ajouta-t-il.

Rayonnante, Brenna reprit le plateau.

— Ça lui fera plaisir d'entendre ça. Je te remplace, Jude. Et compte sur moi pour houspiller Sinead. Allez-y, commencez sans moi. Cette histoire, je la connais par cœur.

— Elle a l'énergie de vingt personnes réunies, commenta Jude en s'asseyant avec lassitude.

— Je suis content de l'avoir trouvée. Enfin, qu'elle m'ait trouvé, pour être exact.

— Disons qu'il y a eu un peu des deux... répondit Jude, avant de s'interrompre brusquement.

En voyant son visage se crisper, Trevor demanda :

— Le bébé donne des coups de pied ? Ma sœur vient d'avoir son troisième, expliqua-t-il.

— Son troisième ! Il y a des moments où je me demande comment je me débrouillerai avec un seul. Celui-ci est très impatient. Mais il va tout de même devoir attendre encore deux mois, dit Jude.

Tout en passant la main sur son ventre proéminent, elle poursuivit :

— Vous ne le savez peut-être pas, mais il y a à peine un an, j'habitais Chicago.

Trevor émit un son évasif. Bien sûr qu'il le savait, grâce aux rapports détaillés de Finkle.

— J'avais prévu de passer six mois ici, dans le cottage où ma grand-mère avait vécu après la mort de ses parents. Sa cousine Maud, la fiancée de votre grand-oncle, le lui avait légué. Le jour où je suis arrivée, il pleuvait dru. J'ai cru que je m'étais perdue. En fait, je l'étais, et sur tous les plans. Un rien me bouleversait. J'étais dans un sale état.

Trevor secoua la tête.

— Vous vous êtes aventurée toute seule en pays étranger ? Une femme qui se laisse facilement bouleverser n'aurait jamais fait ça.

— C'est ce que dirait Aidan, admit Jude avec un sourire. Je suppose qu'à cette époque je ne connaissais pas mon propre caractère. Je me croyais incapable de surmonter mes problèmes. Bref, je me suis arrêtée dans l'allée de ce petit cottage au toit de chaume. Et, à une des fenêtres de l'étage, j'ai aperçu une femme. Elle avait un très joli visage, un peu triste, et des cheveux blonds qui tombaient sur ses épaules. Nos regards se sont croisés. Puis Brenna est arrivée à bord de sa camionnette. Apparemment, je me trouvais devant ma propre maison, et la femme que j'avais vue était lady Gwen.

— Le fantôme ?

— Oui. Cela paraît fou, n'est-ce pas ? En tout cas, irrationnel. Mais je peux vous dire exactement à quoi elle ressemblait. Je l'ai dessinée. Et quand j'ai débarqué ici, j'ignorais tout de cette légende, comme vous.

— J'aimerais bien l'entendre.

— Je vais vous la raconter.

Jude fit une brève pause, tandis que Brenna reprenait sa place et attaquait son repas, puis elle entreprit de raconter l'histoire de lady Gwen.

Brenna avait raison, Jude avait un véritable talent de conteuse, songea Trevor. Elle parlait sur un rythme régulier et naturel qui retenait insensiblement l'attention de son auditoire.

Elle commença par lui décrire la jeune fille qui avait vécu dans le cottage de la colline aux fées. Sa mère étant décédée en lui donnant le jour, Gwen prenait soin de son père, de la maison et du jardin, et se comportait avec une grande dignité.

Sous la colline verdoyante se trouvait un palais d'argent, dans lequel vivait Carrick, le prince des fées. Il était fier et beau, avec une abondante crinière d'un noir de jais et un regard d'un bleu intense. Un jour, ses yeux se posèrent sur la jeune Gwen, et ceux de la jeune fille sur lui. Ils tombèrent aussitôt amoureux.

La nuit, à l'heure où tout le monde dort, il l'emmenait sur son cheval ailé. Jamais ils ne s'avouèrent leur amour, car la fierté les en empêchait. Une nuit, le père de Gwen se réveilla et vit avec effroi sa fille descendre du cheval de Carrick. Pour assurer sa sécurité, il la fiança à un autre homme et lui ordonna de se marier sans délai.

Carrick enfourcha son cheval et s'envola jusqu'au soleil, où il préleva du feu qu'il enfouit dans sa bourse d'argent. Lorsque, la veille de son mariage, Gwen sortit du cottage pour lui dire adieu, il répandit à ses pieds des diamants, les joyaux du soleil. « Prends-les, et moi avec, car ils expriment la passion que tu m'inspires », dit-il. Puis il lui promit l'immortalité, la richesse et la gloire.

Mais jamais, pas une fois, il ne lui parla d'amour. Aussi Gwen se détourna-t-elle et les diamants répandus sur l'herbe se transformèrent-ils en fleurs.

Il vint la trouver une deuxième fois, alors qu'elle portait dans son sein son premier enfant. De sa bourse d'argent, il sortit des perles, des larmes de la lune qu'il avait récoltées pour elle. « Prends-les, et moi avec, car elles expriment le désir que tu m'inspires », dit-il. Mais le désir n'est pas l'amour, et un serment la liait à un autre. Lorsqu'elle s'éloigna, les perles se transformèrent en fleurs.

De nombreuses années s'écoulèrent avant qu'il ne revienne, des années au cours desquelles Gwen éleva ses enfants, soigna son mari malade et l'enterra. Des années durant lesquelles Carrick rongea son frein dans son palais et sillonna le ciel sur son cheval ailé.

Une nuit, il plongea pour arracher au cœur de la mer une dernière offrande, des saphirs qu'il déversa aux pieds de Gwen, symboles de sa constance et de sa fidélité. Quand, enfin, il parla d'amour, elle ne put que pleurer amèrement, car sa vie était finie. Elle lui répondit qu'il était trop tard, qu'elle n'avait jamais eu besoin de richesse ni de gloire, mais seulement de savoir qu'il l'aimait. S'il le lui avait dit, elle aurait pu dominer sa peur et quitter son monde pour le sien. Lorsqu'elle se détourna encore une fois et que les saphirs se mirent à fleurir, Carrick laissa éclater sa douleur et céda à la colère. Il lui jeta un sort : sans lui, elle ne trouverait pas la paix, et ils resteraient séparés jusqu'à ce que, trois fois de suite, deux cœurs se rencontrent, s'acceptent et aient le courage de choisir l'amour plutôt que la puissance, la fortune, l'immortalité ou autre faribole.

Trois cents ans… pensa Trevor plus tard, tandis qu'il pénétrait dans la maison où Gwen avait vécu et était morte. Une longue attente.

Il avait écouté Jude sans l'interrompre, sans lui dire qu'il connaissait certaines parties de l'histoire. Car il les avait rêvées.

Il ne lui avait pas dit non plus qu'il aurait lui aussi pu décrire Gwen, depuis le vert de ses yeux jusqu'à la courbe de sa nuque. Car il l'avait vue en rêve.

Soudain, il comprit que, s'il avait failli épouser Sylvia, c'était parce qu'elle lui rappelait le personnage de son rêve, une femme douce aux manières simples. Cela aurait sans doute marché entre eux, se dit-il en montant l'escalier pour aller se débarrasser sous la douche de la crasse d'une journée de labeur. Pourtant, il devait reconnaître qu'à la fin leur liaison était devenue décevante.

Elle s'en était rendu compte la première et l'avait gentiment laissé filer, avant même qu'il n'ait admis qu'il avait déjà un œil sur la porte. Peut-être était-ce ce qui le chagrinait le plus. Il n'avait pas eu la courtoisie de prendre l'initiative de la rupture. Et bien qu'elle lui eût sûrement pardonné à l'heure actuelle, lui s'en voulait toujours.

Sur le seuil de la chambre, il sentit flotter dans l'air un parfum délicat, féminin, semblable à celui des pétales de roses fraîchement tombés sur l'herbe couverte de rosée.

— Un fantôme qui se parfume, murmura-t-il, amusé. Eh bien, si vous êtes pudique, je vous conseille de tourner le dos.

Sur ce, il se déshabilla et se rendit dans la salle de bains.

Il passa le reste de la soirée à rattraper le courrier en retard, à parcourir les fax arrivés dans la journée et à y répondre. Il s'offrit ensuite une bière, qu'il but dehors, dans la lumière déclinante du soir. Puis, environné par le silence presque assourdissant qui régnait autour du cottage, il regarda les étoiles apparaître peu à peu dans le ciel.

Tim Riley, qui que soit cet individu, semblait avoir vu juste. Le beau temps se maintenait. La dalle de béton serait posée sans dommage.

Trevor s'apprêtait à rentrer lorsqu'il aperçut du coin de l'œil un éclair blanc et argenté qui traversait le ciel.

Lorsqu'il se retourna pour scruter le firmament, il ne vit que les étoiles et le premier quartier de lune qui se levait.

Probablement une étoile filante, se dit-il. Un fantôme, soit, il pouvait s'y faire, mais un cheval ailé monté par le prince des fées, c'était quand même autre chose.

Pourtant, au moment où il refermait la porte du cottage, il crut entendre la cadence gaie d'un chant de cornemuses et de flûtes briser le silence.

2

Darcy Gallagher était en train de rêver de Paris. Par un délicieux après-midi printanier, elle se promenait sur la rive gauche. Le parfum des fleurs épanouies embaumait l'air, et le ciel était d'un bleu limpide. Comble du bonheur, elle venait de faire un shopping fructueux, comme en témoignaient les sacs lourds qui pendaient à ses mains.

Dans ses rêves, elle pouvait rester à Paris aussi longtemps qu'elle le voulait. Paris – le centre du monde, d'après elle – lui appartenait. À tout moment, elle pouvait s'installer à la terrasse d'un café et passer une heure ou deux à siroter un verre de vin et à regarder les gens dans la rue. Des femmes aux longues jambes, vêtues de robes élégantes, sur lesquelles se retournaient des hommes aux yeux noirs. Une vieille femme juchée sur une bicyclette rouge, avec des baguettes de pain qui dépassaient de sa sacoche. Des écoliers proprets qui marchaient deux par deux, sous la férule d'une institutrice. Oui, tout cela lui appartenait, comme la circulation sauvage et bruyante et cette charrette qui débordait de fleurs. Elle n'avait pas besoin de monter au sommet de la tour Eiffel pour avoir Paris à ses pieds.

Tout en savourant du vin et du fromage affiné à la perfection, elle écoutait les bruits de la ville. Tout était musique : le roucoulement des pigeons et le bruissement de leurs ailes lorsqu'ils s'envolaient, les coups de klaxon incessants, le martèlement des talons hauts sur les trottoirs, les rires des amoureux.

Elle poussait un soupir de béatitude lorsque le tonnerre se mit à gronder. Elle leva les yeux. Des nuages sombres et épais s'amoncelaient à l'ouest. La lumière se tamisa rapidement, et le ciel prit la teinte crépusculaire qui précède l'orage. Puis le grondement s'amplifia, se changea en rugissement. Elle bondit sur ses pieds et s'étonna de voir qu'autour d'elle les gens restaient assis à bavarder ou déambulaient paisiblement, comme si de rien n'était.

Elle ramassa ses sacs et chercha des yeux un endroit où se réfugier. Soudain, la pointe d'un éclair aux franges bleutées se planta dans le sol, à ses pieds.

Elle se réveilla en sursaut, le cœur battant, les oreilles pleines de l'écho de son cri.

Après une seconde de désarroi, elle réalisa qu'elle se trouvait dans sa chambre, au-dessus du pub, et non sous un orage déchaîné en plein Paris. La vue des murs familiers et la lumière paisible qui régnait dans la pièce la rassurèrent. Elle se sentit encore plus réconfortée lorsqu'elle se redressa et aperçut, éparpillés sur le sol, les vêtements et les babioles qu'elle s'était offerts durant ses vacances parisiennes.

Elle était de retour dans le monde réel, mais elle avait rapporté quelques trophées du paradis. Elle avait bien profité de ce séjour d'une semaine à Paris, le cadeau qu'elle s'était fait pour son anniversaire. Un cadeau un peu fou, admit-elle en songeant à la somme importante qu'elle avait prélevée sur ses économies. Mais à quoi bon faire des économies, si on ne s'en servait pas pour fêter de façon spectaculaire son premier quart de siècle ?

Elle renflouerait son compte en travaillant. Maintenant qu'elle avait goûté au plaisir du voyage, elle avait l'intention de renouveler régulièrement l'expérience. L'année prochaine, Rome ou Florence. Ou peut-être New York. En tout cas, un endroit merveilleux. Elle allait créer dès aujourd'hui la Caisse de Vacances de Darcy Gallagher.

Elle avait toujours eu envie de prendre le large, de voir autre chose, n'importe quoi, du moment que ce n'était pas ce qu'elle voyait tous les jours. L'impatience, l'insatisfaction, la bougeotte l'habitaient, mais elle en avait l'habitude et s'en accommodait. Puis était arrivé un moment où elle n'avait plus pu les juguler. Elle avait peu à peu eu l'impression d'héberger une panthère qui rugissait et tournait en rond à l'intérieur d'elle-même, prête à bondir, griffes en avant, sur les gens qu'elle aimait le plus.

Pour elle-même comme pour ses proches, elle était sûre d'avoir choisi la bonne solution en partant. Sa bougeotte n'avait pas disparu, et elle ne disparaîtrait sans doute jamais. Mais les cent pas et les rugissements avaient cessé.

En fait, elle était contente d'être revenue à Ardmore, et elle avait hâte de revoir sa famille et ses amis, de leur raconter tout ce qu'elle avait vu et fait durant ces sept jours merveilleux.

En attendant, elle allait se lever et mettre un peu d'ordre dans sa chambre. La veille, elle était arrivée trop tard pour faire autre chose qu'ouvrir ses sacs et admirer ses achats. Il lui fallait à présent les ranger et regrouper les cadeaux qu'elle avait achetés, car elle n'était pas femme à tolérer longtemps le désordre.

Sa famille lui avait manqué. Malgré l'excitation d'être enfin à Paris, de visiter la ville, elle avait souffert de l'absence de ses proches, à sa grande surprise. Était-il honteux d'avoir cru qu'elle pourrait fort bien se passer d'eux ? s'était-elle demandé.

En revanche, le travail ne lui avait pas du tout manqué. Elle avait trouvé fantastique de se faire servir, pour changer, et elle ne sautait pas de joie à la perspective de passer toute la journée debout, à porter des plateaux et à servir des pintes de bière. Néanmoins, elle avait envie de descendre et de voir comment le pub s'était débrouillé sans elle.

Elle s'étira, leva les bras et pencha la tête en arrière, en savourant le plaisir que ce mouvement lui procurait. Elle n'était pas plus femme à laisser perdre une sensation agréable qu'à gaspiller son argent.

Ce ne fut qu'en sortant du lit qu'elle comprit que le grondement incessant qu'elle entendait n'était pas celui du tonnerre. Les travaux, se rappela-t-elle. Eh bien, ça allait être charmant d'être réveillée chaque matin par ce vacarme. Elle enfila sa robe de chambre et alla à la fenêtre voir quels progrès avaient été accomplis durant son absence.

Ce qu'elle découvrit ressemblait à l'œuvre d'une équipe d'énergumènes à moitié fous : des tas de gravats, des tranchées, une vaste plaque de béton au fond d'un gouffre. À chaque coin de cette dalle, des tiges métalliques émergeaient de grosses tours en parpaings inachevées, et un camion affreux vrombissait en vomissant une espèce de purée grise. Des ouvriers en vêtements de travail, chaussés de bottes boueuses, s'employaient à empirer la situation.

Darcy repéra Brenna, dans la boue jusqu'aux genoux, coiffée d'une de ses sempiternelles casquettes. La vue de son amie de toujours, sa belle-sœur à présent, lui fit chaud au cœur.

Elle en avait honte, mais si elle avait eu tant besoin de s'en aller, c'était en partie à cause du mariage de Brenna et de Shawn et de l'heureux événement qu'attendaient Aidan et Jude pour la fin de l'été. Oh, elle se réjouissait pour eux et ne souhaitait que leur bonheur à tous ! Mais plus elle les voyait heureux en couple, plus elle se sentait insatisfaite et énervée. Elle avait envie de serrer les poings et de les brandir en criant : « Et moi ? Quand viendra mon tour ? » Elle avait beau savoir que c'était une réaction égoïste et mesquine, elle n'y pouvait rien.

Mais aujourd'hui, après sa bouffée d'air parisienne, elle était guérie – du moins l'espérait-elle.

Brenna donnait un coup de main aux ouvriers qui posaient les parpaings. Elle était dans son élément, heureuse comme un chiot avec un os pour lui tout seul, songea Darcy. Inutile de lui faire signe derrière la fenêtre fermée, elle était trop absorbée par son travail pour la remarquer. Il fallait l'appeler de vive voix. Quel effet aurait l'apparition d'une femme en robe de chambre sur ces hommes ? se demanda-t-elle. Amusée par la perspective de troubler d'innocents travailleurs, elle abaissa la poignée de la fenêtre. Elle avait à peine entrouvert les battants qu'elle vit un homme la regarder.

Il était grand, remarqua Darcy, qui avait toujours eu un faible pour les hommes qui la dominaient de leur haute taille. La brise ébouriffait ses cheveux blond foncé. Il portait les mêmes habits que les ouvriers, mais avec plus d'élégance. Cela ne tenait pas seulement à sa silhouette élancée. Cet homme respirait la confiance en soi. Ou l'arrogance, rectifia Darcy, comme l'inconnu la dévisageait froidement. Cela ne la dérangeait pas, car elle-même n'en manquait pas.

« Eh bien, tu pourrais me procurer une distraction intéressante, lui dit-elle silencieusement. Un beau visage, un regard hardi. Si tu es capable de soutenir une conversation, je daignerai peut-être te consacrer un peu de mon temps. À condition que tu ne sois pas marié, bien sûr. »

Marié ou non, rien ne s'opposait à un brin de flirt. De toute façon, elle n'avait pas l'intention de pousser les choses plus loin avec un type qui n'avait probablement pas d'emploi stable et devait gagner des clopinettes.

Aussi lui sourit-elle, lentement, chaleureusement. Puis elle porta deux doigts à ses lèvres et lui envoya un baiser. Elle attendit que l'inconnu lui ait rendu son sourire avant de s'écarter de la fenêtre.

Elle estimait qu'il était bon de laisser les hommes sur leur faim et d'éveiller leur curiosité. L'expérience lui avait appris que cette tactique donnait toujours des résultats.

« En voilà une qui n'a pas froid aux yeux », se dit Trevor, un peu troublé par cette apparition. S'il s'agissait de Darcy Gallagher, ce qui était probable, il comprenait pourquoi Finkle, d'habitude si maître de lui, se mettait à bégayer et à rouler des yeux dès qu'on prononçait son nom.

L'élément féminin du trio Gallagher était en effet une très belle femme, avec de longs cheveux noirs, une peau très blanche et des traits délicats. Aucune trace de fausse modestie dans son attitude. Elle avait soutenu son regard et l'avait jaugé, tout comme il l'avait jaugée. Mais elle avait marqué un point en lui envoyant ce baiser.

Eh bien, Darcy Gallagher offrirait une intéressante façon d'occuper son temps libre durant son séjour à Ardmore, conclut-il.

Il prit quelques parpaings et les apporta à Brenna.

— Le mélange vous convient ? demanda-t-il, en désignant le bac qui contenait le mortier frais.

— Oui. La consistance est bonne. Le niveau descend rapidement, mais je pense qu'on en aura assez.

— N'hésitez pas à commander ce qui vous manque.

Après une pause, il ajouta :

— J'ai l'impression que votre amie est rentrée de vacances.

— Darcy ?

Brenna secoua sa truelle et leva les yeux vers le premier étage du pub.

— Une crinière noire, un sourire malicieux, superbe... précisa Trevor.

— Ce doit être Darcy.

— Je... je l'ai aperçue à cette fenêtre, là-bas. Prenez une pause, si vous voulez aller lui dire bonjour.

Brenna replongea sa truelle dans le mortier.

— C'est gentil mais, si elle me voit dans cet état, elle s'enfermera à double tour. Darcy ne supporte pas qu'on salisse son appartement, et elle m'en voudra à mort si je laisse des traces de boue sur son plancher immaculé. Je la verrai au déjeuner.

Elle étala le mortier avec l'efficacité que donne l'expérience et posa un parpaing.

— Je peux vous assurer une chose, Trevor : vos hommes vont avoir le cœur brisé. Il n'y en a pas beaucoup qui passent à côté de Darcy et en sortent indemnes.

— Tant que le travail n'en souffre pas, l'état de leurs cœurs ne me regarde pas.

— Oh, je veillerai à ce que le programme soit respecté, et Darcy leur fera faire de beaux rêves ! À propos de programme, on voulait commencer la plomberie de cette partie avant la fin de la semaine, mais les tuyaux qu'on nous avait promis pour ce matin n'ont pas été livrés. Vous voulez que, papa ou moi, on leur passe un coup de fil ?

— Non, je vais le faire tout de suite.

— D'accord. Donnez-leur un bon coup de pied aux fesses de ma part. Vous pouvez utiliser le téléphone de la cuisine. J'ai déverrouillé la porte en arrivant, ce matin. Vous voulez le numéro ? Je l'ai dans mon carnet.

— Merci, je l'ai aussi. Vous aurez les tuyaux aujourd'hui.

— Ça, je n'en doute pas, murmura Brenna, tandis que Trevor se dirigeait vers le pub.

La cuisine était impeccable. C'était l'une des choses que Trevor remarquait et exigeait dans tout établissement qui dépendait de lui. Bien sûr, les Gallagher ne le considéraient pas comme partie prenante dans leur affaire, mais lui estimait que la bonne marche du pub le regardait à présent autant qu'eux.

Il sortit son carnet d'adresses de sa poche. À New York, son assistante aurait déjà composé le numéro du fournisseur, franchi les divers barrages posés par les secrétaires et obtenu la personne désirée. Elle n'aurait transmis l'appel à Trevor qu'en cas de nécessité.

Cela lui aurait économisé du temps et des efforts, mais il trouvait un certain plaisir à se colleter avec les difficultés et, à l'instar de Brenna, cela ne lui déplaisait pas d'administrer un coup de pied aux fesses à qui de droit.

Durant les cinq minutes qu'il lui fallut pour parvenir au sommet de la hiérarchie, il repéra la boîte à biscuits et plongea la main dedans. Il avait beau n'être à Ardmore que depuis quelques jours, il avait déjà remarqué qu'on ne servait au *Gallagher's* que des cookies faits maison absolument délicieux. Il en choisit un au miel aussi gros que son poing, tout en descendant en flammes le responsable des livraisons. Il nota son nom, au cas où une sanction se révélerait nécessaire, et on lui promit que les tuyaux en question seraient livrés avant midi.

Satisfait, il raccrocha. Il prenait un autre cookie lorsqu'il entendit des pas dans l'escalier. Un petit sourire aux lèvres, il s'adossa au plan de travail et se prépara à la deuxième apparition de Darcy Gallagher.

Elle s'arrêta au bas des marches et haussa ses sourcils parfaitement dessinés. Ses yeux étaient bleus, comme ceux de ses frères, mais d'une teinte plus vive qui tranchait sur sa peau blanche et lisse. Ses cheveux retombaient en souples ondulations sur ses épaules. Elle portait une robe élégante, qui eût été plus appropriée sur Madison Avenue qu'à Ardmore.

— Bonjour. Vous faites une pause ?

— J'avais un coup de fil à passer.

Il croqua dans son cookie, sans cesser de la regarder. La voix un peu voilée de la jeune femme était aussi séduisante que le reste de sa personne.

— Je n'ai plus de thé là-haut, alors je suis descendue. Si je n'en bois pas au moins une tasse en me levant, je suis de mauvaise humeur toute la journée... Vous en voulez aussi, pour faire passer votre cookie, ou vous devez retourner sur-le-champ au travail ?

— Je peux prendre une minute.

— Votre patron ne va pas vous taper sur les doigts ? J'ai entendu dire que Magee menait son équipe à la baguette.

— C'est vrai.

Darcy remplit la bouilloire d'eau et la mit à chauffer. Ce type gagnait à être vu de près. Son visage émacié et la cicatrice sur son menton lui donnaient un air un peu dangereux. Or, justement, elle en avait marre des hommes trop gentils. Pas d'alliance, remarqua-t-elle, mais il ne fallait pas trop s'y fier.

— Vous êtes venu d'Amérique pour construire cette salle de spectacle ? demanda-t-elle.

— Exactement.

— Vous voilà loin de chez vous. J'espère que votre famille a pu vous accompagner.

— Si vous parlez d'une épouse, je ne suis pas marié.

Il cassa le cookie en deux et lui en offrit la moitié. Amusée, Darcy l'accepta.

— Ça vous laisse libre d'aller où le travail vous appelle. Quel genre de boulot faites-vous ?

— Tout ce qu'il faut quand il le faut.

— Quelqu'un qu'on peut envoyer à droite et à gauche, c'est précieux pour une entreprise.

— En l'occurrence, mon travail ici risque de durer un certain temps.

Darcy prit la bouilloire qui sifflait et versa l'eau bouillante dans la théière.

— Que diriez-vous de dîner avec moi ? demanda-t-il.

Elle le regarda du coin de l'œil et esquissa un sourire.

— J'aime bien dîner en ville de temps en temps, surtout en bonne compagnie. Mais je viens de rentrer de vacances et je ne vais pas avoir une minute de libre. Mon frère Aidan est plutôt exigeant.

— Alors, pourquoi ne pas partager un petit déjeuner ?

Darcy reposa la bouilloire.

— Oui, ça me plairait bien. Reposez-moi la question dans un jour ou deux, quand j'aurai repris mes marques.

— D'accord, on verra ça plus tard.

Darcy était une femme habituée à ce qu'on la supplie, aussi fut-elle surprise, et même vaguement déçue, qu'il n'insiste pas pour fixer dès à présent un rendez-vous.

— De quelle région d'Amérique venez-vous ? demanda-t-elle en sortant deux tasses.

— De New York.

— New York ? répéta-t-elle, les yeux brillants. Quelle chance vous avez !

— La plupart du temps, c'est ce que je me dis, en effet.

Les mains serrées autour de sa tasse, Darcy se mit à rêver de New York, comme elle l'avait déjà fait d'innombrables fois.

— Peut-être que ce n'est pas la plus belle ville du monde, mais ce doit être la plus passionnante, reprit-elle. J'ai trouvé Paris splendide, d'une beauté féminine et sensuelle, alors que je vois New York sous les traits d'un homme exigeant, audacieux et débordant d'énergie, après lequel il faut sans cesse courir si on ne veut pas se faire larguer... Vous n'avez sans doute pas cette impression, vu que vous y avez toujours vécu, ajouta-t-elle en posant la deuxième tasse devant Trevor.

— Eh bien, trouvez-vous Ardmore passionnant, vous qui y avez toujours vécu ?

Darcy haussa les sourcils, l'air surpris.

— Pour moi, c'est un petit coin presque parfait, où l'on peut vivre à son rythme, expliqua-t-il. À mes yeux, Ardmore est comme une femme énergique, mais patiente, qui ne vous oblige pas à courir pour la rattraper.

— C'est intéressant de découvrir comment les gens voient le quotidien des autres, commenta-t-elle en le servant. Mais si vous voulez mon avis, un homme qui philosophe autour d'une tasse de thé gaspille son talent en coltinant des briques.

— J'y réfléchirai. Merci pour le thé.

Il se dirigea vers la porte. En passant près de Darcy, il put constater qu'elle sentait aussi bon qu'elle était belle.

— Je rapporterai la tasse, promit-il.

— Vous avez intérêt. Shawn veille farouchement sur son matériel, et il remarquerait la disparition de la moindre petite cuillère.

— Montrez-vous à la fenêtre de temps en temps, reprit-il en ouvrant la porte. C'est un vrai plaisir de vous regarder.

Elle attendit qu'il soit sorti pour répliquer :

— Eh bien, le plaisir est réciproque, monsieur New York.

Tout en se demandant ce qu'elle lui répondrait lorsqu'il renouvellerait son invitation, elle prit la théière pour l'emporter chez elle. Elle se dirigeait vers l'escalier quand la porte de service se rouvrit.

— Tu es rentrée ! s'écria Brenna depuis le seuil.

Des débris de mortier sec voletèrent autour d'elle.

— N'avance pas, ordonna Darcy en brandissant la théière comme un bouclier. Seigneur, tu es dans un état !

— N'exagère pas, Darcy ! De toute façon, je ne vais pas t'embrasser, ne t'inquiète pas.

— J'espère bien.

— Mais tu m'as manqué.

Bien qu'elle fût émue, Darcy grommela :

— Tu parles ! Je parie que tu étais bien trop occupée à jouer à la jeune mariée pour souffrir de mon absence.

— Les deux ne sont pas incompatibles. Tu me donnes une tasse de thé ? J'ai quelques minutes devant moi.

— D'accord, mais recouvre la chaise d'un vieux journal avant de t'asseoir. Toi aussi, tu m'as manqué, avoua Darcy en sortant une autre tasse du placard.

— Je le savais, fit Brenna en étalant une feuille de journal sur une chaise. C'était gonflé de ta part d'aller toute seule à Paris. Ça t'a plu ? Tout était comme tu l'espérais ?

— Oui, absolument tout : les bruits, les parfums, les immeubles, les boutiques, les cafés. J'aurais pu y passer un mois entier, rien qu'à regarder. Enfin, à condition que les Français apprennent à préparer correctement le thé, précisa-t-elle avec une grimace. Je l'ai avantageusement remplacé par le vin. Là-bas, tout le monde est très élégant, tu sais. J'ai rapporté des vêtements superchics. Les vendeuses sont très hautaines et prennent ton argent avec l'air de te faire une grande faveur. Ça aussi, c'était nouveau pour moi.

— Je suis contente que tu aies passé de bonnes vacances. Tu as l'air reposée.

— Reposée ? Pourtant, j'ai à peine dormi de toute la semaine. J'avais l'intention de rattraper le sommeil en retard cette nuit et de traîner au lit jusqu'à ce qu'il soit l'heure de travailler, mais ce barouf dehors réveillerait un mort.

— Il faudra bien que tu t'y habitues. Mais ça avance vite.

— Ce n'est pas l'impression que ça donne de ma fenêtre. On dirait plutôt un monceau de gravats sillonné de fossés.

— On aura fini les fondations et commencé la plomberie d'ici la fin de la semaine. Les types de New York travaillent bien et, ceux d'ici, c'est papa et moi qui les avons choisis. De toute façon, Magee ne supporte pas les fainéants, et il connaît le métier aussi bien que n'importe quel ouvrier. On a donc intérêt à faire attention.

— J'en conclus que tu t'amuses comme une folle.

— Absolument. D'ailleurs, je ferais bien d'y retourner.

— Attends. Je t'ai rapporté un cadeau.

— J'y comptais bien.

— Je monte le chercher. Et interdiction de me suivre, compris ?

— Ça aussi, je l'avais prévu, commenta Brenna.

— J'ai jeté la boîte pour que ça prenne moins de place, cria Darcy depuis l'escalier. Jude a eu raison de me faire emporter une valise supplémentaire. Heureusement, ton cadeau n'est pas très volumineux.

Elle redescendit avec un sac en plastique.

— N'y touche pas, dit-elle en jetant un regard écœuré aux mains de Brenna.

Elle sortit du sac un petit paquet enveloppé de papier de soie qu'elle ouvrit précautionneusement.

En voyant le cadeau que son amie tenait devant elle, Brenna resta bouche bée. C'était une nuisette courte avec de fines bretelles, d'un vert presque transparent.

— Shawn va adorer, affirma Darcy.

— Il faudrait qu'il soit complètement idiot pour ne pas l'aimer, renchérit Brenna, lorsqu'elle eut retrouvé sa voix. J'ai du mal à m'imaginer avec ce truc-là sur le dos, mais je crois que, moi aussi, je vais l'adorer. C'est magnifique, Darcy.

— Je la garde jusqu'à ce que tu sois propre, d'accord ?

— Merci, dit Brenna en embrassant la joue de son amie du bout des lèvres, de peur de la salir. Je ne te promets pas de penser à toi quand je la porterai. D'ailleurs, je ne crois pas que tu en aies envie.

— Sûrement pas.

— Ne la montre pas à Shawn, ajouta Brenna en ouvrant la porte. Je veux lui faire la surprise.

Darcy n'eut aucun mal à retomber dans la routine. En fait, ce fut presque trop facile. Bien que Shawn s'interdît de l'asticoter – pour l'instant – parce qu'elle lui avait rapporté un livre de cuisine française, tout reprit exactement comme avant les vacances. On eût dit qu'elle n'était jamais partie.

Le service du déjeuner ne lui laissa pas le temps de rêvasser. En plus des habitués, il lui fallut servir les touristes qu'amenait le début de la saison, ainsi que les ouvriers embauchés pour la construction de la salle de spectacle.

À midi et demi, il n'y avait plus une table de libre. Heureusement qu'Aidan avait accepté d'engager Sinead, se dit Darcy, mais, sainte Marie mère de Dieu, cette fille avait autant d'énergie qu'une limace sous Prozac !

— Mademoiselle ! Ça fait une éternité qu'on attend de passer commande.

L'accent était celui d'un Britannique pure souche, issu d'une école privée et au bord de la crise de nerfs. Darcy arbora son sourire le plus séduisant. En principe, c'était à Sinead de s'occuper de cette table, mais cette idiote était partie Dieu seul savait où.

— Excusez-moi. Qu'est-ce qui vous ferait plaisir ?

— Nous prendrons chacun le plat du jour et un verre de Smithwick.

— Je vous apporte les bières tout de suite.

Tout en notant trois autres commandes au passage, elle se fraya un chemin jusqu'au comptoir, demanda les boissons désirées à Aidan et disparut dans la cuisine.

La grâce personnifiée malgré la pression, songea Trevor. Il s'était assis avec quelques-uns de ses hommes à une table du fond, ce qui lui donnait un point de vue idéal pour observer la très attirante Mlle Gallagher en plein travail.

Lorsqu'elle ressortit de la cuisine, une lueur belliqueuse brillait dans son regard, lueur qui ne s'effaça pas, malgré son sourire et les plaisanteries qu'elle échangeait avec les clients. Tout en servant boissons et assiettes bien garnies, ses yeux bleus ne cessaient de scruter la salle. Et lorsqu'ils tombèrent sur Sinead, qui sortait tranquillement des toilettes, ils se mirent à lancer des éclairs.

« Ma pauvre petite, pensa Trevor, tu vas te faire bouffer toute crue. » Mais il aurait agi de même avec une employée aussi paresseuse.

Il accorda dix sur dix à Darcy qui, réprimant sa colère, se contenta de jeter un regard noir à la jeune fille en lui ordonnant de se remettre au boulot. L'heure de pointe n'était pas le bon moment pour se faire une beauté. Les oreilles de Sinead allaient chauffer dès la fin du service.

Quant à lui, c'était son jour de chance, se dit-il en voyant Darcy s'approcher de leur table.

— Et vous, beaux gosses, qu'est-ce que je peux vous servir de bon ? demanda-t-elle en sortant son carnet. Vous avez l'air d'avoir faim.

— Au *Gallagher's*, on ne risque pas de se tromper en prenant le plat du jour, déclara Trevor.

— Ça, c'est sûr. Avec une pinte de bière ?

— Non, du thé. Glacé.

Darcy leva les yeux au ciel.

— En voilà une façon typiquement américaine de bousiller le thé ! Enfin, si vous y tenez... Et pour vous, messieurs ?

— Du poisson avec des frites, répondit un homme maigre au visage aimable. Vous le préparez divinement bien.

— Mon frère appréciera le compliment, dit Darcy en souriant. D'où venez-vous, si je puis me permettre, avec ce charmant accent ?

— Je m'appelle Donny Brime, m'dame, et je viens de Macon, en Géorgie. Mais je n'ai jamais entendu un accent aussi joli que le vôtre. Et j'aimerais bien aussi du thé glacé.

— Et moi qui étais en train de me dire que vous deviez avoir une goutte de sang irlandais ! Et vous, monsieur ?

— Je vais prendre la tourte à la viande, avec des frites, et... y a qu'à donner du thé glacé à tout le monde, conclut le barbu en jetant un regard chagriné à Trevor.

— Je vous apporte votre thé dès que possible, lança Darcy en s'éloignant.

— Quel canon ! soupira Donny. Quand on voit ça, on se réjouit d'être un homme, pas vrai, Lou ?

— J'ai une fille de quinze ans, dit Lou en se caressant la barbe, et, si j'avais surpris un type en train de la regarder comme j'ai regardé ce joli petit lot, je crois que j'aurais été obligé de lui régler son compte.

— Ta femme et ta fille ont toujours l'intention de te rejoindre ?

— Oui, dès la fin du trimestre scolaire. Elles devraient être là dans quinze jours.

Trevor garda le silence, tandis que les deux hommes parlaient de leurs familles. Lui, personne n'attendait de le rejoindre en comptant les jours. Mais cela ne l'attristait pas. Mieux valait vivre seul qu'avec la mauvaise personne, comme il avait failli le faire.

Le célibat lui permettait d'aller et venir à sa guise, de se rendre là où ses affaires l'appelaient sans se poser de question. S'il avait été marié, sa vie conjugale aurait inévitablement pâti de ses fréquents voyages. Sa mère avait beau le tanner pour qu'il se case et lui donne des petits-enfants, il n'était pas pressé. Il savait qu'il était plus efficace seul.

Une famille s'était installée à la table voisine. La mère essayait d'obliger un petit garçon boudeur à manger, tandis que le père épongeait le jus de fruits renversé par le gamin en question. Pénible et pas du tout productif, estima Trevor.

Sur ces entrefaites, Darcy leur apporta le thé. Si elle était agacée par les hurlements de l'enfant, elle n'en laissait rien paraître.

— Vos plats vont arriver tout de suite. Si vous avez besoin d'autre chose, faites-moi signe.

Sans cesser de sourire, elle se tourna vers la table de la petite famille, tendit au père quelques serviettes en papier et écarta ses excuses d'un geste de la main.

— Oh, ce n'est pas bien grave, n'est-ce pas, bonhomme ? dit-elle en s'accroupissant pour se mettre à la hauteur du gamin. On va tout essuyer, ne t'en fais pas. Mais tu sais, en criant comme ça, tu effraies les fées. Si tu continues à pleurer, elles vont avoir peur de se noyer dans tes larmes, et elles ne viendront pas.

— Où elles sont ? demanda le petit garçon, de la voix tremblante de l'enfant qui a un besoin urgent de faire la sieste.

— En ce moment, elles se cachent. Elles reviendront lorsqu'elles seront sûres que tu ne leur veux pas de mal. Peut-être même qu'elles danseront autour de ton lit la prochaine fois que tu t'endormiras. Je parie que ta sœur les voit, ajouta Darcy en désignant le bébé assoupi. C'est pour ça qu'elle sourit.

Le garçon cessa de pleurer, renifla un bon coup et regarda sa sœur avec un mélange de suspicion et d'intérêt.

Ça, c'est de l'efficacité, songea Trevor, tandis que Darcy passait à la table suivante. Et il aimait ça.

3

Lorsque le pub fut rangé et ses frères partis, Darcy s'assit en face de la nouvelle serveuse.

— Et maintenant, Sinead, nous allons passer en revue tout ce dont nous avons parlé quand je t'ai embauchée.

Aidan était le patron du pub, soit, et Shawn régnait sur la cuisine, mais il était entendu que le service, c'était l'affaire de Darcy.

Sinead tortilla son maigre derrière sur son tabouret et essaya de réfléchir.

— Eh bien, vous m'aviez dit que je devais prendre les commandes avec amabilité.

— Oui, c'est vrai. Tu te souviens d'autre chose ?

Darcy but une gorgée de jus de fruits et attendit.

— Euh...

Jésus, Marie, Joseph ! pensa Darcy. Cette fille n'allait donc jamais plus vite qu'une tortue ?

Sinead se mordilla les lèvres et, du bout des doigts, se mit à dessiner des figures imaginaires sur la table.

— Vous m'aviez aussi demandé de servir les boissons et les plats sans me tromper de clients.

— Et est-ce que je ne t'avais pas dit qu'il fallait prendre et apporter les commandes avec rapidité et efficacité ?

— Oh, ça ! fit Sinead en plongeant le regard dans son verre. C'est tellement déroutant. Tout le monde demande des tas de trucs différents en même temps.

— Sans doute, mais tu vois, le problème avec les pubs, c'est que les gens y entrent justement pour demander quelque chose, et notre travail est de veiller à ce qu'ils l'obtiennent. Tu ne peux pas faire ce boulot si tu te caches la moitié du temps dans les toilettes.

Sinead leva vers elle des yeux pleins de larmes.

— Jude a dit que je faisais des progrès.

Darcy se pencha en avant.

— Les yeux humides, ça ne marche pas avec moi. Ça n'apitoie que les hommes et les cœurs tendres, et je ne suis ni l'un ni l'autre. Renifle donc un bon coup, ma fille, et écoute-moi.

Le reniflement fut discret, mais Darcy approuva d'un hochement de tête.

— Quand tu es venue me demander du travail, tu as promis de travailler dur. Ça fait à peine trois semaines que tu as commencé, et tu es déjà en train de te relâcher. Alors, réponds-moi franchement. Tu le veux vraiment, ce travail ?

Sinead se tamponna les yeux. Le mascara qu'elle s'était offert avec son premier salaire était en train de couler. D'autres auraient pu se laisser attendrir par son air malheureux, mais Darcy songea seulement que cette fille ferait bien de s'entraîner à pleurer avec plus de grâce.

— Oui, j'en ai besoin.

— Avoir besoin de travailler et travailler pour de vrai sont deux choses différentes.

« Comme tu ne vas pas tarder à le découvrir », ajouta Darcy en son for intérieur.

— Je veux que tu sois de retour dans deux heures pour le service du soir.

Les larmes de Sinead cessèrent aussitôt.

— Mais c'est ma soirée de repos, protesta-t-elle d'un ton indigné.

— Plus maintenant. Si tu as envie qu'on te garde, tu reviens ce soir, et décidée à faire le travail pour lequel on te paie. Je veux que tu passes rapidement d'une table à l'autre, que tu transmettes aussitôt les commandes en cuisine et que tu reviennes sans perdre de temps. S'il y a quelque chose qui ne te paraît pas clair ou que tu ne comprends pas, viens me voir. Je t'aiderai. Mais...

Elle s'interrompit et attendit que les yeux de Sinead se fixent de nouveau sur les siens.

— ... je ne tolérerai pas que tu quittes ton poste. Si tu as besoin d'aller aux toilettes, pas de problème mais, chaque fois que je te verrai t'absenter plus de cinq minutes, je retiendrai une livre sur ton salaire.

— J'ai... j'ai un problème de vessie.

Darcy aurait éclaté de rire si les minauderies de cette fille n'avaient pas été aussi pathétiques.

— Ça, c'est du bidon, et nous le savons toutes les deux. Si tu avais des problèmes d'incontinence, je serais au courant, parce que ta mère l'aurait dit à la mère de Brenna, et ça me serait forcément revenu aux oreilles.

Prise au piège, Sinead se renfrogna.

— Quand même, une livre, Darcy...

— Oui, une livre. Alors, avant de partir, pense à ce que ça risque de te coûter.

Une livre qui irait dans sa propre tirelire, se dit Darcy, puisque ce serait à elle de remplacer la fautive.

— Le *Gallagher's* a une réputation à soutenir, une réputation qui a mis des générations à se construire, poursuivit-elle. Si tu travailles pour nous, tu dois être à la hauteur. Si tu ne peux pas ou si tu ne veux pas, tu prends la porte. C'est ta deuxième chance, Sinead. Et la dernière.

La lèvre inférieure de la jeune fille se mit à trembler.

— Aidan n'est pas aussi dur que vous.

Darcy haussa les sourcils.

— Et alors? Ce n'est pas à Aidan que tu as affaire, si? Tu as deux heures de repos. Sois ponctuelle, sinon j'en déduirai que tu as décidé que ce travail ne te convenait pas.

Visiblement vexée, Sinead se leva.

— Je serai là. Ce boulot, je suis tout à fait capable de le faire. Après tout, il suffit de porter des plateaux. Ça ne demande pas un QI de génie.

Darcy lui décocha son sourire le plus aimable.

— Eh bien, tu vois, ça commence à rentrer.

— Et quand j'aurai assez d'argent pour épouser Billy, je laisserai tout tomber.

— Voilà une noble ambition. Mais aujourd'hui, c'est aujourd'hui. File, maintenant, et va faire une petite promenade pour te calmer, au lieu de dire des choses que tu pourrais regretter.

Darcy resta assise pendant que Sinead traversait la pièce. Elle avait prévu que la jeune fille claquerait la porte, aussi le coup de canon qu'elle entendit la fit-il à peine ciller.

— Si elle utilisait la moitié de cette énergie au travail, on aurait pu éviter cette aimable petite conversation, conclut Darcy à mi-voix.

Elle haussa les épaules, fit jouer ses orteils dans ses chaussures pour les soulager, puis se leva et ramassa les verres sales. Elle se dirigeait vers le bar lorsque Trevor sortit de la cuisine.

« Voilà exactement ce que Dieu avait en tête lorsqu'Il a entrepris de créer l'homme », se dit-elle. Son air un peu fruste et ses vêtements de travail n'ôtaient rien à son charme.

— C'est fermé, annonça-t-elle.

— La porte de derrière était ouverte.

— Le *Gallagher's* est un endroit accueillant, dit-elle en déposant les verres sur le comptoir, mais je ne peux malheureusement pas vous servir de pinte en ce moment.

— Je ne suis pas venu boire une bière.

— Ah, bon ? Et que voulez-vous, alors ?

Elle savait fort bien ce que les hommes recherchaient lorsqu'ils la regardaient comme ça, mais un peu de flirt n'avait jamais fait de tort à personne.

— Ce matin, lorsque je me suis levé, je ne désirais rien de particulier.

Il s'accouda au comptoir. Tous deux savaient où il voulait en venir. Quand les partenaires connaissaient les pas, il était plus facile de danser, se dit-il.

— Puis je vous ai vue.

— Vous êtes un baratineur, hein, monsieur New York ?

— Appelez-moi Trevor. Puisque vous avez deux heures devant vous, pourquoi ne les passeriez-vous pas avec moi ?

— Comment savez-vous que j'ai du temps libre ?

— Je suis arrivé à la fin de votre tirade. À mon avis, cette fille a tort.

— À propos de quoi ?

— Pour faire ce travail, il faut avoir de la cervelle et savoir s'en servir. Ce qui est votre cas.

Cette remarque la surprit. Il était rare qu'un homme s'aperçoive qu'elle avait une cervelle, et encore plus rare qu'on lui en fasse compliment.

— C'est mon intelligence qui vous attire ?

Un petit sourire amusé et très sexy se dessina sur les lèvres de Trevor, et Darcy sentit un agréable frisson la parcourir.

— Non. Je suis attiré par l'emballage et intrigué par ce qu'il y a dans votre tête.

— J'aime bien qu'un homme soit franc. La plupart du temps, ça simplifie les choses.

Elle l'examina un instant. Il ne méritait, bien sûr, qu'un agréable petit flirt, songea-t-elle avec un étrange petit pincement de regret. Mais comme elle avait du temps devant elle...

— Je veux bien faire une promenade sur la plage. Mais vous, vous n'êtes pas censé travailler ?

— J'ai des horaires flexibles.

— Tant mieux pour vous. Et pour moi aussi, peut-être.

Il fit quelques pas et s'arrêta devant elle.

— J'aimerais vous poser une question.

— J'essaierai de vous donner une réponse.

— Comment se fait-il que je ne sois obligé de tuer personne avant de vous embrasser ? demanda-t-il en s'inclinant et en caressant des lèvres la bouche de la jeune femme.

— Parce que je suis une fille très difficile.

Elle s'écarta, traversa la salle et, arrivée sur le seuil, jeta un regard amusé par-dessus son épaule.

— Je vous dirai si vous pouvez recommencer, Trevor de New York. Mais mettez-y un peu plus d'enthousiasme, la prochaine fois.

— Entendu.

Il sortit avec elle et attendit pendant qu'elle verrouillait la porte.

Dans l'air se mêlaient les senteurs des fleurs et de la mer. C'était ce qu'elle aimait à Ardmore : les parfums, les bruits et cette magnifique étendue d'eau qui, au loin, rencontrait une autre terre, un autre endroit avec d'autres gens. Il y avait là quelque chose de magique.

Mais, de ce côté-ci de la mer, elle se sentait chez elle, se dit-elle en saluant Kathy Duffy, qui la hélait depuis le pas de sa porte.

— C'est la première fois que vous venez en Irlande ? demanda Darcy, tandis qu'ils descendaient vers la plage.

— Non, je suis allé plusieurs fois à Dublin.

En voyant les touristes agglutinés sur le sable, elle prit la direction opposée, vers les falaises.

— J'adore Dublin, les magasins, les restaurants... répondit Darcy. On ne trouve pas ça à Ardmore.

— Alors, pourquoi ne partez-vous pas vous installer à Dublin ?

— Ma famille vit ici. Enfin, une partie de ma famille, car mes parents se sont établis à Boston. Et puis, pourquoi m'installerais-je à Dublin, alors qu'il y a tant d'endroits au monde que je n'ai pas encore vus ?

— Où êtes-vous allée ?

Darcy lui jeta un regard étonné. C'était vraiment un type peu ordinaire. La plupart des hommes qu'elle connaissait ne parlaient que d'eux-mêmes. En lui posant des questions, cet inconnu marquait des points.

— Je reviens de Paris. Et j'ai visité une bonne partie de mon pays. Mais le pub est un frein aux voyages.

Elle se retourna et marcha à reculons, la main en visière pour se protéger du soleil.

— Je me demande de quoi ça aura l'air, quand ça sera fini.

Trevor s'arrêta et examina à son tour le chantier à côté du pub.

— La salle de spectacle ?

— Oui, j'ai regardé les plans, mais je n'ai pas l'œil pour ce genre de chose, dit-elle en offrant son visage à l'air marin. Enfin, mes parents et mes frères sont contents, et ils sont plutôt difficiles.

— Magee Enterprise aussi.

— J'imagine, même si j'ai du mal à comprendre pourquoi ce type a choisi un village paumé du Sud de l'Irlande. Selon Jude, c'est en partie une affaire de sentiment.

À ces mots, Trevor tiqua.

— Vraiment ?

— Vous connaissez l'histoire de John Magee et de Maud Fitzgerald ?

— Je sais qu'ils étaient fiancés, qu'il est parti à la guerre et qu'il a été tué en France.

— Maud ne s'est jamais mariée, et elle a vécu seule dans son cottage situé sur la colline aux fées jusqu'à sa mort, à cent un ans. La mère de Johnnie Magee, elle, est morte de chagrin quelques années après son fils. On dit que ce garçon était son préféré et que rien ne l'a consolée, ni son mari, ni ses autres enfants, ni même la foi.

Trevor était un peu déconcerté. Il trouvait étrange de se promener en discutant de sa propre famille et d'apprendre d'une jeune femme qu'il connaissait à peine plus de choses sur ses aïeux qu'il n'en avait jamais su.

— J'imagine que perdre un enfant est le plus grand des chagrins.

— C'est sûr, mais je plains ceux qui restaient et qui avaient besoin d'elle. Quand on oublie ce qu'on a pour ne penser qu'à ce qu'on a perdu, le chagrin devient un péché.

— Vous avez raison. Et que sont-ils devenus ?

— On raconte que son mari s'est mis à boire – se noyer dans le whisky ne vaut pas mieux que se noyer dans le chagrin, si vous voulez mon avis. Ses filles, je crois qu'elles étaient trois, se sont mariées dès qu'elles l'ont pu pour quitter le foyer. Son deuxième fils, qui avait dix ans de moins que Johnnie, a emmené sa femme et son petit garçon en Amérique, où il a fait fortune. Il n'est jamais revenu et, à ce qu'on m'a dit, il n'a gardé aucun contact avec sa famille et ses amis d'ici.

Elle se tourna de nouveau vers le pub.

— Il faut avoir le cœur dur pour ne jamais regarder en arrière, pas même une fois.

— Oui, dit Trevor. C'est vrai.

— C'est ainsi que les graines de Magee Enterprise ont d'abord été semées à Ardmore. Et on dirait que le Magee qui gère la société aujourd'hui est revenu les faire pousser.

— Vous y voyez un inconvénient ?

— Pas du tout. Au contraire, c'est bon pour nous, et probablement pour lui aussi. Les affaires sont les affaires, mais on peut laisser un peu de place au sentiment, du moment que ça ne nuit pas à l'essentiel.

— C'est-à-dire ?

— L'argent.

— C'est l'argent, l'essentiel ?

Elle désigna la baie d'un grand geste de la main.

— Vous voyez ce bateau, là-bas ? C'est celui de Tom Riley, qui rentre de sa journée de pêche. Il est sorti avec son équipage avant l'aube. C'est une vie dure que celle de marin pêcheur. Tom et les gens de son espèce prennent la mer jour après jour, jettent leurs filets, luttent contre le mauvais temps et s'esquintent le dos. Pourquoi font-ils ça, d'après vous ?

— À vous de me le dire.

Elle rejeta ses cheveux en arrière et regarda l'embarcation franchir une vague.

— Parce qu'ils adorent ça. Ils ont beau se plaindre et râler, ils aiment cette vie. Vous savez, Tom prend soin de son bateau comme une mère de son nouveau-né. Il vend sa pêche au juste prix, si bien que personne ne peut dire : « Riley n'est pas digne de confiance. » Mais même s'il aime son métier, il a besoin de travailler pour gagner sa vie, sinon ce ne serait qu'un passe-temps, pas vrai ?

Une boucle de ses longs cheveux, soulevée par la brise, frôla Trevor.

— Peut-être bien que votre cerveau m'attire, finalement.

Elle rit et se remit à marcher.

— Et vous, vous aimez ce que vous faites ?

— Oui, j'aime ça.

— Qu'est-ce qui vous plaît le plus ?

— Qu'avez-vous vu de votre fenêtre, ce matin ?

— Eh bien, je vous ai vu, vous, n'est-ce pas ?

Il lui répondit par un sourire.

— À part vous, j'ai vu un immense foutoir.

— Exact. Le plus enthousiasmant, dans mon travail, c'est quand on tombe sur un terrain vide ou un bâtiment délabré. Cela permet une foule de possibilités.

— Des possibilités, murmura-t-elle en regardant de nouveau la mer. Je comprends. Ce qui vous intéresse, c'est de construire à partir de rien ou de transformer quelque chose qui a été laissé à l'abandon.

— Oui, changer sans abîmer. Si l'on coupe un arbre, le remplacer par un édifice qui justifie ce sacrifice. Il ne faut pas que ce soit le fait d'un caprice.

— Et revoilà le philosophe.

D'ailleurs, à voir son visage, on aurait effectivement cru avoir affaire à un intellectuel, songea Darcy, même si, en cet instant, ses cheveux fouettés par le vent et sa cicatrice laissaient apparaître une facette plus tourmentée de sa personnalité.

— Alors, vous êtes la conscience de Magee, en quelque sorte ?

— J'aime à le croire.

Étrange, pour un ouvrier, pensa-t-elle, mais très séduisant. En fait, en y réfléchissant bien, il n'y avait rien en lui qui lui déplaisait.

— Sur la falaise, là-haut, derrière le grand hôtel, les hommes ont construit autrefois des monuments grandioses. Il n'en reste que des ruines, mais l'âme des bâtisseurs et des pèlerins du temps jadis demeure, et de nombreux visiteurs y sont sensibles. Il faudra que vous trouviez le temps d'aller y faire un tour.

— Ce que j'aimerais, c'est que vous trouviez le temps de me montrer le chemin.

— Nous verrons.

Elle regarda sa montre et commença à faire demi-tour.

— Une minute, dit-il en la retenant.

La lueur d'irritation qu'il vit dans les yeux de Darcy le fit jubiler.

— J'ai envie de vous revoir, reprit-il.

— Je sais.

Elle secoua la tête et esquissa un sourire taquin.

— Je ne me suis pas encore fait d'opinion sur votre compte. Une femme doit se méfier lorsqu'elle croise un bel homme mystérieux.

— Une femme munie de votre arsenal utilise les hommes comme cible d'entraînement.

Agacée, elle libéra sa main.

— Seulement s'ils le recherchent. J'ai peut-être un joli visage, mais ça ne fait pas de moi une sans-cœur.

— Non, mais un joli visage et une tête bien faite sont de redoutables atouts. Ce serait du gaspillage de ne pas s'en servir.

Darcy pensa un instant le planter là, mais la curiosité l'emporta sur l'énervement.

— Quelle étrange conversation nous avons là ! Je ne sais pas si je vous aime bien ou si vous m'exaspérez, mais peut-être que je prendrai le temps de le découvrir. Dans l'immédiat, je dois retourner au boulot. Il ne faudrait pas que je sois en retard après avoir passé un savon à Sinead.

— Je crois qu'elle vous sous-estime.

— Pardon ?

— Elle vous sous-estime, répéta Trevor, tandis qu'ils rebroussaient chemin. Elle ne vous juge que sur les apparences. Tout ce qu'elle voit, c'est une jeune femme belle, extrêmement élégante, qui travaille dans l'entreprise familiale sous les ordres de son frère. Dans son esprit, vous vous contentez de prendre les commandes et de servir, ce qui vous situe tout à fait en bas de l'échelle.

Darcy plissa les yeux, mais le soleil n'y était pour rien.

— C'est comme ça que vous voyez les choses ?

— Non, c'est comme ça que Sinead les voit. Mais elle est jeune et inexpérimentée. Elle ne se rend pas compte que vous participez autant que vos frères à la bonne marche du *Gallagher's*. Votre allure représente un atout pour l'établissement, mais ce n'est pas le plus important. Je vous ai regardée aujourd'hui, ajouta-t-il en lui jetant un coup d'œil. Vous êtes d'une efficacité remarquable. Même en colère, vous restez très professionnelle.

— Si vous comptez m'avoir à coups de compliments... ça risque de marcher. Encore que j'avoue n'en avoir jamais entendu de semblables.

— Les hommes vous disent tous que vous êtes la plus belle fille qu'ils aient jamais vue, mais je ne le ferai pas, déclara-t-il, alors qu'ils s'engageaient dans la rue. Énoncer une évidence, c'est une perte de temps, sans compter que vous devez en avoir marre.

Elle s'arrêta, le regarda fixement et éclata de rire.

— Vous êtes un type à part, Trevor de New York. Je crois que je vous aime bien, et je ne verrais pas d'inconvénient à passer un peu de temps en votre compagnie. Si vous étiez riche, je vous épouserais sur-le-champ, pour que vous puissiez m'entretenir et me gâter jusqu'à la fin de mes jours.

— C'est ce que vous désirez, Darcy ? Devenir une femme entretenue ?

— Pourquoi pas ? J'ai des goûts de luxe que je veux assouvir. Mais tant que je n'aurai pas trouvé un homme capable de remplir mon assiette, je la remplirai moi-même.

Elle effleura la joue de Trevor du bout des doigts.

— En attendant, ça ne me dérange pas de partager un ou deux repas avec un autre.

— Et franche, en plus.

— Quand ça m'arrange. Et puis, comme j'ai l'impression que vous arriveriez à déceler un mensonge, même bien emballé, ce serait idiot que je me donne la peine d'en inventer un.

— Et la revoilà.

Elle lui jeta un regard interrogateur.

— Quoi donc ?

— L'efficacité. Je trouve cette qualité très excitante, chez une femme.

— Seigneur, vous êtes vraiment un type bizarre ! Mais comme ça m'amuse de vous exciter à si bon compte, j'accepte votre invitation à partager un petit déjeuner.

— Demain ?

Darcy fit tinter ses clés dans sa poche, tout en se demandant pourquoi cette idée lui plaisait tant.

— Huit heures. Au restaurant de l'hôtel.

— Je ne suis pas descendu à l'hôtel.

— Oh… Eh bien, si vous êtes au *bed and breakfast*, on peut…

— Ah, te voilà, Darcy ! s'écria Aidan en les rejoignant, la clé du pub à la main. Jude croyait que tu devais venir chez nous.

— Je me suis laissé distraire.

— Je vois que vous avez fait la connaissance de ma sœur, dit-il à Trevor. Venez donc prendre une bière.

— En fait, j'ai du travail. Moi aussi, je me suis laissé distraire, répondit Trevor en jetant un coup d'œil à Darcy. Mais j'accepterai volontiers votre invitation, un autre jour.

— Vous serez toujours le bienvenu. Grâce à vos hommes, le pub marche du tonnerre. Et maintenant que Darcy est rentrée, nos affaires vont devenir florissantes.

Il fit un clin d'œil à sa sœur et introduisit la clé dans la serrure.

— Il est possible qu'on fasse de la musique, ce soir. Passez donc, ça vous donnera une idée de ce que les gens pourront entendre dans votre salle de spectacle.

— Avec plaisir.

— Darcy, tu as parlé à Sinead ?

— Oui, répondit-elle, les yeux fixés sur Trevor. Le problème est réglé. J'arrive dans une minute pour tout te raconter.

— Très bien. À tout à l'heure, Trevor.

— À plus tard.

— Vos hommes ! Votre salle de spectacle ! s'écria Darcy, une fois qu'Aidan eut refermé la porte et disparu dans le pub.

— Eh bien, oui.

Elle prit une profonde inspiration pour se calmer, mais cela n'eut qu'un effet modéré.

— J'en conclus que vous êtes Magee. Pourquoi ne me l'avez-vous pas dit ?

— Vous ne me l'avez pas demandé. Quelle différence cela fait-il ?

— Je n'aime pas qu'on me trompe et qu'on se moque de moi.

Elle voulut ouvrir la porte, mais Trevor plaqua la main sur le battant pour l'en empêcher.

— Nous n'avons fait que discuter, répondit-il posément. Je ne vois aucune tromperie là-dedans.

— Alors, c'est que nous n'avons pas les mêmes critères.

— Peut-être est-ce ma fortune qui vous embête. Vous voilà obligée de m'épouser, maintenant.

Il lui décocha un sourire charmeur, qui ne lui valut qu'un regard furieux.

— Je trouve votre humour déplacé. Maintenant, éloignez-vous de cette porte. Nous ne sommes pas encore ouverts au public.

— C'est notre première dispute ?

Darcy ouvrit violemment la porte.

— Non. C'est la dernière.

Elle referma la porte sans la claquer, mais il entendit distinctement le bruit du verrou.

— Je ne suis pas de cet avis, lança-t-il, avec un optimisme que peu d'hommes auraient manifesté en de telles circonstances. Non, pas du tout.

Puis il se dirigea vers sa voiture, décidé à aller faire un tour du côté des falaises. Il était temps de jeter un coup d'œil aux ruines dont tout le monde lui parlait.

C'était bien cette Irlande-là qu'il était venu voir, une contrée où se mêlaient l'antique et le sacré, le sauvage et le mystique. Il s'était attendu à trouver des touristes, car il lui semblait que tous ceux qu'attirait cette région devaient forcément monter sur la falaise et se recueillir auprès des ruines, mais, à son grand étonnement, il n'y avait personne.

Il fit le tour de l'oratoire, sur lequel veillaient trois croix en pierre et une fontaine emplie d'eau fraîche. Darcy avait raison : l'édifice avait beau s'être effondré, son âme était toujours présente.

Par respect, ou peut-être simplement par superstition, il recula, de peur de marcher sur les pierres gravées qui semblaient être des stèles. Ses yeux tombèrent sur la tombe de Maud Fitzgerald. « Femme de bien », disait l'épitaphe.

— Vous voilà donc, murmura-t-il. Il y a une photo de vous et de mon grand-oncle dans l'un des albums que ma mère a récupérés à la mort de mon grand-père. Il avait gardé peu de photos d'ici. N'est-ce pas curieux qu'il en ait conservé une de vous ?

Il s'accroupit près de la tombe, que recouvrait un tapis de fleurs.

— Vous deviez aimer les fleurs. Le jardin de votre cottage est charmant.

— Elle avait la main verte, Maud, fit une voix derrière lui.

Trevor se releva lentement et se retourna. L'homme qui l'avait rejoint était vêtu d'un étrange costume argenté que le soleil faisait scintiller. Sans doute un comédien venu pour une représentation théâtrale à l'hôtel, songea-t-il. Avec ses longs cheveux noirs et ses yeux d'un bleu intense, cet individu avait bien l'allure excentrique d'un saltimbanque.

— Je constate qu'il en faut beaucoup pour te faire sauter en l'air, dit l'inconnu. C'est tout à ton honneur.

— Si je sursautais à tout bout de champ, je me serais empressé de redescendre. Ce coin solitaire a quelque chose d'inquiétant, bien que ce soit superbe, ajouta Trevor en examinant les alentours.

— Moi aussi, j'aime beaucoup cet endroit. Tu dois être le Magee venu d'Amérique pour réaliser ses rêves et trouver quelques réponses à ses questions.

— Si on veut. Et vous ?

— Carrick, prince des fées. Enchanté de faire ta connaissance.

— Ah ! fit Trevor d'un ton ironique.

Carrick fronça les sourcils.

— Tu as forcément entendu parler de moi, même là-bas, en Amérique.

— Bien sûr.

Soit ce type était fou, soit il se cramponnait au personnage qu'il jouait sur scène. Ou les deux à la fois, ce qui était le plus probable, songea Trevor.

— Il se trouve que j'habite le cottage sur la colline.

— Je sais parfaitement où tu habites, cornes du diable, et je n'aime pas ce ton condescendant ! Je ne t'ai pas amené jusqu'ici pour que tu te moques de moi.

— C'est vous qui m'avez fait venir ? Tiens donc !

— Ah, ces mortels... grommela Carrick. Ils pensent que tout arrive par leur propre volonté. Ton destin est lié au mien, et c'est ici que tu dois l'accomplir. Voilà pourquoi je t'ai poussé à venir.

— Mon vieux, si vous picolez dès le début de l'après-midi, évitez au moins de vous exposer au soleil. Je vais vous aider à regagner l'hôtel.

— Tu me crois ivre ?

Carrick rejeta la tête en arrière et éclata de rire.

— Quel idiot ! Ivre ! Je vais te montrer si je suis ivre, balbutia-t-il en se tenant les côtes. Laisse-moi juste le temps de reprendre mon souffle.

Carrick respira plusieurs fois à fond, puis il poursuivit :

— Voyons… Quelque chose de pas trop subtil. Il faut que je réfléchisse, car tu me sembles être du genre cynique. Ah, j'y suis !

Le bleu de ses yeux s'assombrit, puis l'extrémité de ses doigts se mit à étinceler. Il joignit les mains, et une sphère limpide apparut. Une image frémissait à l'intérieur. Trevor se reconnut, en train de marcher sur la plage aux côtés de Darcy.

— Regarde-la. Elle a un beau visage, une âme forte et un cœur assoiffé. Seras-tu assez malin pour saisir ce que t'offre le destin ?

D'un geste preste du poignet, il lança la boule à Trevor qui, instinctivement, tenta de l'attraper. Sa main traversa une substance fraîche et douce, et le globe éclata comme une bulle.

— En voilà un drôle de truc, marmonna-t-il.

Il releva les yeux et s'aperçut qu'il n'avait plus pour compagnie que le frémissement des herbes folles.

— Un drôle de truc, répéta-t-il en fixant ses mains vides, plus ébranlé qu'il ne voulait l'admettre.

4

Trevor rêva une bonne partie de la nuit. D'ordinaire, ses rêves se composaient d'images aux couleurs vives, brossées énergiquement à grands coups de pinceau. Mais, depuis qu'il habitait le cottage de la colline aux fées, ils avaient pris un aspect cristallin, limpide, comme si quelqu'un avait réglé la mise au point de son appareil photo.

Monté sur un cheval ailé, l'homme qu'il avait rencontré au cimetière survolait la mer bleue. Assis derrière lui, Trevor sentait jouer les muscles du puissant destrier. À l'horizon, le ciel et la mer se distinguaient nettement, comme si un trait tiré à la règle les séparait. L'eau avait la couleur du saphir, le ciel celle de la fumée.

Soudain, le cheval plongea, et bientôt ses pattes avant labourèrent la surface de l'eau. Des gouttes aspergèrent Trevor, et le goût salé de la mer imprégna ses lèvres.

Puis ils s'enfoncèrent dans les tourbillons d'un monde froid et sombre qu'éclairaient d'éclats irisés les battements d'ailes des fées. Un air rythmé de cornemuses les accompagnait. Le cheval progressait dans la mer aussi aisément qu'il avait navigué dans le ciel.

Posé sur le fond moelleux de la mer, un monticule d'un bleu plus sombre, plus sauvage palpitait comme un cœur impatient. L'homme qui se prétendait prince des fées y enfonça le bras jusqu'à l'épaule. Trevor sentit la texture visqueuse du cœur de la mer sur sa propre chair, ses battements onduler le long de son bras. Sa main se plia, se tordit, et il en arracha un morceau.

« Pour elle, se dit-il en serrant le poing. La preuve de ma fidélité. Pour elle seule. »

Lorsqu'il se réveilla, son poing était toujours fermé. Abasourdi, il ouvrit la main. Elle était vide, bien sûr qu'elle était vide, se dit-il, tout en sentant quelque chose s'évanouir dans sa paume.

Le cœur de la mer.

C'était ridicule. Inutile d'être spécialiste en biologie marine pour savoir qu'aucune masse bleue ne palpitait au fond de la mer. Ce n'était qu'une scène amusante que lui avait jouée son inconscient. Une scène remplie de symbolisme, assurément, qu'il pourrait analyser quand il en aurait envie.

Ce qui n'était pas le cas pour l'instant.

Il sortit de son lit et se passa machinalement la main dans les cheveux. Ils étaient humides.

Il s'immobilisa, examina ses doigts, puis les renifla. De l'eau de mer ?

De plus en plus perplexe, il se rassit sur son lit. Il n'avait jamais été du genre rêveur. Au contraire, il se flattait d'avoir les pieds sur terre. Mais deux choses étaient sûres : il avait rêvé qu'il plongeait dans la mer sur un cheval ailé, et il s'était réveillé avec les cheveux humides d'eau salée.

Comment un homme à l'esprit cartésien pouvait-il expliquer cela ?

Toute tentative d'explication exigeait un minimum d'informations. Il était grand temps de commencer à se renseigner.

Il était trop tôt pour appeler New York, mais pas pour envoyer un fax. Dès qu'il se fut habillé, Trevor s'installa dans le petit bureau situé en face de sa chambre et écrivit à ses parents.

Cher papa, chère maman,

J'espère que vous allez bien tous les deux. Les travaux avancent comme prévu, et le budget est respecté. Bien qu'il m'ait suffi d'un jour ou deux d'observation pour constater que les O'Toole étaient parfaitement capables de se débrouiller sans moi, je préfère rester ici encore un moment, afin de superviser le travail. Je tiens également à établir de bonnes relations avec les habitants.

La plupart des gens du village et des environs approuvent la construction d'une salle de spectacle, mais les travaux perturbent la tranquillité générale. Je pense donc qu'il est important qu'on me voie m'impliquer dans ce projet. J'ai aussi l'intention de lancer les premières démarches publicitaires à partir d'ici.

Quant à la région, elle est aussi belle que tu me l'avais dit, papa. Et à Ardmore, on se souvient de toi avec affection. Maman et toi devriez prendre le temps de venir faire un tour ici.

Le Gallagher's *correspond tout à fait à tes descriptions et à celles de Finkle. C'est un établissement chaleureux et bien géré, et le relier à la salle de spectacle a été une idée de génie. Je compte y passer un peu de temps, de façon à étudier plus précisément son fonctionnement et voir quels changements ou quelles améliorations on pourrait y apporter.*

Maman, tu aimerais le cottage où je me suis installé. C'est une vraie carte postale et, en plus, on le dit hanté par un fantôme. Tante Maggie et toi en seriez folles. Mon fantôme ne m'est pas encore apparu, malheureusement. Comme j'essaie de me plonger dans la couleur locale, je me demandais si vous n'auriez pas, tous les deux, quelques informations à me donner sur une légende qui a cours ici. Il s'agit d'amants maudits, bien sûr, une jeune fille et un prince des fées.

Je vous appellerai dès que possible.

Je vous embrasse,

Trev

Il se relut pour s'assurer que sa requête était rédigée de façon désinvolte, puis il composa le numéro de ses parents et envoya le fax.
Le message suivant fut pour son assistante.

*Angela, j'ai besoin que tu fasses des recherches pour moi sur une légende d'Ardmore. Références : Carrick, prince des fées ; Gwen Fitzgerald ; Old Parish ; Waterford ; XVII*e *siècle.*

Une fois ce fax envoyé, il regarda sa montre : 8 heures. Il était trop tôt pour consulter son autre source d'information. Il allait devoir attendre une bonne heure avant de rendre visite à Jude Gallagher.

Pour l'instant, le plus urgent était de se préparer une bonne tasse de café. Voilà ce qui lui manquait, ici : une cafetière électrique avec minuteur. Il s'en achèterait une à la première occasion. Il n'y avait rien de plus agréable, selon lui, que d'être réveillé par l'odeur d'un bon café fraîchement passé.

Arrivé au rez-de-chaussée, il entendit quelqu'un frapper à la porte. Tout en maudissant l'importun qui allait retarder un peu plus le moment de sa première gorgée de café, il alla ouvrir. Et lorsqu'il découvrit l'identité de l'importun en question, il se dit qu'il y avait peut-être plus agréable encore comme réveil que l'odeur du café.

Un homme intelligent et sensé aurait échangé le café de toute une vie contre cette si jolie fille, dont les yeux bleus étincelaient de malice. Et intelligent et sensé, Trevor l'était.

— Bonjour, dit-il. Vous avez toujours l'air aussi fraîche et pimpante au saut du lit ?

— Il va vous falloir m'offrir beaucoup plus qu'un petit déjeuner pour le découvrir.

— Un petit déjeuner ?

— Ne me dites pas que vous avez oublié votre invitation.

— Non, bien sûr que non.

Sans caféine, son cerveau ne fonctionnait pas aussi vite que d'habitude.

— Vous me prenez au dépourvu, Darcy.

C'était précisément le but recherché, songea celle-ci.

— Alors, vous allez me nourrir, oui ou non ?

— Venez, dit-il en ouvrant la porte en grand. On va voir ce qu'on peut faire.

Lorsqu'elle pénétra dans le vestibule, son corps frôla légèrement celui de Trevor, qui huma avec délices son parfum sucré.

Darcy alla jeter un coup d'œil au petit salon. Avec ses bibelots charmants, ses étagères surchargées de livres et le vieux dessus-de-lit qui recouvrait le canapé, la pièce était à peu près telle que Maud l'avait laissée.

— Vous êtes soigneux, n'est-ce pas ? J'aime bien les hommes soigneux. À moins que vous n'appeliez cela de l'efficacité ?

— Oui, être ordonné, c'est être efficace. Et c'est mon style de vie.

Il lui adressa un sourire amusé, puis, les yeux rivés aux siens, il posa la main sur son épaule.

— Tiens... Vous n'avez pas la peau froide. C'est surprenant.

— J'aime surprendre. Ce qui est prévisible est ennuyeux.

— Je suis sûr que vous n'êtes jamais ennuyeuse.

— Peut-être de temps en temps, quand même. Vous m'agacez un peu avec vos flatteries, et j'ai faim. Vous faites la cuisine, ou bien on va ailleurs ?

— Je vais cuisiner.

— Là, vous m'étonnez. Il est rare que les hommes de votre acabit sachent se débrouiller devant un fourneau.

— Mon omelette au cheddar et aux champignons est renommée dans le monde entier.

— Je jugerai sur pièces. Et je suis très difficile.

Elle se dirigea vers la cuisine. Trevor prit le temps de pousser un long soupir admiratif avant de la suivre.

Darcy s'installa à la petite table qui occupait le milieu de la cuisine et posa un coude sur le dossier de sa chaise, dans l'attitude d'une femme habituée à être servie. Bien qu'il fût à présent tout à fait réveillé, Trevor commença par préparer le café.

— Pendant que vous vous affairez aux tâches ménagères, dit Darcy, expliquez-moi pourquoi, hier, vous m'avez laissée déblatérer sur votre famille et vos ancêtres en affichant un air intéressé, alors que vous deviez tout connaître par cœur.

— Parce que je ne sais rien, ou très peu.

En fait, une fois qu'elle avait retrouvé son calme, Darcy s'en était doutée. Trevor Magee n'était pas homme à perdre son temps avec des questions dont il possédait déjà les réponses.

— Comment cela se fait-il, si ce n'est pas indiscret?

En d'autres circonstances, Trevor aurait effectivement jugé cela indiscret et aurait éludé la question, mais il estimait qu'il lui devait une explication.

— Mon grand-père parlait très peu d'Ardmore ou de la famille qu'il avait laissée en Irlande.

En attendant que le café passe, il sortit les ingrédients nécessaires à l'omelette.

— C'était un homme dur et froid. J'ai toujours eu l'impression que ce qu'il avait vécu en Irlande le rendait amer. C'est pourquoi on n'en discutait quasiment jamais.

— Je vois, fit Darcy en hochant la tête.

À vrai dire, elle ne voyait pas vraiment, car il lui était difficile de comprendre que les membres d'une famille ne se parlent pas. Chez elle, on discutait de tout, quitte à hurler et à s'arracher les cheveux.

— Votre grand-mère aussi venait d'ici, reprit-elle.

— Oui. Et elle respectait les désirs de son mari. Dans tous les domaines.

— J'imagine que c'était un homme puissant. Les hommes puissants sont souvent durs et intimidants.

— Mon père est un homme puissant. Pourtant, il n'est ni dur ni intimidant.

— Alors, si vous êtes revenu, c'est en partie pour voir où avaient été semées les premières graines de la famille Magee.

— En partie, oui.

Son ton s'était fait distant. De toute évidence, songea Darcy, elle avait mis le doigt sur un point douloureux. Bien qu'elle eût très envie d'en savoir plus, elle décida d'abandonner le sujet. Pour le moment.

— Bon, maintenant, dites-moi ce que vous pensez du cottage.

Trevor se détendit. Il se servit une tasse de café, puis entreprit de casser les œufs dans un grand bol.

— Je viens d'envoyer un fax à ma mère pour lui dire qu'il était digne d'une carte postale.

— Un fax ? C'est ainsi que mère et fils communiquent ?

— Mère et fils utilisent la technologie quand c'est nécessaire.

Il se rappela soudain ses bonnes manières et remplit une seconde tasse de café, qu'il déposa devant Darcy.

— Pour mon premier séjour en Irlande, je suis gâté. Un cottage au toit de chaume, situé en plein milieu de la campagne et doté de tout le confort moderne... Que pourrais-je souhaiter de plus ?

— Vous oubliez votre fantôme.

Trevor avait beau avoir la main ferme, il faillit renverser la poêle.

— On ne peut pas vraiment dire que ce soit le mien.

— Tant que vous vivrez ici, si. Quel personnage tragique, cette lady Gwen ! Mais, même si j'apprécie le romantisme de l'histoire, je comprends mal qu'on se languisse d'amour pendant des siècles, au-delà de la mort. Ce qui compte, c'est de vivre et de profiter de tous les bonheurs qui nous sont offerts sur cette terre, non ?

— Que savez-vous d'autre sur elle ? demanda-t-il.

— J'en sais autant que n'importe qui dans le pays, je suppose, répondit Darcy, tout en regardant avec une certaine fascination les doigts longs et fins de Trevor s'affairer avec habileté et efficacité. Mais, pour écrire son livre, Jude a étudié ce conte, et je connais plusieurs personnes qui ont vu lady Gwen.

Il lui jeta un regard circonspect.

— Et vous, vous l'avez vue ?

— Je ne pense pas appartenir à l'espèce que les fantômes aiment à fréquenter. Mais peut-être la verrez-vous, puisqu'elle se promène ici.

— Je préfère les apparitions en chair et en os, comme vous. Et l'autre personnage de la légende ?

— Carrick ? Oh, c'est quelqu'un de rusé ! C'est son orgueil et son tempérament coléreux qui les ont mis tous les deux dans le pétrin, et il n'hésite pas à faire appel à ses pouvoirs pour essayer de s'en sortir... Vous ne l'avez peut-être pas remarqué, mais quand Brenna travaille, elle met sa bague de fiançailles et son alliance à une chaîne qu'elle porte autour du cou.

— Elle a bien raison d'être prudente. Un jour, un de mes hommes a failli perdre un doigt en coinçant son alliance dans une scie à ruban.

Il sortit des assiettes et coupa l'omelette en deux.

— Mais qu'est-ce que les bagues de Brenna ont à voir avec la légende ?

— Sa bague de fiançailles est ornée d'une perle. C'est Carrick qui l'a donnée à Shawn.

Trevor haussa les sourcils, puis baissa les yeux vers son assiette.

— Très généreux de sa part.

— Ça, je ne sais pas, mais il a donné cette perle à Shawn un jour que mon frère était venu fleurir la tombe de Maud, et Shawn l'a offerte à Brenna. C'est le deuxième cadeau que Carrick avait fait à Gwen : des perles, les larmes de la lune. La première fois, il lui avait offert des diamants, les joyaux du soleil. Vous n'avez qu'à demander à Jude, si ça vous intéresse. Le troisième et dernier cadeau, c'étaient des saphirs, arrachés au cœur de la mer.

— Le cœur de la mer... répéta Trevor.

Son rêve lui revint alors avec tant de netteté que, gêné, il baissa de nouveau les yeux.

— Bref, il y a encore un pas à franchir, une autre paire de cœurs qui doivent se rencontrer et se promettre l'un à l'autre, avant que Gwen et Carrick ne soient réunis.

Sans quitter Trevor des yeux, elle but une gorgée de café.

— Vos deux prédécesseurs dans ce cottage ont permis à Carrick et à Gwen de franchir les premières étapes.

— Êtes-vous en train de me dire que j'ai été choisi pour la troisième étape ? demanda-t-il, en récupérant les toasts qui venaient de sauter du grille-pain.

— Ce serait logique, vous ne trouvez pas ? Enfin, vous avez beau avoir les pieds sur terre, Magee, vous avez tout de même du sang irlandais dans les veines, tout comme l'homme qui est autrefois tombé amoureux de la femme qui habitait ce cottage. S'il me fallait choisir un candidat pour rompre le sort qui maintient Carrick et Gwen séparés, c'est vous que je désignerais.

— Une femme aussi pragmatique que vous croit aux sorts ? répliqua Trevor en sortant le beurre et la confiture du réfrigérateur.

Comme il se rasseyait, elle se pencha vers lui.

— Si j'y crois ? Mais, mon cher, c'est moi qui les jette.

Il sourit. Avec ses yeux brillants et son sourire malicieux, il n'était pas difficile de la prendre pour une sorcière.

— Oublions un instant vos pouvoirs surnaturels et répondez-moi. Vous croyez vraiment à cette histoire ?

— Oui, j'y crois. Et si j'étais vous, je ferais très attention à mon cœur.

Elle porta à ses lèvres une bouchée d'œufs et de fromage fondant.

— On dit que si l'on perd son cœur ici, c'est pour toujours.

— Comme Maud, commenta-t-il, d'un ton qui se voulait désinvolte. Pourquoi me racontez-vous tout ça ?

— Je me demandais si vous alliez me poser la question. Vous êtes séduisant et plutôt intelligent. En plus

– et je n'ai pas honte de dire que, pour moi, c'est un avantage considérable –, vous êtes riche. Bref, il est très possible que je prenne plaisir à votre compagnie.

— C'est une demande en mariage ?

Elle lui adressa un grand sourire.

— Pas encore. Je vous dis ça parce que j'ai l'impression que vous êtes capable de percer les faux-semblants aussi facilement qu'un couteau s'enfonce dans du beurre.

À l'aide de son couteau et de la plaquette tirée du réfrigérateur, elle joignit le geste à la parole.

— Je ne suis pas une femme qui tombe amoureuse. Pourtant, j'ai essayé, avoua-t-elle.

Son regard s'assombrit brièvement. Puis elle haussa les épaules et étala du beurre sur son toast.

— Je n'ai pas ce pouvoir, voilà tout. Peut-être ne serons-nous pas à la hauteur de ce que le sort nous réserve mais, si nous décidons de nous conformer à notre destinée, je pense que nous pourrons arriver à un arrangement qui nous conviendra à tous les deux.

Les circonstances imposaient une tasse de café supplémentaire, estima Trevor. Il se leva pour prendre la cafetière et les resservir tous les deux.

— Mon métier m'a fait rencontrer beaucoup de gens et découvrir de multiples cultures, pourtant je dois avouer que c'est la conversation la plus bizarre que j'aie jamais eue à l'heure du petit déjeuner.

— Je crois au destin, Trevor, à la rencontre d'esprits semblables, au bonheur et à l'honnêteté – dans certains cas. Pas vous ?

Elle prit une autre bouchée d'omelette, qu'elle mâcha avec un plaisir évident.

— Je crois aux esprits qui s'accordent, au bonheur et à l'honnêteté, dit-il. Quant au destin, c'est une autre affaire.

— Il y a trop de sang irlandais dans vos veines pour que vous ne soyez pas fataliste, protesta-t-elle.

— Tout Irlandais est fataliste ?

— Bien sûr. Nous sommes optimistes, mais aussi terriblement superstitieux. Quant à l'honnêteté, poursuivit-elle en lui jetant un regard pétillant, c'est une question de degrés et de points de vue. C'est vrai, que vaut une histoire si elle n'est pas agrémentée de quelques exagérations ? Toutefois, il me semble que vous attachez beaucoup d'importance à l'honnêteté, alors, en toute franchise, sachez que si vous tombez amoureux de moi, il est probable que je considérerai vos avances avec bienveillance.

Avant de répondre, Trevor prit le temps de savourer le reste de son café, ainsi que le spectacle charmant qu'offrait la jeune femme.

— Moi aussi, j'ai essayé de tomber amoureux, ça n'a jamais marché.

Pour la première fois, le visage de Darcy exprima de la compassion, et elle tendit la main vers celle de Trevor.

— Être incapable d'éprouver de l'amour est aussi douloureux qu'y succomber, n'est-ce pas ?

Il regarda leurs mains jointes.

— Quel triste couple nous formons, Darcy !

— Mieux vaut se connaître tel qu'on est, avec ses défauts et ses limites, vous ne trouvez pas ? Il n'est pas exclu qu'un jour une ravissante jeune fille vous tape dans l'œil et fasse bondir votre cœur. En attendant, je ne verrais pas d'inconvénient à ce que vous m'accordiez un peu de votre temps et de vos moyens non négligeables.

— Un peu intéressée, non ?

— Oui, je l'avoue.

Elle tapota gentiment la main de Trevor.

— Vous n'avez jamais eu à compter vos sous, je me trompe ? demanda-t-elle.

— Touché.

Elle se leva et déposa leurs deux assiettes vides dans l'évier.

— Enfin, si jamais vous avez besoin d'arrondir vos fins de mois, sachez que vous faites une très bonne omelette. J'aime bien les hommes qui cuisinent, car je ne possède pas ce talent. Je n'ai d'ailleurs guère envie de l'acquérir.

Trevor vint se placer derrière elle, posa les mains sur ses épaules, puis les fit glisser le long de ses bras.

— Vous allez faire la vaisselle ? demanda-t-il.

— Non, répondit-elle, en réprimant l'envie de s'étirer comme un chat repu. Mais je peux me laisser convaincre de l'essuyer.

Il la fit pivoter vers lui, la regarda dans les yeux et pencha la tête. À contrecœur, Darcy posa deux doigts sur ses lèvres avant qu'elles ne touchent les siennes.

— Nous savons tous les deux que n'importe lequel de nous pourrait séduire l'autre avec beaucoup de classe, et sans se donner trop de mal...

— OK, c'est moi qui commence.

— Il est encore un peu tôt, reprit-elle avec un petit rire. Gardons ça pour une autre fois.

Il resserra son étreinte.

— Pourquoi attendre ? C'est vous, la fataliste qui se plie au destin.

— Bien répondu. Mais on attendra parce que c'est ce que je désire. Et il se trouve que j'ai beaucoup de volonté.

Elle tapota les lèvres de Trevor et s'écarta.

— Moi aussi, dit-il.

Il porta la main de Darcy à ses lèvres et promena sa bouche sur sa paume et son poignet.

— Ça, j'adore, approuva-t-elle. Je pourrais revenir rien que pour ça. En attendant, vu la situation, je retire mon offre d'essuyer la vaisselle. Et maintenant, allez-vous me raccompagner à la porte comme un vrai gentleman ?

— Combien d'hommes avez-vous embobinés jusqu'à présent ? demanda-t-il, comme ils quittaient la cuisine.

— Oh, j'ai arrêté de compter ! Mais aucun n'a paru le regretter...

La sonnerie du téléphone l'interrompit.

— Il faut vraiment que vous répondiez ?

— Le répondeur va s'en charger.

— Des répondeurs et des fax ! Je me demande ce que Maud en aurait pensé.

Elle franchit la porte, descendit les marches du perron, puis se retourna et examina Trevor de la tête aux pieds.

— Vous avez l'air chez vous, ici. Mais j'imagine que vous êtes tout aussi à l'aise dans une somptueuse salle de réunion.

Il se baissa et cueillit une tige de verveine, qu'il lui offrit.

— Revenez me voir.

— Oh, je suis sûre que nos chemins se recroiseront un jour ou l'autre !

Elle piqua la fleur dans ses cheveux et se dirigea vers le portillon du jardin. Trevor comprit alors pourquoi il ne l'avait pas entendue arriver : elle était venue en vélo.

— Darcy, si vous attendez une minute, je vous ramènerai en voiture.

— C'est gentil, mais non, merci. Passez une bonne journée, Trevor Magee.

Elle enfourcha son vélo et s'éloigna sur le chemin étroit et défoncé auquel les gens du coin donnaient pompeusement le nom de route. Trevor la suivit du regard. Elle pédalait de façon terriblement sexy, constata-t-il, malgré les nids-de-poule qui faisaient tressauter son vélo.

Il s'attarda sur le chantier, aussi était-il plus de midi lorsqu'il arriva chez les Gallagher. Quand il frappa à la porte de la grande maison, des aboiements intimidants lui répondirent. Il recula aussitôt. En bon citadin, il éprouvait une crainte respectueuse envers tout ce qui était susceptible de produire ce genre de bruit.

Les aboiements cessèrent, et la porte s'ouvrit sur Jude et sur un chien dont la queue s'agitait frénétiquement. Trevor avait déjà vu l'animal, mais de loin, si bien qu'il n'avait pas remarqué sa taille impressionnante.

— Bonjour, Trevor. C'est gentil de venir me rendre visite. Entrez.

— Euh... fit-il en jetant un regard circonspect au chien.

— Finn est parfaitement inoffensif, assura Jude en riant. Il fait du bruit pour essayer de me convaincre qu'il me protège. Dis bonjour à M. Magee, Finn.

Docile, Finn leva une énorme patte vers Trevor, qui la prit en priant pour que le chien ne lui arrache pas tous les doigts.

— Je peux le mettre dehors, si vous préférez, proposa Jude.

— Non, non, ça ira très bien. Je m'excuse de débarquer sans prévenir, mais j'espérais que vous auriez une minute.

— J'en ai même plusieurs. Venez vous asseoir. Vous voulez du thé ? Est-ce que vous avez déjeuné ? Shawn m'a envoyé un excellent ragoût.

— Je n'ai besoin de rien, merci. Ne vous donnez pas de mal pour moi.

— Ce n'est rien, protesta-t-elle, tout en plaquant une main sur ses reins et l'autre sur son ventre.

— C'est vous qui devez vous asseoir, dit Trevor en lui prenant le bras pour l'emmener dans le salon. Je l'avoue, les gros chiens et les femmes enceintes me rendent nerveux.

C'était un demi-mensonge. Les gros chiens le rendaient nerveux, certes, mais les femmes enceintes le faisaient fondre. Cette déclaration eut néanmoins le mérite de convaincre Jude de s'asseoir.

— Je vous promets que ni lui ni moi ne vous mordrons. Je m'étais juré de rester calme et gracieuse jusqu'à l'accouchement. Je me sens encore assez calme, mais à six mois de grossesse j'ai dû dire au revoir à la grâce.

— En tout cas, vous avez l'air de bien maîtriser la situation. Vous savez si c'est un garçon ou une fille ?

— Non, nous préférons avoir la surprise, répondit-elle en posant une main sur la tête de Finn, qui s'était blotti contre ses jambes. Hier soir, je me suis promenée du côté du chantier. Ça avance bien.

— Ça suit son petit bonhomme de chemin. Dans une petite année, vous pourrez assister à un spectacle dans la nouvelle salle.

— J'ai hâte. Ça doit être gratifiant de transformer ses rêves en réalités.

— Oui. Mais c'est aussi ce que vous faites, avec vos livres, votre bébé.

— Vous êtes gentil. Vous sentez-vous suffisamment à l'aise maintenant pour m'avouer l'objet de votre visite ?

Trevor garda le silence un instant.

— J'avais oublié que vous étiez psychologue, dit-il enfin.

— J'ai enseigné la psychologie, rectifia-t-elle. En un an, je me suis guérie de ma timidité et, aujourd'hui, je dis tout ce qui me passe par la tête. Ce n'est pas systématiquement une bonne chose. Si je me suis montrée indiscrète, je m'en excuse.

— Ce n'est pas de l'indiscrétion, c'est de l'efficacité... L'un de mes mots préférés, ces temps-ci, ajouta-t-il. Et vous ne vous êtes pas trompée. Je suis venu vous parler de quelque chose de précis. Il s'agit de Carrick et de Gwen.

Elle croisa les mains.

— Allez-y.

— Vous croyez qu'ils existent ? Enfin, qu'ils ont existé ? corrigea-t-il.

— Je sais qu'ils existent.

Le regard de Trevor se fit sceptique. Jude réprima un sourire et reprit, en choisissant ses mots avec soin :

— Vous et moi, nous venons d'endroits bien différents d'Ardmore. New York, Chicago. Nous avons mené des vies urbaines, sophistiquées, pragmatiques...

Trevor approuva d'un hochement de tête.

— Mais nous n'y sommes plus.

— Non, nous n'y sommes plus. Les différences qui existent entre ces métropoles et Ardmore ne tiennent pas seulement à l'histoire et à la géographie. Ici, on découvre des choses qu'on pensait impossibles. On les comprend.

— La réalité est toujours la réalité, quel que soit l'endroit du monde où l'on se trouve.

— C'est aussi ce que je croyais autrefois. Mais si vous le pensez vraiment, en quoi Carrick et Gwen vous inquiètent-ils ?

— Ils ne m'inquiètent pas, ils m'intéressent.

— Vous avez vu Gwen ?

— Non.

— Alors, vous avez vu Carrick.

Au souvenir de l'homme rencontré près de la tombe de Maud, Trevor hésita un instant.

— Je ne crois pas au monde des fées.

— Il me semble que Carrick, lui, croit en vous, murmura Jude. Je voudrais vous montrer quelque chose.

Elle tenta de se lever et étouffa un juron. Trevor bondit sur ses pieds.

— Non, protesta-t-elle en l'écartant de la main. Il n'est pas question qu'on me hisse chaque fois que je veux me relever.

Elle rassembla ses forces et s'extirpa du fauteuil, ventre en avant, en prenant appui sur les accoudoirs.

— Ne vous inquiétez pas. J'en ai pour quelques minutes. Je me déplace moins vite qu'avant, mais tout va bien, dit-elle en quittant la pièce.

Trevor se renfonça dans son fauteuil. Le regard soupçonneux de Finn se posa sur lui.

— Je n'ai pas l'intention de voler l'argenterie. Alors, restons chacun dans notre coin, d'accord ?

Sans doute Finn crut-il à une invitation, car il s'approcha et planta ses deux pattes avant sur les cuisses de Trevor.

— Seigneur ! soupira-t-il en protégeant son entrejambe. Maintenant, je comprends pourquoi papa refusait que j'aie un chien. Couché !

Obéissant, Finn s'écrasa sur le sol et se mit à lécher affectueusement les mains de Trevor.

— Ah, bien ! Vous voilà amis.

— Eh oui...

— Pousse-toi, Finn, dit Jude en s'asseyant sur un pouf, aux pieds de Trevor. Regardez. Vous savez ce que c'est ?

Elle ouvrit la main. Une pierre limpide étincelait sur sa paume.

— À première vue, cela ressemble à un diamant, mais vu les dimensions de cette pierre, je dirais que c'est un morceau de verre très joliment taillé.

— C'est un diamant de la plus belle eau, entre dix-huit et vingt carats. J'ai acheté un livre et une loupe, et je l'ai examiné. Prenez-le, proposa-t-elle, regardez-le de plus près.

Trevor saisit la pierre entre le pouce et l'index et l'exposa à la lumière de la fenêtre.

— Pourquoi ne l'avez-vous pas montré à un joaillier ?

— Comme c'était un cadeau, cela me paraissait grossier. J'étais près de la fontaine sacrée, l'année dernière, lorsque j'ai rencontré Carrick. Il a déversé sur la tombe de tante Maud le contenu de sa bourse d'argent, et j'ai vu des milliers de diamants s'éparpiller sur la pierre. Tous se sont transformés en fleurs, excepté celui-là.

Trevor retourna la pierre dans sa main. Les joyaux du soleil, songea-t-il.

— Ma vie a complètement changé depuis mon arrivée à Ardmore. Cet objet est un symbole. Que ce soit un joli bout de verre ou une pierre précieuse, ça n'a pas vraiment d'importance. Ce qui compte, c'est que mon univers a pris une nouvelle dimension.

— Mon univers me convient tel qu'il est.

— À vous de voir si vous désirez le modifier ou non. Mais si vous êtes venu à Ardmore, c'est que vous avez une bonne raison.

— Oui. Je suis venu ici pour construire une salle de spectacle.

— Construire, répéta Jude. Qui sait si votre destin n'est pas de construire bien d'autres choses encore ?

5

Il était parfaitement logique qu'il passe la soirée au pub, se disait Trevor. Son ego refusait d'admettre qu'il n'était venu que pour voir Darcy, aussi préférait-il attribuer sa décision à un souci d'ordre professionnel. Il n'était pas un adolescent travaillé par ses hormones, bon sang, mais un homme d'affaires. Or la réussite de sa future salle de spectacle dépendrait en partie de celle du *Gallagher's*. Et le pub était visiblement très prospère.

La plupart des tables étaient occupées. Des familles, des couples et des touristes bavardaient devant des pintes de bière. Assis dans un coin, un accordéoniste qui ne devait pas avoir plus de quinze ans jouait un air triste. La température ayant fraîchi avec la tombée de la nuit, on avait fait du feu dans la cheminée. Près de l'âtre rougeoyant, trois petits vieux aux visages burinés fumaient d'un air songeur en battant du pied, en rythme avec la musique. Un jeune enfant sautait sur les genoux de sa mère en poussant des cris de joie.

Sa mère aurait adoré ce spectacle, songea Trevor. Carolyn Ryan Magee était issue de parents et de grands-parents qui n'avaient jamais mis les pieds sur le sol irlandais, mais elle évoquait souvent ses « racines » avec émotion.

En fait, le peu que Trevor connaissait de ses origines, il le tenait d'elle. Pour sa mère, la famille était une notion sacrée. Et lorsque quelque chose comptait pour elle, elle obligeait ses hommes à lui emboîter le pas.

D'ailleurs, ni le père ni le fils n'étaient en mesure de lui résister.

C'était elle qui mettait des disques de musique irlandaise, tandis que son mari se contentait de lever les yeux au ciel sans protester. C'était elle qui, autrefois, à l'heure du coucher, racontait à ses enfants des contes de fées, d'elfes et de lutins.

Et c'était elle, Trevor le savait, qui, à force d'acharnement, avait aplani les ressentiments que son père éprouvait envers ses propres parents. Elle n'avait pas réussi à changer cette rancœur en affection, mais au moins avait-elle bâti un pont branlant, grâce auquel des rapports courtois avaient pu s'établir.

Si Trevor n'avait pas grandi dans un foyer plein d'amour, il n'aurait sans doute pas remarqué le gouffre qui séparait son père de ses grands-parents. Mais, de tous les couples qu'il connaissait, il n'en avait jamais vu d'aussi aimant et uni que celui de ses parents. C'était un miracle d'intimité, chose qu'il savait exceptionnelle.

Si sa mère avait été là, à ses côtés, elle aurait probablement chanté et bavardé avec ses voisins, se dit-il. Il balaya le pub du regard. La fumée créait un brouillard bleuté dans la salle, et il songea qu'il n'aurait pas été inutile d'installer un système de ventilation. Puis il secoua la tête et se dirigea vers le bar. Quels que soient les inconvénients de cette fumée pour la santé, elle faisait partie de l'atmosphère que les clients recherchaient en venant au pub.

Postée à l'une des extrémités du comptoir, Brenna manœuvrait les robinets à bière, tout en discutant avec un homme qui avait l'air d'avoir cent six ans. Trevor prit place à l'autre bout, où se trouvait le seul tabouret disponible.

— Alors, comment ça va? demanda Aidan, en ajoutant une couche de Guinness dans les deux pintes qu'il était en train de préparer.

— Bien. Il y a du boulot, ce soir, on dirait.

— Et ça devrait continuer comme ça jusqu'à l'hiver. Est-ce que je peux étancher votre soif?

— Vous pouvez. Je prendrai une pinte de Guinness.

— Parfait. Jude m'a dit que vous étiez passé la voir aujourd'hui. Il paraît que nos légendes vous inquiètent.

— Elles ne m'inquiètent pas, elles m'intriguent.

— Bien sûr.

Aidan entama la préparation longue et compliquée de la pinte de Trevor, tout en mettant la touche finale aux deux autres.

— C'est normal de se poser des questions sur ce sujet lorsqu'on se retrouve en plein dedans. L'éditeur de Jude pense que quand son livre sortira, notre petit coin du monde va piquer la curiosité d'un bon nombre de lecteurs. Ce sera bon pour nos affaires, les vôtres comme les nôtres.

— Il va falloir s'y préparer.

Trevor observa la salle d'un œil faussement distrait et nota que Sinead se déplaçait avec beaucoup plus d'énergie que la veille. Mais il ne vit Darcy nulle part.

— Vous allez avoir besoin de plus d'aide ici, Aidan.

Celui-ci remplissait à présent une corbeille de chips.

— J'y ai déjà pensé. Darcy s'occupera du recrutement quand ça deviendra nécessaire.

Comme sur un signal, la voix de Darcy jaillit à cet instant de la cuisine.

— Je ne comprends pas pourquoi tu as la tête aussi dure, puisqu'il n'y a rien à protéger dedans ! Tu es bête comme un navet et deux fois plus désagréable !

Trevor interrogea Aidan du regard.

— Ma sœur s'offre un petit accès de mauvaise humeur, expliqua Aidan, sans cesser de travailler.

— Une mégère ? Je vais t'en donner de la mégère, moi, espèce de crapaud édenté !

Il y eut un bruit sourd, un cri, d'autres injures, puis Darcy, rouge de colère, les yeux étincelants, franchit d'un bond la porte battante, un plateau lourdement chargé calé contre sa hanche.

— Brenna, j'ai jeté la cocotte à la tête de ton mari. Seigneur, je n'arriverai jamais à comprendre comment une fille aussi intelligente que toi a pu épouser un tel babouin !

— J'espère que la cocotte n'était pas pleine, j'aime bien le ragoût.

— Elle était vide. Ça résonne mieux quand c'est vide.

Elle tourna la tête, inspira un grand coup et poussa un bruyant soupir de satisfaction. Elle s'apprêtait à soulever l'abattant du comptoir pour passer dans la salle lorsqu'elle aperçut Trevor.

La colère s'effaça de son visage comme par enchantement. Et bien que son regard continuât à étinceler, il prit une expression incontestablement sensuelle.

— Ça alors, regardez qui est venu nous voir ce soir ! s'écria-t-elle. Est-ce que vous pourriez soulever ce truc, chéri ? J'ai les mains pleines.

Elle avait porté des plateaux d'une seule main durant plus de la moitié de sa vie, mais elle aimait voir ce beau garçon se déplacer. Elle ronronna de bonheur lorsqu'il se laissa glisser de son tabouret et s'approcha du portillon.

— C'est agréable d'être tirée d'affaire par un bel homme costaud.

— Faites attention, Trevor, cette fille cache un caractère de vipère sous son visage avenant, jeta Shawn, qui apportait deux assiettes pleines.

— Ne faites pas attention aux bredouillements de notre singe savant, répliqua Darcy. Nos parents, qui ont toujours eu le cœur tendre, l'ont acheté à des gitans pour deux livres dix shillings. Du gaspillage, si vous voulez mon avis.

Sur ce, elle s'éloigna dans la salle en roulant des hanches.

— Ah, je ne l'avais jamais entendue, celle-là ! murmura Shawn en frottant la bosse qui ornait son crâne. Bonsoir, Trevor. Vous voulez dîner ?

— Je pense que je vais me laisser tenter par le ragoût. J'ai entendu dire qu'il était bon, ce soir.

— En tout cas, il n'y a encore eu aucun mort.

Son regard se posa sur le jeune accordéoniste, qui jouait un air plus guilleret.

— Vous êtes tombé sur un bon soir, reprit-il. Connor peut jouer comme un ange ou comme un démon. Ça dépend de son humeur.

— Et vous ? fit Trevor en se réinstallant sur son tabouret. Je ne vous ai pas encore entendu jouer. Il paraît que votre musique est aussi bonne que votre ragoût.

— C'est vrai que je ne suis pas mauvais. Mais c'est dans les gènes. La musique et la famille Gallagher, ça ne fait qu'un.

— Puis-je me permettre de vous donner un conseil ?

— Allez-y.

— Vous devriez prendre un agent.

Shawn le regarda dans les yeux.

— Oh, vous savez, vous m'avez offert un bon prix pour mes chansons ! J'ai confiance en vous. Vous avez l'air honnête.

— Avec un bon agent, vous en tireriez plus.

— Je n'ai pas besoin de plus. J'ai déjà tout ce que je désire, dit-il en regardant Brenna.

L'air perplexe, Trevor hocha la tête et prit la bière qu'Aidan avait posée devant lui.

— Finkle disait que vous ne compreniez rien aux affaires. Mais vous êtes loin d'être aussi bouché qu'il le prétendait, sans vouloir vous vexer.

— Y a pas d'offense.

Trevor examina Shawn par-dessus le bord de sa chope.

— Finkle m'a raconté que vous ne cessiez de le confondre avec un autre investisseur, un restaurateur de Londres.

Une lueur d'amusement éclaira les yeux de Shawn.

— Il a dit ça ? Aidan, tu as entendu parler d'un restaurateur de Londres qui aurait voulu s'associer avec nous ?

— Il me semble qu'une affaire de ce genre inquiétait Finkle, en effet, bien que je lui aie assuré que nous n'avions pas d'autre investisseur en vue… À vrai dire, reprit Aidan après une pause, nous nous sommes tous efforcés de le persuader qu'il avait un rival.

— C'est bien ce que je pensais, déclara Trevor.

Impressionné, il avala une grande gorgée de Guinness.

— Très habile, conclut-il.

En entendant le rire de Darcy, il se retourna. Elle ébouriffait les cheveux du jeune Connor. Puis, la main toujours posée sur sa tête, elle se mit à chanter.

C'était un air rapide, dont les paroles se télescopaient. Il l'avait déjà entendu dans des pubs de New York, et lorsque sa mère était d'humeur à écouter de la musique irlandaise, mais jamais chanté de cette façon, d'une voix qui semblait gorgée de bon vin, avec de l'or sur les bords.

Dans son rapport, Finkle avait mentionné la voix de Darcy. Plus exactement, il s'était répandu en louanges sur cette voix. Trevor n'y avait pas attaché beaucoup d'importance. En tant que propriétaire d'une maison de disques, il savait d'expérience combien des voix pouvaient être portées aux nues, alors qu'elles ne méritaient que des applaudissements polis.

En écoutant Darcy, Trevor s'en voulut d'avoir douté des déclarations de son émissaire.

Quand elle arriva au refrain, Shawn s'accouda au comptoir et joignit sa voix à la sienne. Une sorte de rire frémit dans la gorge de Darcy, lorsque, sans cesser de chanter, elle s'approcha de Trevor et posa une main sur son épaule.

— « Je dirai à maman en rentrant que les garçons ne fichent pas la paix aux filles... »

Non, se dit Trevor, les garçons n'avaient sûrement jamais fichu la paix à cette fille-là. Lui-même avait grande envie de lui attraper les cheveux, mais pas pour les tirer, comme le suggérait la chanson. Non. Pour en remplir ses mains, les relever et découvrir la peau de sa nuque...

Des milliers d'hommes devaient réagir comme ça, se dit-il. Et tant mieux, car cela ne pouvait qu'inciter les clients – mâles, en tout cas – à revenir au pub. Ce pincement de jalousie qu'il éprouvait était ridicule.

La chanson terminée, Darcy attrapa Shawn par le col, l'attira par-dessus le comptoir et lui plaqua un baiser bruyant sur la bouche.

— Crétin, dit-elle avec affection.

— Mégère.

— Trois filets de poisson, deux ragoûts et deux parts de tarte. Et maintenant, reprends ta place à la cuisine.

Elle caressa distraitement l'épaule de Trevor et se tourna vers Aidan.

— Trois pintes de Guinness, trois de Sharp, un verre de Smithwick et deux Coca. Un des Coca est gratuit, c'est pour Connor. Vous permettez ? demanda-t-elle à Trevor, avant de lui voler une gorgée de bière.

— En échange, chantez une autre chanson.

— Oh, je le ferai sûrement d'ici la fin de la soirée ! répliqua-t-elle en posant sur son plateau les boissons déjà prêtes.

— Non, maintenant.

Trevor tira un billet de vingt livres de sa poche et le tint entre deux doigts.

— Une ballade, cette fois.

Le regard de Darcy glissa du visage de Trevor au billet.

— C'est un énorme pourboire pour une chanson.

— Je suis riche, vous vous rappelez ?

— Je ne risque pas de l'oublier.

Elle voulut prendre le billet, mais il l'écarta promptement.

— Chantez d'abord.

Elle songea à repousser sa requête avec dédain. Mais vingt livres, c'était vingt livres, et elle aimait chanter, de toute façon. Alors, elle lui sourit, et sa voix s'éleva en même temps qu'elle soulevait le plateau.

— « Venez toutes, filles jeunes et belles / Vous toutes qui vous épanouissez / Prenez garde, soignez votre jardin / Ne laissez aucun homme voler votre thym. »

Connor entreprit bien vite de l'accompagner et rougit lorsque Darcy lui décocha un clin d'œil en lui apportant son Coca. Sans cesser de servir les uns et les autres, elle chanta le regret et la perte de l'innocence. Les conversations se tarirent, et plus d'un cœur soupira. Comme Trevor avait payé cette ballade, ce fut lui que Darcy regarda en revenant vers le comptoir et ce fut à lui qu'elle dédia les derniers vers.

Toute l'assemblée se mit à applaudir. Les yeux brillants, Darcy arracha le billet des mains de Trevor.

— Pour vingt livres chacune, je vous chanterai autant de chansons que vous voulez.

Elle chargea sur son plateau les Guinness qu'Aidan venait de préparer et partit les servir.

— Bon sang, je chanterais bien pour la moitié ! cria quelqu'un, avant d'entonner *Biddy Mulligan*.

— Le week-end, il y a des concerts plus officiels, dit Aidan à Trevor. C'est le *Gallagher's* qui paie les groupes.

— Je viendrai. Ça vous arrive de jouer et de chanter ensemble, tous les trois ? demanda Trevor en regardant Darcy regagner la cuisine.

— Shawn, Darcy et moi ? Chez des amis, de temps en temps, ou ici, pour le plaisir. Lorsque je voyageais, je chantais parfois pour un lit et un repas. Ça n'était pas toujours facile.

— J'imagine que ça dépend des goûts de l'auditoire.

Trevor resta encore une heure, à savourer sa pinte et son ragoût, tandis que l'infatigable Connor jouait air sur air.

Il dut se lever pour ouvrir la porte à un couple, dont chacun des membres portait un enfant endormi. Il vit ensuite d'autres familles s'en aller, ainsi que deux hommes aux visages burinés, probablement des pêcheurs, qui devaient se lever avant l'aube pour prendre la mer. Après 21 heures, Darcy servit peu de repas, mais les robinets à bière fonctionnaient encore lorsqu'il se leva pour partir.

— On raccroche, chef ? lui cria Brenna.

— Oui. J'aimerais bien savoir quelles vitamines vous prenez pour avoir la forme après quinze heures de travail.

— Je ne prends aucune vitamine, répliqua-t-elle.

Elle se pencha par-dessus le comptoir pour tapoter la main noueuse du vieillard toujours assis en face d'elle.

— C'est la compagnie de mon seul véritable amour, M. Riley, qui me maintient en forme.

Riley gloussa de plaisir.

— Alors, donne-moi une dernière pinte, chérie, et un baiser pour aller avec.

— La bière, il faudra la payer, mais le baiser est gratuit... À demain, patron.

— Je vous emprunte votre sœur une minute, lança Trevor à Aidan. C'est à vous de me raccompagner, dit-il à la jeune femme, en l'attrapant au passage.

— Je pense pouvoir vous consacrer un instant.

Elle posa son plateau et, malgré le regard désapprobateur d'Aidan, elle suivit Trevor.

Dehors, une petite bruine tombait, et des bancs de brouillard montaient de la mer. Le lointain appel de la corne de brume d'un bateau perçait le battement régulier des vagues.

— Il fait délicieusement frais, dit Darcy en offrant son visage à la pluie. Au bout d'un moment, on étouffe dans le pub.

— Vous devez avoir terriblement mal aux pieds.

— Je ne dirais pas non à un bon massage, c'est vrai.

— Venez avec moi, je leur accorderai tous mes soins.

— J'avoue que votre offre est tentante, mais j'ai encore du travail, et je ne voudrais pas me coucher trop tard.

Il porta la main de Darcy à ses lèvres.

— Vous montrerez-vous à votre fenêtre, demain matin ?

Le cœur de Darcy fit un bond dans sa poitrine, et quelque chose remua dans son ventre, mais rien de tout cela ne l'alarma, car elle était convaincue qu'il fallait jouir de chacune des sensations qui se présentaient. Elle ne devait pas pour autant se laisser embobiner et perdre tout sang-froid, se rappela-t-elle.

— Peut-être, dit-elle en caressant du bout du doigt la joue de Trevor. Si jamais je pense à vous.

— Assurons-nous que ce sera bien le cas.

Il la prit dans ses bras, mais Darcy plaqua une main ferme sur sa poitrine, et il ne put l'étreindre.

La jeune femme sentait son pouls s'emballer et trouvait tout cela fort agréable : l'odeur de la pluie, les gouttes rafraîchissantes qui s'écrasaient sur sa peau, la force des bras qui l'enveloppaient. Cela faisait un moment qu'elle n'avait pas permis à un homme de l'enlacer ainsi. Elle avait beau susciter nombre d'avances, elle n'accordait ses faveurs qu'avec discernement et veillait toujours à garder le contrôle. Car une fois qu'on avait lâché les rênes, on risquait d'oublier que même les sensations les plus délicieuses étaient terriblement fugaces.

En l'occurrence, goûter à ce que Trevor pouvait lui offrir n'était pas dangereux, décida-t-elle. Après tout, cela lui permettrait de voir si elle avait envie d'aller plus loin. Elle fit donc remonter sa main sur la poitrine de Trevor, puis sur sa nuque et, les yeux grands ouverts, elle lui tendit ses lèvres.

Il prit son temps, ne se jeta pas sur elle. Il ne chercha pas à la tripoter, ni à s'emparer immédiatement de sa langue. Son baiser était agréable, ferme, assuré, avec juste un soupçon de morsure. C'était un bon début, estima Darcy, tout en regrettant qu'il ne se montrât pas un peu plus agressif.

Puis il inclina la tête sur le côté, lui caressa le dos, et son baiser se fit plus ardent. Le cerveau de Darcy se brouilla, elle se dit : « Ah, Seigneur ! », puis elle ne pensa plus du tout.

Trevor était pris d'une furieuse envie de la dévorer toute crue, à grandes bouchées avides. Sans doute était-ce ce à quoi elle s'était attendue, songea-t-il en se rappelant son regard légèrement dédaigneux lorsqu'il l'avait prise dans ses bras. Aussi s'était-il retenu durant les premières secondes. Et il avait senti l'attitude de Darcy changer, virer à l'approbation, et même au plaisir.

Elle céda à sa fougue avec une sérénité confondante. Leurs yeux se fermèrent en même temps, et ils oublièrent toute tactique. La main toujours pressée contre la nuque de Trevor, Darcy se serra contre lui, parut se fondre en lui, tandis qu'ils reculaient jusqu'au mur du pub, cœur battant contre cœur battant.

Enfin, Trevor s'écarta pour reprendre son souffle et se ressaisir. Elle resta adossée au mur, poussa un long soupir d'aise et ouvrit les yeux.

— J'ai bien aimé.

Un peu plus, sans doute, qu'il n'était judicieux. Elle se passa la langue sur les lèvres, comme pour retrouver le goût du baiser, et son sang se remit à bouillir.

— Tu ne veux pas recommencer ?

— Pourquoi pas ?

Cette fois, il encadra son visage de ses mains et plongea les doigts dans ses cheveux. Mais il garda la bouche à un millimètre de celle de Darcy, jusqu'à ce que le souffle leur manque à tous les deux.

— On va se rendre fous, murmura-t-il.

Le son qu'elle émit tenait plus du halètement que du rire.

— Je suis parvenue à la même conclusion. Allons-y.

Elle saisit la lèvre inférieure de Trevor entre ses dents, tira doucement, puis plus fort, avant de la caresser doucement de la pointe de la langue.

— Ça, c'est un bon début, parvint-il à dire, avant d'écraser sa bouche sur la sienne.

Darcy sentit sa tête tournoyer en cercles rapides et dansants qui la laissèrent étourdie et ravie. Les sensations se mêlaient en elle pour former un patchwork éblouissant : la bouche de Trevor, la fermeté de son corps, la pierre humide contre laquelle elle se pressait, le glissement de la pluie sur sa peau.

Elle voulait abattre ses défenses, l'entendre l'implorer, aussi se lança-t-elle tout entière dans cette étreinte et s'abandonna-t-elle à la passion de l'instant. Résultat : elle lui offrit beaucoup plus qu'elle ne l'avait prévu.

Cette fois encore, ce fut lui qui s'écarta en premier. C'était ça ou la traîner dans la voiture et la prendre sur la banquette arrière avec toute la finesse et la maîtrise de soi du gamin qui fait ça pour la première fois. Il avait suffi à Darcy d'un baiser sous la pluie à la sortie d'un pub bondé pour l'amener au bord du gouffre.

— Il va nous falloir plus d'intimité, déclara-t-il.

— Une autre fois.

Avant tout, il fallait qu'elle retrouve l'usage de ses jambes.

— Pour l'instant, reprit-elle, nous nous sommes assez excités mutuellement. Je doute que nous dormions beaucoup cette nuit, mais tant pis.

Elle passa la main dans ses cheveux, projetant de fines gouttes de pluie autour d'elle.

— Tu sais, la dernière fois que j'ai embrassé un Américain, j'ai dormi comme un bébé, ensuite.

— Est-ce un compliment ?

— Peut-être. J'aurai plaisir à penser à notre prochain baiser, mais pour le moment il faut que je reprenne le travail, déclara-t-elle, tout en constatant avec soulagement que ses jambes ne tremblaient plus. Quant à toi, tu ferais bien de rentrer chez toi.

Elle commença à s'éloigner, mais il la retint par le bras. Elle se força à lui décocher un regard ironique, de peur de succomber à nouveau.

— Tiens-toi comme il faut, Trevor. Si je reste une minute de plus, Aidan va me faire la leçon et gâcher ma bonne humeur.

— Je voudrais que tu m'accordes ta prochaine soirée de libre.

— C'était bien mon intention.

Elle lui tapota amicalement la main et rentra dans le pub.

Surpris et agacé à la fois, Trevor dut attendre dans sa voiture, en écoutant tomber la pluie, que les battements de son cœur se calment et que ses mains cessent de trembler. Il savait ce que c'était que de désirer une femme, et même d'éprouver le besoin impérieux de l'avoir sous ses mains, sous son corps. Et il savait aussi que ce besoin vous rendait vulnérable.

Mais la soif qu'il avait de Darcy Gallagher n'avait pas grand-chose à voir avec ses expériences précédentes. Certes, il devait admettre qu'il n'avait jamais rencontré quelqu'un comme elle. Les sourcils froncés, il fixa la porte du pub un long moment avant de se décider à démarrer.

Darcy était sexy, égoïste, séduisante. Il connaissait d'autres femmes dotées de ces attributs, mais elles n'avaient pas sa franchise. Celle-ci ne recherchait que son plaisir et ne s'en cachait pas. Et, bon sang, il admirait cette absence de vergogne. Elle savait d'ailleurs parfaitement qu'il jouait le même jeu, et cela aussi forçait son admiration.

Cela allait être passionnant de voir combien de rounds le combat durerait, songea-t-il. En tout cas, il gagnerait, cela ne faisait aucun doute.

Aucune autre fille ne lui avait autant échauffé le sang. Darcy avait plongé son cerveau dans une confusion qu'il n'avait jamais connue. Mais même s'il n'avait éprouvé aucune attirance physique pour elle, il aurait apprécié sa compagnie et cherché à pénétrer ce cerveau merveilleux et franc. En l'occurrence, la situation était idéale : comme lui, elle ne cherchait rien d'autre qu'une relation satisfaisante aussi bien sur le plan physique qu'intellectuel.

Côté business, les choses étaient relativement simples : le pub appartenait à Darcy autant qu'à ses deux frères, mais c'était à Aidan que Trevor avait eu affaire jusqu'à présent, et il ne changerait pas d'interlocuteur. Par ailleurs, il y avait la voix de Darcy, qu'il avait découverte ce soir. À ce sujet, il avait une ou deux idées auxquelles il voulait réfléchir avant d'en discuter avec elle. Elle se laisserait sûrement guider par son expérience et attirer par ce qu'il pouvait et avait l'intention de lui offrir.

Elle aimait l'argent et voulait vivre dans le luxe. Eh bien, pas de problème. Il savait comment lui donner un coup de main pour réaliser ses ambitions. L'essentiel, c'était le profit, avait-elle dit, et Trevor était entièrement d'accord avec elle.

Finalement très satisfait de la façon dont se déroulait son séjour en Irlande, il s'arrêta devant son cottage. Il sortit de voiture, verrouilla machinalement les portières, puis, guidé par la lampe qu'il avait laissée allumée dans la maison, il s'élança dans le brouillard.

Il n'aurait su dire ce qui le poussa à regarder vers la fenêtre. Un violent frisson le traversa de la tête aux pieds, tel un éclair. Durant une fraction de seconde, il crut que c'était Darcy, qui se montrait à lui de la même façon que la première fois qu'il l'avait vue, et une bouffée de désir l'envahit.

Cette femme-là se tenait elle aussi derrière une fenêtre, et elle aussi était charmante, mais ses cheveux étaient blond pâle et ses yeux verts – du moins le pensait-il, car l'obscurité l'empêchait d'en distinguer la couleur exacte.

Cette femme-là était morte depuis trois cents ans.

Les yeux fixés sur son visage, le cœur cognant dans sa poitrine comme un marteau-piqueur, il vit l'éclat d'une larme qui glissait lentement le long de la joue. Tel un automate, il traversa le jardin aux fleurs dégoulinantes, sans sentir l'odeur d'humidité, sans entendre le tintement narquois du carillon fixé sur le toit.

Il ouvrit en grand la porte d'entrée.

La maison était parfaitement silencieuse. L'unique lampe allumée étalait sur le vieux plancher de longues ombres obliques qui allaient se perdre dans les recoins. Sans poser ses clés, il grimpa l'escalier.

Une illusion, ce ne pouvait être qu'une illusion, qui allait s'évanouir à la lumière, se dit-il en appuyant sur l'interrupteur de sa chambre. Il retint son souffle et écarquilla les yeux.

Elle était là, vêtue d'une robe grise toute simple qui descendait jusqu'à ses chevilles, et elle le regardait, les mains sagement croisées devant elle. Ses cheveux d'un or délicat se répandaient sur ses épaules, et une larme brillante comme de l'argent séchait sur sa joue.

— Pourquoi gaspillons-nous ce que nous possédons au plus profond de nous-mêmes ? Pourquoi nous faut-il autant de temps pour le voir et le comprendre ?

Elle avait un accent irlandais. Ça, c'était le comble !

— Qui...

Il s'interrompit. La question était idiote. Il savait fort bien qui elle était.

— Que faites-vous ici ? dit-il enfin.

— C'est plus réconfortant d'attendre chez soi, surtout quand l'attente est longue. Il pense que vous êtes le dernier, même si vous le niez.

Cette situation était absurde. Un homme ne pouvait discuter avec un fantôme. Quelqu'un, pour une raison inconnue, était en train de lui faire une farce. Il était temps d'y mettre fin. Il s'avança et tendit la main. Ses doigts traversèrent le bras de Gwen sans rencontrer de résistance.

Les clés glissèrent de ses doigts gourds et s'écrasèrent avec un tintement aux pieds de l'apparition.

— Est-ce si difficile de croire qu'il existe autre chose que ce qu'on peut toucher ? demanda-t-elle.

Remettre en cause ses certitudes n'était pas aisé, elle le savait. Elle aurait pu lui offrir la sensation d'un contact physique, mais cela l'aurait moins ébranlé.

— Votre cœur et votre sang savent déjà la vérité. Il suffit de laisser votre esprit les suivre.

— J'ai besoin de m'asseoir, marmonna-t-il en se laissant tomber sur le lit. J'ai rêvé de vous.

Pour la première fois, elle sourit, d'un air à la fois moqueur et compatissant.

— Je sais. Ça fait longtemps que votre venue ici était programmée.

— Le destin ?

— C'est un mot que vous n'aimez pas, un mot qui vous donne envie de vous harnacher pour la bataille.

Elle le regarda en hochant la tête.

— Le destin vous met face à certains choix, mais la décision n'appartient qu'à vous, en définitive. Moi, j'ai pris la mienne. J'ai fait ce que je pensais être juste.

Trevor l'écoutait, fasciné. Sa voix était pleine de regrets.

— Ça ne veut pas dire que c'était la chose à faire, mais je le croyais. Mon mari était un homme sérieux et bon. Nous avons eu des enfants, et ils ont été la joie de ma vie. Notre foyer suffisait à notre bonheur.

— Vous l'aimiez ?

— Oui, au bout d'un certain temps, je l'ai aimé. Nous avons partagé un amour chaleureux et calme, et il n'en demandait pas plus. Ce n'était pas l'éclair et la brûlure que je ressentais pour un autre. Je croyais n'éprouver pour Carrick qu'une flamme qui brûlerait haut et clair, puis mourrait en ne laissant que des cendres. Et là, j'avais tort.

Elle se tourna face à la fenêtre, et son regard erra au-delà de la vitre, au-delà de la pluie.

— J'avais tort, répéta-t-elle. J'ai attendu ici longtemps, très longtemps, et la brûlure de cet amour m'habite toujours. L'amour a tendance à se cacher derrière la passion pour qu'on ne le reconnaisse pas.

— Beaucoup diraient au contraire que la passion est souvent prise à tort pour de l'amour.

— Ils ont raison, eux aussi. Mais moi, j'ai craint le feu, alors que je le désirais. Et parce que j'avais peur, je n'ai jamais osé cueillir dans les flammes les joyaux qui m'y attendaient.

— Je sais ce qu'est la passion, mais je ne connais rien à l'amour. Pourtant, je vous ai cherchée, à travers d'autres femmes.

Elle le regarda de nouveau dans les yeux.

— Vous ne savez pas encore ce que vous cherchez. J'espère que vous le découvrirez... D'une façon ou d'une autre, un beau jour, il faut faire un choix. Réfléchissez bien à ce que vous voulez construire et décidez-vous.

— Je sais ce que…

La silhouette de Gwen s'estompait déjà. Il bondit sur ses pieds et tendit la main.

— Attendez, bon sang !

Une fois seul, il tenta de se calmer en marchant de long en large, ce qui n'eut guère d'effet. Comment diable était-il censé réagir ? Des rêves, des apparitions, des fantômes… Il n'y avait là rien de solide, de tangible. Rien de crédible.

Pourtant, il y croyait, et c'était précisément ce qui l'inquiétait.

6

— Vous n'avez pas l'air en forme, ce matin.

Trevor but une gorgée du café qu'il avait apporté sur le chantier et jeta à Brenna un regard meurtrier.

— Oh, fermez-la !

Elle n'essaya pas de cacher son sourire. Elle le connaissait suffisamment à présent pour ne plus s'inquiéter de ses accès de colère. Quand les gens de son espèce avaient vraiment envie de mordre, ils ne prévenaient pas.

— Et de mauvaise humeur, en plus. Vous voulez que je demande qu'on vous apporte un fauteuil à bascule, pour que vous puissiez piquer un petit roupillon ?

Il but une autre gorgée de café.

— Vous avez déjà vu une bétonnière de l'intérieur ?

— Attention, Trevor, je sais me défendre. Sérieusement, vous feriez mieux d'aller dans la cuisine et de boire votre café au calme.

— Les chantiers me remontent le moral.

— Je comprends.

Elle regarda les matériaux entassés, les grosses machines, les hommes qui soulevaient des tuyaux en s'insultant joyeusement.

— On est de drôles de numéros, vous ne trouvez pas ? Papa m'a laissée tomber pour aller faire quelques réparations dans le village, ce matin, alors je suis bien contente que vous soyez venu me tenir compagnie, même si vous boudez.

— Je ne boude pas. Je ne boude jamais.

— Bon, d'accord. Disons que vous broyez du noir, alors. Moi-même, cela m'arrive, mais la plupart du temps je cogne un bon coup sur quelque chose, et c'est fini.

— Shawn doit avoir une vie passionnante.

— Il est adorable, et c'est l'amour de ma vie. Je fais de mon mieux pour le préserver de l'ennui.

— L'ennui tue, murmura Trevor.

Brenna approuva de la tête. Son patron avait perdu sa réserve, et sa voix n'avait plus le ton un peu distant des premiers jours. Sans doute s'était-il caché derrière cette attitude jusqu'à ce qu'il soit sûr de pouvoir accorder sa confiance aux gens d'ici. Elle était contente qu'il ait passé ce cap.

— On doit inspecter les conduits du nouveau puits et ceux de la fosse septique ce matin. Si tout va bien, on aura rebouché la tranchée avant ce soir.

Elle emmena Trevor sur le chantier pour lui montrer l'avancement des travaux. La pluie, qui ne cessait de tomber depuis la veille, avait rendu le sol boueux. Des gouttes d'eau dégoulinaient de la casquette de Brenna et faisaient luire la petite fée en argent qui l'ornait.

La jeune femme s'accroupit. Elle adorait l'odeur de la boue, de l'essence et des hommes qui travaillaient sans ménager leur peine.

— Comme vous le voyez, nous avons utilisé des matériaux de première qualité. L'hiver dernier, il y a eu une inondation, et papa et moi avons dû changer le tuyau d'une fosse septique. Je préférerais ne pas avoir à revivre cette expérience, du moins pas dans un avenir proche.

— Celui-ci tiendra le coup, assura Trevor.

Il s'accroupit à côté d'elle et examina les alentours. Il imaginait parfaitement la façade longue et basse de la salle de spectacle, dont les pierres et les boiseries seraient assorties à celles du pub. Ce serait un édifice charmant et simple, mais construit avec ce que la technologie moderne offrait de mieux.

Car c'était ça, son rêve. Partir de ce qui existait, le respecter, voire le mettre en valeur, tout en utilisant les techniques les plus pointues que l'homme avait inventées. C'était pour cela qu'il était venu, pour imprimer la marque des Magee sur le village dont ils étaient issus. Sa présence ici n'avait rien à voir avec les vieilles légendes et les fantômes, si charmants soient-ils.

Il s'aperçut soudain que Brenna le regardait d'un air interrogateur.

— Désolé, je me suis perdu dans mes pensées.

Il semblait perplexe et plutôt agacé. Brenna hésita. Après tout, ils ne se connaissaient que depuis peu.

— Si ce qui vous gêne concerne le boulot, dites-le-moi. Je ferai mon possible pour régler le problème. C'est pour ça que vous me payez. Si c'est personnel et que vous avez besoin d'en parler, je vous écouterai volontiers.

— Il y a des deux. Merci de votre offre, mais je crois que je préfère y réfléchir encore un peu tout seul.

— Moi, je réfléchis mieux quand j'ai les mains occupées.

— Vous avez raison, dit-il en se redressant. Au boulot.

Travailler sur le chantier était dur et salissant, mais Trevor y prenait grand plaisir. Il allait et venait sur les larges plaques de contreplaqué qu'on avait placées sur le sol pour que les roues des brouettes et les bottes ne s'enfoncent pas dans la boue. Il coltina le bois destiné aux montants et aux poutres, puis rejoignit les plombiers, qui travaillaient à l'abri d'une bâche sur laquelle la pluie crépitait. Il but des litres de café et eut enfin l'impression de faire de nouveau partie de l'espèce humaine.

Brenna avait raison, songea-t-il. Le travail manuel repoussait les soucis dans un coin du cerveau où ils pouvaient mijoter tranquillement et trouver leurs solutions, ce qui était beaucoup plus efficace que de broyer du noir.

Trempé, couvert de boue, mais de bien meilleure humeur, il soulevait une autre poutre lorsqu'un frisson le parcourut tout entier. Alors, comme la veille devant le cottage, il se sentit obligé de lever les yeux.

Debout derrière sa fenêtre, Darcy le regardait à travers le fin rideau de pluie.

Il la fixa à son tour. Aucun d'eux ne souriait. Cet échange muet était aussi franc et érotique que le frottement d'un corps contre un autre. Il ne restait rien du flirt désinvolte grâce auquel ils avaient fait connaissance, ni du jeu de la séduction auquel ils s'étaient livrés ensuite.

L'éclair et la brûlure dont avait parlé Gwen... Oui, c'était bien cela, comprit Trevor, les yeux fixés sur cette femme qu'il connaissait à peine.

Il la connaissait à peine, d'accord, mais il la voulait, et il l'aurait. Et tant pis si le feu de la passion s'éteignait rapidement.

Seigneur, n'avait-il donc aucune volonté pour se soumettre aussi facilement à ses désirs ? Furieux contre lui-même, il hissa la poutre sur son épaule et l'apporta à l'équipe de charpentiers.

Quand, incapable de se retenir, il se retourna, Darcy avait disparu.

Elle se comportait comme si de rien n'était, comme s'il n'y avait pas eu cet échange révélateur de regards. Lorsque Trevor vint déjeuner, elle lui jeta un regard distrait et continua à noter la commande qu'elle était en train de prendre, imperturbable. Cette maîtrise de soi était sans doute admirable, mais elle l'exaspérait.

La salle était moins bondée que la veille. Découragés par le mauvais temps, un certain nombre de touristes avaient dû rester à l'hôtel. Avec une once de perversité, Trevor choisit délibérément une table située dans le secteur de Sinead. Et maintenant, quel pion Darcy allait-elle avancer, dans cette partie d'échecs qui les opposait ? se demanda-t-il avec curiosité.

Très malin, jugea Darcy en remarquant sa stratégie. Il serait servi lentement, mais il avait marqué un point. À elle de jouer, maintenant. Un pas en avant ou un pas en arrière ? Mais elle pouvait aussi tenter un mouvement latéral, se dit-elle, en ramassant un pourboire sur une table qui venait d'être libérée.

— Le temps est un peu humide, aujourd'hui, n'est-ce pas, Trevor ? lança-t-elle de loin.

— Pas qu'un peu.

— J'imagine que tu préférerais être bien au chaud dans ton bureau de New York.

Ravi de la tournure que prenaient les événements, Trevor posa nonchalamment son pied gauche sur son genou droit.

— Moi, je me trouve toujours bien là où je suis. Pas toi ?

— Oh, moi, quand je suis ici, je rêve d'être ailleurs, et vice versa ! Je suis une créature capricieuse.

Elle passa à la table suivante, où attendaient des clients.

— Que puis-je vous servir aujourd'hui ? demanda-t-elle avec un sourire radieux.

Elle prit la commande, ainsi que celle de la table voisine, les transmit à Shawn et servit les boissons avant que Sinead ne se soit frayé un chemin jusqu'à Trevor. Du coin de l'œil, celui-ci vit le petit sourire satisfait de Darcy.

Il demanda un bol de soupe et attendit que Darcy repasse près de lui.

— Il faut que je fasse des recherches dans la région. Tu ne pourrais pas me servir de guide ?

— C'est gentil à toi de penser à moi, mais je n'aurais guère le temps de le faire correctement.

— Je ne dispose moi-même que d'une heure ou deux. Qu'en pensez-vous, Aidan ? Je peux vous emprunter votre sœur entre les deux services ?

— Son temps lui appartient jusqu'à 17 heures.

— M'emprunter, tu dis ? s'écria Darcy en éclatant de rire. Pas question. Mais si tu veux m'embaucher comme guide, on peut se mettre d'accord sur un tarif raisonnable.

— Cinq livres de l'heure.

Elle lui jeta un regard ironique, dans lequel il crut pourtant lire une certaine tendresse.

— C'est ce que tu appelles raisonnable ? Dix, et je trouverai le temps.

— Grippe-sou.

— Radin, riposta-t-elle, ce qui fit s'esclaffer quelques clients.

— D'accord, dix livres. Mais tu as intérêt à être bonne.

— Chéri, jusqu'à présent, aucun homme ne s'est plaint, dit-elle en battant des cils.

Sur ce, elle se dirigea vers la cuisine, et Trevor plongea sa cuillère dans le bol de soupe que Sinead avait posé devant lui. Tous deux étaient très satisfaits de cet arrangement.

Fidèle à elle-même, Darcy prit le temps de se remettre du rouge à lèvres et du parfum, de se recoiffer et de choisir une tenue appropriée aux circonstances. Après réflexion, elle se décida pour un chemisier vert de coupe très sage et un ensemble pantalon noir.

Elle avait depuis longtemps remarqué que les Yankees adoraient sillonner les routes irlandaises, qu'il pleuve ou qu'il vente, comme s'ils n'avaient jamais vu un pré de leur vie.

Avant de quitter son appartement, elle attacha ses cheveux avec un ruban noir et enfila une veste, puis descendit lentement l'escalier.

Elle avait l'habitude de faire attendre les hommes.

En bas, Shawn sifflotait en achevant la vaisselle. Mais elle constata avec un certain étonnement que Trevor n'était pas en train de piaffer dans la cuisine en buvant une énième tasse de café.

— Trevor est dans la salle ?

— Je ne sais pas. Je l'ai entendu dire à Brenna qu'il devait passer un coup de téléphone. C'était avant que tu ne montes refaire tes peintures de guerre.

Sans rien répliquer, elle se précipita dans la salle et y trouva Aidan, seul, qui se préparait à fermer.

— Tu l'as viré ? Tu oses le faire attendre dans sa voiture ?

— Qui ça ? Trevor ? Non. Il a dit qu'il avait un coup de fil à passer.

Le choc la secoua jusqu'à ses ongles de pied vernis.

— Il est parti ?

— Je pense qu'il va revenir tout de suite. Tu fermeras, d'accord ? Et tâche d'être rentrée à l'heure.

— Mais...

Elle ne termina pas sa phrase, ce qui n'avait d'ailleurs aucune importance, car Aidan était déjà sorti.

Jamais on ne l'avait fait attendre. Ne pas trouver le mâle en train de marcher de long en large en regardant sa montre pour la vingtième fois, c'était le monde à l'envers.

Plus perplexe que contrariée, elle s'apprêtait à regagner son appartement et à faire une croix sur le programme de l'après-midi quand la porte s'ouvrit, livrant passage à Trevor et à un courant d'air humide.

— Bien, tu es prête. Désolé pour le retard, déclara-t-il, très à l'aise.

L'expression hagarde de Darcy correspondait à peu de chose près à ce qu'il avait prévu. Il était certain que tous les hommes à qui elle avait eu affaire jusqu'à présent avaient attendu, la langue pendante, qu'elle se décide à faire son entrée.

« À toi de jouer, beauté », lui dit-il en silence.

— Mon temps est précieux, même si ce n'est pas ton cas, jeta-t-elle en passant devant lui pour sortir.

— Crois-le ou non, mais mon temps est précieux également, répliqua-t-il, tandis qu'elle verrouillait la porte. Le problème, c'est que tout le monde en réclame un morceau. Tout ce que je demande, c'est deux petites heures sans avoir à répondre au téléphone ou à trouver des réponses à des questions toutes plus cruciales les unes que les autres.

— Alors, je ne t'en poserai pas.

Il la guida jusqu'à sa voiture et lui ouvrit la portière. Tout en se demandant si elle allait lui en vouloir longtemps, il contourna le capot et prit place au volant.

— J'ai pensé qu'on pourrait aller vers le nord, peut-être rejoindre la côte, puis... aviser.

— C'est toi qui as le volant. Et le portefeuille.

— Tout le monde dit qu'on ne peut pas éviter de se perdre en Irlande et que cela fait partie du charme du pays, déclara-t-il en démarrant.

— Je doute que ceux qui ont un but précis en tête trouvent ça charmant.

— Heureusement, je n'ai pas de but en ce moment.

Darcy s'installa confortablement. Ce n'était qu'une voiture de location, mais elle était belle, spacieuse et respirait l'opulence. Se promener dans un véhicule luxueux à côté d'un bel homme était plutôt agréable, d'autant plus qu'il la payait.

— J'imagine qu'avant d'entreprendre quoi que ce soit, tu as toujours un but précis en tête.

— Un objectif, plus exactement.

— Et ton objectif, aujourd'hui, c'est de visiter les environs, de te faire une idée de ton futur public et de voir quels trajets il devra suivre pour se rendre à ta salle de spectacle.

— Oui, c'est l'un de mes objectifs. L'autre est de passer un petit moment avec toi.

— Bravo, tu as trouvé le moyen de faire les deux à la fois... Si on continue tout droit, on arrivera à Dungarvan. La route qui longe la mer, elle, mène à Waterford. Et si on pique vers le nord, on se retrouvera dans les montagnes.

— Que préfères-tu ?

— Oh, moi, c'est la balade en voiture qui me plaît ! Les touristes s'arrêtent souvent à An Rinn, entre ici et Dungarvan. C'est un petit village de pêcheurs où l'on parle encore le gaélique. Il n'y a pas grand-chose à y voir, à part les falaises et les montagnes, mais les touristes y vont parce qu'ils trouvent pittoresque d'entendre la langue d'autrefois.

— Tu parles le gaélique ?

— Un peu, mais pas assez pour soutenir une vraie conversation.

— C'est dommage que ces choses se perdent, commenta Trevor.

— Tu dis ça parce que tu ne vois que le côté sentimental de la question. Mais le fait est que parler anglais simplifie tout, et partout. À Paris, il y avait toujours quelqu'un qui connaissait suffisamment l'anglais pour me comprendre. Je n'aurais pas pu me débrouiller si je n'avais parlé que le gaélique.

— Tu n'es pas attachée à ce qui est typiquement irlandais, Darcy ?

— Les us et coutumes typiquement américains te rendent-ils sentimental ?

— Non, admit-il après une hésitation. En réalité, je n'y fais pas attention.

— Tu vois.

La pluie tombait dru sur le pare-brise, mais une lueur de bon augure perçait à travers la grisaille.

— Ça va se dégager, déclara Darcy. Il est possible qu'on aperçoive un arc-en-ciel. Tu aimes ça ?

— J'aime bien. Dis-moi, que préfères-tu à Ardmore ?

— À Ardmore ? répéta-t-elle, étonnée.

Jamais personne ne lui avait posé cette question, mais la réponse lui vint aussitôt.

— La mer. Ses humeurs, ses odeurs, les embruns, l'air iodé. La douceur de certains matins et la furie des jours de tempête.

— Le bruit de la mer est comme un cœur qui bat, murmura Trevor.

— Te voilà poète, remarqua Darcy, mais sans méchanceté.

— Tu te souviens du troisième volet de la légende ? Les joyaux arrachés au cœur de la mer ?

— Bien sûr, fit-elle, heureusement surprise qu'il évoque cette histoire, à laquelle elle avait elle-même beaucoup pensé, ces derniers temps. Gwen les a laissés se transformer en fleurs. C'était stupide, si tu veux mon avis. J'ai beaucoup de respect pour la fierté, mais pas à ce prix.

— Tu échangerais ta fierté contre de jolis cailloux ?

— Ça, sûrement pas, répliqua-t-elle avec assurance. Je trouverais un moyen de tout garder.

S'il existait une femme capable de réussir cet exploit, c'était bien Darcy Gallagher, songea Trevor, que cette idée mit curieusement mal à l'aise.

Le soleil apparut bientôt entre les nuages et fit scintiller les gouttes de pluie qui continuaient à tomber. La lumière prit la teinte nacrée d'un coquillage, puis les couleurs distinctes d'un arc-en-ciel se dessinèrent une à une dans le ciel. Trevor eut l'impression que l'horizon se métamorphosait en une immense fleur, simple et délicate, qui déployait un pétale après l'autre.

Ébloui, il arrêta la voiture sur le bas-côté et regarda les arcs irisés chatoyer sur le fragile fond bleu du ciel.

Darcy, elle, regardait un autre spectacle: Trevor. Il lui semblait voir tomber un bouclier et découvrir derrière la rudesse et la sophistication un noyau de tendresse inattendu. Elle était émue par la façon dont il observait fixement le jeu de la lumière et de la pluie, et plus touchée encore par le pur plaisir qui se lisait dans ses yeux.

Lorsqu'il tourna la tête pour lui sourire, elle ne réfléchit pas. Elle se pencha vers lui, prit son visage entre ses mains et lui donna un baiser rapide, léger et amical.

— Pour te porter chance, expliqua-t-elle en se redressant. Il y a sûrement un proverbe qui lie les arcs-en-ciel, les baisers et la chance.

— Si ça n'existe pas, ça devrait. Voyons où ils nous mènent... Les arcs-en-ciel, précisa-t-il en la voyant hausser les sourcils. Les baisers, j'aime à croire que je sais où ils mènent. Quant à la chance, j'en ai eu, ces temps-ci.

Il tourna dans une route étroite qui s'éloignait de la mer et s'enfonçait dans un paysage vallonné. Les lignes grises des murs de pierre, le vert clair des prairies et celui plus sombre des arbres se succédaient et formaient un tableau charmant. Il repéra un cottage qui, avec ses murs crème et son toit de chaume, ressemblait beaucoup à celui de la colline aux fées. Quelques moutons paissaient alentour, éparpillés sur ce paysage de carte postale. Et, tel un dais naturel, les trois bandes de couleur de l'arc-en-ciel surplombaient tout cela.

Il ouvrit le toit et éclata de rire quand l'eau accumulée sur la paroi vitrée aspergea Darcy, qui poussa un juron. Une odeur fraîche, primitive emplit la voiture et se mêla au parfum de la jeune femme.

À cet instant, alors que la route montait, il aperçut un monument d'un gris sévère et intimidant, qui se détachait sur le fond nacré du ciel. Seuls trois murs tenaient encore debout. Le quatrième gisait à terre, en ruines. Mais ce qui restait de l'édifice se dressait avec arrogance dans ce paysage paisible, tel un rappel de la puissance des guerriers d'antan et de la beauté des peuples disparus.

Il arrêta la voiture sur le bas-côté.

— Allons voir ça.

— Voir quoi, Trevor? Ce n'est qu'une ruine. En Irlande, on en trouve à chaque virage. Il en existe de bien plus belles que celle-ci, si tu aimes ça. À Ardmore, par exemple, il y a l'oratoire dédié à saint Declan et la cathédrale.

— Mais, pour l'instant, nous ne sommes pas à Ardmore, n'est-ce pas? répliqua-t-il en se penchant pour ouvrir la portière de Darcy. Ce genre de ruine, c'est précisément ce qui attire les touristes.

— Ceux, du moins, qui n'ont pas le bon sens de prendre leurs vacances là où il y a une piscine chauffée et des restaurants gastronomiques.

Elle sortit à contrecœur et le suivit.

— Ce n'est que l'un des innombrables châteaux ou forts mis à sac par les partisans de Cromwell... Apparemment, ces gens-là n'aimaient rien tant que détruire et incendier.

L'herbe était humide, et elle se félicita d'avoir mis des bottes. Elle avança en faisant attention où elle posait les pieds, car elle savait parfaitement ce que les moutons et les vaches déposaient dans les prés.

— Ni écriteau, ni flèche, commenta Trevor. Il est là, et c'est tout.

Darcy estima qu'il était plus intéressant de s'amuser que de bouder.

— Et que penses-tu qu'un château devrait faire, à part se tenir là ?

Trevor passa une main sur la pierre et leva les yeux.

— Je me demande combien d'hommes il a fallu pour bâtir ça, combien de temps cela a pris, qui a commandé sa construction et pourquoi... Pour s'y réfugier, sans doute.

Il pénétra à l'intérieur, et Darcy, résignée, lui emboîta le pas.

L'herbe avait poussé, sauvage et drue, entre les pierres que le temps avait jetées à terre. Les murs ouverts aux intempéries dégoulinaient d'eau. En bon bâtisseur, Trevor devina à quels endroits s'étaient trouvés les différents étages, et il s'émerveilla de la grosseur des poutres, dont il ne restait que des moignons.

— Ça devait puer et être plein de courants d'air, commenta Darcy.

Au-dessus d'eux, l'arc-en-ciel brillait toujours, dans un ciel de plus en plus clair.

— Quel romantisme ! fit Trevor.

— Ça m'étonnerait que les femmes qui ont vécu là et qui ont passé leur vie à faire la cuisine et le ménage entre deux accouchements aient trouvé ce lieu très romantique. Elles ne devaient penser qu'à survivre.

— Et elles ont atteint leur objectif. Elles ont survécu. Leur peuple a survécu. Leur pays a survécu. Voilà ce qui attire les foules ici : cette magie qui a permis à l'Irlande de perdurer et que tu ne vois pas, parce que tu baignes dedans.

— C'est de l'histoire, pas de la magie.

— Ce sont les deux. C'est ce que je suis venu construire ici.

— Quelle grande ambition !

— Pourquoi se contenter d'une petite ?

— Là, je ne peux qu'être d'accord avec toi. Et comme le *Gallagher's* est partie prenante dans ton projet, je ferai tout ce qui est en mon pouvoir pour t'aider à réaliser ton ambition.

— Il y a un autre projet dont je voudrais te parler. Mais pas aujourd'hui.

— Et pourquoi pas ?

— Parce que j'ai besoin d'un petit peu plus de chance.

Il lui prit les mains et noua ses doigts aux siens.

— Dans un vieux château, sous un arc-en-ciel, nous devrions être inondés de chance.

Il donna à la jeune femme un baiser léger et amical, semblable à celui qu'elle avait posé sur ses lèvres quelques minutes plus tôt. Une lueur amusée éclaira les yeux de Darcy. Encouragé, il se pencha de nouveau vers elle et ajouta :

— J'ai aussi entendu dire qu'au troisième baiser, le charme était plus efficace.

Il reprit sa bouche avec ardeur. Alors, elle ouvrit les lèvres. Elle ne capitulait pas, non, elle exigeait à son tour qu'il apaise sa faim. Leurs doigts se replièrent les uns sur les autres en poings serrés, comme une barrière pour retarder le passage à l'étape suivante.

Il sentit le cœur de Darcy s'emballer contre le sien, qui se mit à l'unisson.

Elle n'aurait jamais imaginé qu'un baiser pût être aussi violent et sauvage, déclencher en elle une telle tempête. Une tempête qui montait, tentait de bondir hors de sa poitrine, une tempête dans laquelle elle mourait d'envie de se jeter, au risque d'y perdre santé et raison. À cet instant, peu importait où ils se trouvaient, qui ils étaient, les raisons qui les poussaient l'un vers l'autre.

Puis les lèvres de Trevor quittèrent les siennes, glissèrent vers sa tempe et s'attardèrent dans ses cheveux. La douceur de ce geste la bouleversa, mais lui permit aussi de se ressaisir.

— Si cela porte chance de se livrer à de telles activités sous un arc-en-ciel, nous voilà à l'abri du malheur pour la vie, dit-elle.

Trevor ne put pas rire, ni répliquer d'une plaisanterie. Un sentiment étrange tourbillonnait en lui et se mêlait perfidement au simple désir.

— Combien de fois as-tu ressenti cela avant aujourd'hui ?

Sans attendre sa réponse, il lâcha ses mains, la prit par les épaules et la fit reculer pour la regarder dans les yeux.

— Réponds-moi franchement. Combien de fois dans ta vie as-tu ressenti ce que tu viens de ressentir ?

Elle aurait pu mentir. Elle avait un talent certain pour inventer de jolis mensonges, mais elle ne le faisait que quand cela n'avait pas d'importance.

Face à elle, Trevor dardait sur elle un regard intense et légèrement irrité.

— Jamais jusqu'à hier soir.

— Moi non plus... Moi non plus, répéta-t-il.

Il s'écarta et se mit à marcher de long en large.

— Il faut que j'y réfléchisse, ajouta-t-il gravement.

— Trevor, nous savons tous les deux que plus la flamme monte haut, plus elle s'éteint vite.

— Peut-être, dit-il en se souvenant des propos de Gwen. Nous aurions dû prévoir que ça se passerait comme ça.

— C'est vrai.

Oui, ils auraient dû s'en douter, regarder la réalité en face, comme ils l'avaient fait lorsqu'ils s'étaient avoué leur incapacité à tomber amoureux. Il avait raison, pensa-t-elle, ils formaient un triste couple.

— Et nous savons fort bien que nous allons coucher ensemble avant de nous séparer, reprit-elle. Mais ce n'est pas aussi simple, il y a les affaires qui embrouillent tout.

— Les affaires n'ont rien à voir là-dedans.

— Non, elles ne devraient pas. Mais le fait est que nous sommes associés, et nous devons mettre les choses au point avant de sauter au lit ensemble. Je te veux et j'ai l'intention de t'avoir, mais à mes conditions.

— Qu'est-ce que tu veux, nom de Dieu ? Un contrat ?

— Bien sûr que non, et ne prends pas ce ton-là avec moi. Je sais bien que ça t'agace d'être dans cet état alors que tu ne l'avais pas prévu, mais ce n'est pas une raison pour m'agresser.

Il ouvrit la bouche et la referma aussitôt. Il devait bien admettre qu'elle avait raison.

— Bon, d'accord, dit-il en se détournant. Voilà ce que je propose : nous allons réfléchir et définir ce que nous attendons de notre relation. Ensuite, nous nous promettrons de ne pas mêler notre vie privée et les affaires.

— Entendu. Mais sache que je ne couche pas avec n'importe qui. Je suis prudente et exigeante, et il faut que j'aie de l'affection pour un homme avant de l'accepter dans mon lit.

— Darcy, je l'ai compris dès la première heure passée avec toi. Moi aussi, je suis exigeant, ajouta-t-il en revenant vers elle. Je t'aime bien, et je commence à comprendre qui tu es. Et quand l'heure viendra, nous passerons à l'étape suivante.

Un peu rassérénée, elle sourit.

— En voilà une conversation sérieuse. Prenons garde à ne pas en faire une habitude. Maintenant, je suis désolée, mais il faut que tu me ramènes.

Elle lui tendit la main.

— La prochaine fois, on fera un tour sur la côte, proposa-t-il.

— La prochaine fois, tu m'inviteras à dîner aux chandelles, tu m'offriras du champagne et tu m'embrasseras la main comme tu l'as fait au cottage, l'autre jour.

Elle leva les yeux et regarda les arcs colorés qui s'estompaient dans le ciel.

— Mais pour dénicher ce restaurant, on peut suivre la côte.

— Marché conclu. Arrange-toi pour te libérer un soir. Le plus vite possible.

— Promis.

7

Un temps sec et chaud vint peindre le ciel et la mer d'un bleu estival. Les nuages blancs qui s'effilochaient paresseusement à l'horizon étaient inoffensifs, et les fleurs d'Ardmore absorbaient le soleil aussi avidement qu'elles avaient bu la pluie. Sur la falaise, la tour ronde projetait une ombre longue et mince sur les tombes alentour, et une petite brise ridait l'eau de la fontaine sacrée.

Au village, les ouvriers avaient retroussé leurs manches, et leurs bras bronzaient. À mesure que s'assemblaient poutres et parpaings, Trevor regardait le squelette de son œuvre s'édifier.

Plus le bâtiment prenait forme, plus il y avait de spectateurs. Le vieux Riley arrivait tous les jours à 10 heures pile, si ponctuel qu'on aurait pu régler sa montre sur lui. Il apportait une chaise pliante et s'installait confortablement, muni d'une thermos de thé. La visière de sa casquette inclinée sur les yeux, il restait là, à regarder le ballet des ouvriers et à sommeiller. À 13 heures, il se levait, repliait sa chaise et s'en allait déjeuner chez son arrière-petite-fille.

Trevor finit par le considérer comme une mascotte qui portait chance à son œuvre.

Il arrivait souvent qu'un de ses amis le rejoigne pour jouer aux échecs ou au rami, tout en discutant de l'avancement des travaux. De temps en temps, des enfants venaient s'asseoir en demi-cercle derrière sa chaise et suivaient de leurs grands yeux bleus le déplacement d'une poutrelle d'acier qu'on mettait en place, exploit que saluait une rafale d'applaudissements.

— Ce sont les arrière-arrière-petits-enfants de M. Riley et leurs copains. Ils ne dépasseront pas sa chaise, assura Brenna, en réponse aux inquiétudes de Trevor.

— Arrière-arrière-petits-enfants ? Il doit être aussi âgé qu'il en a l'air, alors.

— Il a eu cent deux ans l'hiver dernier. Les Riley vivent vieux, bien que le père de Tim Riley soit mort à l'âge tendre de quatre-vingt-seize ans, Dieu ait son âme.

— Incroyable. Et combien a-t-il d'arrière-arrière-petits-enfants ?

— Attends, laisse-moi réfléchir... Quinze. Non, seize, parce qu'un autre est né il y a quelques mois. Mais ils n'habitent pas tous dans la région.

— Seize ? Bon sang !

— Ce n'est pas si étonnant que ça. Lui-même a eu huit enfants, dont six vivent encore. À eux tous, ils lui ont donné près de trente petits-enfants, et j'ignore combien ceux-là ont fait de bébés. Mais je peux te dire que deux de ses arrière-petits-fils travaillent sur le chantier, ainsi que le mari d'une de ses petites-filles.

— Si je comprends bien, c'était inévitable.

— Tous les dimanches après la messe, il va se recueillir sur la tombe de sa femme, Lizzie. Ils ont été mariés cinquante ans. Il emporte sa vieille chaise miteuse, et il reste là-bas au moins deux heures pour lui raconter tous les potins du village et les nouvelles de la famille.

— Il y a longtemps qu'elle est morte ?

— Oh, ça fait à peu près vingt ans !

Environ soixante-dix ans de dévotion envers la même femme, conclut Trevor. C'était à la fois sidérant et encourageant.

— C'est un type adorable, M. Riley... ajouta Brenna. Declan Fitzgerald, fais un peu attention avec ce truc, tu vas assommer quelqu'un !

Elle secoua la tête et alla rattraper l'extrémité de la planche.

Les sifflements et les grondements des marteaux-piqueurs et autres machines, qui s'ajoutaient au fracas constant de la bétonnière, enthousiasmaient les jeunes spectateurs. Riley, qui trônait au centre de sa descendance, sirotait paisiblement son thé. Sur une impulsion, Trevor s'approcha de lui.

— Alors, qu'est-ce que vous en pensez ?

— Je pense que tu construis du solide et que tu as embauché les gens qu'il fallait, répondit le vieil homme, qui regardait Brenna mettre la planche en place. Mick O'Toole et sa jolie fille, ils connaissent leur boulot. Et toi aussi, il me semble, jeune Magee, ajouta-t-il en levant les yeux vers Trevor.

— Si le temps se maintient, on posera le toit plus tôt que prévu.

Un sourire plissa le visage buriné de Riley. Sa peau semblait aussi fine et fragile qu'une feuille de papier fin pliée et repliée.

— Quand il sera temps que tu finisses, tu finiras, mon garçon. C'est comme ça que vont les choses... Tu ressembles à ton grand-oncle, tu sais.

Trevor se rappela alors que sa grand-mère lui avait fait la même remarque. « C'est que tu ressembles tellement à John, son frère qui est mort si jeune. Du coup, c'est dur pour ton grand-père de... C'est dur pour lui », avait-elle dit d'un ton hésitant, presque apeuré.

— Vraiment ? fit-il, en s'accroupissant pour éviter à son interlocuteur de se tordre le cou.

— Oh, oui ! Johnnie Magee, je le connaissais, et ton grand-père aussi. C'était un beau garçon, Johnnie, avec ses yeux gris et son sourire réservé. Il était bâti comme toi, long et mince.

— Quel genre de garçon était-ce ?

— Oh, calme et réfléchi ! Plein de pensées et de sentiments, la plupart pour Maud Fitzgerald. Il la voulait, cette fille, et rien d'autre.

— Et ce qu'il a eu, c'est la guerre.

— Oui, c'est comme ça que ça s'est passé. À l'époque, beaucoup de jeunes gens sont tombés sur les champs de bataille, en France. Et ici aussi, lorsque nous nous sommes battus pour l'indépendance de l'Irlande. Partout, d'ailleurs, et de tout temps. Les hommes vont à la guerre, et les femmes attendent et pleurent.

Il posa sa main osseuse sur la tête d'un des enfants.

— Les Irlandais savent que ce n'est pas fini. Et les vieux aussi. Et moi, je suis les deux : irlandais et vieux.

— Vous avez dit que vous connaissiez mon grand-père.

— Oui, répondit Riley en croisant ses jambes maigres. Dennis, lui, il était plus costaud que son frère, et on peut dire qu'il savait regarder loin devant lui. Un insatisfait que c'était, Dennis Magee, si ça ne te gêne pas que je le dise. Ardmore ne lui convenait pas, et il a fichu le camp dès qu'il a pu. Est-ce qu'il a trouvé ce qu'il cherchait en Amérique, et la satisfaction avec ? Je me le demande.

— Je ne sais pas, avoua Trevor. Je ne crois pas qu'il ait été un homme particulièrement heureux.

— Ça me désole, car c'est difficile d'être heureux quand on vit avec quelqu'un qui ne l'est jamais. Sa femme, je me souviens, était une fille aux manières douces. Elle s'appelait Deborah Casey et elle venait d'une famille de fermiers d'Old Parish. Dix enfants qu'ils étaient, si ma mémoire est bonne.

— Elle me paraît excellente.

Riley gloussa de plaisir.

— Oh, j'ai gardé toute ma cervelle ! C'est juste qu'aujourd'hui, il me faut plus de temps pour soulever ma carcasse et la faire galoper.

Ce garçon voulait connaître le passé de sa famille, se disait le vieil homme. Eh bien, pourquoi pas ?

— Le bébé, le garçon qui est devenu ton père, c'était un bel enfant, reprit-il. Je l'ai vu trottiner sur la route aux côtés de sa mère.

— Et de son père ?

— Peut-être pas aussi souvent. Dennis s'occupait surtout de gagner de l'argent et de faire des économies pour payer leur voyage en Amérique. J'espère qu'ils ont eu une bonne vie, là-bas.

— On peut le dire, oui. Mon grand-père voulait devenir entrepreneur dans le bâtiment, et c'est ce qu'il a fait.

— Alors, il devait être content, dit Riley en se versant une énième tasse de thé. Je me rappelle que ton père, Dennis le jeune, est venu ici lorsqu'il a eu l'âge d'avoir de la moustache. C'était un beau et grand garçon, qui a fait battre le cœur de quelques-unes des filles du coin... Comme toi, d'ailleurs, ajouta-t-il en adressant un clin d'œil à Trevor. Pourtant, il n'a pas choisi de laisser ici autre chose que le souvenir de son passage. Toi, tu laisseras plus, conclut le vieil homme en désignant le chantier.

— Oui, c'est ce que je veux.

— Eh bien, Johnnie, il ne voulait rien d'autre que sa fiancée et un foyer, mais la guerre l'a fauché. Sa mère en est morte peu après, le cœur brisé. Ce doit être dur de vivre dans l'ombre d'un frère décédé, tu ne crois pas ?

Trevor leva les yeux et croisa le regard décoloré et malicieux de Riley. Un homme perspicace et intelligent, jugea-t-il. D'ailleurs, pour arriver jusqu'à cent deux ans, il fallait sûrement être intelligent.

— J'imagine que oui, même si on se sauve de l'autre côté de l'océan.

Riley acquiesça d'un hochement de tête.

— C'est juste. Mieux vaut rester sur place et prendre ses distances d'une autre façon. Bon, comme je te l'ai dit, tu lui ressembles, au John Magee qui est mort depuis longtemps. Tu as son visage et ses yeux. Dès que ses yeux à lui se sont posés sur Maud Fitzgerald, son cœur l'a reconnue. Crois-tu à l'amour, jeune Magee ? À l'amour qui triomphe des années ?

Le regard de Trevor quitta brièvement le visage de Riley et alla effleurer la fenêtre de Darcy.

— Ça existe sans doute, mais ça doit être rare.

Riley décocha un nouveau clin d'œil à Trevor et lui offrit sa tasse.

— Il suffit d'y croire. Et de le construire. Ce n'est pas fait de bois, ni de pierre, mais ça dure. Éternellement.

Il posa une fois de plus sa main sur la tête de l'enfant le plus proche.

— Certains d'entre nous se débrouillent mieux avec le bois et la pierre, commenta Trevor.

Machinalement, il porta la tasse à ses lèvres et but une gorgée. Des larmes lui embuèrent aussitôt les yeux, et le souffle lui manqua.

— Bon Dieu ! lâcha-t-il, tandis que le whisky lui incendiait la gorge.

Riley se mit à rire si fort qu'il s'étrangla et que son visage ridé se colora de rose.

— Hé, mon garçon, que serait une tasse de thé si on n'y ajoutait pas une goutte de whisky irlandais, tu peux me le dire ? Ne me raconte pas que dans tes Amériques, ils t'ont tellement dilué le sang que tu ne le supportes plus !

— C'est que, d'habitude, je n'en bois pas à 11 heures du matin.

— Qu'est-ce que l'heure a à voir là-dedans ?

Cet homme, qui avait l'air d'être plus vieux que Moïse, sirotait tranquillement son thé agrémenté d'alcool depuis plus d'une heure. Contraint de sauver la face, Trevor finit la tasse et fut récompensé par un large sourire.

— Je vois que tu es un brave garçon, jeune Magee, alors je vais te dire ceci : cette charmante gamine du *Gallagher's* n'acceptera qu'un homme au sang chaud, doté d'une colonne vertébrale solide et d'une bonne cervelle. À mon avis, tu as les trois.

— Je ne suis venu ici que pour construire une salle de spectacle, répliqua Trevor en rendant la tasse à Riley.

— Écoute encore ceci : on dit que c'est du gaspillage de laisser la jeunesse aux seuls jeunes gens, et je pense que les jeunes gens ne savent pas en profiter...

Le regard malicieux, Riley se versa une autre tasse de thé.

— Alors, il va falloir que je l'épouse moi-même, reprit-il. T'as intérêt à t'agiter, gamin, parce que j'ai des tonnes d'expérience avec la gent féminine.

— Je m'en souviendrai, répondit Trevor en se relevant. Que faisait John Magee, avant de partir à la guerre ?

— Comme métier, tu veux dire ? demanda Riley d'un ton placide, bien qu'il fût étonné que Trevor l'ignore. Il était marin pêcheur. Son cœur appartenait à la mer et à Maud, et c'est tout.

Trevor hocha la tête.

— Merci pour le thé, dit-il, avant de partir rejoindre son équipe.

Il ne prit pas le temps de déjeuner. Il avait trop de coups de téléphone à donner, trop de fax à consulter, pour rester une heure au pub. D'ordinaire, il profitait du déjeuner pour prendre une petite dose de Darcy qui lui permettait de tenir jusqu'au soir, mais cette fois il devrait s'en passer. S'il la comprenait aussi bien qu'il le croyait, elle allait l'attendre, le chercher des yeux, se poser des questions et fulminer intérieurement.

Enchanté par cette idée, Trevor regagna le cottage. L'assurance désinvolte et l'arrogance de Darcy étaient des armes redoutables. Et follement séduisantes, s'avoua-t-il en montant dans son bureau.

Les trente minutes suivantes furent consacrées au travail. Il se savait capable de se plonger dans telle ou telle tâche en faisant abstraction de tout le reste. Mais avec les souvenirs de Riley et l'image de Darcy qui dansaient dans sa tête, il lui fallut rassembler toute sa volonté pour pouvoir se concentrer.

Une fois réglées les affaires en cours, il laissa son esprit dériver vers le nouveau projet auquel il réfléchissait depuis quelques jours.

Il était temps d'en poser les fondations, se dit-il en composant le numéro du *Gallagher's*. Ce fut Aidan qui répondit, ce dont Trevor se réjouit, car il se faisait un devoir de s'adresser directement au patron de l'entreprise. Et, en l'occurrence, au chef de famille.

— C'est Trevor.

— Tiens, tiens. Je m'étonnais de ne pas te voir assis à l'une de mes tables, à cette heure, dit Aidan, en haussant le ton pour couvrir le brouhaha.

Trevor l'imaginait sans peine, en train de tirer des pintes, tout en maintenant le combiné entre l'oreille et l'épaule. Il entendit soudain le rire de Darcy jaillir au loin.

— J'avais du travail. J'aimerais discuter avec vous tous, quand ça vous arrangera.

— Discuter ? Au sujet de la salle de spectacle ?

— En partie. Vous auriez une heure à me consacrer ?

— Oh, j'imagine qu'on peut s'arranger ! Aujourd'hui ?

— Le plus tôt sera le mieux.

— Très bien. Alors, viens à la maison cet après-midi. On a l'habitude de tenir nos réunions de famille autour de la table de la cuisine.

— D'accord. Est-ce que tu pourrais demander à Brenna de se joindre à nous ?

« Il va la virer », pensa Aidan, qui s'abstint pourtant de tout commentaire.

— Bien sûr. À plus tard, alors.

Autour de la table de la cuisine… Trevor avait quelques souvenirs de réunions semblables. Avant son premier jour d'école, la veille du départ pour le camp de base-ball, le matin de l'examen du permis de conduire, etc. À chaque étape importante de sa vie et de celle de sa sœur, la famille s'était retrouvée autour de la table de cuisine. Les punitions graves, les louanges, les recommandations, tout s'était réglé là.

Ses parents étaient attablés dans la cuisine lorsqu'il leur avait annoncé la rupture de ses fiançailles. Ils s'y trouvaient aussi quand il leur avait exposé son projet de salle de spectacle et son intention d'aller en Irlande.

Il regarda sa montre et calcula qu'avec le décalage horaire ils devaient justement être en train de manger. Il prit son téléphone et composa le numéro familier.

— Résidence Magee, bonjour.

— Bonjour, Rhonda. C'est Trevor.

— Monsieur Trevor ! L'Irlande vous plaît ?

La domestique des Magee ne l'avait jamais appelé autrement, même pas quand elle le menaçait d'une fessée, autrefois.

— Beaucoup. Vous avez reçu ma carte postale ?

— Oui. Je disais justement hier à la cuisinière que M. Trevor n'oubliait jamais de m'en envoyer pour mon album. Le paysage est vraiment aussi vert que ça ?

— Encore plus. Vous devriez venir, Rhonda.

— Oh, vous savez bien que je ne monterai jamais dans un avion, à moins qu'on ne me braque un pistolet sur la tempe. Vos parents sont en train de prendre leur petit déjeuner. Ils vont être ravis de vous entendre. Ne quittez pas. Prenez bien soin de vous, monsieur Trevor, et revenez bientôt.

— C'est promis.

Trevor pouvait presque voir la domestique noire, mince comme un fil et revêtue d'un tablier blanc amidonné, courir jusqu'à la cuisine. Elle glissait sur les dalles en marbre, passait à côté des tableaux, des meubles anciens et des bouquets de fleurs et s'enfonçait dans le fond de l'élégante demeure en grès brun. Il était sûr qu'elle n'utiliserait pas l'interphone. Les nouvelles familiales devaient impérativement être délivrées en personne.

La cuisine devait sentir le café, le pain frais et les violettes que sa mère aimait tant. Le journal de son père était probablement ouvert à la page financière, tandis que sa mère lisait les éditoriaux, s'inquiétait de l'état du monde et fustigeait les esprits bornés qui prétendaient le diriger.

— Trev, mon bébé, comment vas-tu ?

— Très bien. Et toi ? J'étais sûr que j'allais tomber au milieu de votre petit déjeuner.

— Nous tenons à notre routine. Mais ce coup de téléphone, c'est encore la meilleure façon de commencer la journée. Dis-moi ce que tu vois.

Cette question était un rite familial. Trevor se leva et s'approcha de la fenêtre.

— Je vois le jardin, un jardin extraordinaire pour une aussi petite maison. La personne qui l'a dessiné savait exactement ce qu'elle voulait. C'est comme... comme un jardin de sorcière. Une de ces bonnes vieilles sorcières qui aident les jeunes filles à rompre les mauvais sorts. C'est une vraie débauche de fleurs, de toutes sortes de couleurs, de formes et de parfums, qui cascadent les unes par-dessus les autres. Plus loin, il y a une haie de fuchsias sauvages rouge vif plus hauts que moi. La route est étroite et pleine d'ornières. Si on dépasse le cinquante à l'heure, on a les dents qui s'entrechoquent. Plus loin encore, des collines d'un vert incroyable descendent en pente douce jusqu'au village. J'aperçois des toits, des murs blancs et des rues bien entretenues. Le clocher de l'église veille sur les habitants et, plus haut, il y a une antique tour ronde qu'il faut que je visite. Tout cela est bordé par la mer qui brille au soleil. C'est vraiment très beau.

— Tu as l'air heureux.

— Et pourquoi ne le serais-je pas ?

— Tu ne l'as pas été, du moins pas complètement, depuis beaucoup trop longtemps. Bon, je vais te passer ton père, qui est en train de me faire les gros yeux, car j'imagine que vous avez à parler affaires.

— Maman...

Sa conversation matinale avec le vieux Riley avait éveillé en lui une foule de sentiments inhabituels, dont un qui pesait encore plus lourd depuis qu'il avait entendu la voix de sa mère.

— Maman, tu me manques.

— Oh... oh, regarde ce que tu as fait ! dit-elle en reniflant. Parle avec ton père pendant que je pleure un petit coup.

La voix de Dennis Magee claironna à l'autre bout de la ligne.

— Eh bien, tu lui as fait oublier l'éditorial sur les armes de poing ! Comment vont les affaires ?

— On progresse comme prévu, et sans dépasser le budget.

— Ça fait plaisir à entendre. Tu comptes rester là-bas pour continuer à superviser le chantier ?

— *A priori*, oui. Toi, maman, Doro et sa famille, vous feriez bien de bloquer une semaine l'été prochain. Il faut que tous les Magee soient là pour la première représentation.

— Retourner à Ardmore ? J'avoue que je n'y avais jamais pensé. D'après les rapports de Finkle, les choses n'ont guère changé depuis que j'y suis passé.

— Elles ne doivent pas changer. Je vais t'envoyer un rapport sur l'état des travaux, mais ce n'est pas pour ça que je t'appelle. Papa, as-tu visité le cottage de la colline aux fées ?

Il y eut une pause, suivie d'un soupir.

— Oui. J'avais envie d'en savoir plus sur la fiancée de mon oncle. Peut-être parce que mon père parlait rarement de son frère.

— Et qu'as-tu découvert ?

— Que John Magee était mort en héros avant d'avoir eu le temps de vivre.

— Ce que grand-père avait du mal à supporter.

— Ne parle pas si durement de lui, Trev.

— C'était un homme dur.

— Ce qu'il éprouvait envers son frère et sa famille, il l'a gardé pour lui. Je n'ai jamais essayé de le deviner. Cela n'aurait servi à rien. Je savais que je n'arriverais pas à pénétrer ses sentiments. Quand on évoquait son pays natal et les gens qu'il y avait laissés, il se fermait encore plus.

Trevor s'en voulait d'avoir abordé le sujet. La lassitude et le chagrin étaient perceptibles dans la voix de son père.

— Excuse-moi. Je n'aurais pas dû te parler de ça.

— Au contraire. Tu as bien fait. Tu l'aurais gardé en tête, et cela t'aurait pesé. C'est normal que tu te poses ces questions, maintenant que tu es là-bas. À la réflexion, je pense que mon père était résolu à devenir américain et à m'élever comme un vrai petit Américain. C'est ici qu'il voulait laisser sa marque. À New York, il pouvait être lui-même. Il était lui-même.

Un homme froid et dur qui s'intéressait plus à sa comptabilité qu'à sa famille, songea Trevor. Mais il se garda d'exprimer cette pensée à voix haute. Cela, son père le savait mieux que quiconque.

— Et qu'as-tu trouvé, toi, quand tu es revenu en Irlande ? demanda-t-il.

— Une atmosphère assez magique et un lien plus fort que je ne m'y attendais.

— Euh... c'est ça, c'est exactement ça.

— J'avais envie d'y retourner, mais il y a toujours eu quelque chose pour m'en empêcher. Et puis, pour être honnête, je suis un citadin. Une semaine à la campagne, et je tourne en rond. Ta mère et toi, ça ne vous gêne pas de vivre coupés du monde, mais les Hamptons, à deux heures de New York, c'est le coin le plus rural que j'arrive à supporter sans devenir fou... Arrête de hennir, Carolyn, ajouta-t-il doucement.

Trevor regarda de nouveau par la fenêtre.

— On est loin des Hamptons, ici.

— Ça, c'est sûr. Une quinzaine de jours dans ton cottage, et je perdrais la tête. Je ne supporte pas longtemps le pittoresque.

— Tu as rencontré Maud Fitzgerald ?

— Oui. Seigneur, il y a bien trente-cinq ans. Elle ne m'a pas paru vieille, mais elle devait avoir au moins soixante-dix ans. Je me souviens qu'elle était gracieuse. Ça m'a surpris, car, pour le jeune imbécile que j'étais alors, une femme âgée ne pouvait qu'être bancale et ratatinée. Elle m'a offert du thé et des gâteaux, et elle m'a montré une vieille photo de mon oncle qu'elle conservait dans un cadre en cuir marron. Je me souviens de ce détail parce que ça m'a rappelé une chanson... Laquelle, déjà ? Ah, oui, *Willie MacBride* ! Ensuite, elle m'a emmené sur sa tombe. Il est enterré à côté des ruines de la cathédrale et de la tour ronde.

— J'irai la voir bientôt.

— J'ai oublié de quoi nous avons parlé exactement, c'était il y a si longtemps... Mais je me rappelle une chose qui m'a paru étrange. Nous nous tenions debout près de la tombe, et elle m'a pris la main. Elle a dit que ce qui serait issu de moi ferait le voyage jusqu'à Ardmore et que cela aurait de l'importance, que je serais fier. Je suppose qu'elle parlait de toi. Les gens disaient qu'elle avait le don de prédire l'avenir, tu sais.

— On se met à croire à ce genre de chose, quand on vit ici.

— Je te comprends. Une nuit, alors que je me promenais sur la plage, j'ai cru entendre jouer des flûtes et voir un homme me survoler sur un cheval blanc. Bien sûr, je sortais du *Gallagher's*, où j'avais bu quelques pintes de bière.

Son père eut beau s'esclaffer, Trevor sentit un frisson lui glacer le dos.

— À quoi ressemblait-il ?

— Le *Gallagher's* ?

— Non, le type sur son cheval.

— À une illusion sortie de l'imagination d'un ivrogne... Bon, voilà que ça fait pouffer ta mère, marmonna Dennis.

— Je vais vous laisser terminer votre petit déjeuner.

— Ne travaille pas trop dur, quand même. Prends le temps de te distraire. Et envoie-moi un rapport dès que possible, Trev. Quant à l'été prochain, on va tous y réfléchir. Rappelle-nous.

— Promis.

Trevor raccrocha, les yeux toujours fixés sur le paysage. Apparitions, illusions, réalité... À Ardmore, les frontières étaient floues.

Il travailla encore un peu, puis se rendit à pied sur la tombe de John Magee. Le vent soufflait sur la colline. Les mouvements du terrain avaient incliné de nombreuses stèles, qui jetaient leurs ombres obliques sur l'herbe. Celle de John Magee, pourtant, se tenait droite, comme le soldat qu'il avait été. La pierre était simple, usée par le temps et les intempéries, mais l'inscription était encore distincte. « John Donald Magee, lut-il. 1898-1916. Trop jeune pour mourir en soldat. »

— C'est sa mère qui a fait graver ces mots, dit Carrick en surgissant à côté de Trevor. Elle était folle de chagrin. Si tu veux mon avis, on est toujours trop jeune pour mourir en soldat.

— Comment savez-vous ce qu'elle ressentait ?

— Il y a peu de choses que j'ignore, et encore moins que je ne peux découvrir. Vous autres mortels, vous dressez des monuments à vos morts. C'est un usage intéressant. Typiquement humain. Les pierres symbolisent ce qui dure, et les fleurs ce qui passe, non ? Mais dis-moi, Trevor Magee, qu'est-ce qui t'amène sur la tombe d'un homme que tu n'as pas connu ?

— Les liens du sang, je suppose. Je ne sais pas... Bon Dieu, qu'est-ce que ça signifie, tout ça ? s'écria-t-il en se tournant vers Carrick.

— Tout ça ? J'imagine que tu parles de moi. Comme tu tiens plus de ta mère que de ton grand-père, tu dois connaître la réponse, même si, avec ton esprit yankee, tu refuses d'admettre ce que tu as devant les yeux. Tu as beaucoup voyagé, n'est-ce pas ? Tu es allé dans plus d'endroits et tu as vu plus de choses que la plupart des gens de ton âge. Est-ce la première fois que tu te retrouves face à des phénomènes surnaturels ?

Trevor voulait bien croire qu'il tenait plus de sa mère que de son grand-père, mais Carolyn Magee n'avait rien d'une bonne poire.

— Jusqu'à ces derniers jours, je n'avais jamais discuté avec des fantômes, dit-il d'un ton sarcastique.

— Tu as parlé avec Gwen ?

L'air amusé de Carrick s'effaça, ses yeux bleus s'assombrirent. Il agrippa le bras de Trevor, qui sentit une sorte de décharge électrique remonter jusqu'à son épaule.

— Que t'a-t-elle dit ?

— Je croyais que ce que vous ne saviez pas, vous pouviez le découvrir facilement.

Carrick lâcha son bras et se mit à tourner autour des tombes d'une démarche rapide, presque saccadée. Autour de lui crépitaient des étincelles colorées.

— Elle est la seule chose qui compte pour moi, et la seule qu'il m'est impossible de percer à jour. Sais-tu, jeune Magee, ce que c'est que de désirer une femme de tout son cœur, de tout son être, et de ne pas pouvoir l'approcher ?

— Non.

— J'ai commis une grosse erreur avec elle, je l'avoue. Non que ce soit entièrement de ma faute. Elle aussi a fait le mauvais choix. Mais au point où on en est, peu importe de savoir qui porte la plus grande responsabilité.

Il s'arrêta et se retourna vers Trevor. Les grésillements autour de lui cessèrent soudain.

— Alors, tu vas me raconter ce qu'elle t'a dit ?

— Elle a parlé de vous, de ses regrets, de sa passion brûlante et de son amour éternel pour vous. Vous lui manquez.

Les émotions se bousculaient dans le regard de Carrick.

— Si... si tu as encore l'occasion de lui parler, peux-tu lui dire que je l'attends et que je n'ai aimé personne d'autre ?

Trevor n'aurait su dire pourquoi, mais il ne trouvait pas si étrange d'avoir à transmettre un message à un fantôme.

— Je le lui dirai.

— Elle est belle, n'est-ce pas ?

— Oui, très belle.

— Un homme peut être fasciné par la beauté physique et oublier de regarder au-delà, dans le cœur. C'est ce que j'ai fait, et ça m'a coûté cher. Ne commets pas cette erreur. C'est pour ça que tu es venu, pour réparer ma faute.

— Je suis venu ici pour construire une salle de spectacle et connaître mes racines.

Sa bonne humeur revenue, Carrick émit un petit ricanement.

— Tout cela, tu le réaliseras, et plus encore. Ton ancêtre, celui qui gît ici, était un type bien, un rêveur au cœur trop tendre pour jouer au soldat et faire ce que la guerre oblige les hommes à faire. Mais il est parti accomplir son devoir en laissant son amour derrière lui.

— Vous l'avez connu ?

— Bien sûr, je les ai connus tous les deux, bien que seule Maud m'ait rencontré. Avant son départ, elle lui a donné un porte-bonheur pour le protéger.

Il fit claquer ses doigts, au bout desquels apparut une chaîne à laquelle était suspendu un petit disque en argent.

— Je pense qu'elle aimerait que tu le portes.

La curiosité l'emportant sur la méfiance, Trevor tendit la main et prit l'objet. L'argent était tiède, comme si son précédent propriétaire venait de l'ôter.

— Qu'est-il écrit ? demanda-t-il en tentant de déchiffrer l'inscription à peine visible.

— C'est du gaélique, ça signifie « amour éternel ». John Magee l'a porté fidèlement. La guerre l'a tué, mais l'amour l'a emporté sur la vie terrestre. Ton grand-oncle aspirait à une existence simple, contrairement à son frère. Celui-ci voulait plus. Il a travaillé avec acharnement et a atteint son but. Bravo, c'est admirable. Et toi, Trevor Magee, que veux-tu ?

— Construire.

— Ça aussi, c'est admirable. Et comment vas-tu appeler ta salle de spectacle ?

— Je n'y ai pas encore réfléchi. Pourquoi ?

— J'ai dans l'idée que tu feras le bon choix, car tu n'es pas homme à prendre des décisions à la légère. Ce qui explique que tu ne sois toujours pas marié.

Trevor referma les doigts sur le disque en argent

— J'aime bien vivre seul.

— Peut-être. Mais ce que tu crains par-dessus tout, c'est de commettre des erreurs.

— Exact. Bon, il faut que j'y aille, maintenant. J'ai un rendez-vous.

— Je vais faire un bout de chemin avec toi. Voilà un bel été qui se prépare. Si tu tends l'oreille, tu entendras le coucou chanter. C'est un bon présage pour l'avenir. Je te souhaite de la chance pour ton travail, ainsi qu'avec Darcy.

— Merci, mais je sais comment me débrouiller avec les deux.

— Je te crois, sinon je ne serais pas d'aussi bonne humeur. Mais sache qu'elle a des idées bien arrêtées, elle aussi. En tout cas, grâce à vous deux, l'attente m'est moins pénible. Vous me divertissez.

— Je ne fais pas partie de votre plan.

— Ce n'est pas une question de plan, mais de ce qui est écrit et qui doit arriver. Tu as ton mot à dire là-dedans, bien sûr, même s'il ne pèse pas lourd.

Carrick s'immobilisa. À présent, le cottage était bien visible, avec ses murs crème, son toit de chaume que le soleil chauffait et l'arc-en-ciel des fleurs qui l'entouraient.

— Par trois fois, elle est sortie pour m'accueillir, le cœur battant, les yeux brillants. Nous étions emplis de crainte et d'amour. Et moi, j'étais tellement convaincu de pouvoir l'épater avec mes présents et mes promesses que je ne lui ai jamais proposé la seule chose qui l'aurait décidée à me suivre.

— Il n'y a pas eu de seconde chance ?

Un sourire amer flotta sur les lèvres de Carrick.

— Il aurait pu y en avoir une, si je n'avais pas attendu aussi longtemps... Je n'irai pas plus loin. Sois malin, jeune Magee. Piège Darcy avant qu'elle ne te prenne dans ses filets.

— C'est ma vie, répliqua sèchement Trevor. Et elle ne regarde que moi.

Il commença à descendre vers sa maison, mais il ne put résister à l'envie de s'arrêter et de jeter un coup d'œil derrière lui. Carrick avait disparu, ce qui l'étonna à peine. On ne voyait que la colline verte. Au loin, un oiseau chantait.

Le coucou, pensa Trevor avec un sourire. Le tableau était parfait.

« Allez, mets tout ça de côté, s'ordonna-t-il en se remettant en route. Oublie tes ancêtres décédés et leurs petites amies, les princes des fées un peu trop bavards et les messages à transmettre aux fantômes. Tu as du travail. »

Il passa cependant la chaîne autour de son cou et fit glisser le disque d'argent sous sa chemise, où il resta bien au chaud contre son cœur.

8

L'équipe qui jouait à domicile avait toujours l'avantage, Trevor le savait, mais comment faire autrement ? La maison appartenait aux Gallagher, et dans le village, le comté et tout ce foutu pays, ils étaient comme chez eux. Alors, à moins de déplacer la réunion à New York, il allait devoir prendre la place du challenger.

En outre, ils avaient l'avantage du nombre. Mais il n'y pouvait rien non plus.

Traiter une affaire dans laquelle il partait perdant, il l'avait déjà fait, et cela ne l'effrayait pas. La difficulté de l'entreprise rendrait la victoire plus douce encore.

Il avait élaboré sa stratégie, et il était prêt. Quant aux questions, aux doutes, au malaise dû à ce qu'il fallait bien appeler des expériences paranormales, ils attendraient la fin de la journée de travail.

Ce fut en patron de Magee Enterprise qu'il frappa à la porte des Gallagher. Darcy lui ouvrit et l'accueillit avec son habituel sourire arrogant.

Seigneur, il aurait bien aimé l'avaler d'une seule bouchée et en finir avec elle. Mais l'endroit ne s'y prêtait guère, aussi se contenta-t-il de la saluer d'un sourire décontracté.

— Bonjour, mademoiselle Gallagher.

Délibérément provocante, elle fit un pas vers lui au lieu de reculer.

— Bonjour, monsieur Magee. Tu ne veux pas m'embrasser ?

Oh, si, il voulait l'embrasser ! La dévorer, même.

— Plus tard.

D'un geste, elle rejeta sa crinière en arrière.

— Plus tard, je ne serai peut-être pas d'humeur.

— Tu seras d'humeur dès que j'aurai commencé à t'embrasser.

Il vit une ombre d'irritation se peindre sur son beau visage, mais elle haussa les épaules et s'effaça pour le laisser passer.

— J'aime les hommes sûrs d'eux. La plupart du temps, en tout cas. Les autres t'attendent à la cuisine. Cette réunion a-t-elle quelque chose à voir avec la salle de spectacle ?

— En partie.

L'irritation de Darcy monta d'un cran, mais elle conserva son calme.

— Et mystérieux, avec ça, commenta-t-elle en le guidant dans la maison. Maintenant, c'est sûr, je suis amoureuse.

— Combien de fois es-tu tombée amoureuse avant ça ?

— Oh, cela fait des années que j'ai arrêté de compter ! J'ai un vrai cœur d'artichaut. Et toi, combien de fois ?

— J'en suis toujours à zéro.

— Quel dommage ! Le voilà, annonça-t-elle en entrant dans la cuisine, où se tenait une discussion animée.

— Je ne voudrais pas vous déranger... fit Trevor, en remarquant que Brenna et Shawn se jetaient des regards hargneux.

— Tu ne nous déranges pas du tout, protesta Aidan. Si ces deux-là ne s'engueulent pas au moins six fois par semaine, on appelle le toubib.

— Tu avais dit que tu me laisserais choisir les couleurs, rappela Brenna à son mari.

— Il s'agit des murs de la cuisine. Et qui c'est qui cuisine, dans cette maison, bon Dieu ?

— Le stratifié bleu, c'est joli et raisonnable.

— Le granit est subtil et solide. Il est fait pour durer deux vies.

— En ce qui nous concerne, il n'y en aura qu'une, et c'est celle-ci qui nous intéresse, non ? Trevor...

Trevor leva la main.

— Ne me demandez pas mon avis. Je ne me mêle pas des disputes entre époux.

— Ce n'est pas une dispute, grommela Brenna en croisant les bras. C'est une discussion. Le stratifié bleu peut être posé en un clin d'œil. Tu sais combien de temps ça va prendre de faire ce boulot avec du granit ?

— On ne compte pas son temps, quand il s'agit d'obtenir ce que l'on désire, déclara Shawn en se penchant pour l'embrasser tendrement. Et ensuite on l'adore.

— Tu crois que tu vas m'avoir comme ça ?

— Je crois, oui.

Elle prit une grande goulée d'air, puis expira bruyamment.

— Salaud, dit-elle tendrement.

Aidan fit signe à Trevor de s'asseoir.

— Bon, maintenant que nous avons réglé cette question vitale et épineuse, est-ce qu'on peut t'offrir quelque chose à boire ? Une bonne bière ? Du thé ?

Il était sur leur terrain, se rappela Trevor en s'asseyant.

— Une bière, merci... Comment vas-tu ? demanda-t-il à Jude.

Celle-ci ne jugea pas utile de lui signaler qu'elle avait l'impression d'avoir un semi-remorque garé sur la vessie.

— Bien. Aidan m'a dit que tu n'avais pas déjeuné. Tu veux que je te prépare un sandwich ?

— Ce n'est pas la peine, merci. Reste assise, dit-il en posant la main sur celle de Jude. Je vous remercie tous d'avoir bien voulu prendre sur votre temps pour me recevoir.

— Pas de problème, dit Aidan.

Il posa une bière devant Trevor et s'installa à l'extrémité de la table. À cette place, il présidait l'assemblée. Avantage, Gallagher, songea Trevor.

— Brenna nous a dit que les travaux n'avaient pris aucun retard sur le programme, reprit Aidan, et je dois avouer que c'est un peu une surprise, dans ce pays.

— J'ai un bon contremaître.

Il leva son verre pour saluer Brenna, but une gorgée et poursuivit :

— Je pense qu'on aura fini en mai.

— Dans si longtemps ? s'écria Darcy, horrifiée. Ce bruit va durer toute l'année ?

— Quel bruit ? demanda Trevor avec une désinvolture étudiée. J'espère pouvoir organiser quelques spectacles à partir du printemps, essentiellement pour les gens du coin, histoire de se roder. Mais je vise la troisième semaine de juin pour la grande inauguration.

— Au milieu de l'été, commenta Darcy.

— Le milieu de l'été, c'est en juillet.

— Tu ne connais pas le calendrier païen ? Le milieu de l'été, c'est le 22 juin. Tu ne pouvais pas mieux choisir. C'est la nuit idéale pour faire la fête. Jude a donné son premier *ceili* ce soir-là, l'année dernière, et ça a été une bonne chose, non, chérie ?

— Ça s'est bien terminé. Mais pourquoi attendre un mois, Trevor ?

— Pour faire monter la pression, réserver de bons spectacles, attirer la presse. Mon plan est d'organiser une petite inauguration privée en mai, uniquement pour le village, la famille et un petit nombre choisi de VIP.

— Ça, c'est très malin, murmura Darcy.

— Ça fait partie de mon travail. Cette première soirée suscitera de l'intérêt et attirera des gens à l'inauguration officielle de juin. Entre-temps, nous aurons le temps de fignoler les détails qui auront besoin de l'être.

— Bref, en mai, ce sera une sorte de répétition en costumes, commenta Darcy.

— Exactement. Il faudra que vous m'aidiez à établir la liste des invités.

— Facile, affirma Aidan.

— Et j'aimerais aussi que vous jouiez et chantiez, tous les trois.

— Au pub ? fit Aidan en prenant sa bière.

— Sur scène, corrigea Trevor. Sur la grande scène.

Aidan reposa sa bière sans avoir bu.
— Dans la salle de spectacle ? Pourquoi ?
— Parce que je vous ai entendus et que vous êtes excellents.
— Bon, écoute, Trevor, c'est très flatteur, intervint Shawn, l'air songeur. Mais on ne joue que pour le plaisir. Nous ne sommes pas des professionnels, ni même des amateurs très entraînés. Bref, nous ne sommes pas du tout le genre de musiciens que tu souhaites voir monter sur ta scène.
— Vous correspondez exactement à ce que je recherche, répliqua Trevor, dont le regard s'attardait sur Darcy, qui n'avait toujours pas réagi à sa proposition. Révéler les talents locaux fait partie intégrante de ce projet. Que vous interveniez dès le premier spectacle serait parfaitement approprié, surtout si vous jouez une sélection des morceaux de Shawn.
— Ma musique, au mois de mai ? balbutia celui-ci, dont le teint était devenu cireux. Je ne voudrais pas t'apprendre ton métier, Trevor, mais là tu commets une erreur.
Brenna lui envoya un coup de poing dans l'épaule.
— Pas du tout. C'est une excellente idée. Mais, jusqu'à présent, tu n'as acheté que trois de ses chansons, Trevor.
— Parce que, jusqu'à présent, il ne m'en a montré que trois, rétorqua Trevor.
— Et voilà ! s'écria-t-elle en gratifiant son mari d'une autre tape enthousiaste. Quel crétin ! Il en a des douzaines. Viens à la maison, tu verras. Il pourra même te les jouer. Il a fourré son piano dans ce qui nous sert de salon. Et son violon...
— Du calme, murmura Shawn.
— Ne me demande pas d'être calme, alors que...
— Du calme !
Cette fois, Brenna s'exécuta.
— Il faut que j'y réfléchisse, dit Shawn. Ça fait beaucoup de choses à la fois.

Comme sa femme laissait échapper un sifflement de mécontentement, il lui adressa un regard suppliant.

— Écoute-moi quand même, Shawn, insista-t-elle. Tu n'as pas à t'inquiéter. Tu es trop perfectionniste, mais c'est pour ça que tu es un excellent musicien. Si on faisait un marché ?

— Quel marché ? grommela-t-il avec un haussement d'épaules impatient.

— Laisse-moi choisir un morceau, un seul, pour le montrer à Trevor. J'ai eu de la chance avec le premier, non ?

— C'est vrai. Bon, d'accord. Demain, Brenna t'apportera une chanson, Trevor, et tu verras si elle te plaît.

— Je te remercie de ta confiance, mais...

Trevor s'interrompit un instant. Son principal problème, il s'en rendait compte, c'était l'amitié sincère qu'il éprouvait pour cette famille.

— Je voudrais tant que tu prennes un agent, dit-il enfin.

— Tu ne la trouves pas assez hargneuse ? riposta Shawn en pointant un doigt sur Brenna. Elle me harcèle jour et nuit, et elle a lu deux fois chaque mot du contrat que tu nous as envoyé. J'en aurais pleuré. Non, continuons comme ça.

Trevor décida d'abandonner le sujet et revint à Aidan, l'homme d'affaires de la famille.

— Le pub, c'est vous trois, et le *Gallagher's*, c'est Ardmore. La salle de spectacle va faire partie du paysage, et nous travaillerons ensemble au succès de ces deux entreprises. Elles sont liées, pour la bonne raison que le *Gallagher's* a déjà la réputation d'être un centre musical. Vous mettre en avant, vous trois, dès le premier acte, nous amènera un tas de journalistes. Les journalistes, ça veut dire plus de billets vendus, et les billets, ça veut dire du profit. Pour le pub comme pour la salle de spectacle.

— Jusque-là, je te suis, approuva Aidan.

— Maintenant, imaginez un peu ce que vous apporterez à la réputation du *Gallagher's* en jouant et en enregistrant la musique de Shawn.

— En l'enregistrant ?

— Oui, pour Celtic Records. On vendra des CD dans la salle de spectacle, continua doucement Trevor.

— Mais nous ne sommes pas des artistes. Notre métier, c'est le pub.

— Vous vous trompez. Vous êtes des artistes dans l'âme. Mais je sais bien que le pub est votre priorité. J'espère d'ailleurs que ça ne changera pas. Mais les CD pourraient représenter un à-côté très intéressant, très rentable et très gratifiant.

— Et pourquoi ferais-tu ça ? demanda Darcy.

C'était la première question qu'elle posait, et Trevor reporta son attention sur elle.

— Parce que j'accorde beaucoup d'importance à la salle de spectacle et que je veux ce qu'il y a de mieux. Car c'est là que réside le secret du profit, ajouta-t-il. Et n'est-ce pas l'essentiel, Darcy ?

Aidan garda le silence un instant, puis il hocha la tête.

— Tu comprends bien que cette proposition nous surprend et que nous avons besoin de l'étudier et d'en discuter. Il faut que, d'une manière ou d'une autre, nous acceptions tous ce projet. Ensuite, il restera les détails à régler. Et j'imagine qu'il y en aura beaucoup.

Trevor se leva. Il était temps de se retirer et de laisser l'idée infuser.

— D'accord. Si vous avez des questions, vous savez où me trouver. Brenna, tu peux prendre ton temps. Je vais surveiller le chantier.

— Merci. J'arrive dans cinq minutes.

Darcy posa la main sur le bras d'Aidan, qui s'apprêtait à se lever.

— Je te raccompagne, dit-elle à Trevor.

Tant de pensées se bousculaient dans sa tête qu'elle jugea nécessaire de les trier pour n'en retenir que les plus importantes. Aussi garda-t-elle le silence jusqu'à ce qu'ils soient sortis.

— Eh bien, on peut dire que tu nous as surpris, aujourd'hui, Trevor.

— C'est ce que je vois. Mais je me demande quand même pourquoi c'est une telle surprise. Vous avez chacun des oreilles et une cervelle. Vous vous êtes déjà entendus chanter.

Darcy jeta un coup d'œil derrière elle. Sa famille devait déjà discuter ardemment du sujet. Cependant, elle voulait y voir plus clair dans ses propres sentiments avant d'y ajouter son grain de sel.

— Tu n'es pas un impulsif, du moins pas en ce qui concerne les affaires.

— Non.

— Cette idée ne t'est pas venue tout d'un coup à l'esprit.

— Je la retourne dans ma tête depuis la première fois où je t'ai entendue chanter. Tu as une voix qui va droit aux tripes. Tu as vraiment un don.

— Mmm...

Elle s'engagea à ses côtés dans le sentier étroit qui traversait le jardin de Jude et d'Aidan.

— Et cette idée, tu crois qu'elle nous sera profitable, à nous, les Gallagher ?

Il sourit. On pouvait faire confiance à Darcy pour mettre le doigt sur le point crucial.

— C'est à négocier.

— Et sur quelle base serais-tu prêt à négocier ?

— Cinq mille pour le spectacle. Les droits des enregistrements feraient l'objet d'un autre contrat.

Darcy écarquilla les yeux. En chantant pendant une soirée, elle gagnerait plus qu'en faisant le service durant des semaines.

— Des livres ou des dollars ?

Trevor enfonça les pouces dans les poches de son jean.

— Des livres.

Elle émit un petit ronronnement.

— Eh bien, si jamais nous décidons de considérer sérieusement ta proposition, compte sur Aidan pour discuter ce montant ridicule.

— Pas de problème. C'est lui, l'homme d'affaires de la famille, déclara Trevor en s'approchant d'elle. L'artiste, c'est Shawn.

— Et moi, je suis quoi ?

— L'ambition. Tout ça réuni constitue une équipe formidable.

— Au risque de me répéter, tu es un malin, Trevor Magee.

Elle se détourna et regarda la mer, où ondulaient de longues vagues paisibles.

— J'ai de l'ambition, c'est vrai, reprit-elle. Mais je serai franche avec toi, Trevor : cette idée-là ne m'était pas venue à l'esprit. Je n'ai jamais chanté que pour mon propre plaisir.

Il caressa du doigt la gorge de Darcy qui, prise de court, ne réagit pas.

— Ce que tu possèdes là peut te rendre riche et célèbre. Et je peux t'aider.

— Ça, c'est une proposition intéressante, qui séduit mon ego et mes désirs les plus profonds.

Elle fit quelques pas dans l'allée et s'arrêta au bord de la rue où elle avait vécu toute sa vie.

— Riche à quel point ?

Trevor éclata de rire.

— Tu me plais.

— Et toi, tu me plais de plus en plus. J'ai très envie de devenir riche, et je n'ai pas honte de le dire.

Il désigna la maison du menton.

— Tâche de les convaincre.

— Ah, non, sûrement pas ! Je vais dire ce que je pense, crier si nécessaire et insulter qui le mérite, mais je ne les pousserai pas à faire quelque chose qui leur déplaît. L'accord viendra de nous tous, ou pas du tout. C'est comme ça, chez les Gallagher.

— Et toi, qu'en penses-tu ?

— Je ne sais pas encore, mais j'avoue que l'idée m'excite. Bon, il faut que j'y aille. La discussion doit être animée et sérieuse, à l'heure qu'il est. Mais...

— Quoi ?

Elle posa la main sur son bras et le regarda droit dans les yeux.

— Puisque tu me sembles être un expert en la matière, je voudrais te demander une chose. Shawn est très doué, n'est-ce pas ?

— Oui.

— Je le savais.

Des larmes affluèrent dans les yeux bleus de Darcy.

— Il faut que je me calme avant d'y retourner, sinon sa tête va tellement gonfler qu'elle finira par éclater. Je suis tellement fière de lui.

Une larme coula sur sa joue, et elle renifla.

— Merde.

Trevor sortit un mouchoir de la poche arrière de son jean.

— Tiens.

— Il est propre ?

— Seigneur, tu m'étonneras toujours, Darcy !

Il lui essuya la joue, puis lui tendit le mouchoir.

— Prends-le... Tu ferais ça pour lui, n'est-ce pas ?

Elle se moucha.

— Quoi donc ?

— Le spectacle, l'enregistrement. Tu le ferais pour Shawn, même si ça te déplaisait profondément.

— Ça ne me nuirait pas, si ?

— Arrête, dit-il en l'empoignant par les bras. De toute façon, quoi que cela te coûte, tu le ferais pour lui, non ?

Elle respira à fond plusieurs fois et lui rendit le mouchoir.

— C'est mon frère. Il n'y a rien que je ne ferais pour lui. Mais je veux bien être pendue si je le fais gratuitement.

Comme elle retournait vers la maison, Trevor hésita, partagé entre la fierté et le désir. Le désir l'emporta.

— N'oublie pas de prendre un soir de congé, Darcy. Prends une soirée, bon Dieu!

Cette requête brutale la bouleversa jusqu'au plus profond d'elle-même, mais le regard qu'elle décocha à Trevor était moqueur.

— On verra.

Une fois dans la maison, elle s'appuya contre la porte d'entrée et ferma les yeux, prise d'une étrange faiblesse. C'était une sensation curieuse, d'autant plus que l'offre et les promesses de Trevor avaient fait jaillir en elle un regain d'énergie. Ses jambes flageolaient, alors que ses pieds avaient envie de danser.

En attendant, elle n'avait toujours pas la moindre idée de ce qu'elle désirait vraiment. Elle ne put retenir un sourire. À en croire les voix qui s'élevaient dans la cuisine, il était clair que sa famille n'en savait rien non plus.

Elle fit quelques pas et s'arrêta sur le seuil du salon pour regarder le vieux piano. La musique avait toujours fait partie de sa vie, au même titre que le pub. Mais si elle chantait, c'était pour s'amuser, jamais pour de l'argent. Un de ses premiers souvenirs avait d'ailleurs trait à la musique: elle était sur les genoux de sa mère, laquelle était assise sur le tabouret de ce même piano, pendant qu'on riait et chantait autour d'elles.

Darcy n'était pas idiote. Elle savait bien qu'elle avait une belle voix. Mais y accrocher tous ses espoirs et compter sur Trevor Magee pour l'aider à en tirer quelque chose, c'était une tout autre histoire. Mieux valait ne pas trop attendre de ce projet, se dit-elle. Cela lui éviterait d'être déçue.

Elle arriva dans la cuisine au moment où Brenna émettait de nouvelles récriminations.

— Une patate a plus de bon sens que toi, Shawn. Ce type te donne la chance de ta vie, et toi, tu fais la fine bouche.

— C'est moi que ça regarde, non?

— Je crois que ces trucs-là m'autorisent à donner mon avis, dit-elle, en soulevant les bagues accrochées à la chaîne qu'elle portait autour du cou.

— Il s'agit de ma musique, répliqua-t-il. Et ce n'est pas à coups de marteau que tu la feras sortir de moi.

Aidan intervint, désireux de pacifier le débat :

— Tu as promis de lui montrer une autre chanson, Shawn. Fais-le, et voyons ce qui se passe. Quant à sa proposition, il faut qu'on l'étudie sous tous ses aspects... Nous n'avons pas encore entendu l'opinion de Darcy, ajouta-t-il en faisant un signe d'encouragement à sa sœur.

— Si ce projet peut la mettre sous les projecteurs et lui remplir les poches, dit Shawn, inutile de lui demander ce qu'elle en pense.

Darcy lui adressa un sourire glacial.

— Je n'ai pas un pois chiche en guise de cervelle, contrairement à certains autour de cette table, je ne vois donc aucun inconvénient à devenir riche et célèbre. Mais...

Elle fit une pause, et Shawn plissa les yeux.

— À mon avis, un type comme Magee n'est pas du genre à échafauder des projets sans avenir. Je doute que nous ayons saisi toute la portée de ce qu'il a en tête.

— Il veut les chansons de Shawn, et il veut que vous les chantiez tous les trois sur scène ! s'écria Brenna en levant les mains. Pour moi, c'est clair. Et c'est plein de bon sens.

— Nous sommes trois, intervint Aidan d'un ton posé. Chacun de nous a divers centres d'intérêt. Jude, le bébé, le pub, cette maison, voilà ce qui compte pour moi. Shawn a la maison et la vie qu'il construit avec Brenna, ainsi que le pub et sa musique. Mais cette musique, il tient à la composer à son rythme et à sa manière. J'ai bien compris, jusque-là ? demanda-t-il à son frère.

— Oui.

— Quant à toi, Darcy, il me semble que ce que nous a dit Magee aujourd'hui, ou ce qu'il a sous-entendu, c'est justement ce que tu souhaites.

— Je ne le sais pas encore. Pour nous, jouer et chanter a toujours été quelque chose de privé, un plaisir que nous partagions en famille et avec les amis. *A priori*,

Brenna a raison : chanter ce soir-là cimentera les liens entre le pub et la salle de spectacle. C'est une bonne idée, pleine de pragmatisme. Car, pas de fausse modestie, ce n'est pas comme si nous miaulions comme des chats de gouttière et que nous risquions de couvrir de honte le nom des Gallagher. Mais ce Trevor Magee est un type futé. Alors, il faut qu'on soit encore plus malins que lui et qu'on s'assure qu'on ne s'engage pas à faire des choses qui nous déplairaient.

Aidan hocha la tête et se tourna vers sa femme.

— Tu ne dis rien, Jude Frances. Tu n'as pas d'opinion sur le sujet ?

— Bien sûr que si, répondit-elle. Il y a plusieurs points à prendre en compte.

Maintenant qu'ils avaient cessé de crier, elle estimait qu'ils étaient prêts à les entendre. Elle croisa les mains sur son ventre.

— D'abord, l'aspect pratique. Je ne connais rien à la publicité, ni aux spectacles, mais il me semble que le programme qu'a exposé Trevor est simple et intelligent et que ça devrait marcher. Tout le monde y trouvera son compte.

— C'est vrai, dit Aidan. Mais si on joue dans la salle de spectacle, que restera-t-il pour le pub ?

— De la musique informelle, comme aujourd'hui. Mais cela aura un plus grand impact, parce que vous aurez joué sur scène et que vous aurez fait des disques. Quelqu'un entrera au pub pour prendre une pinte et, coup de chance, il tombera sur un jour où vous êtes d'humeur à chanter, pendant que l'un est au bar et l'autre en train de sortir de la cuisine. Les clients vont adorer, surtout les touristes.

— Eh bien, ça, c'est une brillante idée, murmura Darcy.

— C'est juste que je connais le pub et que je sais à quel point on s'y sent bien. Trevor a eu le temps de s'en rendre compte, lui aussi, et il est tout à fait conscient de l'influence qu'aura votre établissement sur sa salle de spectacle... Ensuite, poursuivit-elle, après avoir pris une profonde inspiration, il faut examiner les conséquences de ce projet pour chacun d'entre vous. Aidan, ça ne changera pas vraiment ta vie. Rien ne le pourrait, d'ailleurs. Tu n'auras pas à choisir entre ceci ou cela. Quoi que tu décides, tu ne te tromperas pas, car tu resteras fidèle à ce qui compte le plus pour toi. Le bébé, le pub et moi. Je ne suis pas inquiète.

Aidan lui prit la main et l'embrassa.

— Est-ce qu'elle n'est pas merveilleuse ? Vous en connaissez une autre comme celle-ci ?

Jude posa leurs deux mains jointes sur son ventre et reprit :

— Shawn, tu as beaucoup de talent. C'est parce qu'elle t'aime et qu'elle admire ce talent que Brenna s'impatiente de tes hésitations.

— Eh bien, elle doit m'aimer énormément.

Brenna mordit dans un biscuit et lui lança un regard excédé.

— Cet homme est ma croix.

Jude continua :

— Shawn, il me semble que la meilleure des solutions, ce serait de confier tes compositions à ton frère et à ta sœur. Tu as confiance en eux, et ils te comprennent. Dans ces conditions, ce ne serait pas plus facile de te lancer ?

— Il ne faut pas qu'ils acceptent ce projet à cause de moi.

— Contente-toi de répondre à la question, espèce d'âne bâté, intervint Darcy sèchement.

— Bien sûr que ce serait plus facile, mais…

— Bon, tais-toi, maintenant, et laisse Jude finir, dit Darcy d'un ton suffisant. Je pense que ça va être mon tour et j'adore qu'on parle de moi.

— Il est sûr que tu aimes attirer l'attention, renchérit Jude, qui avait hâte d'en finir, car elle n'en pouvait plus d'être assise sur cette chaise de cuisine. Chanter sur scène ne te coûtera pas. Les lumières, les applaudissements, tu devrais aimer ça.

— Elle va s'en régaler comme un chat d'un bol de crème, grommela Shawn. Vanité, c'est le second prénom de notre Darcy.

— Qu'est-ce que j'y peux, si j'ai hérité de toute la beauté de la famille ?

— Ça, c'est toi qui le dis. Depuis tes treize ans, je n'ai jamais vu ta figure sans une bonne couche de peinture.

— Le pire, c'est que, moi, je vois ta figure au naturel chaque fois que je me retourne.

Aidan décida d'intervenir avant que son frère et sa sœur n'en viennent aux mains.

— Vu que, lorsque vous vous regardez, c'est pratiquement comme si vous vous plantiez devant un miroir, vous pourriez trouver un autre sujet de dispute. Laissez Jude finir.

— J'ai presque terminé, dit celle-ci, qui s'étonnait une fois de plus de la facilité avec laquelle elle s'était habituée aux usages de la famille Gallagher. Je pense que ça t'amuserait d'être sur scène, Darcy, de chanter devant un public. Mais même si ça te terrifiait, même si l'idée seule te répugnait, je sais que tu le ferais. Parce que tu ferais n'importe quoi pour tes frères.

Bien que cette affirmation ressemblât terriblement à la fin de sa conversation avec Trevor, Darcy émit un gloussement narquois.

— Je ne fais que ce qui me plaît.

— Souvent, effectivement, acquiesça Jude. Mais tu le ferais pour Aidan, parce que Aidan, c'est le pub. Tu le ferais aussi pour Shawn, parce que Shawn, c'est la musique. Et peut-être que tu le ferais également pour toi. Pour t'amuser.

— Et alors ? C'est important de s'amuser, non ? répliqua Darcy en se levant.

Aidan l'attrapa par la main et tira. Elle résista. Il tira plus fort. Avec un petit soupir, elle se laissa tomber sur les genoux de son frère.

— Dis-moi ce que tu veux, Darcy chérie.

— Saisir ma chance, peut-être.

Il hocha la tête, et ses yeux croisèrent ceux de Shawn.

— Réfléchissons-y un jour ou deux. Puis j'en reparlerai à Magee et j'essaierai de voir s'il nous cache quelque chose.

9

Chaque matin, les vrombissements, les ronronnements et autres bruits du chantier tiraient de bonne heure Darcy du sommeil. L'idée qu'elle devrait les subir pendant encore près d'un an lui donnait envie d'enfouir la tête sous l'oreiller et de s'y laisser mourir d'étouffement. Envie vite réprimée, car elle n'avait vraiment pas de tendances suicidaires.

Alors, elle faisait contre mauvaise fortune bon cœur, mettait sa musique très fort ou restait allongée en imaginant qu'elle vivait au sein d'une grande ville très bruyante. New York, Chicago... Tous ces bruits provenaient en réalité d'une circulation dense, ainsi que des gens qui s'affairaient au pied de l'immeuble dont elle possédait le dernier étage, aménagé somptueusement.

La plupart du temps, ça marchait. Quand ça ne marchait pas, elle se levait et se défoulait en jurant sous la douche.

Si elle était d'humeur, elle passait deux ou trois fois devant sa fenêtre, histoire d'inspecter les travaux et, surtout, de repérer Trevor. Mais elle ne s'autorisait pas cette fantaisie tous les jours, de même qu'elle ne se laissait pas systématiquement apercevoir. Ç'aurait été trop routinier.

Elle aimait bien le regarder, voir à quelle tâche il s'était attelé ce matin-là. Parfois, les cheveux au vent, il restait sur le bord du chantier et discutait de choses et d'autres avec Brenna ou Mick O'Toole, dans une attitude typiquement masculine, l'air concentré et les pouces enfoncés dans les poches de son pantalon.

D'autres fois, et c'était le spectacle qui lui plaisait le plus, il retroussait ses manches et mettait la main à la pâte, martelait, hissait, creusait, et si l'angle de vue était bon, elle pouvait admirer le jeu de ses muscles.

C'était curieux. Regarder les garçons l'avait toujours intéressée mais, si sa mémoire était bonne, aucun d'eux ne l'avait fascinée à ce point. Une chose était sûre, en tout cas : jamais elle ne s'était plongée dans la contemplation d'un homme en plein travail manuel.

C'était sans doute parce qu'il était bien bâti, songeait-elle, debout devant sa fenêtre. Une femme qui n'appréciait pas le long corps nerveux d'un mâle avait sûrement un problème – du moins, c'était l'avis de Darcy. Et puis, elle aimait beaucoup sa démarche, à la fois légère et assurée.

Elle imaginait – rien ne lui interdisait d'imaginer, après tout – qu'il devait avoir autant d'assurance et de maîtrise au lit. Un homme qui se contrôlait ainsi devait être minutieux et attentionné, qualités essentielles en amour.

Elle se demandait néanmoins ce qu'elle pourrait faire pour qu'il perde son sang-froid. Faire l'amour un peu sauvagement, ça n'était pas mal non plus.

Penser à lui aussi souvent l'agaçait légèrement. L'attendre à midi et le soir l'exaspérait carrément.

Tantôt il venait au pub, tantôt il ne se montrait pas. Elle était convaincue qu'il le faisait exprès. Ils jouaient au chat et à la souris, et ils le savaient tous les deux.

Bon sang, ce type était tout aussi arrogant qu'elle !

Elle avait délibérément omis de demander une soirée de congé, simplement pour prolonger l'attente et le rendre fou. Cela la rendait folle, elle aussi, mais cette sensation de désir toujours latent était délicieuse. Il était évident que lorsqu'ils passeraient une soirée ensemble, ce ne serait pas uniquement pour dîner. Ce n'était pas un repas qu'ils désiraient, ni l'un ni l'autre.

Il y avait longtemps qu'elle n'avait pas désiré un homme à ce point. Mais il ne s'agissait pas d'un simple instinct animal, bien que le contact d'un corps contre le sien lui manquât, de même que la puissance et la chaleur, cet éclair de feu qui traversait le ventre juste avant la jouissance. Oui, elle aimait faire l'amour. Malheureusement, depuis un an, aucun homme ne lui avait plu assez pour qu'elle lui ouvre son lit.

Eh bien, maintenant, c'était le cas, se dit-elle, comme les yeux de Trevor croisaient les siens. Un petit frisson remonta le long de son dos. Seigneur, elle le désirait tant... Il était grand temps de s'octroyer une soirée de liberté, décida-t-elle.

Elle lui sourit lentement et recula aussitôt, histoire de le laisser sur sa faim une fois de plus.

Ce matin-là, elle avait les nerfs à vif, et elle n'avait aucune envie d'affronter une nouvelle et longue journée de travail, ni même de s'habiller. Elle mit machinalement la bouilloire à chauffer pour le thé. Avant d'emménager dans cet appartement de deux pièces, elle n'avait jamais vécu seule. Passé les premiers jours d'euphorie, elle avait été très surprise de découvrir que la présence de ses frères lui manquait. Elle songeait même avec nostalgie à leur désordre.

Elle avait peint les murs en un rose discret. Plus exactement, elle avait mis un pinceau dans la main de Shawn et l'avait forcé à effectuer la plus grande partie du travail. Le résultat était satisfaisant. Elle avait accroché ses posters préférés : les *Nymphéas* de Monet, ainsi qu'un paysage forestier qu'elle avait déniché chez un bouquiniste et dont elle aimait les teintes brumeuses.

Les rideaux, elle les avait faits elle-même, car elle maniait fort bien l'aiguille quand elle le voulait. Les coussins empilés sur le vieux canapé étaient aussi de sa main. En femme pratique qui aimait les jolies choses, elle savait que si l'on désirait faire des économies, il valait mieux acheter une longueur de satin ou de velours et confectionner les objets soi-même plutôt que de s'offrir un truc tout fait. Cela laissait plus d'argent à dépenser pour des chaussures ou des boucles d'oreilles.

Une tirelire posée sur un coin de la table contenait ses pourboires. Un jour, un jour merveilleux, elle serait assez pleine pour payer le prochain voyage de Darcy Gallagher. Un voyage extravagant, cette fois.

Peut-être une île tropicale, où elle porterait un bikini réduit au strict minimum et boirait des trucs idiots et fruités dans la coque d'une noix de coco. Ou bien l'Italie, où elle s'assiérait sur une terrasse baignée de soleil et contemplerait les toits de tuiles rouges et les magnifiques cathédrales. Ou encore New York, où elle descendrait la Cinquième Avenue en s'arrêtant devant chaque vitrine pour repérer ce qui lui était depuis toujours destiné.

Un jour, se répétait-elle en souhaitant effectuer ce voyage en bonne compagnie.

Peu importait, d'ailleurs. Elle ne s'était pas ennuyée, seule, à Paris. Elle apprécierait aussi ses prochaines vacances, qu'elle soit accompagnée ou non. En attendant, songea-t-elle avec un soupir, elle était à Ardmore.

Elle prépara le thé, puis elle décida de s'allonger sur le canapé et de passer une matinée tranquille, à feuilleter ses magazines de mode.

Elle allait s'installer lorsque son regard se posa sur son violon. Elle le laissait toujours sorti, mais il jouait un rôle essentiellement décoratif. Les sourcils froncés, elle posa sa tasse et prit l'instrument. Il était vieux, mais le son était clair. Était-ce grâce à la musique qu'elle pourrait un jour sillonner le monde à son gré ? se demanda-t-elle, un peu troublée. Jouer et chanter, elle le faisait depuis l'enfance. Jamais elle n'aurait imaginé qu'une activité aussi familière aurait le pouvoir de dérouler devant elle le tapis rouge qu'elle mourait d'envie de fouler.

Avec des gestes nonchalants, elle passa de la colophane sur l'archet, cala le violon sous son menton et se mit à jouer le premier air qui lui venait à l'esprit.

Trevor quitta le chantier et se glissa dans la cuisine sous prétexte de passer un coup de fil. Mais Darcy n'était pas là.

Les notes poignantes d'un violon lui parvinrent, un air qui faisait penser au clair de lune.

Il monta l'escalier. Les notes s'élevaient comme un cri d'espoir, retombaient comme des larmes. Arrivé devant la porte de Darcy, il ne pensa même pas à frapper.

De profil, les yeux fermés, elle avait l'air perdue dans un univers lointain. Ses cheveux encore ébouriffés retombaient souplement sur le dos d'une longue robe de chambre bleue. Un petit pied nu battait la mesure.

Ce spectacle lui coupa le souffle, et le chant douloureux du violon lui noua la gorge. Elle jouait pour elle seule, et le plaisir se lisait sur son visage ravissant.

Cette jeune femme incarnait tout ce qu'il désirait, tout ce dont il avait toujours rêvé. Cette révélation l'ébranla profondément.

La musique prit de l'ampleur, les notes se précipitèrent, puis retombèrent et se turent.

Darcy soupira et ouvrit les yeux. Lorsqu'elle vit Trevor, son cœur eut une sorte de bégaiement douloureux. Avant qu'elle n'ait repris ses esprits, avant qu'elle n'ait pu se cacher derrière un sourire narquois, il la rejoignit.

Elle sentit sa respiration s'arrêter, comme si une main lui serrait la gorge. Quelque chose se noua dans son ventre. Puis la bouche de Trevor se posa sur la sienne, chaude, sauvage, merveilleuse.

Elle laissa brusquement tomber les bras le long de son corps, comme si le violon et l'archet avaient soudain pris un poids démesuré. Les mains de Trevor couraient sur son visage, dans ses cheveux. Le désir émanait de son corps, se communiquait à celui de Darcy. Elle l'accueillit alors – qu'aurait-elle pu faire d'autre ? – et capitula. Il la sentit s'abandonner, de cette lente et presque fluide reddition féminine qui donne à chaque homme l'impression d'être un roi. Parce qu'elle l'avait fait, parce que cette capitulation atténuait la douleur qu'elle avait éveillée en lui, il s'adoucit. Ses lèvres et ses mains se mirent à virevolter, douces et caressantes.

Lorsqu'il s'écarta, elle retint un frisson et força ses lèvres à sourire.

— Eh bien, bonjour quand même.

— Tais-toi une minute.

Il l'attira de nouveau à lui, mais se contenta de poser la joue sur le sommet de son crâne.

À cet instant, elle prit peur. Cette étreinte était plus intime que le baiser, et tout aussi excitante. Et là non plus, elle ne pouvait pas résister, constata-t-elle en se détendant.

— Trevor...

— Chut.

Curieusement, cela la fit rire.

— Qu'est-ce que tu es autoritaire !

La tension accumulée sous le crâne de Trevor s'estompa. Il la garda encore un moment dans ses bras, suffisamment calme à présent pour remarquer combien le tissu de sa robe de chambre était fin et léger.

— Ça t'arrive de verrouiller cette porte ?

— Et pourquoi le ferais-je ? s'écria-t-elle en se dégageant. Personne ne rentre ni ne reste ici, à moins que je ne le veuille.

Il leva la main pour lui caresser les cheveux.

— Je m'en souviendrai. J'ignorais que tu savais jouer du violon.

— Oh, la musique, c'est dans le sang des Gallagher ! répondit-elle en posant l'instrument. J'étais d'humeur à jouer, c'est tout.

— Et qu'est-ce que tu jouais ?

— Un des airs de Shawn. Il n'y a pas de paroles.

— Ce morceau n'en a pas besoin.

Les yeux de Darcy brillèrent de fierté.

— Joues-en un autre.

— Je ne suis plus d'humeur, maintenant, fit-elle avec un haussement d'épaules.

Elle prit sa tasse de thé, et son regard s'éclaira.

— D'ailleurs, à partir de maintenant, je ne jouerai et je ne chanterai plus qu'en échange d'espèces sonnantes et trébuchantes.

— Tu signerais un contrat pour enregistrer un disque en solo ?

Elle retint un sursaut.

— Eh bien, ça dépendrait des conditions.

— Et qu'est-ce que tu désires ?

— Oh, des tas de choses !

Elle s'assit sur le canapé et croisa les jambes.

— Je suis une créature égoïste et avide, Magee. J'ai envie de vivre dans le luxe. Je veux qu'on m'admire et qu'on me dorlote. Je ne rechignerai pas à bosser, mais à condition d'en toucher la récompense à la fin de la journée.

Il s'assit sur l'accoudoir, passa un doigt sur la clavicule de Darcy et s'arrêta au-dessus de la naissance d'un sein.

— Je peux t'offrir tout ça.

Elle lui décocha un regard glacial.

— Je n'ai aucun doute là-dessus, dit-elle en repoussant sèchement sa main. Mais ce n'est pas ce genre de travail que j'avais en tête.

— Bien. Alors, ne mêlons pas les affaires et la vie privée.

Cette fois, un incendie s'alluma dans les yeux de Darcy.

— Ce n'était qu'un test ? Qu'aurais-tu fait si je t'avais proposé d'aller au lit ?

— Je ne sais pas, avoua-t-il en prenant la tasse de Darcy pour boire une gorgée de thé. J'aurais été déçu par ta réaction, mais tu es tellement appétissante…

Il posa une main ferme sur son épaule pour la forcer à rester assise et sentit ses muscles se bander de colère.

— Excuse-moi.

— Je ne suis pas à vendre.

— Je ne l'ai jamais pensé.

D'autres femmes lui avaient proposé ce genre de marché, et cela lui avait laissé un goût amer dans la bouche.

— En tant qu'homme d'affaires, je veux exploiter ta voix. Cela n'a rien à voir avec mon désir pour toi. Il s'agit de deux choses complètement différentes.

Darcy se renfonça dans le canapé et s'efforça de refouler sa mauvaise humeur. Bouder n'était pas esthétique, elle le savait.

— Et qu'attends-tu de moi, maintenant ?

— Rien. Tu viens de me dire que tu étais d'accord avec moi.

— Tu aurais pu agir avec plus d'élégance.

— C'est vrai.

Il s'était comporté avec calcul et froideur – comme son grand-père aurait pu le faire.

— Je suis désolé, ajouta-t-il avec sincérité.

— Et de qui viennent ces excuses ? De l'homme d'affaires ou de l'homme tout court ?

Touché, pensa-t-il.

— Des deux.

Elle reprit sa tasse de thé et en but une gorgée.

— Alors, je les accepte.

— Mettons un instant les affaires de côté. Il faut que j'aille passer un jour ou deux à Londres. Pourquoi ne viendrais-tu pas avec moi ?

Il avait eu l'intention de lui faire cette offre plus tard, mais pourquoi ne pas lui donner un avant-goût de ce qu'il pouvait lui offrir ?

Ce soudain revirement effaça le peu de colère qui persistait encore en Darcy. Mais elle n'en resta pas moins perplexe et méfiante.

— Et pourquoi veux-tu m'emmener à Londres ?

— D'abord, parce que j'ai envie de coucher avec toi, répondit-il, tout en reprenant la tasse pour se donner une contenance.

— Ça, ce n'est pas une nouvelle. Il y a des lits à Ardmore.

— Oui, mais ici nos emplois du temps ne concordent jamais. Ensuite, parce que j'aime ta compagnie. Tu es déjà allée à Londres ?

— Non
— Ça te plaira.
— Je n'en doute pas.
Elle prit la tasse qu'il lui tendait et réfléchit en sirotant une gorgée de thé. Il lui proposait quelque chose dont elle avait toujours eu envie. Voyager, voir Londres, et en bonne compagnie.
Naturellement, il voudrait faire l'amour. Mais, après tout, elle aussi. À quoi bon jouer les saintes nitouches, alors que cela se produirait de toute façon dans un lieu ou un autre ?
— Quand comptes-tu y aller ?
— Je n'ai pas fixé de date précise.
— Si ton emploi du temps est souple, je peux peut-être m'arranger. Il faut que j'en parle à Aidan et que je trouve quelqu'un pour me remplacer. Ça ne va pas lui faire plaisir, mais je peux arriver à l'embobiner.
— Ça, j'en suis sûr. Tu me diras quels sont les jours qui te conviennent, et je m'occuperai du reste.
— Oh, que j'aime ça, avoir un homme qui s'occupe de tout ! s'exclama Darcy, avec le sourire félin dont elle savait si bien jouer. Allez, file, maintenant.
Elle se leva et passa lentement les doigts sur la joue de Trevor.
— Je te fais signe dès que je peux.
Il s'empara de son poignet et le serra, histoire de lui faire comprendre qu'il parlait sérieusement.
— Ne joue pas avec moi, Darcy. Je ne suis pas comme les autres.
Stupéfaite, elle resta sur place, tandis qu'il sortait et refermait la porte. Oui, elle était bien d'accord. Il ne ressemblait pas le moins du monde aux hommes qu'elle avait connus. Et découvrir sa personnalité ne manquerait pas d'être passionnant.

— Tu as déjà pris tes vacances.
Afin de coincer Aidan chez lui plutôt que de l'attendre au pub, Darcy s'était rendue en hâte à la maison

familiale et avait eu la satisfaction de le trouver attablé devant son petit déjeuner. Comme elle avait prévu qu'il commencerait par refuser, cette réponse ne la découragea pas.

— Je sais, c'était formidable.

Avec enjouement, elle remplit la tasse de thé à moitié vide de son frère et jeta discrètement un bout de toast à Finn.

— Je sais que c'est beaucoup te demander, alors que je viens à peine de rentrer, mais c'est une occasion que je ne voudrais pas manquer. Tu as voyagé, toi, Aidan.

Elle avait pris une voix douce et gentille. Les exigences, les jurons, les accès de colère auraient été tout aussi efficaces, mais moins rapides que cette tactique.

— Tu as vu tellement de choses, et tu es allé dans tant d'endroits... Le goût des voyages, tu connais. C'est dans notre sang.

— Le pub aussi, et la saison d'été a commencé.

Il ajouta un peu de confiture sur son toast. Finn, qui connaissait la musique, se colla contre la jambe de son maître pour happer le morceau qu'Aidan ne manquerait pas de lui jeter.

— Je ne peux pas demander à Jude de te remplacer, alors qu'elle n'est qu'à quelques semaines de l'accouchement.

— Il n'en est pas question. Si jamais je la vois porter un plateau, je te le casse sur la tête.

Aidan soupira. Il savait que ce n'étaient pas des paroles en l'air.

— Darcy, j'ai besoin de toi pour que le service se fasse correctement.

— Je sais, et c'est ce que je fais, jour après jour. J'ai formé Sinead, bien qu'il y ait eu des fois où j'ai eu envie de lui écraser la cervelle contre le bar. Elle a fait énormément de progrès, ces deux dernières semaines.

— C'est vrai, admit Aidan en poursuivant son repas.

— Je pensais demander à Betsy Clooney de me remplacer durant ces deux jours. Elle a déjà bossé au pub, elle connaît le travail.

— Seigneur, Darcy, Betsy a tout un troupeau d'enfants ! Et cela fait dix ans qu'elle n'a pas travaillé chez nous.

— Le pub n'a guère changé, et je suis sûre qu'elle serait enchantée. C'est une femme de confiance, tu le sais.

— Oui, mais...

— Et j'ai aussi une autre idée. La jeune Alice Mae ne cracherait pas sur un petit boulot.

Aidan écarquilla les yeux.

— Alice Mae ? Mais elle a à peine quinze ans.

— Tous les trois, nous étions plus jeunes que ça quand nous avons commencé à travailler. Brenna a dit un jour que sa petite sœur cherchait à gagner un peu d'argent de poche. J'aimerais lui donner une chance. C'est une fille intelligente, et comme c'est une O'Toole, je sais qu'elle travaillera dur. Je la ferai débuter dès aujourd'hui, au service de midi, afin d'avoir le temps de l'entraîner avant mon départ.

— Mais, sainte Vierge, elle portait encore des couches hier !

— Tu te fais vieux, hein ? dit Darcy en embrassant son frère sur la joue. Je veux aller à Londres, Aidan, mais je veillerai à ce que le service ne souffre pas de mon absence.

— Autrefois, seuls des Gallagher travaillaient au *Gallagher's*, grommela Aidan. Enfin, à part Brenna, de temps en temps, mais elle ou nous, c'est pratiquement la même chose.

— C'est la vie. On ne peut pas se cramponner au passé.

Mais elle comprenait sa nostalgie. Elle alla se planter derrière lui et mit les bras autour de son cou.

— Des changements, il y en a déjà eu. Je pense que ça a commencé quand papa et maman sont partis à Boston. Et aujourd'hui on est en train de s'agrandir, mais le *Gallagher's* restera le *Gallagher's*.

— Cet agrandissement, je l'ai voulu, mais il y a quand même des jours où je me demande si j'ai bien fait.

— C'est toi, l'anxieux de la famille. Et nous te sommes reconnaissants d'assumer les soucis. Bien sûr que tu as bien fait. Pour le *Gallagher's* et pour nous. Je suis fière de toi.

Il leva une main pour tapoter celle de Darcy et jeta de l'autre un morceau de bacon à Finn.

— Tu essaies de m'embobiner à coups de compliments.

— Je l'aurais fait si j'en avais eu l'idée, dit-elle en serrant ses doigts dans les siens. Aidan, il faut que je voyage. Il faut que je voie le monde.

Il savait exactement ce qu'elle ressentait : le besoin profond, impérieux, de partir et de découvrir d'autres horizons. Il lui avait fallu voyager durant cinq ans pour s'en purger. Elle ne demandait que deux jours.

Mais...

— Je vais te le dire tout net, comme je le pense. Ça ne me plaît pas du tout que tu partes avec Magee.

Darcy écarquilla les yeux et pinça les lèvres. Coup de chance, Jude entrait justement dans la pièce.

— Tu as entendu ça ? demanda Darcy.

— Non, de quoi s'agit-il ? s'enquit Jude.

— Aidan s'est pris d'un intérêt soudain pour ma vie sexuelle.

— C'est faux ! Merde, à la fin !

Aidan avait beau être un type solide, sa sœur était arrivée à lui faire perdre pied.

— Je n'ai pas parlé de sexe.

Darcy le regarda fixement.

— Je n'ai fait qu'insinuer, ajouta-t-il avec dignité.

— Ah, tu as insinué, c'est ça ?

— Je pense que je vais remonter là-haut... commença Jude.

— Ah, non, sûrement pas !

Darcy lui désigna une chaise. Finn dut prendre ce geste pour lui, car il s'en approcha immédiatement, prêt à gober la prochaine gâterie jetée en catimini.

— Assieds-toi, ça devrait être intéressant. Ton mari, là, mon frère bien-aimé, « insinue » qu'il s'oppose à ce que je couche avec Magee.

— Seigneur Jésus, c'est moi qui vais monter là-haut, soupira Aidan en se prenant la tête dans les mains.

— Certainement pas. Tu veux du thé, Jude chérie ?

Sans attendre la réponse, Darcy s'empara de la théière et remplit une tasse.

— Ce que j'aimerais savoir, c'est si ton mari, mon cher frère, s'oppose à ce que je fasse l'amour en général ou seulement dans ce cas particulier.

Elle se rassit, un sourire acerbe sur les lèvres.

— Alors, Aidan ?

— Tu m'énerves.

— Oh là là, quel caractère, quel caractère !

— Je n'ai pas parlé de sexualité. J'ai dit que l'idée que tu l'accompagnes à Londres ne me plaisait pas.

— Tu vas à Londres ? demanda Jude, qui jouait la décontraction et prenait tranquillement un toast.

— Trevor m'a demandé de l'accompagner pour un court voyage d'affaires. Mais il semble qu'Aidan préférerait que je fasse l'amour avec Trevor ici plutôt que là-bas. J'ai bien compris, Aidan ?

— Je ne veux pas que tu couches avec lui tout court ! hurla-t-il, exaspéré. Ça ne fera que tout emmêler. Et de toute façon, je refuse d'en entendre parler.

— Rassure-toi, je t'épargnerai les détails, répondit-elle, d'une voix calme qui ne fit qu'attiser la colère de son frère.

— Fais gaffe, hein !

— Fais gaffe toi-même, riposta-t-elle. Et occupe-toi de tes oignons. Ma vie privée, surtout dans ce domaine, ne regarde que moi. Trevor et moi, nous sommes parfaitement conscients du risque auquel tu fais allusion, et comme nous sommes des gens intelligents, nous tâcherons de l'éviter… Je vais téléphoner à la mère de Brenna et lui demander si Alice Mae peut venir nous aider, ajouta-t-elle en se levant. J'appellerai aussi Betsy Clooney. Tous les détails seront réglés avant mon départ. Au revoir, Jude.

Sur ce, elle embrassa sa belle-sœur sur la joue et sortit, bouillante d'indignation.

Jude s'obligea à grignoter son toast, mais l'atmosphère électrique qui régnait dans la pièce lui avait coupé l'appétit.

— Eh bien, qu'est-ce que tu dis de ça ? demanda Aidan.

— Rien.

— Ah...

Les nerfs en pelote, il tambourinait sur la table.

— Mais tu as une idée sur le sujet, quand même, non ?

— Pas vraiment. Je crois que Darcy a tout dit.

— Voilà ! s'écria-t-il en pointant un doigt accusateur sur elle. Tu es de son côté.

— Bien sûr, fit-elle avec un sourire. Toi aussi, d'ailleurs.

Il repoussa sa chaise et se mit à arpenter la pièce. Par pure sympathie, Finn s'éloigna à son tour de la table pour tourner en rond à ses côtés.

— Elle pense qu'elle peut contrôler cette histoire, qu'elle peut le manœuvrer, lui. Cette fille se croit avertie et expérimentée. Seigneur, Jude, toute sa vie, elle a été protégée. Elle n'a eu ni le temps, ni l'occasion d'apprendre à se défendre.

Jude repoussa son toast.

— Aidan, il y en a chez qui c'est inné.

— Peut-être, mais elle n'a jamais eu affaire à un type comme Magee. C'est un malin. Je pense que c'est un type bien, honnête, mais malin quand même. Je ne veux pas qu'il se serve de ma sœur.

— C'est comme ça que tu vois cette histoire ?

— Je ne la vois pas du tout, et c'est bien le problème. Mais il a une belle gueule, il est riche, et Darcy a beau crier sur les toits qu'elle veut justement se dégoter ce genre d'homme, il pourrait fort bien l'éblouir. Et comment voir où l'on va si l'on est ébloui ?

— Allons, Aidan... fit Jude en riant.

— Je ne veux pas qu'elle souffre.

— Moi, si.

La surprise lui coupa la parole. Il regarda sa femme, s'appuya au dossier de sa chaise et finit par retrouver l'usage de ses cordes vocales.

— Comment peux-tu dire une chose pareille ? Comment peux-tu vouloir que Darcy souffre ?

— S'il est capable de la faire souffrir, c'est qu'il ne la laisse pas indifférente. Jusqu'à présent, aucun homme n'a jamais compté pour elle. Ils n'ont été que des... euh... jouets, des occasions de s'amuser, des distractions. Tu ne voudrais pas qu'elle s'attache à quelqu'un ?

— Bien sûr que si. Mais pas à Magee.

Troublé, Aidan se remit à faire les cent pas.

— Ils ne pensent qu'avec leurs hormones, dit-il en secouant la tête. Un voyage à Londres ! Ils se connaissent à peine, et les voilà qui partent pour Londres !

— Je suis entrée dans un pub enfumé, un soir de pluie, et je suis tombée sur toi. Ma vie a aussitôt changé, alors que je ne connaissais même pas ton nom.

Aidan s'arrêta de marcher. Une vague d'amour incommensurable lui gonfla le cœur. Il s'assit et prit la main de Jude.

— Il y avait une chance sur un million pour que nous nous rencontrions. Le destin est intervenu.

— Peut-être est-ce ce qu'il est en train de faire, une fois de plus.

Il ferma à demi les yeux.

— Tu penses à la légende ? À la dernière partie ?

— Je pense qu'il n'y a plus en course qu'un seul membre de la famille Gallagher. Un cœur indemne, qui n'a jamais souffert, qui ne s'est jamais offert. Et je trouve intéressant... enfin, fascinant... que Trevor Magee soit à Ardmore. En tant qu'écrivain...

Elle s'interrompit, frappée par le raisonnement qui se déroulait dans son esprit.

— J'ai du mal à n'y voir qu'une coïncidence. Les vieux liens de famille... N'oublie pas que Darcy est une Fitzgerald par votre mère, et donc une cousine de Maud. Or le grand-oncle de Trevor a été le seul et unique amour de Maud. Mais le destin les a séparés, exactement comme Gwen et Carrick.

— Ton imagination et ton côté romantique prennent le dessus, Jude Frances.

— Tu crois ? dit-elle en haussant les épaules. Eh bien, on verra.

Alice Mae était déjà en route, et Betsy avait accepté avec plaisir de travailler deux jours. Satisfaite, Darcy traversa la cuisine, ouvrit la porte de service et eut un mouvement de recul. Elle n'avait pas encore l'habitude de buter sur des murs de parpaings. La carcasse du passage abrité qui devait relier la salle de spectacle au pub commençait à prendre forme, même pour un œil non averti. Debout sur des échafaudages, des hommes martelaient, rivaient ou foraient dans le vacarme ambiant.

Quelqu'un, un optimiste très certainement, avait allumé une radio, d'où provenait un mélange de grincements et de tintements qui méritait à peine le nom de musique.

La forme voûtée du toit se devinait aux épais chevrons, qui rappelaient ceux qui soutenaient le pub depuis des générations.

Darcy se sentit un peu surprise d'éprouver un pincement au cœur de fierté. Le *Gallagher's* était la racine, et la salle de spectacle une branche de l'arbre.

Tout en évitant les câbles et les cordes qui serpentaient sur la dalle, elle s'approcha de Trevor qui, juché sur un échafaudage, travaillait à l'endroit où le passage s'élargissait. Une ceinture à outils accrochée à la taille, l'air très concentré, il maniait un instrument électrique qui bourdonnait. Il portait des lunettes de soleil, plus pour se protéger des copeaux et de la poussière de ciment que de la lumière.

Darcy s'arrêta au pied de l'échafaudage et attendit, consciente que beaucoup d'hommes la regardaient au lieu de travailler et oubliaient sans doute les consignes de sécurité. Mick O'Toole s'approcha d'un pas nonchalant, un paquet de fers à béton sur l'épaule.

— Tu es en train de distraire notre équipe, jolie Darcy.

— Je n'en ai que pour une minute. Comment ça va, monsieur O'Toole ?

— Lui, là-haut, il sait ce qu'il veut et comment il le veut. Comme je suis d'accord avec lui, ça ne pourrait pas aller mieux.

— Ça va être formidable, non ?

— Oui. Un grand plus pour Ardmore. Fais attention, maintenant, chérie. Il y a plein de trucs sur lesquels on peut se casser la figure, par ici.

— J'y ai pensé, murmura-t-elle, en songeant aux innombrables pièges sur lesquels on pouvait trébucher lorsqu'on avait affaire à Trevor Magee.

Mick parti, elle leva les yeux, vit que Trevor s'était interrompu et qu'à son tour, il attendait. Voilà qui était mieux.

— On peut se parler un instant, monsieur Magee ? cria-t-elle.

— À quel sujet ?

Il ne prendrait donc pas la peine de descendre, comprit-elle. Parfait.

— Il me faut aujourd'hui et demain pour former une nouvelle serveuse à mi-temps. Mais je suis à ta disposition à partir de jeudi.

La nouvelle le fit bondir intérieurement, mais il se contenta de hocher la tête en signe d'acquiescement.

— Dans ce cas, nous partirons jeudi matin. Je passerai te prendre à 6 heures.

— C'est très tôt.

— Pourquoi perdre du temps ?

Le temps d'un battement de cœur, ils se regardèrent dans les yeux.

— Pourquoi, en effet ?

Elle fit demi-tour et rentra dans la cuisine. Une fois la porte fermée, elle exécuta quelques pas de danse.

10

Après avoir longuement pesé le pour et le contre, Darcy décida d'être à l'heure. Ses raisons pour rompre avec ses habitudes étaient purement égoïstes, et elle l'admettait volontiers. Elle voulait profiter de chaque minute de ses deux jours de congé.

Elle n'avait mis dans son sac qu'un minimum de vêtements, ce qui n'avait pas été une mince affaire. Prévoir ce qu'elle allait porter, dans quelles circonstances... La tâche lui avait pris des heures. Elle avait vidé sa tirelire, ce qu'elle ne se permettait que pour les grandes occasions, mais il fallait bien qu'elle achète quelque chose d'extraordinaire pour fêter ce voyage, non ?

Durant deux jours, elle avait travaillé comme une bête, afin d'être sûre que ses remplaçantes assumeraient correctement les responsabilités qu'elle leur confiait. Au lieu de dormir, elle s'était fait les ongles des mains et des pieds, puis s'était appliqué un masque facial. Enfin, elle avait choisi sa lingerie avec une ruse et une prévoyance dignes d'un général sur le point de livrer bataille.

Trevor Magee serait assommé avant d'avoir vu d'où venait le coup... lorsque, toutefois, elle lui aurait permis de la séduire.

Cette idée fit vibrer dans son ventre un petit réseau nerveux inconnu. Elle avait décidé d'être calme, de garder son sang-froid et d'afficher l'allure d'une femme habituée au luxe et aux voyages. Pas question de jouer à la *culchie* – la péquenaude – à Londres ou au lit. Le problème, c'était que Trevor était exactement tel que l'avait dépeint Aidan : malin.

Il pouvait porter des vêtements de travail, transpirer avec ses hommes, patauger dans la boue et trimballer des tuyaux, le vernis dû à son milieu, son éducation et sa fortune restaient visibles. Darcy avait déjà rencontré des privilégiés, et elle avait appris à reconnaître les fils à papa. Mais Trevor n'était pas un fils à papa, et elle pensait qu'il ne l'avait jamais été. Il avait beau être riche, il travaillait, et cela lui avait gagné le respect de Darcy, chose qu'elle n'accordait qu'à de rares élus.

En fait, elle n'avait jamais connu quelqu'un comme lui. Cela éveillait donc à la fois sa curiosité et sa méfiance.

À cela s'ajoutait le fait qu'elle avait envie de lui. C'était naturel, certes, mais jamais elle n'avait désiré un homme aussi intensément, et cela lui faisait peur. Elle avait besoin de sentir les mains de Trevor la caresser, sa bouche s'emparer de la sienne, son corps dur se serrer contre elle.

Durant les quelques heures où elle avait pu dormir, elle avait rêvé de lui. Dans ce rêve étrange, confus, il venait la chercher sur un cheval blanc ailé. Puis, dans une lumière nacrée, ils survolaient la mer bleu saphir et les prairies vertes de l'Irlande, avant de se poser devant un palais d'argent. Les arbres des jardins étaient couverts de pommes d'or et de poires d'argent, et une musique poignante s'élevait autour d'eux.

Dans ce rêve, elle était amoureuse, si complètement, si aveuglément, si joyeusement amoureuse que seuls comptaient ces moments passés avec lui.

Il ne lui avait dit qu'une chose tandis qu'ils volaient dans la lumière du soleil, puis dans le clair de lune : « Tout, et plus encore. »

Et tout ce qu'elle avait réussi à répondre, en se retournant pour poser la joue contre celle de Trevor, c'était : « Toi. Tu es tout, et plus encore. »

Le plus étrange, c'était qu'à cet instant elle avait su qu'elle était d'une sincérité absolue. Au réveil, pendant une fraction de seconde, elle avait éprouvé cette même émotion. Mais elle s'était dissipée en même temps que le rêve, et Darcy n'avait pu que sourire de ses songes.

De toute façon, elle voulait du concret, pas des rêves.

Juste avant 6 heures, elle descendit l'escalier. Son cœur battait d'excitation. Qu'allait-elle voir, faire, goûter pendant les prochaines quarante-huit heures ?

Tout, se dit-elle, transportée de joie, et plus encore.

Elle jeta un dernier coup d'œil au pub, propre et bien rangé. Sinead, Betsy et Alice Mae seraient sûrement capables de faire le travail qu'elle effectuait souvent seule. Elle leur avait enfoncé les règles de base dans la tête et, par prudence, leur avait laissé un pense-bête. Satisfaite, elle sortit et se promit de ne plus penser au pub jusqu'à son retour.

Il était 6 heures pile.

Elle eut le plaisir de voir arriver Trevor à l'instant même où elle mettait le pied sur le trottoir. Ils étaient à l'unisson, songea-t-elle. Cela rendrait les choses encore plus faciles.

Il avait mis un costume gris. Italien, estima-t-elle, comme il sortait de la voiture pour prendre son sac. Sûrement très cher, mais pas du tout tape-à-l'œil. Il portait également une chemise et une cravate assorties et semblait parfaitement à l'aise dans cette tenue élégante.

Pendant qu'il chargeait son sac, elle tâta la manche du costume.

— Oh là là, regardez-moi ça ! fit-elle. Qu'est-ce qu'on est beau, ce matin !

— J'ai une réunion, expliqua-t-il en refermant le coffre. On est un peu pressés.

Le parfum de Darcy lui donnait pourtant envie d'envoyer au diable sa réunion et tous ses participants.

Elle attendit qu'ils soient tous les deux assis pour reprendre :

— J'aurais cru qu'un homme dans ta position pouvait imposer ses horaires.

— Si on fait ça, on apporte une chose de trop à la réunion, une chose qui fiche tout en l'air : son ego.

— J'ai remarqué pourtant que le tien était bien affirmé.

— Il suffit de le savoir et de s'en méfier, dit-il en démarrant. Un chauffeur nous attend à Heathrow. Il te déposera à la maison pour que tu puisses t'installer et restera toute la journée à ta disposition. Tu pourras visiter la ville ou faire des courses, comme tu veux.

— Vraiment ? fit-elle, éberluée. C'est très aimable à toi.

Il lui jeta un coup d'œil.

— J'aurai plus de temps demain, mais aujourd'hui mon planning est surchargé. Je pense que j'aurai fini vers 18 heures, et j'ai réservé une table pour 20 heures. Ça te va ?

— Parfaitement.

— Bien. Mon assistante m'a faxé une liste de choses à faire à Londres. J'ai le papier dans ma serviette. Tu pourras y jeter un coup d'œil dans l'avion et organiser ta journée.

— C'est gentil d'y avoir pensé. Mais ne t'inquiète pas, je sais m'occuper toute seule.

Il la regarda brièvement. Elle portait une veste et un pantalon bleu ardoise, ainsi qu'un chemisier légèrement chatoyant, de la couleur des roses qu'on aurait nappées de crème. Le choix était élégant et très féminin.

— J'en suis sûr.

Il se tut, vaguement vexé. Qu'est-ce qu'il avait cru ? Qu'elle allait se sentir abandonnée et qu'elle passerait la journée à errer sans but, en se languissant de lui ?

Cet intermède tenait plus du voyage d'affaires que... Que de quoi, bon sang ? Du rendez-vous galant ? De toute façon, les termes importaient peu. Mais le mot « amour » n'avait pas sa place là-dedans. Ni lui ni Darcy n'étaient du genre sentimental. Ce qui comptait, c'était qu'ils restent francs l'un envers l'autre.

Ils arrivèrent à l'heure à l'aéroport de Waterford, et ce fut là que Darcy eut un premier avant-goût de ce qu'un homme fortuné pouvait exiger. On leur prit leurs bagages et on leur fit franchir les contrôles de sécurité avec moult « par ici, monsieur Magee » et « j'espère que vous ferez un voyage agréable, monsieur Magee ».

Darcy se souvint des tracas subis lors de son voyage à Paris et n'en fut que plus déterminée à voyager désormais en première classe et, si ce n'était pas possible, à ne pas voyager du tout. Mais lorsque Trevor l'entraîna vers un petit avion au fuselage brillant, elle comprit qu'elle n'avait pas tout imaginé de la vie des puissants de ce monde. La réalité dépassait ses rêves les plus fous.

— C'est le tien ?

— Celui de la compagnie, répondit-il en lui prenant le bras pour l'aider à gravir les marches. Comme je voyage beaucoup, c'est plus pratique d'avoir mon propre moyen de transport.

Elle pénétra dans l'avion et eut du mal à retenir un cri.

— Ça, c'est sûr, bredouilla-t-elle.

Les sièges aux dimensions plus qu'honorables étaient recouverts de cuir bleu marine. Sur les cloisons couleur crème, des vases en cristal étaient fixés dans des supports en argent situés entre les hublots. Chacun contenait un bouquet de boutons de roses couverts de rosée. La moquette était si moelleuse que les pieds s'y enfonçaient.

Une hôtesse de l'air souriante l'accueillit en l'appelant par son nom et lui demanda si elle désirait un mimosa avant le décollage.

Waouh ! se dit Darcy, épatée. Du champagne pour le petit déjeuner !

— Avec plaisir, merci.

— Je prendrai du café, Monica, dit Trevor. Tu veux visiter ? demanda-t-il à Darcy.

— Oh, oui, volontiers !

Tout en tentant de cacher son ébahissement sous un air désinvolte, Darcy posa son sac sur un fauteuil et suivit Trevor.

— Par ici, c'est l'office.

Elle jeta un coup d'œil furtif dans le petit espace et vit que l'efficace Monica avait déjà mis en route le café et débouchait une bouteille de champagne. Le moindre centimètre était astucieusement utilisé, et les surfaces en inox resplendissaient.

Trevor indiqua de la main une porte ouverte.

— La cabine de pilotage.

L'homme assis devant le tableau de bord fit pivoter son fauteuil.

— Nous sommes prêts, monsieur Magee. Bonjour, mademoiselle Gallagher. On peut s'attendre à un vol court et sans turbulences.

— Bonjour, fit-elle. Vous pilotez tout seul cet avion ?

— Il est prévu pour être piloté par une seule personne, répondit-il. De toute façon, je n'ai pas besoin de copilote quand M. Magee est à bord.

— Ah, bon ? Tu pilotes, Trevor ?

— À l'occasion. Vous pouvez nous accorder dix minutes, Donald, avant de demander l'autorisation de décoller à la tour ?

— Oui, monsieur.

— Nous avons beaucoup d'intérêts en Europe, expliqua Trevor en ramenant Darcy dans la cabine. Cet avion nous sert exclusivement pour les courtes distances de ce côté-ci de l'océan.

— Et pour les vols plus longs ?

— Nous avons de plus gros appareils.

Il ouvrit une porte, et elle aperçut un bureau avec un ordinateur, un écran plat destiné aux vidéos et un lit. Une autre porte donnait sur une salle de bains étincelante.

— Tout pour vivre et travailler, commenta-t-elle.

— On travaille mieux dans un certain confort. La société Celtic Records n'a que six ans, mais elle grandit et gagne de l'argent.

— Ah ? Ce voyage à Londres concerne Celtic Records ?

— En grande partie, oui. Si tu désires quelque chose, tu n'as qu'à demander.

Elle se tourna vers lui.

— J'ai tout ce dont j'ai besoin.

Il leva la main et joua avec une boucle de ses cheveux.

— Bon, allons-y.

— C'est parti, murmura-t-elle, tandis qu'ils regagnaient leurs sièges.

Elle s'installa, prit sa flûte de champagne et se prépara à vivre le plus beau jour de sa vie.

Le pilote était un homme de parole. Le vol fut bref et paisible. En ce qui concernait Darcy, le voyage aurait pu durer des heures et des heures, elle aurait été ravie. Elle avait aimablement papoté jusqu'à ce qu'elle s'aperçoive que Trevor ne l'écoutait que d'une oreille distraite. Il devait être préoccupé par les réunions à venir, avait-elle supposé. Aussi l'avait-elle laissé à ses réflexions et avait-elle entrepris de lire la liste de suggestions fournie par son assistante.

Oh, oui, elle avait très envie de visiter Hyde Park, Harrods, Buckingham Palace et Chelsea, de s'immerger dans la folle animation des rues et de déambuler dans les parcs ombragés.

La traversée de Heathrow fut à peine plus compliquée que celle de l'aéroport irlandais. L'argent ouvrait toutes les portes, pensa Darcy, tandis qu'ils franchissaient la douane. Elle fut cependant surprise de constater que la voiture avec chauffeur dont Trevor avait parlé était une limousine. Elle ravala ses exclamations et lui sourit.

— On te dépose à ta réunion ? demanda-t-elle.

— Non, c'est dans la direction opposée. À ce soir.

— Bonne chance pour le boulot.

Elle s'apprêta à se glisser gracieusement dans la limousine, comme si elle n'avait fait que ça toute sa vie, mais Trevor la retint par le bras, prononça son nom et l'obligea à se retourner.

Elle se sentit hissée sur la pointe des pieds, s'accrocha à ses épaules pour ne pas tomber, et des lèvres avides s'emparèrent délicieusement des siennes. La métamorphose de l'homme d'affaires en amant au sang chaud fut brutale et d'un érotisme absolu.

Il la relâcha avant même qu'un gémissement n'ait eu le temps de monter à ses lèvres. Puis, après un regard brûlant, il fit un signe de tête satisfait.

— Amuse-toi bien, dit-il.

Sur ce, il la planta là, chancelante, sous les yeux discrètement baissés du chauffeur et devant la portière ouverte de la limousine.

Darcy réussit à s'installer, malgré ses jambes tremblantes, mais craignit un instant de s'évanouir et de se dissiper dans l'air de la limousine, qui sentait la rose et le cuir.

Il lui fallut faire appel à chaque once de sa volonté pour reprendre ses esprits et jouir de la première promenade de sa vie dans le silence feutré d'une voiture luxueuse. Elle caressa le cuir de la banquette, doux comme du beurre et de la couleur d'un ciel orageux. Exactement comme les yeux de Trevor, un bref instant plus tôt.

De l'autre côté de la vitre fumée, le chauffeur avait l'air de trôner à un pâté de maisons d'elle. Décidée à se rappeler le moindre détail, Darcy examina attentivement ce qui l'entourait : la télévision, les verres en cristal, les lampes, le toit ouvrant vitré et la stéréo, qui diffusait un morceau de musique classique.

Elle allongeait les jambes, prête à ronronner de satisfaction, lorsqu'elle remarqua une boîte mince posée à côté d'elle. Un papier doré et un ruban argenté l'enveloppaient. Elle l'attrapa, tout en jetant un coup d'œil à la nuque du chauffeur. Une véritable femme du monde devait être trop blasée pour se précipiter sur un nouveau présent.

Avec un gloussement, Darcy ouvrit la petite enveloppe et lut :

Bienvenue à Londres, Trevor.

« Il n'en rate pas une, se dit Darcy. Eh bien, profitons-en. »

Comme le chauffeur ne lui prêtait aucune attention, elle dénoua le ruban et défit délicatement le paquet, en évitant de déchirer le papier, qu'elle plia et rangea dans son sac. Puis, folle d'excitation, elle retint son souffle et ouvrit l'écrin tapissé de velours. Alors, elle oublia ses résolutions et s'écria :

— Jésus, Marie, Joseph !

Elle souleva le bracelet, dont les pierres, émeraudes, rubis, saphirs et diamants aussi brillants que le soleil, s'écoulèrent en un flot étincelant.

Jamais elle n'avait rien touché de si beau, de si fin, de si ridiculement cher. Impossible d'accepter un tel présent. Elle allait se contenter de l'essayer, de voir de quoi il avait l'air à son poignet, de sentir son poids autour de son bras.

Eh bien, il avait l'air somptueux, et le contact des pierres sur sa peau était délicieux.

Elle tourna la main et vit le bijou lui faire de l'œil. Plutôt se couper la main que de le rendre. Sa conscience s'en accommoderait.

Elle passa tant de temps à admirer le bracelet qu'elle faillit manquer la traversée de Londres. Lorsqu'elle eut repris ses esprits, elle eut du mal à ne pas descendre la vitre pour se pencher dehors et profiter de chaque miette du spectacle qui s'offrait à elle.

Que voir d'abord ? se demanda-t-elle. Que faire en premier ? Il y avait tant de choses à caser dans deux petites journées ! Dès qu'elle aurait déballé ses affaires, elle se précipiterait dehors.

Tout en regardant Londres défiler, Darcy repéra les endroits où elle devait impérativement revenir passer un moment. Lorsque la limousine s'arrêta devant un bâtiment austère et empreint de dignité, elle fronça les sourcils et chercha l'hôtel.

Non, se rappela-t-elle brusquement. Trevor avait dit « la maison », pas « l'hôtel ». Donc, il habitait New York, à des milliers de kilomètres de là, et il possédait une maison à Londres.

Combien de surprises l'attendaient encore ?

Elle réalisa soudain que le chauffeur lui tendait la main pour l'aider à mettre pied à terre.

— Je vous apporte vos bagages tout de suite, mademoiselle Gallagher.

— Merci beaucoup.

Elle traversa le trottoir. Puis, en espérant qu'elle avait l'air de savoir ce qu'elle faisait, elle grimpa les marches du perron, qu'encadraient deux haies très solennelles.

Elle hésitait entre frapper et entrer sans cérémonie lorsque la porte s'ouvrit. Un homme grand et mince, aux tempes grisonnantes, s'inclina devant elle.

— Bonjour, mademoiselle Gallagher. J'espère que vous avez fait bon voyage. Je m'appelle Stiles, je suis le valet de chambre de M. Magee. Nous sommes très heureux de vous accueillir.

— Merci.

Elle faillit lui tendre la main, mais se retint à temps. On ne saluait sans doute pas de cette manière un valet de chambre anglais.

— Voulez-vous voir votre chambre, ou bien désirez-vous un rafraîchissement ?

— Oh, je préférerais voir ma chambre, s'il vous plaît !

— Très bien. Je vais m'occuper de vos bagages, Winthrup va vous guider.

La dénommée Winthrup surgit presque sans bruit. C'était une femme minuscule, vêtue du même noir cérémonieux que le maître d'hôtel. Ses cheveux argentés étaient sévèrement coiffés, et elle cachait ses yeux pâles derrière d'épaisses lunettes.

— Bonjour, mademoiselle Gallagher. Si vous voulez bien me suivre, je vais veiller à votre installation.

« Ne riboule pas des yeux, idiote », s'ordonna Darcy, qui s'efforça d'afficher une désinvolture qu'elle était loin d'éprouver. Sur les pas de Winthrup, elle traversa un vestibule dont le parquet ciré resplendissait, passa sous un lustre magnifique et s'engagea dans un escalier monumental. L'atmosphère de l'hôtel particulier, feutrée et intimidante, évoquait un musée bien entretenu, mais que personne ne visitait.

Elle n'osa pas prendre le temps d'examiner les tableaux accrochés un peu partout et dut replier les doigts pour s'empêcher de caresser la tapisserie qui recouvrait les murs, un tissu lisse qui ressemblait à de la soie.

À l'étage, la gouvernante, car elle supposait que tel était le statut de Winthrup, la précéda dans un corridor aux murs lambrissés. Darcy aurait voulu tout visiter. Elle se demandait combien de pièces comportait cet hôtel particulier, comment elles étaient meublées et ce qu'on pouvait voir des fenêtres. Finalement, Winthrup ouvrit une porte sculptée, et le luxe à l'état pur apparut.

Les quatre piliers d'un baldaquin entouraient un lit grand comme un lac. Des tapis somptueux, dont Darcy n'aurait pu identifier la provenance, recouvraient le parquet ciré.

Tous les meubles – la commode, le bureau, les tables – étincelaient comme autant de miroirs. Des douzaines de roses blanches étaient disposées dans un vase en cristal qui devait peser au moins dix kilos. De part et d'autre des fenêtres, des rideaux vert sombre étaient retenus par des embrasses. Sur le manteau de la cheminée en marbre blanc veiné de rose, d'imposants chandeliers se dressaient de chaque côté d'un vase rempli de lys d'un blanc aveuglant. Des fauteuils capitonnés et des guéridons invitaient à s'asseoir un instant devant un verre ou une tasse de thé.

— Le boudoir est à droite, la salle de bains à gauche, annonça Winthrup en croisant ses doigts maigres. Voulez-vous que je défasse vos bagages ou préférez-vous vous reposer d'abord ?

Darcy crut qu'elle allait avaler sa langue.

— Je… En fait… Non, je n'ai pas besoin de me reposer. Merci beaucoup.

— Si vous le désirez, je serai heureuse de vous faire visiter la maison.

— Est-ce que vous pensez que je pourrais juste me balader et jeter un coup d'œil ?

— Bien sûr. M. Magee souhaite que vous vous sentiez comme chez vous. Vous n'avez qu'à composer le neuf sur le téléphone de la maison et vous tomberez sur moi, et le huit pour sonner Stiles. Peut-être voudriez-vous commencer par faire un brin de toilette ?

— Oui, merci beaucoup.

Les jambes en coton, Darcy se dirigea vers la salle de bains. Et puis, merde ! se dit-elle soudain, et elle se retourna.

— Madame Winthrup, cette chambre est charmante.

La gouvernante esquissa un sourire, qui adoucit légèrement l'austérité de son visage.

— Oui, en effet.

Darcy entra dans la salle de bains, ferma les yeux et s'adossa à la porte. Elle avait l'impression de se trouver sur scène ou dans l'un de ses rêves les plus fantasques. Mais non, tout cela était réel. Son cœur battant et ses frissons de pur plaisir le lui confirmaient.

Elle soupira, puis rouvrit les yeux et sourit.

Pour aménager une aussi grande salle de bains, il avait sûrement fallu supprimer une chambre. Des fleurs ornaient le long meuble qui séparait les deux vasques ovales. Le carrelage du sol et des murs était d'un vert doux et brumeux, si bien qu'on avait l'impression de flotter entre deux eaux.

La baignoire, avec ses larges rebords agrémentés de plantes vertes, était sûrement assez grande pour accueillir trois personnes. Quant à la douche, c'était une petite pièce à elle seule, constata Darcy. Elle possédait une demi-douzaine de pommes de douche, qui devaient donner l'impression qu'on se trouvait sous une cascade.

D'innombrables objets en cristal étaient disposés un peu partout : bols et soucoupes remplis de pétales de roses et de savons odorants, jolis flacons d'huile et de sels de bain, pots de crèmes diverses. Darcy s'assit devant la coiffeuse et examina dans le miroir son visage rayonnant de joie.

— Eh bien, ma fille, on dirait que tu y es arrivée.

Durant ses deux premières réunions, Trevor réussit à écarter Darcy de ses pensées. Enfin, presque. Elle ne cessait de sortir du coin de sa tête où il s'efforçait de la maintenir et se glissait sournoisement dans la partie la plus consciente de son cerveau.

Il regarda sa montre pour la quinzième fois. Hélas, il lui restait des heures à attendre avant de pouvoir se consacrer à Darcy. Mais à ce moment-là, bon sang, il veillerait à ce que son attente soit récompensée.

— Trevor ?

— Mmm ?

Il soupira et fit un geste de la main pour s'excuser.

— Excuse-moi, Nigel. J'étais ailleurs.

— Ça, c'est nouveau.

Nigel Kelsey, le patron de la filiale londonienne de Celtic Records, avait l'œil perçant et l'ouïe fine. Lui et Trevor s'étaient rencontrés à Oxford, où ils étaient devenus amis. Lorsque Trevor avait décidé de faire rentrer son bébé dans l'arène internationale, il en avait confié la responsabilité à Nigel, en qui il avait toute confiance.

— Je réfléchissais à deux ou trois trucs. Mettons Shawn Gallagher sur le haut de la pile.

— D'accord, fit Nigel en se renfonçant dans son fauteuil.

Nigel était issu d'une lignée de respectables notaires et, avec le recul, il frissonnait d'horreur à l'idée qu'il avait failli suivre les traces austères de son père et de son grand-père. Sans avoir délibérément décoché un pied de nez à la tradition familiale, il avait décidé de mettre ses compétences au service d'une entreprise plus distrayante, ce qui était le cas de Celtic Records, même si Trevor avait l'œil sur tout. Son ami commandait son navire avec sévérité, mais il savait naviguer et entraînait son équipage dans des aventures très profitables.

Grâce à ce navire, Nigel débarquait dans des ports fascinants. Une partie de ses responsabilités, et il les prenait très au sérieux, consistait à fréquenter des soirées et à participer à des événements culturels afin de dénicher de nouveaux talents. Avec notes de frais, naturellement.

— Je suis en train de négocier avec lui, reprit Trevor. Et avec sa femme, il ne faut pas l'oublier. Je lui ai recommandé de prendre un agent.

Devant l'air surpris de Nigel, il haussa les épaules.

— Je l'aime bien, ce type. Et puisqu'il ne veut pas qu'un agent le représente, j'ai l'intention de lui proposer un marché honnête.

— De toute façon, tu passes toujours des marchés honnêtes, Trevor. C'est moi qui sors parfois une carte de ma manche, histoire d'égayer un peu la partie.

— Eh bien, évitons ça avec lui. Mon instinct me dit que nous avons pêché un gros poisson. Si on le laisse composer à son rythme, il nous fera gagner de l'argent pendant des années.

— Je suis d'accord avec toi. Son travail est excellent, je suis certain que ça va plaire.

— Il y a plus.

— Ah, oui ?

Trevor se leva et se mit à arpenter la pièce, ce qui ajouta encore à l'étonnement de Nigel, qui l'avait rarement vu aussi nerveux.

— Il a un frère et une sœur. Je veux qu'ils enregistrent tous les trois ses compositions, dès le premier disque.

Nigel fronça les sourcils, et ses doigts ornés de bagues tambourinèrent sur le bureau.

— Un frère et une sœur, hein ?

— Tu peux me faire confiance.

— Quand même, Trevor, tu sais que le disque se vendrait mieux avec un artiste connu.

Trevor se retourna et lui adressa un petit sourire.

— À toi de le vendre, même avec des inconnus, répliqua-t-il. Je les ai entendus. Viens passer un jour ou deux à Ardmore. Tu les écouteras et, si tu penses que je me suis trompé, on en reparlera.

Nigel fit la grimace et tripota l'anneau d'or qu'il portait à l'oreille.

— Bon sang, Trevor, Ardmore ! Qu'est-ce qu'un citadin indécrottable comme moi irait faire dans un village irlandais qu'on a du mal à repérer sur une carte ?

— Écoute, cette famille a quelque chose de spécial, insista Trevor. Mais avant que je n'aille plus loin avec eux, j'aimerais que tu les voies et que tu les entendes. Je veux une opinion objective.

— Parce que la tienne ne l'est pas ?

— Il y a quelque chose de spécial chez les Gallagher, répéta Trevor. Quelque chose qui a trait à Ardmore, à la région.

Inconsciemment, il tripota le disque en argent qu'il portait sous sa chemise.

— Ça tient peut-être à l'air qu'on y respire... En tout cas, viens. J'ai besoin de ton avis.

Nigel leva les bras, puis les laissa retomber.

— C'est toi le chef. Autant que j'aille voir ce qu'il y a là-bas. Je comprendrai peut-être pourquoi tu as décidé d'y construire une salle de spectacle. À l'heure actuelle, j'avoue que je ne vois qu'une explication : la folie passagère.

— Ce n'est pas un coup de folie. C'est un projet très solide... Ne ricane pas, prévint Trevor, avant que son ami n'ait ouvert le bec.

— Je ne ricane jamais. Parfois, je m'esclaffe, mais en l'occurrence je me retiendrai.

— Bien. J'ai un nouveau morceau de Shawn Gallagher, dit Trevor en se levant pour fouiller dans sa serviette.

Nigel désigna le piano au fond de la pièce.

— Je préférerais l'entendre.

— Comme tu veux. Mais il l'a composé pour guitare, violon et flûte.

— Ça me donnera quand même une idée.

Trevor alla s'asseoir devant le piano, tandis que Nigel fermait les yeux. Il ne savait pas jouer trois notes, mais il avait un sens étonnant de la musique.

Et son antenne se mit à vibrer dès les premières mesures.

C'était rapide, vivant, amusant et subtilement sexy. Oui, comme toujours, Trevor avait raison. Ils tenaient une mine d'or avec ce Shawn Gallagher. Et cela valait la peine de rencontrer l'homme en question, même si cela signifiait qu'il allait devoir s'exiler plusieurs jours dans un coin paumé d'Irlande. Que Dieu lui vienne en aide !

Il écouta en opinant du chef, puis sourit lorsque Trevor se mit à chanter les paroles. Il avait une voix puissante et juste, mais les mots avaient visiblement été écrits pour une femme.

— « Je prendrai ta main / Je prendrai ton cœur / Je les prendrai tous les deux / Car si tu crois que je me contenterai de l'un ou de l'autre / Prépare-toi à un mauvais quart d'heure. »

Oui, c'était le chant d'une femme sensuelle et sûre d'elle. Arrogante, même.

Il rouvrit les yeux, sourit. Il n'était pas facile à convaincre, mais son pied qui battait la mesure trahissait son approbation.

— Ce type est un sacré génie, déclara-t-il. Des paroles simples et directes, sur un air très riche et sophistiqué. Le problème, c'est que tout le monde n'est pas capable de chanter ça.

— Non, mais j'ai quelqu'un en tête. Prépare-toi à partir pour Ardmore.

— Quand il faut, il faut. Bon, est-ce qu'on en a fini pour cet après-midi ?

— Oui. Pourquoi ?

— Parce que j'aimerais bien savoir, en tant que vieil ami, ce qui te met dans cet état. Je ne t'ai jamais vu aussi nerveux.

Cela ne fit qu'agacer un peu plus Trevor, qui se dit qu'il devait impérativement recouvrer un aspect normal avant de revoir Darcy.

— Il y a une femme.

— Il y a toujours une femme, mon vieux.

— Pas comme celle-ci. Je l'ai amenée à Londres.

— Tu l'as amenée ? Ça, c'est nouveau, s'écria Nigel en insistant sur chaque mot. Quand est-ce que je pourrai la voir ?

Trevor se rassit et s'efforça de se détendre.

— Viens à Ardmore, dit-il.

Et il ramena la conversation sur les affaires.

11

Elle avait l'impression d'être sur scène et d'ignorer son rôle. Devait-elle s'installer dans le splendide salon et boire une tasse de thé ou un cocktail en attendant l'arrivée de Trevor ? Ou bien serait-il plus désinvolte d'aller lire dans son boudoir ? Elle pouvait aussi sortir se promener et ne pas être là à son retour.

Finalement, incapable de définir les traits de caractère et les motivations du personnage qu'elle devait jouer, Darcy se prépara pour la soirée. Elle prit tout son temps, ce qui était un luxe en soi, se prélassa dans la baignoire et utilisa les merveilleuses crèmes parfumées que recelaient les innombrables flacons disposés un peu partout.

Mieux valait être prête, songea-t-elle en étalant une lotion douce comme de la soie sur ses jambes. De cette façon, elle n'aurait pas à se changer pour aller dîner. Ce serait déjà un souci de moins. La perspective de l'acte final de la pièce l'emplissait d'impatience et d'anxiété.

Oui, il était préférable de l'accueillir sur le mode sophistiqué, habillée d'une robe noire, sobre, élégante. Elle descendrait prendre un cocktail, et il la trouverait assise dans ce salon terrifiant de solennité, en vraie dame du manoir.

Winthrup lui servirait probablement des petits canapés, à moins que cette tâche ne revienne au valet. Peu importait. Elle en tendrait un à Trevor, comme si elle faisait ça tous les jours.

Voilà, c'était ainsi qu'elle allait tenir son rôle.

Elle sortait de la salle de bains lorsque Trevor entra dans la chambre. Son estomac exécuta un petit salto. C'était le moment d'improviser, se dit-elle en arborant son plus beau sourire.

— Tiens, te voilà. Je pensais que tu en aurais encore pour au moins une heure.

— J'ai fini plus tôt, expliqua-t-il en refermant la porte. Bonne journée ?

— Très agréable, merci. Et la tienne ?

Pourquoi ses jambes refusaient-elles de se mouvoir ? Ce serait tellement mieux si elle pouvait faire quelques pas dans la pièce.

— Elle a justifié le déplacement.

En le voyant s'approcher, elle parvint à se décoller de la porte et à aller jusqu'au guéridon sur lequel elle avait posé le bracelet.

— Il faut que je te remercie. Ce bijou est ravissant et extravagant, ce qui, pour moi, est presque aussi important que la beauté. Nous savons tous les deux que je ne devrais pas l'accepter.

Il la rejoignit et lui mit le bracelet autour du poignet.

— Et nous savons tous les deux que tu le feras.

Le déclic discret de la fermeture résonna dans la tête de la jeune femme.

— Oui. Résister au beau et à l'extravagant m'est très difficile.

— Pourquoi résister ? Moi, je n'en ai pas l'intention.

D'un geste ferme et possessif, il posa les mains sur les épaules de Darcy et les fit glisser le long de ses bras.

Pour le moment, rien ne se passait comme il l'avait prévu. Il avait imaginé une soirée très civilisée : d'abord des cocktails, suivis par un dîner dans un endroit élégant pour faire plaisir à Darcy, puis un retour paisible à la maison et des ébats de bon aloi qui les auraient laissés tous deux satisfaits.

Mais elle était là, nue sous un peignoir, la peau encore chaude et parfumée après son bain, le regard hésitant.

Pourquoi résister, en effet ?

Il plongea son regard dans les yeux de Darcy et les vit s'enflammer, puis il entendit sa respiration s'accélérer alors qu'il dénouait la ceinture du peignoir. Sa bouche s'écrasa sur celle de la jeune femme, tandis que ses doigts se glissaient sous le tissu léger et se promenaient sur ses hanches. À ce simple contact, il frissonna.

— Maintenant, murmura-t-il.

— Oui.

Cédant aux exigences de son corps, elle l'étreignit.

Autre surprise : il avait eu l'intention de procéder avec lenteur et de savourer les préliminaires, mais dès que la bouche de Darcy eut répondu à la sienne, dès que son corps se fut pressé contre le sien, le désir l'emporta. Il avait l'impression d'avoir attendu une vie entière de la goûter, de la toucher, de la posséder.

Il dénuda les épaules de Darcy et planta ses dents dans sa chair nue.

Elle poussa un cri étouffé, à mi-chemin entre le désir et la surprise, et oublia instantanément pièce de théâtre, rôle, motivations de son personnage et conséquences de ses faits et gestes. Avec des gestes précipités, elle ôta le veston de Trevor et le jeta à terre. Leurs bouches se dévoraient l'une l'autre, et les mains de Darcy s'escrimaient sur la cravate lorsqu'ils basculèrent sur le lit.

La lumière tombante du soir entrait par les fenêtres, et l'écho animé de la circulation londonienne montait de la rue. La grande horloge du vestibule sonna 17 heures. Puis on n'entendit plus dans la chambre que le bruit des halètements et des murmures.

Les doigts de Darcy se battaient avec les boutons de la chemise de Trevor, tandis que ceux de Trevor écartaient les pans du peignoir. Couché sur elle, il l'enfonçait dans le lit moelleux. Elle avait l'impression de dériver sur des nuages de soie, se dit-elle. Puis il prit l'un de ses seins dans sa bouche, et toute pensée cohérente devint impossible.

Un tourbillon sauvage de pur désir la submergea, et un cri lui échappa.

— Vite… vite, vite, vite.

S'il ne la pénétrait pas dans la seconde, elle allait mourir. L'agrafe du pantalon de Trevor finit par céder à ses efforts frénétiques.

Dans l'esprit de Trevor retentissait la clameur d'un millier de vagues qui s'écrasaient sur un millier de rochers, et il ne savait plus qu'une chose : attendre une fraction de seconde de plus le tuerait.

Darcy se cambra à sa rencontre ; il s'enfonça en elle dans un élan violent.

Leurs gémissements s'élevèrent à l'unisson. Leurs regards se croisèrent, et chacun lut dans les yeux de l'autre le même ahurissement.

Puis il n'y eut plus que la frénésie d'un accouplement éperdu. Chair contre chair, respirations haletantes, cri sourd d'une femme atteignant l'orgasme, corps entraînés dans une danse voluptueuse.

Elle eut un autre orgasme, dont la violence la stupéfia. Comme ses mains retombaient mollement sur les draps froissés, elle sentit Trevor capituler en même temps qu'elle. Et elle crut entendre son nom.

Le visage de Trevor enfoui dans ses cheveux, son long corps pressé contre le sien, elle resta immobile, emplie d'une fatigue délicieuse. Maintenant, elle savait ce qui se passait lorsqu'il ne se contrôlait plus. Eh bien, c'était sauvage et merveilleux.

Le cœur de Trevor battait la chamade contre le sien. Avant de se laisser emporter dans l'univers doré de la béatitude, elle tourna la tête et effleura son épaule de ses lèvres.

À ce contact, il ouvrit les yeux et s'efforça de reprendre ses esprits. Le corps de Darcy était doux, moelleux sous le sien, et il n'y avait plus rien en elle de la femme frénétique qui le suppliait de se hâter. De toute façon, il n'aurait pas pu prendre son temps, même si elle le lui avait demandé. Il serait mort dans l'instant s'il ne l'avait pas pénétrée à ce moment-là.

Cette fille était dangereuse, se dit-il. Mais le pire était qu'il s'en fichait. Il la désirait de nouveau. Encore et encore.

— Ne t'endors pas, murmura-t-il.

— Je ne m'endors pas, répondit-elle, d'une voix rauque qui mit le sang de Trevor en ébullition. Je suis seulement extrêmement détendue.

Elle ouvrit les yeux et regarda les moulures du plafond.

— Je profite de la vue.

— C'est de la fin du XVIIIe.

— Intéressant, fit-elle.

Elle s'étira comme un chat et caressa lentement le dos de Trevor.

— C'est quel style ? Rococo ? Je m'emmêle toujours dans les périodes historiques.

Cet aveu lui arracha un sourire, et il releva la tête pour la regarder.

— Plus tard, je te ferai faire une visite complète, assortie d'une leçon. Mais pour l'instant…

Il remua légèrement en elle.

— Eh bien, murmura-t-elle, tu as la santé, toi.

Il inclina la tête pour lui mordiller les lèvres.

— Et tant qu'on a la santé…

Il tint parole et l'emmena dîner. On leur servit de la cuisine française dans un décor luxueux et avec des tas de chichis amusants. Le vin blanc qui se changeait en or fin dans la bouche, les miroirs, les chandelles, la nourriture raffinée, tout semblait enchanter Darcy. Trevor était sûr qu'aucun de ceux qui regardaient cette éblouissante jeune femme habillée d'une simple robe noire n'aurait pu l'imaginer en train de coltiner des plateaux de table en table dans un pub irlandais.

Cette habileté de caméléon stupéfiait Trevor. Entre la serveuse culottée, la chanteuse déchirante, la maîtresse sensuelle et la femme du monde, qui était vraiment Darcy Gallagher ?

Il attendit le champagne et le dessert pour aborder le sujet des affaires.

— Aujourd'hui, dans l'une de mes réunions, on a parlé de toi.

Darcy leva les yeux de la préparation compliquée et délicieuse qu'elle avait commandée. Elle était en train de se demander si cela ferait vraiment plouc de tout avaler, jusqu'à la dernière miette.

— Moi ? Oh, la salle de spectacle, tu veux dire ?

— Non, bien qu'on en ait parlé aussi.

Finalement, elle estima qu'elle pouvait manger la moitié de son dessert sans risquer de passer pour une parfaite péquenaude, et elle prit une cuillerée du mélange de crème et de chocolat.

— Et à quelle autre de tes affaires suis-je liée ?

— Celtic Records.

Il attendit. Un autre des aspects de ce caméléon était celui de la femme d'affaires, qu'il ne devait pas sous-estimer.

Elle leva sa flûte.

— Je bois à l'enregistrement de la musique de Shawn. C'est une décision familiale, et je crois que nous arriverons à nous mettre d'accord.

— Je l'espère bien, dit-il en piochant dans l'assiette de Darcy. Mais ce n'est pas ce que j'avais en tête. Je voulais parler de toi, exclusivement.

Elle sentit son pouls s'accélérer et reposa prudemment sa flûte.

— Exclusivement… Qu'entends-tu par là ?

— Je veux ta voix.

— Ah… fit-elle en s'efforçant de masquer sa déception. C'est pour ça que tu m'as amenée ici, Trevor ?

— En partie. Mais ça n'a rien à voir avec ce qui s'est passé ce soir.

Il posa la main sur la sienne. Elle baissa brièvement les yeux, puis, de crainte que le spectacle de leurs mains jointes ne la fasse succomber à un accès de sentimentalité, elle regarda Trevor.

— Bien sûr. Il faut établir une barrière très nette entre les deux domaines, sinon on court au désastre. Tu n'es pas du genre à poursuivre tes… euh… tes clients de cette façon, n'est-ce pas ?

Il ôta sa main, et ses yeux devinrent durs comme la pierre.

— Je ne me sers pas du sexe comme d'une arme, si c'est ce que tu veux dire. Le fait d'être amants n'a absolument rien à voir avec nos affaires.

— Bien sûr que non. Et si nous devions choisir entre ces deux sortes de relation, laquelle garderais-tu ?

— Ce serait à toi de décider, répliqua-t-il sèchement.

— Je vois, fit-elle en s'obligeant à sourire. C'est bon à savoir. Excuse-moi un moment, s'il te plaît.

Elle se leva et se dirigea vers les toilettes pour se ressaisir.

Qu'est-ce qui clochait chez elle ? Ce type lui offrait la chance de sa vie. Elle était libre de la saisir ou de la refuser. Alors, de quoi souffrait-elle ? Pourquoi cette proposition la laissait-elle déçue ?

Sans s'en rendre compte, elle en était venue à nourrir des sentiments envers Trevor Magee. Et lui-même en était venu à l'apprécier. À l'apprécier telle qu'elle était, avec tous ses défauts. Mais cela n'allait pas plus loin, pensa-t-elle. Elle ferma les yeux et se laissa tomber sur le siège capitonné installé devant le miroir.

Elle était la seule fautive, bien sûr. Il l'avait émue comme personne ne l'avait encore fait. Et voilà qu'il s'approchait dangereusement de quelque chose qui était enfoui si profondément en elle qu'elle-même avait du mal à l'identifier.

La vérité, c'était qu'elle risquait fort de tomber amoureuse. Sans même qu'il l'encourage. Et ensuite, que se passerait-il ?

« Regarde les choses en face, Darcy, se dit-elle en s'examinant dans le miroir. Un type comme Trevor n'aura jamais de liaison durable avec une fille de ton milieu. » Bien sûr, elle était présentable et capable d'endosser à peu près n'importe quel rôle mais, quoi qu'elle fasse, elle serait toujours Darcy Gallagher d'Ardmore, qui travaillait dans le pub familial.

N'importe quel autre type, elle aurait pu l'embobiner et lui faire oublier la différence sociale et autres détails de ce genre. D'ailleurs, ne s'était-elle pas promis de se dégoter un type sérieux et fortuné, qui tomberait sous son charme et lui offrirait une vie luxueuse ? En échange, elle aurait fait de son mieux pour s'éprendre de lui ou, du moins, l'entourer de son affection. Elle l'aurait respecté et se serait montrée parfaitement fidèle. Il n'y aurait rien eu de honteux à cela.

Mais un joli visage ne suffisait pas à Trevor Magee. Il venait de le lui prouver. Elle l'attirait, certes, mais il voyait aussi en elle une affaire profitable.

La passion qu'ils venaient de découvrir s'embraserait haut, mais n'aurait qu'un éclat bref. Inutile d'être romantique comme Jude pour savoir que la passion sans l'amour ne durait pas.

Alors, mieux valait être raisonnable et profiter au maximum des deux choses qu'il lui offrait : passion et succès. Elle se leva, redressa les épaules et sortit le rejoindre.

Trevor ruminait devant une tasse de café. Lorsqu'elle s'assit en face de lui, le chagrin qu'il était certain d'avoir aperçu dans ses yeux, quelques instants plus tôt, avait disparu. Devait-il s'en féliciter ou le regretter ?

— Je ne suis pas sûr de m'être bien exprimé... commença-t-il.

Elle secoua la tête, sourit tranquillement et reprit sa cuillère.

— Si, si, c'était très clair. Mais j'avais besoin d'un moment pour réfléchir. Parle-moi de Celtic Records. Dans l'avion, tu m'as dit que cette société avait six ans.

— C'est exact. La musique m'a toujours intéressé, la musique traditionnelle en particulier. Ma mère adore ça.

— Ah, oui ?

— Elle a beau faire partie de la quatrième génération d'Américains, on pourrait la croire née dans le cottage d'un petit fermier du comté de Mayo. Elle est farouchement irlandaise.

— Alors, c'est pour elle que tu as créé cette société ?

— Non.

Il se tut et fronça les sourcils. Bien sûr que si, c'était pour elle qu'il avait fondé Celtic Records ! Fallait-il qu'il ait été aveugle pour ne pas s'en être rendu compte ! Bon sang, même le nom avait été choisi pour faire plaisir à sa mère.

— Enfin, si, en partie, je suppose.

— Je trouve ça formidable ! s'écria Darcy, attendrie. Pourquoi hésites-tu à le reconnaître ?

— Parce que ce sont les affaires.

— Le pub aussi mêle les affaires et la famille. Ta maison de disques me plaît plus, maintenant que je sais pourquoi tu l'as créée. Ça te fait deux bonnes raisons pour t'en occuper avec soin, et moi je préfère traiter avec une société à laquelle son patron tient.

— C'est le cas. Et nous veillons aussi de près sur les artistes avec lesquels nous signons des contrats. Le siège est à New York, mais pour attaquer le marché international, nous avons ouvert un bureau à Londres. Nous en ouvrirons un à Dublin d'ici un an.

Il ne disait jamais « je », mais « nous », remarqua Darcy. La modestie ne devait pas y être pour grand-chose, il fallait plutôt y voir la reconnaissance d'un travail d'équipe.

— Que voudrais-tu, comme genre d'arrangement entre nous ? Je parle des affaires, ajouta-t-elle en le voyant plisser les yeux.

— Un contrat standard d'enregistrement.

— Tu sais, j'ignore ce que cela implique. Je n'ai aucune expérience dans ce domaine.

Elle l'observa une fraction de seconde, puis, sans réfléchir, elle reprit :

— Mais si jamais ça m'intéresse, il serait raisonnable que je prenne un agent pour discuter avec toi. Pour être franche, Trevor, je ne suis pas sûre de vouloir faire le métier de chanteuse, mais j'écouterai tes propositions.

Il aurait dû en rester là. Son instinct d'homme d'affaires lui recommandait de hocher la tête et de passer à autre chose. Mais il n'en tint aucun compte et se pencha vers elle.

— Je peux te rendre riche.

Elle lui proposa une cuillerée de son dessert.

— Ça, c'est une de mes grandes ambitions. Je vais peut-être finir par accepter ton aide, finalement.

— Tu auras tout ce que tu as toujours désiré, dit-il en s'emparant du poignet de Darcy, dont il sentit le pouls s'affoler. Et un tas de choses que tu n'as même pas osé imaginer.

— Dis donc, toi, tu sais comment faire venir l'eau à la bouche. Mais je ne suis pas du genre à me jeter dans l'inconnu les yeux fermés.

— Non, sûrement pas. Et ça me plaît. D'ailleurs, presque tout me plaît chez toi.

— À qui parles-tu ? À une associée potentielle ou à l'amante ?

Il posa la main sur la nuque de Darcy, l'attira à lui et l'embrassa assez longuement pour que quelques têtes se retournent.

— Est-ce que je suis assez clair ?

— Limpide. Pourquoi ne me ramènerais-tu pas chez toi ? On ferait l'amour jusqu'à ce qu'on ne puisse plus penser à rien.

— Pourquoi pas ? approuva-t-il en faisant signe au garçon d'apporter l'addition.

Le lendemain matin, Darcy dormait encore quand Trevor se leva. Il avait l'intention de se débarrasser de ses affaires aussi vite que possible, afin de passer le reste de la journée avec elle.

Il l'emmènerait faire des courses, pensa-t-il en s'habillant. Elle aimerait ça. Il la lâcherait dans un magasin et lui achèterait tout ce dont elle s'enticherait. Ensuite, ils iraient prendre le thé au *Ritz*, puis il la convaincrait de rentrer dîner à la maison.

Il avait un peu honte d'essayer de l'épater en lui fourrant sous le nez tout ce qu'il pouvait lui offrir, mais tant pis.

Bon sang, il avait terriblement envie de passer un jour de plus avec elle. Deux. Une semaine. Quelque part où ils pourraient être seuls, sans personne pour les déranger, sans avoir à penser aux affaires.

Ils se consumeraient l'un l'autre, mais, Seigneur, ce serait une sacrée flambée.

Sur une impulsion, il prit l'une des roses blanches dans le vase, écrivit une courte note et la posa sur l'oreiller à côté d'elle, avec la fleur. Il se retrouva ensuite assis au bord du lit, les yeux rivés sur ce visage parfait, que le sommeil rendait serein, et ces cheveux magnifiques, qu'il avait ébouriffés avec délices durant la nuit. Le bracelet étincelait à son poignet, et il savait qu'elle ne portait rien d'autre.

Ce n'était pas le désir qui lui échauffait le sang à cet instant, mais plutôt de l'affection. De l'amitié, en quelque sorte. Lorsqu'il lui avait dit que presque tout lui plaisait chez elle, il parlait sérieusement. C'était une femme attirante, amusante, provocante, exaspérante et charmante. Il comprenait son côté matérialiste et ne lui en tenait pas rigueur.

L'espace d'un court instant, il regretta qu'elle ait connu dès le début de leur relation l'ampleur de son compte en banque.

Elle lui avait très vite exposé ses ambitions : être riche et vivre dans le luxe. Elle était prête à se marier avec celui qui lui permettrait de les réaliser. Or Trevor n'avait pas l'intention d'être épousé pour son argent. Ni maintenant, ni jamais.

Il se pencha pour l'embrasser doucement sur la joue et s'en alla.

Darcy se réveilla une heure plus tard. Elle se retourna et vit la rose. Avec un sourire, elle caressa les pétales et lut le message.

J'aurai fini vers 14 heures, et je viendrai te chercher. J'espère que tu me laisseras m'occuper de toi le reste de l'après-midi.

Trevor.

Elle l'avait laissé s'occuper d'elle la nuit dernière et n'avait pas eu à le regretter. En tout cas, quelle façon délicieuse de se réveiller ! songea-t-elle en se caressant la joue avec la rose. Maintenant, qu'allait-elle faire ? Descendre prendre son petit déjeuner ou s'octroyer le luxe de sonner pour qu'on le lui apporte ?

L'idée de petit-déjeuner au lit, telle une reine, lui plut tellement qu'elle tendit la main vers le téléphone. La sonnerie retentit à cet instant et la fit sursauter. Elle hésita à répondre. Ce n'était probablement pas son rôle, décida-t-elle finalement, avant de se lever et d'enfiler son peignoir.

— Entrez, dit-elle, comme on frappait à la porte.

— Excusez-moi, mademoiselle Gallagher, mais M. Magee est au téléphone et voudrait vous parler.

— Merci, dit-elle.

Darcy ramassa la rose, et un sentiment de langoureuse béatitude l'envahit de nouveau.

— Bonjour, Trevor. Je viens de lire ton mot et je serai très heureuse que tu t'occupes de moi.

— Je suis en route pour la maison.

— Déjà ? Mais je croyais que tu ne serais là qu'à 14 heures.

— Darcy, il faut que je rentre à Ardmore immédiatement. Mick O'Toole s'est blessé sur le chantier.

— Il s'est blessé ? répéta-t-elle en bondissant. Comment ? C'est grave ? Que s'est-il passé ?

— Il est tombé. On l'a emmené à l'hôpital. Je viens de l'apprendre. Je n'ai aucun détail.

— Je serai prête à partir dès que tu arriveras. Dépêche-toi.

Elle raccrocha aussitôt, sortit son sac et y jeta ses vêtements en vrac.

Darcy trouva le voyage du retour horriblement long. Elle ne s'arrêta de prier que pour écouter Trevor, qui avait eu de nouveaux renseignements.

— Il était sur l'échafaudage, expliqua-t-il. Un ouvrier a fait un faux pas et a poussé Mick, ou bien Mick a glissé, on ne sait pas précisément. Il était inconscient quand l'ambulance est venue le chercher.

— Mais vivant.

Elle serrait si fort les poings que ses phalanges étaient devenues blanches.

— Oui, répondit-il en lui dénouant les doigts pour les caresser. Le médecin pense qu'il a un bras cassé et une commotion cérébrale. Mais il faut procéder à d'autres examens pour vérifier qu'il n'a pas de lésions internes.

— Des lésions internes… répéta-t-elle, le cœur serré. Quels mots terrifiants !

Sa voix se brisa.

— Rassure-toi, reprit-elle en secouant la tête. Je ne vais pas m'effondrer.

— Je ne m'étais pas rendu compte que vous étiez si proches.

— Il fait quasiment partie de la famille. C'est comme un second père pour moi, dit-elle en clignant des yeux pour refouler ses larmes. Mon Dieu, Brenna… Tout le monde là-bas doit être désespéré. Et moi qui n'étais pas là !

— Tu y seras.

— Je voudrais me rendre directement à l'hôpital. Tu pourras me commander une voiture ?

— Nous irons ensemble.

— Oh, je pensais que tu devais aller au chantier… Très bien.

Elle pressa les doigts sur ses paupières et inspira profondément plusieurs fois.

— J'ai peur. J'ai terriblement peur.

Il passa un bras autour de ses épaules.

Durant le trajet de l'aéroport jusqu'à l'hôpital, il la vit rassembler son courage et recouvrer son calme. Lorsqu'ils pénétrèrent dans le service, elle avait les yeux secs, et son expression ne trahissait rien de son désarroi.

— Madame O'Toole ?

Mollie se retourna et se leva du canapé où elle attendait, entourée de ses filles.

— Oh, Darcy ! Te voilà... Tu as dû abréger ton merveilleux voyage.

— Dites-moi comment il va, s'écria Darcy.

Elle prit ses mains dans les siennes et les serra, tout en s'efforçant de ne pas prêter attention aux larmes qui ruisselaient sur les visages de Maureen et de Mary Kate.

— Eh bien, il a pris un coup sur le crâne. Ils lui font un tas d'examens. Mais tu sais comme il a la tête dure, alors inutile de s'inquiéter.

— Oui, bien sûr. Que diriez-vous d'une tasse de thé ? Vous en avez toutes besoin. Asseyez-vous, madame O'Toole, je m'occupe de tout... Brenna, tu peux me donner un coup de main ?

— Que Dieu te bénisse, Darcy ! Un peu de thé nous fera du bien... Bonjour, monsieur Magee, reprit Mollie avec un sourire tremblant. C'est si gentil à vous d'être venu.

Trevor croisa le regard de Brenna, hocha la tête et prit la main de Mollie pour la reconduire à son siège.

— Dis-moi ce qui est arrivé, demanda Darcy, dès que Brenna et elle furent hors de portée de voix. Et si c'est grave.

— Je n'ai pas assisté à l'accident. Apparemment, Bobby Fitzgerald a trébuché pendant qu'il hissait des parpaings sur l'échafaudage. Papa s'est retourné, sans doute pour le retenir, mais ils ont tous les deux perdu l'équilibre, à cause des planches que la pluie avait rendues glissantes. Bobby a dû le heurter avec ses parpaings, et il a basculé par-dessus la rambarde de sécurité. Mon Dieu !

Elle s'interrompit et prit sa tête dans ses mains.

— Je l'ai vu tomber. J'ai entendu un cri, je me suis retournée, et je l'ai vu s'écraser sur le sol. Il est resté allongé là, Darcy, avec la tête qui saignait.

Elle renifla et se frotta les yeux.

— Il n'est pas tombé de très haut, en fait, mais il a atterri durement. Ils m'ont empêchée de le bouger. Sans réfléchir, j'ai voulu le retourner, mais, Dieu soit loué, des têtes plus froides m'ont retenue. Pauvre Bobby... Il est dans tous ses états. J'ai demandé à Shawn de l'emmener faire un tour.

Darcy prit son amie par les épaules.

— Ça va aller. On va faire en sorte que tout aille bien.

— Je suis contente que tu sois là. Je ne peux pas leur dire combien j'ai peur. Il ne faut pas grand-chose pour jeter Mary Kate dans une crise d'hystérie, Maureen est enceinte, et Alice Mae est si jeune ! Patty tiendra le coup, et Dieu sait que maman aussi. Mais je ne peux pas leur raconter quel effet ça m'a fait de le voir s'écraser sur le sol, ni leur dire que j'ai peur qu'il ne se réveille pas.

— Bien sûr que si, il va se réveiller.

Brenna fondit en larmes. Darcy l'étreignit tendrement.

— Ils vont vous laisser le voir bientôt, et tu te sentiras mieux.

Par-dessus la tête de Brenna, elle aperçut Trevor qui les rejoignait.

— Je m'occupe du thé, dit-il en posant une main sur son épaule. Va t'asseoir avec la famille.

— Merci, Trevor. Viens te laver la figure, dit-elle à Brenna. Ensuite, on prendra une bonne tasse de thé en attendant le médecin.

— Ça va, fit son amie. Retourne auprès de maman. Je vais me débarbouiller et je vous rejoins.

De retour dans la petite salle d'attente, Darcy s'assit sur l'accoudoir du canapé, à côté de Mollie.

— Le thé arrive, annonça-t-elle.

Mollie lui tapota le genou et y laissa sa main.

— Ça va mieux, maintenant. C'est un type bien, ce Trevor. Lâcher ses affaires et revenir parce que mon Mick a été blessé, c'est bien.

— Il n'a pas hésité.

— Tout le monde ne l'aurait pas fait, reprit Mollie avec un hochement de tête. Ça montre quel genre d'homme il est. Il y a trois minutes, il était assis là et me disait que je n'avais pas à me tracasser, que je devais seulement me consacrer à Mick et qu'il assumerait tous les frais. Il a même dit que Mick toucherait un salaire complet jusqu'à sa guérison. Il pense que ça ne durera pas trop longtemps.

Elle s'interrompit, le temps que sa voix cesse de trembler.

— Il compte sur Mick pour reprendre son poste parce que, selon lui, il faut les deux O'Toole pour avoir un travail bien fait.

— Il a raison, bien sûr.

Cette fois-ci, ce fut la gratitude qui noua la gorge de Darcy. Comment Trevor avait-il su trouver les mots pour réconforter des gens qu'il connaissait à peine ?

Lorsqu'elle l'aperçut dans le couloir, peu après, elle s'approcha de lui, prit son visage entre ses mains et l'embrassa, doucement, tendrement, sur les lèvres, pour le remercier.

— Viens t'asseoir avec la famille, dit-elle en le faisant entrer dans la salle d'attente.

Elle se rasseyait lorsque le médecin apparut.

— Madame O'Toole ?

— Oui. Comment va mon mari ? s'écria Mollie en se levant, sans lâcher la main d'Alice Mae, celle de ses filles qui était la plus proche.

— C'est un costaud, déclara le médecin, tandis que Brenna les rejoignait en courant. Tout d'abord, sachez qu'il va s'en tirer.

Mollie agrippa l'épaule de son aînée.

— Dieu soit loué, Dieu soit loué !

— Il a une commotion cérébrale et un bras cassé. Heureusement, l'os s'est brisé net, proprement. À part ça, il y a des lacérations assez profondes et des contusions importantes aux côtes, mais aucune n'est brisée. Les examens n'ont révélé aucune lésion interne. On va le garder ici un jour ou deux, bien sûr.

— Il est réveillé ?

— Oui, parfaitement réveillé. Il vous a demandée, ainsi qu'une pinte de bière. Mais vous en premier.

— Il avait intérêt, répondit Mollie, d'une voix où se mêlaient le rire et les sanglots. Je peux le voir ?

— Je vous emmène en salle de réanimation. Vos enfants pourront le voir une minute dès qu'on l'aura installé dans une chambre. Il fait un peu peur, avec toutes ses plaies et ses bosses, mais il ne faut surtout pas que vous vous en alarmiez.

— Vous savez, j'ai élevé cinq enfants. Alors, j'en ai vu, des plaies et des bosses.

— J'imagine.

— Attendez ici, ordonna Mollie à ses filles. Je ne veux ni pleurs, ni gémissements devant lui, alors rangez tout ça dans un coin. On pleurera un bon coup à la maison, si c'est nécessaire.

Darcy attendit que Mollie et le médecin se soient éloignés pour se tourner vers Brenna.

— Bon. Comment va-t-on faire pour lui apporter en douce une pinte de Guinness ?

12

— Darcy, te voilà, ma fille. Tu es venue me délivrer ?

Vingt-quatre heures après sa chute brutale, Mick O'Toole était toujours couvert de bleus et de bosses, mais il avait l'air alerte, quoiqu'un peu désespéré. Darcy se pencha par-dessus la barrière du lit et l'embrassa affectueusement sur le front.

— Pas du tout. Vous devez rester encore un jour, à condition que tout aille bien dans le roc qui vous sert de cervelle. Tenez, je vous ai apporté des fleurs.

Il avait un œil au beurre noir, trois points de suture maintenaient fermée l'entaille qui lui zébrait la joue, et le front qu'elle avait embrassé était une symphonie d'ecchymoses violettes et d'écorchures rouge vif. On eût dit qu'il venait de perdre une sacrée bagarre à la sortie d'un pub.

En entendant Darcy, son grand sourire plein d'espoir se transforma en un long soupir déçu.

— Je n'ai aucun problème à la tête, ni ailleurs, à part cette aile cassée, là. Il n'y a pas de quoi enchaîner un homme sur un lit d'hôpital, si ?

— Les docteurs ont une autre opinion. Mais je vous ai apporté quelque chose qui vous remontera le moral.

— Les fleurs sont très jolies, admit-il, du ton du gamin de douze ans à qui on a donné une carotte à la place d'une barre de chocolat.

— N'est-ce pas ? Elles arrivent directement du jardin de Jude. Mais mon autre cadeau vient d'un tout autre endroit.

Darcy sortit les fleurs du sac, d'où elle tira un récipient en plastique dont le couvercle était bien fermé.

— C'est de la Guinness – une demi-pinte seulement, car c'est tout ce que je pouvais apporter sans me faire remarquer. Il faudra vous en contenter.

— Tu es une princesse.

— C'est vrai. Et je tiens à être traitée comme telle.

Darcy ôta le couvercle et tendit à Mick O'Toole l'objet de contrebande.

— Est-ce que vous allez aussi bien que vous en avez l'air ? demanda-t-elle en abaissant la rambarde pour s'asseoir au bord du lit.

— Je suis en pleine forme, je te le jure. Mon bras me fait un peu mal, mais rien de bien grave.

Il but une première gorgée et ferma les yeux de plaisir.

— J'ai été désolé d'apprendre que le patron et toi aviez été obligés de rentrer précipitamment de Londres. Ce n'était rien qu'un faux pas et une petite chute.

— Vous nous avez fait une sacrée peur.

Elle lui ébouriffa gentiment les cheveux.

— Et maintenant, reprit-elle, je suppose que toutes les femmes de votre famille vont être aux petits soins pour vous.

Il lui décocha un clin d'œil.

— Ce n'est pas moi qui m'en plaindrai, vu qu'elles sont toutes jolies. Je suis prêt à reprendre le boulot, mais Trevor ne veut pas en entendre parler. Une semaine au moins, qu'il dit, avant que j'aie le droit de me montrer, et encore, seulement avec l'accord du docteur... Peut-être que tu pourrais lui en toucher un mot, chérie, ajouta-t-il d'un ton gémissant. Lui expliquer que je me remettrai plus vite si je bosse que si je reste couché à ne rien faire. Un homme écoute forcément une aussi jolie fille que toi.

— Vous ne m'embobinerez pas, monsieur Michael O'Toole. Une semaine, c'est très court. Reposez-vous et arrêtez de vous inquiéter pour le travail. Quand vous reprendrez votre poste, la salle de spectacle sera encore loin d'être terminée.

— Je n'aime pas qu'on me paie pour rester allongé sur le dos.

— C'est tout à fait normal qu'il continue à vous payer, puisque c'est en travaillant pour lui que vous êtes tombé. En outre, il en a les moyens. Mais sa réaction trahit son caractère, tout comme votre impatience montre le vôtre.

— Possible, mais c'est justement mon impatience qui a achevé de réconforter Mollie, même si elle s'en défend.

Mick garda un instant le silence, en tripotant nerveusement son drap.

— Trevor, c'est un type bien et un bon patron, dit-il, mais je veux être sûr qu'il en aura pour son argent avec moi.

— Est-ce que vous n'avez pas toujours donné tout ce que vous pouviez en échange de votre salaire ? Plus vite vous serez guéri, plus vite vous reprendrez le travail. À ce moment-là, je vous demanderai de jeter un coup d'œil à la plomberie de ma salle de bains.

Elle venait d'inventer ce problème, mais elle vit que l'appel à ses bons services remontait le moral de Mick.

— J'irai réparer ça à la minute où on me laissera me remettre sur mes jambes. Bien sûr, si c'est urgent, tu peux appeler Brenna.

— Ça vous attendra, et moi aussi je vous attendrai.

— Très bien, alors.

Il se laissait retomber sur ses oreillers lorsque le bijou qui étincelait au poignet de Darcy attira son attention.

— Hé ben, dis donc ! Qu'est-ce que c'est que ce truc ?

Il lui prit la main et la fit tourner pour admirer le bracelet.

— C'est une babiole rudement jolie.

— Oh, oui ! C'est Trevor qui me l'a donnée, avoua-t-elle en jetant un regard inquiet à Mick, qui souriait avec malice.

— Vraiment ?

— Oui. Je n'aurais pas dû accepter, mais je me suis sentie incapable de refuser un geste aussi généreux.

— Et pourquoi tu l'aurais fait ? Il a un œil sur toi depuis le premier jour. Ce type a bon goût, si tu veux mon avis, et toi, ma fille, tu pourrais difficilement trouver mieux que Trevor Magee.

— Il ne faut pas se monter la tête, monsieur O'Toole. C'est juste pour s'amuser. Aucun de nous ne pense à quelque chose de sérieux.

— Ah bon ? fit Mick.

Puis, comme Darcy prenait l'air buté qu'il connaissait bien, il laissa tomber.

— Bon, on verra bien, pas vrai ?

Au grand plaisir de Mick, Darcy était partie depuis moins d'une heure lorsque Trevor entra dans sa chambre, une pinte de Guinness à la main. Mick admira sa hardiesse, autant qu'il avait admiré les précautions de Darcy.

— Ah, voilà un homme selon mon cœur !

— Oh, parce que vous en vouliez une aussi ? plaisanta Trevor. Je me suis dit que vous deviez commencer à vous impatienter, ajouta-t-il en lui tendant la bière.

— Ça, c'est sûr. Si vous pouviez me trouver un pantalon, je sortirais d'ici avec vous.

— Demain. Je viens de parler au médecin. Il va vous libérer demain dans la matinée.

— Bon, ça vaut mieux que de se crever un œil avec un bâton pointu. Je pensais que je pourrais aller directement au travail, comme chef de chantier, mettons. Hein ? Je ne porterais rien.

Comme Trevor le regardait fixement sans rien dire, il insista :

— Je ne travaillerais pas vraiment. Ce serait juste pour superviser les choses, comme qui dirait.

— Dans une semaine.

— Une semaine ! Mais il y a de quoi devenir fou ! Vous êtes déjà resté allongé, vous, avec une nichée de poules qui caquettent autour de votre lit ?

— Seulement dans mes fantasmes préférés.

Mick émit un rire bref et but une rasade de bière.

— Darcy était ici il n'y a pas une heure.

— Elle vous adore, déclara Trevor.

— C'est réciproque. J'ai remarqué par hasard la babiole que vous lui avez donnée, le truc à son poignet.

— Il lui va très bien.

— Ça, c'est sûr, vu qu'il est plein de pierres brillantes. Il y en a qui voient cette fille et qui se disent : « Tiens, c'est une écervelée qui ne cherche qu'à s'amuser et à avoir la vie facile. » Ils ont tort.

— Je suis d'accord avec vous.

— Vu que son père, mon grand ami Patrick Gallagher, est passé de l'autre côté de la mare, je prends sur moi de vous le dire clairement. Ne jouez pas avec cette fille, Trevor. Ce n'est pas une babiole comme le joli bracelet que vous avez choisi dans une vitrine quelconque. Elle a un grand cœur ardent, même si elle le cache. Et elle peut vous dire tout ce qu'elle veut, et surtout se dire à elle-même que tout ça, ce sont des jeux et de la rigolade, elle souffrira comme n'importe quelle autre femme si on la rudoie.

— Je n'ai pas l'intention de la rudoyer, répliqua Trevor d'un ton froid.

Ce petit gars n'avait pas l'habitude de recevoir des ordres, pensa Mick. Encore moins qu'on lui donne des conseils ou qu'on émette des critiques sur sa conduite.

— Peut-être que j'aurais dû parler d'insouciance. Un homme peut se montrer insouciant avec une femme, même sans le vouloir.

— Je veillerai à ne pas l'être.

Mick approuva de la tête et, de nouveau, laissa tomber le sujet. Mais cela ne l'empêcha pas de se demander ce que Trevor lui-même cherchait.

Mick avait raison sur un point : Trevor n'était pas du genre à apprécier les conseils, surtout quand il s'agissait des femmes. Il savait ce qu'il faisait avec Darcy. Ils étaient tous deux des adultes avisés qu'avait réunis une attirance très brutale. Attirance à laquelle s'ajoutaient affection et respect. Que pouvait-on rêver de mieux pour une relation temporaire ?

Pourtant, les propos de Mick l'avaient troublé. Au lieu de regagner le chantier, comme il en avait eu l'intention, il monta sur la colline, afin d'aller jeter un coup d'œil à la tombe de son grand-oncle, et peut-être même explorer les ruines. Il pouvait bien prendre une demi-heure de repos, pour une fois.

La tour ronde surplombait le village, et on pouvait l'apercevoir de presque partout. Il la voyait chaque fois qu'il allait et venait entre le cottage et le village, mais il n'avait jamais pris le temps d'aller l'examiner de près. Cet après-midi-là, il s'arrêta sur le bas-côté et sortit de sa voiture. Une rafale de vent l'accueillit.

Il franchissait le petit portail lorsqu'il aperçut un groupe de touristes qui s'éparpillaient sur le sol pentu, entre les vieilles pierres et les croix, et se dirigeaient vers les ruines de la cathédrale édifiée jadis en l'honneur de saint Declan. À la vue de ce troupeau chargé de guides, d'appareils photo et de sacs à dos, il s'arrêta net.

D'où lui venait ce sentiment de rejet ? C'était stupide, d'autant que c'était justement ces gens-là qu'il espérait attirer dans sa salle de spectacle. Ceux-là et beaucoup d'autres qui venaient profiter de la plage en été.

Aussi se joignit-il à eux et alla-t-il regarder les voûtes romanes usées par les intempéries. Deux pierres portant des inscriptions en ogham avaient été déposées au milieu des décombres, à l'abri d'un reste de toiture. Ces lignes gravées ressemblaient à une sorte de code en morse, songea-t-il.

Une femme appela ses enfants avec l'accent plat du Nord-Est des États-Unis qui, en ce lieu, sembla complètement déplacé à Trevor. Sa propre voix avait-elle la même sonorité un peu désaccordée ? Ici, les voix devaient chanter comme si chaque mot suivait le rythme d'une musique ancestrale.

Il ressortit de la cathédrale et regarda la tour. Son toit conique était encore en place, et elle avait l'air capable de soutenir n'importe quelle attaque.

Pourquoi l'Irlande avait-elle connu tant d'envahisseurs ? se demanda-t-il. Pourquoi Romains, Vikings, Saxons, Normands, Anglais avaient-ils débarqué ici ? Quelle fascination cette petite île toute simple avait-elle exercée sur eux, pour qu'ils viennent y guerroyer et mourir ?

Puis il se retourna, examina les alentours et estima qu'il détenait une partie de la réponse.

Le village, en contrebas, était ravissant, avec l'éventail doré de sa grande plage. La mer bleue scintillait sous la lumière changeante du soleil, et une frange d'écume venait mordre la grève. Les collines se succédaient, sphères d'un vert luxuriant que rompaient çà et là les taches brunes de la terre dénudée, avant d'être englouties au loin par les flancs sombres des montagnes.

Peu à peu, la lumière se fit plus claire, et les ombres des nuages que perçait le soleil se mirent à courir sur les prairies. L'air sentait l'herbe, les fleurs et la mer.

Ce n'était sûrement pas la beauté des paysages qui avait amené tant de gens à débarquer ici, mais elle avait très certainement fait partie des raisons qui les avaient poussés à se battre pour s'y cramponner.

— Notre terre absorbe les envahisseurs et les contraint à devenir des nôtres.

Trevor jeta un coup d'œil autour de lui. Il s'attendait à voir un touriste ou l'un des habitants du coin, mais il buta sur le regard bleu et ardent de Carrick.

— Ah, vous voilà…

À sa grande surprise, Trevor s'aperçut qu'ils étaient seuls, alors qu'une minute plus tôt une demi-douzaine de promeneurs déambulaient non loin de lui.

Carrick lui décocha un clin d'œil.

— J'apprécie un peu d'intimité. Pas toi ?

— L'intimité, je n'en jouis guère quand vous surgissez à tout moment.

— Je voulais discuter un peu avec toi. Comment se déroulent les travaux ?

— Pour l'instant, on est en phase avec le programme.

— Ah, vous autres Yankees, quand il s'agit de respecter un programme, vous êtes champions ! La plupart des touristes américains qui viennent ici passent leur temps à regarder leurs montres et leurs cartes, à prévoir comment ils feront ceci ou cela, uniquement pour respecter leur fichu programme. On pourrait croire qu'en vacances ils se laisseraient un peu aller, mais l'habitude a la vie dure, chez certains individus.

Trevor fourra les mains dans ses poches.

— Alors, comme ça, vous vouliez discuter avec moi de l'habitude qu'ont les Américains de consulter leurs montres à tout instant ?

— Ce n'était qu'une entrée en matière. Viens, accompagne-moi vers la tombe où repose ton grand-oncle.

Trevor suivit Carrick, qui s'éloignait d'une démarche élégante, malgré le sol inégal. Lorsqu'ils se retrouvèrent devant la stèle, Carrick lut :

— « John Magee, frère et fils bien-aimé. »

Trevor sentit une douleur du côté du cœur, comme le rappel d'un lointain chagrin.

— Fils bien-aimé, c'est certain. Frère bien-aimé, c'est discutable.

— Tu penses à ton grand-père. Il n'est pas venu souvent ici, mais il est venu.

— Vraiment ?

— Oui, et il s'est tenu là où tu es, avec un air renfrogné, la tête pleine de pensées sombres et confuses. Et c'est parce que cela le troublait trop qu'il a délibérément fermé son cœur.

— Oui, murmura Trevor. Ça, je peux le croire. Car, pour autant que je m'en souvienne, il ne faisait rien qui ne soit délibéré.

— Toi non plus, tu ne fais rien par hasard…

Carrick attendit que Trevor relève la tête et que leurs regards se croisent, avant de poursuivre :

— En revanche, lorsque l'homme dont est issu ton père se tenait sur cette colline et observait son pays natal, il ne voyait pas ce que tu y vois, c'est-à-dire un paysage ravissant, accueillant et un peu magique, pour peu qu'on sache le regarder. Il y voyait un piège, et il était prêt à se ronger la cheville pour s'en échapper.

Carrick se tourna vers Ardmore. Ses cheveux, que le vent rejetait en arrière, formaient une sorte de cape noire dans son dos.

— D'ailleurs, peut-être l'a-t-il fait, à sa façon. Il a dû se couper d'une partie de lui-même pour partir en Amérique. Mais s'il ne l'avait pas fait, tu ne serais pas ici, aujourd'hui, et tu ne regarderais pas ce qu'il ne pouvait pas voir.

— Ce qu'il ne voulait pas voir, corrigea Trevor. Mais vous avez raison, sans lui, je ne serais pas ici. Dites-moi, qui dépose des fleurs sur la tombe de John Magee, après tout ce temps ?

— C'est moi, répondit Carrick en désignant le pot de fuchsias. Maud ne peut plus le faire, et c'est la seule chose qu'elle m'ait demandée. Elle n'a jamais oublié John Magee, et son amour n'a pas faibli durant les longues années qui se sont écoulées entre la mort de son fiancé et la sienne. La fidélité est la plus belle de vos vertus de mortels.

— C'est une vertu difficile à acquérir.

— Peut-être, mais ceux qui y parviennent en retirent une grande joie. As-tu un cœur fidèle, Trevor Magee ?

— Je n'y ai guère réfléchi.

— Cette réponse, c'est du camouflage qui ressemble fort à un mensonge, mais je vais tourner la question différemment. Maintenant que tu as goûté à la belle Darcy, tu crois que tu pourrais quitter la table du banquet et t'en aller sans regret ?

— Ce qui se passe entre Darcy et moi ne regarde que nous.

— Là, tu te trompes. Ta vie privée me concerne aussi. Je t'ai attendu trois fois un siècle. Je suis sûr maintenant que c'est bien toi, et personne d'autre. Tu es le dernier de l'histoire. Et te voilà terrorisé à l'idée de te ridiculiser, ce qui n'est jamais qu'une autre forme de fierté, du genre de celle de ton grand-père, alors que tu n'as qu'à saisir ce qui t'a déjà été offert. Ton sang s'échauffe pour elle. Ton esprit est tout embrumé d'elle, mais tu t'arrêtes juste avant d'explorer ce que ton cœur recèle.

— Un sang chaud et un esprit embrumé n'ont pas grand-chose à voir avec le cœur.

— Quelle sottise ! Est-ce que la passion n'est pas le premier pas vers l'amour, et le désir le deuxième ? Tu les as faits, ces pas, mais tu es trop têtu pour l'admettre. J'attendrai encore, mais moi aussi j'ai mon programme, ajouta-t-il avec un regard flamboyant d'impatience. Alors, tu as intérêt à te manier, Yankee.

Sur ce, il claqua des doigts, un éclair zébra l'air, puis il disparut.

Cette entrevue avec Carrick mit Trevor dans une humeur exécrable. Il trouvait déjà exaspérant que Mick O'Toole lui donne des conseils, mais subir ceux d'un être qui n'était même pas censé exister, c'était le bouquet ! Mortels et créatures de l'autre monde se liguaient pour l'obliger à faire un pas définitif vers Darcy, et il voulait bien être pendu s'il se laissait coincer.

Sa vie lui appartenait, point, et elle n'avait rien à voir avec celle de Darcy.

Pour mettre cela au clair, il traversa le chantier en écartant de la main les appels des uns et des autres et se dirigea directement vers la cuisine du pub.

Shawn leva les yeux des casseroles qu'il était en train de récurer.

— Salut, Trevor. Il est un peu tard pour déjeuner, mais je peux te servir une soupe, si tu as faim.

— Non, merci. Darcy est là ?

— Elle vient de monter dans son petit palace. J'ai encore du ragoût de poisson sur le feu, si tu...

Shawn s'interrompit, car Trevor était déjà au milieu de l'escalier.

— Bon, je suppose que ça ne le tente pas.

Trevor ne frappa même pas. C'était grossier, il le savait, mais il en tira une sorte de satisfaction perverse. Darcy, qui sortait de sa chambre avec un petit sac à la main, s'immobilisa.

— Eh bien, tu te sens chez toi, on dirait.

Les termes étaient modérés, mais la voix irritée, ce qui accrut la satisfaction de Trevor.

— Je suis désolée de ne pas pouvoir m'occuper de toi, mais j'allais chez Jude pour lui apporter l'agneau en peluche que j'ai acheté pour le bébé.

En guise de réponse, il marcha vers elle à grands pas, la prit par les cheveux pour incliner sa tête en arrière et l'embrassa à pleine bouche. Ce baiser brutal la choqua, mais elle sentit presque aussitôt une vague chaude de désir monter en elle.

Elle tenta tout d'abord de le repousser, en vain, puis s'agrippa à lui et lui rendit son baiser. Brusquement, Trevor s'écarta et darda sur elle un regard dur.

— Est-ce que ça te suffit ?

Elle avait du mal à garder son équilibre.

— Comme baiser, c'était plutôt...

— Je ne te parle pas de ça, bon Dieu ! grommela-t-il d'une voix hargneuse. Est-ce que tu es contente comme ça ?

— Est-ce que j'ai dit autre chose ?

— Non. Mais le dirais-tu ? insista-t-il en lui prenant le menton.

Il avait beau être très en colère, ses yeux l'examinaient avec froideur et lucidité. Cette maîtrise de soi était horripilante, songea-t-elle. Mais il devait bien y avoir un moyen pour la faire vaciller...

— Tu peux être sûr que tu seras le premier à le savoir, si je ne suis pas satisfaite.

— Bien.

— Et comme j'aime moi aussi que les choses soient claires, sache que je n'apprécie pas que tu fasses irruption chez moi sans y avoir été invité, ni que tu me rudoies parce qu'une mouche t'a piqué les fesses.

Il sourit, secoua la tête et recula.

— Tu as raison. Excuse-moi.

Il se pencha, ramassa le sac qu'elle avait fait tomber et le lui tendit.

— Je viens de la colline de la tour. Je suis allé sur la tombe de mon oncle.

— Aurais-tu du chagrin, Trevor, à cause d'un homme décédé longtemps avant ta naissance ? demanda-t-elle en inclinant la tête sur le côté.

Il ouvrit la bouche pour nier, mais la vérité sortit d'elle-même.

— Oui.

Émue, Darcy posa la main sur le bras de Trevor.

— Viens t'asseoir, je vais te faire du thé.

— Non, merci.

Il prit la main de Darcy et la porta à ses lèvres, mais son geste était machinal, son regard absent, constata-t-elle avec un pincement au cœur. Puis il alla se camper devant la fenêtre et observa le chantier.

Était-il l'envahisseur qui réclamait son butin ? se demanda-t-il. Ou bien un fils de retour sur la terre de ses ancêtres pour renouer avec ses racines ?

— Mon grand-père ne voulait pas entendre parler de cet endroit et, en femme aveuglément obéissante, ma grand-mère l'imitait. Résultat...

— Ça a piqué ta curiosité.

— Oui, exactement. J'ai longtemps songé à venir ici. L'envie me prenait, s'en allait, revenait, mais je ne m'en occupais jamais sérieusement. Puis l'idée de la salle de spectacle a surgi dans ma tête, toute cuite, comme si je l'avais édifiée, étape après étape, au fil des ans.

Elle le rejoignit et regarda dehors.

— Ça arrive parfois. Les idées mijotent sans qu'on s'en rende vraiment compte, jusqu'à ce qu'elles soient mûres.

— Peut-être, dit-il en prenant sa main, qu'il garda distraitement dans la sienne. Maintenant que l'accord est conclu, je peux t'avouer que, s'il l'avait fallu, j'aurais accepté un loyer plus élevé pour le terrain et que je vous aurais abandonné un plus grand pourcentage des bénéfices.

— Dans ce cas, moi, je peux te dire que nous étions prêts à être moins gourmands. Mais sache que nous avons pris grand plaisir à marchander comme des maquignons et à embobiner ton Finkle.

Trevor rit de bon cœur et se détendit un peu.

— Mon grand-oncle venait probablement au *Gallagher's*, ainsi que mon grand-père.

— Ça, c'est sûr. Tu te demandes ce qu'ils auraient pensé de la salle de spectacle ? C'est ça qui te tracasse ?

— Je ne m'inquiète pas de ce qu'aurait pensé mon grand-père. Plus maintenant.

Nous voilà de nouveau aux prises avec ce point douloureux, se dit-elle.

— Il était vraiment si dur que ça ? demanda-t-elle doucement.

Il hésita, puis céda à l'envie de se confier enfin.

— Qu'as-tu pensé de la maison de Londres ?

Perplexe, elle répondit :

— Très chic.

— C'est un putain de musée, oui ! jeta-t-il, d'un ton coléreux qui la fit sursauter.

— Pour être honnête, je dois dire que le mot « musée », tout court, m'est venu à l'esprit, mais j'ai trouvé cette demeure splendide.

— Après la mort de mon grand-père, mes parents m'ont donné la permission de changer une ou deux choses. Des choses qui étaient restées telles quelles depuis trente ans. J'ai procédé à quelques modifications, vendu ceci, acheté cela, adouci certains aspects trop sévères, mais c'est toujours sa maison. Rigide et austère, à l'image de mon grand-père. Et c'est comme ça que mon père a été élevé. Avec sévérité, sans affection.

— Je suis désolée, dit-elle en lui caressant le dos en petits cercles apaisants. Ça doit être pénible d'avoir un père qui ne vous aime pas ou qui le cache.

— Je n'ai jamais eu ce problème. Par miracle, mon père a toujours été un homme affectueux, ouvert et doté d'un solide sens de l'humour, tout le contraire de mon grand-père. Même aujourd'hui, mon père parle peu de la façon dont il a été élevé, sauf à ma mère.

— Et elle t'en parle, murmura Darcy, parce qu'elle sait que tu as besoin de comprendre.

— Il a voulu une famille, une vie, complètement à l'opposé de ce qu'il avait connu dans sa jeunesse. C'est ce qu'il a fait. Nos parents nous ont élevés sévèrement, ma sœur et moi, mais nous avons toujours su qu'ils nous aimaient.

— Pourtant, vous n'avez jamais considéré cet amour comme un dû, n'est-ce pas ?

— Effectivement.

Il se tourna vers elle. Curieusement, il n'aurait pas cru qu'elle le comprendrait aussi bien, ni qu'il en éprouverait un tel soulagement.

— Voilà pourquoi je ne me préoccupe guère de ce que mon grand-père aurait pensé de mes travaux. C'est l'opinion de mes parents qui m'importe.

— Alors, je vais te dire ceci. À mon avis, ils seront fiers de toi. Tu développes l'art irlandais, tout en offrant des emplois aux gens du pays. C'est bien et ça fait honneur à ton père, à ta mère et à tes racines.

Le poids que portait Trevor tomba de ses épaules.

— Merci. Ça compte pour moi, plus que je ne l'avais prévu. Je m'en suis rendu compte tout à l'heure, quand j'étais sur la colline. Ce que je fais ici, ce que je lais-serai ici, ça a de l'importance. Et pendant que j'en venais à cette conclusion, j'ai eu une conversation avec Carrick.

Les doigts de Darcy frémirent dans la main de Trevor. Pendant un instant, elle en resta bouche bée d'étonnement.

— Tu crois que j'ai eu une hallucination ?

— Non.

Elle fit une pause, puis reprit en secouant la tête :

— Je ne pense pas, non. D'autres que moi, des gens dont je suis sûre qu'ils sont sains d'esprit, ont déclaré avoir discuté avec lui. On a l'esprit large, par ici.

Mais elle connaissait la légende et, décontenancée, elle alla s'asseoir sur l'accoudoir d'un fauteuil.

— De quoi avez-vous parlé ?

— D'un certain nombre de choses. De mon grand-père. De Maud et de Johnnie Magee. Des programmes que les gens essaient de respecter, quittes à se gâcher la vie. De la salle de spectacle. De toi.

Darcy essuya sur son pantalon ses mains soudain moites.

— De moi ? À... à quel propos ?

— Tu connais la légende, probablement mieux que moi. D'après ce que j'ai compris, il faut que, par trois fois, un homme et une femme tombent amoureux, s'acceptent l'un l'autre et se jurent fidélité.

— C'est ce qu'on raconte.

— Et en un an, ou à peu près, tes deux frères sont tombés amoureux et ont juré fidélité à une femme.

— Je suis au courant, j'étais à leurs mariages.

— Alors, comme tu as l'esprit vif, je pense que tu as réfléchi au fait qu'il y a trois Gallagher... Tu as l'air un peu pâle, remarqua-t-il en se rapprochant.

— J'aimerais bien que tu cesses de tourner autour du pot.

— Très bien. J'irai droit au but. Eh bien, Carrick nous a choisis pour la troisième et dernière étape.

Une bouffée de chaleur envahit Darcy, qui eut envie de tambouriner sur sa poitrine pour en expulser la vapeur. Elle garda cependant les mains immobiles et le regard fixe.

— Cela ne te conviendrait pas, dit-elle.

— Et à toi ?

Elle était bien trop énervée pour sentir qu'il se dérobait.

— Ce n'est pas moi qui discute avec les esprits, si ? Eh bien, non, je ne tiens pas à ce que mon destin obéisse aux désirs ou aux besoins d'autrui.

— Moi non plus, fit-il.

Elle comprit soudain pourquoi il lui avait parlé de son grand-père. Il avait voulu lui montrer qu'un sang froid coulait dans ses veines.

— Ça y est, je vois ce qui t'a mis d'aussi mauvaise humeur, déclara-t-elle en se levant. L'idée que je puisse incarner ta destinée et ton avenir t'a complètement chamboulé, n'est-ce pas ? Qu'un homme de ton importance et de ton éducation puisse succomber aux charmes d'une serveuse t'a horrifié ?

Sincèrement stupéfait, Trevor laissa passer quelques secondes avant de répondre :

— D'où te vient une idée pareille, bon sang ?

— Qui pourrait te reprocher d'être furieux, quand on te lance une telle suggestion à la figure ? Heureusement qu'il n'est pas question d'amour entre nous, hein ?

Il avait déjà vu des femmes en colère, mais celle-ci avait l'air tout à fait capable de lui allonger une bonne gifle, sinon pire. Il leva les mains, paumes en avant.

— Pour commencer, la façon dont tu gagnes ta vie n'a rien à voir avec... quoi que ce soit. Ensuite, tu n'es pas vraiment ce qu'on appelle une serveuse, et de toute façon je n'ai rien contre ce métier.

— Je sers à boire dans un pub, alors que suis-je d'autre qu'une serveuse, tu peux me le dire ?

— Aidan est le patron, Shawn règne sur la cuisine, et toi, tu t'occupes du service, dit Trevor patiemment. Et je suis sûr que si tu le voulais, tu pourrais t'occuper du *Gallagher's* seule et de n'importe quel autre pub dans ton pays ou dans le mien. Mais ce n'est pas le sujet.

— Il se trouve que ce sujet est d'une importance particulière pour moi, répliqua-t-elle entre ses dents.

— Darcy, je t'ai raconté cet entretien stupide avec Carrick parce que nous sommes amants et qu'il est normal que nous sachions, l'un comme l'autre, où nous en sommes. Maintenant, les choses ont été dites, et nous sommes tombés d'accord pour éviter le piège que nous tend une vieille légende.

Il reprit la main de Darcy et frotta ses articulations pour les décrisper.

— Et, en dehors de tout ça, tu me plais, j'aime être avec toi, et je te désire comme... je n'ai jamais désiré personne.

Elle s'ordonna de se calmer, d'approuver, et même de se réjouir. Mais, quelque part en elle, une blessure refusait de se refermer.

— D'accord. En dehors de ça, j'éprouve la même chose. Alors, il n'y a aucun problème.

Un grand sourire aux lèvres, elle se hissa sur la pointe des pieds et embrassa Trevor, avant de le pousser vers la porte.

— Maintenant, ouste ! Il faut que j'y aille.

— Tu viendras au cottage, ce soir ?

— Avec plaisir, répondit-elle en lui adressant un regard aguicheur. J'arriverai vers minuit, et sache que je ne verrais pas d'inconvénient à ce qu'il y ait un verre de vin qui m'attende.

— À plus tard, alors.

Il l'aurait volontiers embrassée encore une fois, mais elle lui ferma la porte au nez.

De l'autre côté, Darcy compta trois fois jusqu'à dix avant de relâcher son souffle. Ils devaient donc se montrer raisonnables, sensés, et se comporter exactement à la façon Magee ? En tout cas, une chose était sûre : Trevor était encore loin de basculer dans la légende et dans l'amour.

Eh bien, elle jurait devant Dieu que cet imbécile se jetterait un jour à ses pieds pour la supplier et, quand elle en aurait fini avec lui, il lui promettrait le monde et tout ce qu'il contenait.

Cela lui apprendrait à rejeter d'un haussement d'épaules l'idée d'aimer Darcy Gallagher.

13

Tout bien considéré, Trevor était très satisfait de son séjour. Les travaux n'avaient pas pris de retard. Les villageois soutenaient le projet et montraient de l'intérêt pour la future salle de spectacle. Il ne se passait pas un jour sans que quelques-uns d'entre eux viennent traîner près du chantier pour observer les travaux, émettre commentaires et suggestions, ou encore lui raconter des anecdotes sur sa famille. Il avait d'ailleurs rencontré des cousins, dont deux travaillaient pour lui.

Mick étant cloué au lit, il lui fallait passer plus de temps sur le chantier, ce qui lui convenait parfaitement. Pendant qu'il se concentrait sur telle ou telle tâche, il cessait au moins de penser à Darcy.

Il se félicitait d'avoir mis les choses au point avec elle. Tous deux étaient trop raisonnables pour se laisser influencer par des légendes, par des êtres surnaturels qui ne recherchaient que leur propre intérêt… ou par des rêves idiots de cœur bleu palpitant au fond de la mer.

Au boulot ! s'exhorta-t-il en montant une tasse de café dans son bureau. Coups de téléphone à donner, contrats à négocier, commandes à passer, tout cela n'attendait pas. Il ne pouvait perdre son temps à se demander si ses yeux lui jouaient des tours, s'il croyait ou non aux phénomènes magiques auxquels il lui avait été donné d'assister.

Il glissa deux doigts sous sa chemise. Le disque en argent était aussi réel que possible, puisqu'il était en train de le palper.

Il regarda sa montre et songea qu'à cette heure, il pourrait trouver son père à la maison. En entrant dans le bureau, il sursauta et s'inonda la main d'une giclée de café brûlant.

— Bon Dieu !

— Oh, ce n'est pas la peine de jurer !

Gwen émit un petit claquement discret de la langue et continua à tirer l'aiguille. Assise devant la cheminée, les cheveux soigneusement attachés en arrière, le visage serein, elle brodait avec dextérité un tissu blanc sur lequel des fils colorés formaient des figures.

— Il faut mettre de la crème sur cette brûlure, dit-elle.

— Ce n'est rien.

Qu'était un peu d'inconfort, comparé à l'apparition d'un fantôme ? D'un fantôme qui lui parlait, qui plus est ?

— J'avais presque réussi à ne plus croire en vous.

— Oh, ça ne me dérange pas ! Vous devez faire ce qui vous met le plus à l'aise. Vous préférez que je vous laisse ?

— Je ne sais pas.

Il posa son café sur la table et tourna son fauteuil face à Gwen.

— J'ai rêvé de vous, reprit-il en suçant machinalement sa main brûlée. Je vous l'ai déjà dit. Ce que je ne vous ai pas dit, c'est que je croyais vaguement vous trouver ici à mon arrivée. Enfin, pas vous, corrigea-t-il. Quelqu'un de...

Le mot « vivant » lui semblant grossier, il s'interrompit et en chercha un autre.

— Quelqu'un de réel. Une femme.

Gwen lui adressa un regard compréhensif.

— Vous pensiez trouver la femme dont vous aviez rêvé, et vous espériez qu'elle vous serait destinée ?

— Peut-être... Non que je la cherche particulièrement, ajouta-t-il. Mais peut-être, quand même.

— Un homme peut tomber amoureux d'un rêve. Ça arrive tout seul, sans effort, et ça ne suscite pas de difficultés. Mais ça ne procure pas de vraie joie non plus. Vous, vous préférez vous donner du mal pour obtenir les choses, non ? Cela fait partie de votre caractère.

— Je suppose que oui.

— Avec la femme que vous avez rencontrée, vous connaissez un certain nombre de difficultés, n'est-ce pas ? Dites-moi, Trevor, est-ce qu'elle vous apporte aussi de la joie ?

— Vous parlez de Darcy ?

— Et qui d'autre fréquentez-vous ? demanda Gwen. Bien sûr que je parle de Darcy Gallagher. Une femme belle et compliquée, avec une voix comme...

Elle se tut, secoua la tête et rit doucement.

— J'allais dire comme un ange, mais elle n'a rien d'angélique, cette voix-là. Non, c'est une voix pleine, riche et séduisante. Elle vous a charmé.

— Elle charmerait un mort. Sans vous offenser.

— Il n'y a pas de mal... Trevor, vous ne pensez pas que c'est cette femme que vous cherchez ?

— Je ne cherche rien, ni personne.

— Nous cherchons tous. Et ceux qui ont de la chance trouvent.

Gwen cessa de broder et posa les mains sur son ouvrage.

— Mais pour accepter son sort, il faut de la sagesse. Moi, j'ai eu de la chance, mais je n'ai pas eu la sagesse de la reconnaître. Ne pourriez-vous pas tirer la leçon de mon erreur ?

— Je n'aime pas Darcy Gallagher.

— Peut-être que si. Et peut-être que non.

Gwen reprit son aiguille.

— Mais vous n'avez pas ouvert votre cœur à l'amour. Vous protégez avec acharnement cette partie de vous-même.

— Peut-être n'existe-t-elle pas, cette partie de moi-même.

« Elle a été rongée jusqu'à l'os, ici même, bien avant ma naissance », ajouta-t-il en son for intérieur.

— Peut-être suis-je tout simplement incapable d'aimer vraiment quelqu'un, ajouta-t-il.

— Sottises.

— J'ai déjà fait souffrir une femme que je ne parvenais pas à aimer.

— Et cela vous a meurtri aussi. Vous vous êtes mis à douter de vous-même. Mais je vous promets qu'en définitive vous sortirez plus fort de cette expérience. Lorsque vous cesserez de penser à votre cœur comme à une arme, lorsque vous comprendrez que c'est un cadeau à offrir, vous trouverez ce que vous cherchez.

— Dans ce pays, ce n'est pas à mon cœur que je donne la priorité, mais à la salle de spectacle.

Gwen émit un son qui pouvait passer pour une approbation.

— C'est une grande chose que d'être capable de bâtir, et de bâtir pour la durée. Ce cottage, si simple soit-il, est solide. Il se dressait déjà là avant ma naissance. Bien sûr, on y a apporté quelques changements, mais l'essentiel demeure. Tout comme le palais des fées en dessous, avec ses tours d'argent et sa rivière bleue.

— Vous avez préféré le cottage au palais, fit-il remarquer.

— C'est vrai. Pour de mauvaises raisons, certes, mais je ne regrette pas mes enfants, ni l'homme qui me les a donnés. Peut-être Carrick n'arrivera-t-il jamais à comprendre cela. Quant à moi, je sais que j'aurais tort d'essayer de le convaincre. Les cœurs peuvent s'unir, les gens continuent à être ce qu'ils sont. Mais l'amour accepte tout.

À présent, Trevor pouvait voir ce que représentait sa broderie. Gwen avait reproduit le palais d'argent, ses tours étincelantes, sa rivière bleue comme un flot de saphirs, ses arbres chargés de fruits dorés. Deux personnages encore inachevés se tenaient sur le pont. Il reconnut Gwen, qui tendait les mains à Carrick.

— Vous vous sentez seule, sans lui.

Elle passa doucement le doigt sur les fils qui dessinaient le pourpoint en argent du prince des fées.

— Je sens comme un vide en moi, qui attend d'être comblé.

— Et qu'arrivera-t-il, si le sortilège n'est pas rompu ?

Elle leva vers lui un regard sombre et résigné.

— Je demeurerai ici et je ne le verrai que dans mon cœur.

— Pendant combien de temps ?

— Un temps infini, jusqu'à ce que la notion même de temps disparaisse. C'est vous qui avez le choix, Trevor Magee, comme je l'ai eu autrefois. À vous de décider.

— Ce n'est pas pareil, protesta-t-il.

Devant ses yeux, la silhouette de Gwen se dissipait comme une nappe de brume.

— Ce n'est pas pareil, répéta-t-il dans la pièce vide.

Il remit son fauteuil face au bureau et tenta de refouler cette conversation dans un coin de son cerveau, mais il lui fallut un certain temps pour reprendre ses esprits et décrocher le téléphone.

Il appela d'abord son père. Discuter avec lui lui permit de se calmer. Un peu rasséréné, il contacta Nigel à Londres, puis le siège de Celtic Records à Los Angeles. Minuit approchait, il devait donc être 19 heures à New York, le bon moment pour joindre le fidèle Finkle chez lui.

Ses notes étaient empilées sur un coin du bureau, son ordinateur était en marche, et la voix de Finkle ronronnait dans le téléphone qu'il maintenait coincé entre son oreille et son épaule lorsqu'il entendit une voiture s'arrêter devant le cottage. Il pivota pour jeter un coup d'œil par la fenêtre.

Darcy poussait la porte du jardin.

Il avait oublié le vin.

Elle songea à frapper, mais elle avait vu la lumière dans le bureau et deviné qu'il était en train de travailler. Eh bien, elle allait y mettre bon ordre, se dit-elle en entrant dans la maison.

Elle monta l'escalier et s'immobilisa, à la fois irritée et satisfaite, sur le seuil de la petite pièce. Sans interrompre sa conversation téléphonique, Trevor lui fit signe d'entrer.

Elle était irritée parce qu'il ne semblait pas l'avoir attendue avec impatience. Et satisfaite parce que, d'ici peu, elle le ferait haleter devant elle comme un jeune chiot.

— J'aurai besoin de ce rapport demain, avant la fermeture de New York, disait Trevor en griffonnant quelque chose. Ouais, eh bien, ils ont jusqu'à la fin de la journée pour accepter l'offre, sinon on la retire. Oui, c'est exactement comme ça qu'il faut présenter les choses. Point suivant : je ne suis pas satisfait de ce qu'on nous propose pour le projet Dressler. Dites clairement à notre fournisseur habituel de bois de construction que s'il ne peut pas faire mieux, nous irons voir ailleurs.

Il leva machinalement les yeux et but une gorgée de café, tandis que Darcy déboutonnait sa veste. Et, sans penser à reposer sa tasse ou à fermer la bouche, il s'étrangla.

Le manteau gisait aux pieds de la jeune femme, qui ne portait que son bracelet, des talons hauts et un sourire félin.

— Parfaite, bredouilla-t-il. Seigneur, tu es parfaite.

La voix de Finkle continuait à bourdonner dans son oreille, mais il raccrocha et se leva.

— Si je comprends bien, la journée de travail est terminée.

— Oui, dit-elle en examinant la pièce. Je ne vois pas mon verre de vin.

Il découvrit qu'un homme normalement constitué avait du mal à parler lorsque son cœur lui obstruait la gorge.

— J'ai oublié.

Le souffle court, il s'approcha d'elle.

— J'irai t'en chercher tout à l'heure.

Elle pencha la tête en arrière pour le regarder dans les yeux et y vit ce qu'elle recherchait : du désir pur, aussi à vif qu'une blessure fraîche.

— J'ai très soif.

— Plus tard.

Ce fut tout ce qu'il parvint à prononcer, avant que sa bouche ne couvre celle de Darcy.

Il se jeta sur elle. Ses mains dures et impatientes, ses lèvres exigeantes s'emparèrent aussitôt de ce qu'elle lui offrait. Et il lui donna ce qu'elle attendait : le plaisir d'avoir mis cet homme aux abois, en proie à un désir désespéré, primitif. C'était pour séduire l'animal en lui qu'elle était venue dans l'impudicité absolue de la nudité.

La brutalité de Trevor ajoutait à son excitation. Il n'était plus question de maîtrise de soi, à présent ni d'un côté, ni de l'autre. Aussi s'abandonna-t-elle au charme pervers qu'elle avait elle-même distillé.

Il la poussa contre le mur, dévora sa gorge, se drogua au goût somptueusement sensuel de sa chair. Ses mains se promenaient avidement sur sa peau, la pétrissaient, exploraient les rondeurs et les cavités chaudes et palpitantes de son corps.

Darcy se cambra et laissa deux doigts s'introduire en elle.

Lorsqu'il sentit un violent frisson la secouer, il plongea les yeux dans les siens et crut voir dans son regard l'éclair du triomphe.

À ce moment-là, il aurait pu se retenir et reprendre ses esprits, mais elle se lova contre lui et enroula les bras autour de ses hanches, telles des chaînes gainées de velours.

— Encore, souffla-t-elle. Donne-moi plus et prends plus. Ici.

Elle lui mordit les lèvres et insista :

— Maintenant.

Une sorcière murmurant la plus noire des incantations ne l'aurait pas plus envoûté. Lorsqu'elle s'empara de nouveau de sa bouche, il lui sembla sentir l'odeur du feu de l'enfer.

Puis vint le temps de la folie initiée par Darcy, et le délice pimenté de frayeur de voir un homme devenir sauvage, de l'y autoriser, de l'y pousser, de solliciter sa violence.

Le sang courait dans les veines de Darcy aussi vite que dans celles de Trevor, et ses mains s'affairaient sur son corps aussi frénétiquement que celles de son amant sur sa peau nue.

Elle tira sur sa chemise et savoura le bruit rêche que fit le vêtement quand la couture céda. Lorsqu'il la fit basculer une deuxième fois dans le plaisir, elle planta les dents dans son épaule.

Un voile épais et rouge brouillait la vue de Trevor. Les ongles de Darcy s'enfonçaient dans son dos en autant de délicieux points de douleur. Il sentait un battement sourd résonner dans sa tête, dans son cœur, dans ses reins. Brusquement, il plongea en elle et avala avec avidité son cri déchirant.

Chaque élan était comme un autre pas sur le fil ténu tendu entre le ciel et l'enfer. S'ils tombaient, de quelque côté que ce soit, rien ne pourrait les arrêter. Il repoussa la tête de Darcy et, les doigts emmêlés dans ses cheveux, il la regarda dans les yeux.

— Je veux te voir, balbutia-t-il, hors d'haleine. Je veux te voir m'accueillir.

— Je ne sens que toi, Trevor.

Puis elle bascula dans l'extase et l'entraîna dans sa chute. Durant cet instant magique, il se moqua royalement de l'endroit où ils allaient atterrir, enfer ou ciel.

Les jambes chancelantes, il plaqua une main sur le mur, tout en s'efforçant de se ressaisir. Seule la pression de son corps maintenait Darcy debout.

Elle était devenue toute molle, comme cela lui arrivait toujours après l'amour. Encore une petite minute, se dit-il, et il aurait la force de l'emmener au lit.

— Je vais tomber, murmura-t-elle contre son épaule.

— Je sais. Une seconde.

— Peut-être qu'on pourrait se laisser glisser par terre et rester là un instant. Je ne sens plus mes jambes. Tu me donnes le vertige, Trevor.

Il rit et enfouit la tête dans ses cheveux.

— Si j'essayais de te porter jusqu'au lit, je n'y arriverais pas, et cela nuirait à mon image de mâle. Tu me rends faible, Darcy.

— Il en faudrait beaucoup pour gâcher ton image, après ça.

— Alors, dans ce cas…

Il passa un bras sous les genoux de Darcy et la souleva. Les cheveux ébouriffés et le regard brumeux de Trevor la firent sourire.

Soudain, dans le disque en argent qui pendait sur sa poitrine, elle vit son propre cœur tomber et atterrir aux pieds de Trevor. Son sourire s'effaça, et son teint devint blafard.

— Qu'y a-t-il? demanda-t-il, inquiet, en se hâtant d'aller la déposer sur le lit. Je t'ai fait mal?

— Non…

Ô Seigneur Dieu!

— Ce n'était qu'un vertige. Ça va mieux, maintenant, mais j'ai toujours cette soif terrible. Je ne cracherais pas sur un verre de vin, à présent.

— Pas de problème.

Peu convaincu par ses protestations, il caressa la joue de Darcy du dos de la main.

— Reste assise. Je reviens tout de suite.

Dès qu'elle fut seule, elle attrapa un oreiller et se mit à le marteler. Merde, merde, merde! Elle s'était laissé prendre dans la toile qu'elle avait elle-même tissée. Ce type était censé être ensorcelé, intrigué, frustré, satisfait, stupéfait, asservi avant qu'elle n'en ait fini avec lui.

Et voilà qu'elle s'était précipitée dans son propre piège et qu'elle était tombée amoureuse de lui!

Son plan avait eu exactement l'effet inverse de ce qu'elle avait prévu. Elle enfonça le poing dans l'oreiller, puis l'étreignit. Comme pourrait-elle embobiner ce mec, alors qu'il l'avait déjà embobinée?

Dans son plan, elle déployait l'attirail complet de ses armes – attraits physiques, attitudes enjôleuses, sautes d'humeur – puis, une fois sa proie ligotée, elle s'en détournait ou la gardait, à sa convenance.

Dieu la punissait de son arrogance. À moins que ce ne fût un sale tour du destin.

Pour la première fois de sa vie, son cœur ne lui appartenait plus. Et c'était une sensation terrifiante.

Elle se mordit les doigts. Que faire, à présent ?

Tant qu'il s'était agi d'un jeu, tout s'était bien passé. Ensuite, elle avait été quelque peu irritée de découvrir qu'un homme comme Trevor ne pouvait s'intéresser sérieusement à une femme de son genre. Mais, maintenant, l'affaire était autrement plus grave.

La colère monta en elle et réduisit peu à peu la panique en cendres. Si ce type croyait pouvoir la rejeter uniquement parce qu'il avait reçu une bonne éducation, des propriétés et de l'argent à jeter par les fenêtres, il se trompait lourdement.

Le salaud !

Elle était amoureuse de lui, et elle l'aurait. Dès qu'elle aurait trouvé le moyen de l'attraper.

Lorsqu'elle l'entendit remonter l'escalier, elle redressa la tête, telle une louve prête à montrer les crocs. Puis elle se reprit, refoula sa colère et accueillit Trevor avec un doux sourire.

— Ça va mieux ? demanda-t-il en lui tendant un verre de vin blanc.

Elle le prit et but une gorgée.

— Je ne me suis jamais sentie mieux, dit-elle en tapotant le lit à côté d'elle. Viens t'asseoir, chéri, et raconte-moi ta journée.

Son ton mielleux éveilla la méfiance de Trevor, mais il s'assit et cogna doucement son verre contre celui de Darcy.

— Le meilleur moment, ça a été la fin.

— Qui a dit que c'était fini ? répliqua-t-elle en faisant remonter un doigt le long de la cuisse de Trevor.

Quitter le boulot à 9 heures du matin n'était pas dans les habitudes de Brenna. À travers la petite bruine qui faisait monter sur la route des bouffées de brouillard, elle suivait Darcy vers la maison des Gallagher.

— Trevor pourrait me virer pour ça, grommela-t-elle.

— Il ne le fera pas, répliqua Darcy en agrippant solidement le bras de son amie. D'ailleurs, tu as droit à une pause le matin, non ? Tu travailles depuis 6 h 30. Je ne demande que vingt minutes de ton temps précieux.

— J'aurais pu te les accorder sans m'arrêter de travailler.

— C'est une affaire privée, et je pouvais difficilement demander à Jude de se traîner jusqu'au chantier sous la pluie.

— Dis-moi au moins de quoi il s'agit.

— Je n'ai pas envie de le répéter à chacune d'entre vous, alors attends cinq minutes, bon sang !

En soufflant un peu – Brenna était petite, mais remorquer une femme récalcitrante n'était pas une tâche facile, quelle que soit sa taille –, Darcy s'engagea dans l'allée qui traversait le jardin détrempé de Jude.

Sans prendre la peine de frapper, elle poussa la porte, qui n'était jamais verrouillée, et tira Brenna à l'intérieur, sans se soucier du sillage boueux que les bottes de son amie dessinèrent jusqu'à la cuisine.

Assis à la vieille table sous laquelle le grand chien guettait une friandise, Jude et Aidan prenaient tranquillement leur petit déjeuner. Une bonne odeur de toast, de thé et de fleurs fraîches emplissait l'air. Ce spectacle émut Darcy. Pourquoi diable ne s'était-elle jamais rendu compte à quel point des moments aussi anodins pouvaient être agréables ?

— Bonjour, dit Jude qui, par amitié, s'abstint de parler des traces de boue. Vous voulez manger ?

— Non, dit Darcy, tandis que Brenna tendait la main vers la corbeille qui contenait les toasts. Nous ne sommes pas venues pour ça, poursuivit-elle en lançant à son amie un regard sévère. J'ai besoin de te parler, Jude. En privé. Va-t'en, Aidan.

— Je n'ai pas terminé mon petit déjeuner.

— Tu n'auras qu'à le finir au pub.

— Le finir au pub ?

Darcy saisit un morceau de bacon, le posa sur un toast et se servit du tout pour essuyer les traces d'œuf qui maculaient l'assiette de son frère.

— Tiens. Et maintenant, file. C'est une affaire de femmes.

— Super ! Voilà que je me fais expulser de ma propre table et de ma propre maison !

Il ronchonna, mais se leva et enfila sa veste.

— Les femmes valent rarement le mal qu'on se donne pour elles... à part celle-ci, ajouta-t-il en se penchant pour embrasser Jude.

— Plus tard, les roucoulements, ordonna Darcy. Brenna n'a que quelques minutes à nous consacrer.

— Vas-y, Aidan, dit celle-ci, en se servant une bonne tasse de thé pour faire descendre le toast qu'elle avait chipé dans la corbeille. Cette fille est à cran.

— Bon, d'accord. Tâche d'être à l'heure, Darcy.

Il embrassa une seconde fois Jude, en prenant son temps, autant pour son propre plaisir que pour agacer sa sœur, puis claqua des doigts à l'adresse de Finn, qui bondit joyeusement vers lui.

— Viens avec moi, mon garçon. On ne veut pas de nous, ici.

Il sortit à grands pas, suivi de Finn, qui sautillait sur ses talons.

— Jude, pense à t'allonger un peu, cria-t-il avant de claquer la porte.

— Tu as l'air un peu fatiguée, commenta Brenna en examinant sa belle-sœur. Tu ne dors pas assez ?

— Le bébé était un peu agité, la nuit dernière, répondit Jude qui, ravie de sentir les ondulations impatientes de l'enfant, caressait son ventre en cercles lents. Il m'a tenu éveillée. Mais je ne m'en plains pas. C'est une sensation délicieuse.

— Tu devrais faire la sieste chaque fois qu'il en fait une, conseilla Brenna en tartinant de confiture un deuxième toast. Et il faudra continuer comme ça une fois qu'il sera né. Le sommeil va devenir une denrée rare et précieuse. Comment se passent les cours d'accouchement ?

— Oh, c'est fascinant, merveilleux, terrifiant ! La dernière fois...

— Si vous n'y voyez pas d'inconvénient, coupa Darcy, il y a quelque chose dont je voudrais discuter avec vous. J'espérais que mes deux plus proches amies pourraient manifester quelque intérêt.

Brenna leva les yeux au ciel, et Jude croisa les mains sur la table.

— Bien sûr que ça nous intéresse. De quoi s'agit-il ?

— C'est...

Les mots restèrent coincés dans la gorge de Darcy. Elle attrapa la tasse de thé de Brenna et la vida d'un trait, malgré les protestations agacées de son amie.

— Je suis amoureuse de Trevor.

— Seigneur Jésus ! s'exclama Brenna en reprenant son bien. C'est pour me dire ça que tu m'as traînée jusqu'ici ?

— Brenna... dit doucement Jude en regardant Darcy dans les yeux. Elle veut dire, pour de vrai.

— Cette fille fait toujours tout un cinéma de...

En croisant le regard de Darcy, Brenna s'interrompit brusquement, avant de s'exclamer :

— Oh, ça alors !

Puis elle éclata de rire et alla embrasser son amie sur la bouche.

— Félicitations !

— Tu parles, je n'ai pas gagné le gros lot, gémit Darcy en se laissant tomber sur une chaise. Pourquoi est-ce que ça s'est passé de cette façon ?

Elle se tourna vers Jude, qui lui paraissait plus à même de répondre à ses interrogations que Brenna.

— Je n'ai même pas eu le temps de m'y préparer ou d'y réfléchir. Ça me fait l'effet d'un coup de poing en pleine figure, mais il n'est pas question qu'un mec m'envoie bouler par terre !

— Tu en as envoyé bouler plus d'un toi-même, lui rappela Brenna. Eh bien, c'est ton tour. En tout cas, je le trouve sympathique, et c'est tout à fait ce qu'il te faut.

Sur ce, elle prit une grosse bouchée de toast.

— Pourquoi ?

— Attendez, fit Jude en levant un doigt. Darcy, est-ce qu'il te rend heureuse ?

— Comment savoir ? dit Darcy en écartant sa chaise de la table. Je ressens trop de choses en ce moment pour savoir si le bonheur en fait partie. Oh, ravalez ces sourires suffisants, style femmes mariées ! J'aime être avec lui. Je n'ai jamais connu d'homme avec lequel je me sente aussi bien. J'attends avec impatience de le voir, même si on ne doit pas faire l'amour, et ça veut tout dire, parce qu'il fait l'amour de façon fantastique.

Elle hésita un moment, avant de poursuivre :

— Ça s'est passé la nuit dernière, après l'amour, justement. J'ai eu l'impression de prendre une grande claque. Je n'arrivais plus à respirer, ma tête s'est vidée de son sang, et je me suis sentie toute molle. Je n'ai jamais été aussi furieuse. Bon sang, pourquoi me fait-il tomber amoureuse de lui avant que j'y sois prête, sans me laisser le temps de décider que c'est bien ce que je veux ?

— C'est un vrai goujat, dit Brenna d'un ton allègre. Quel culot !

— Ah, tais-toi ! J'aurais dû me douter que tu prendrais son parti.

— Darcy...

Brenna saisit la main de son amie et, derrière la lueur de malice qui brillait encore dans son regard, Darcy vit une affection et une compréhension qui chassèrent son ressentiment.

— Il est tout ce dont tu as toujours rêvé : beau, intelligent et riche.

— Ça fait partie du problème, non ? demanda Jude en posant sa main par-dessus celles de Brenna et de

Darcy. Il est ce que tu as toujours voulu... ou cru vouloir. Et maintenant que tu l'as trouvé, tu te demandes si ton amour est sincère. Et au cas où ta réponse serait affirmative, tu te demandes s'il le croira, lui, n'est-ce pas ?

— Je ne savais pas que ça se passerait comme ça...

Darcy laissa enfin couler ses larmes.

— J'y voyais un jeu, une partie de rigolade, une passade divertissante. Eh bien, pas du tout. J'ai toujours été capable de deviner ce qui se passait dans la tête des hommes, mais avec lui je n'y arrive pas. C'est un malin, ce Trevor. Il m'échappe. Mais, Seigneur, que j'aime ça chez lui ! conclut-elle en pleurant de plus belle.

Elle prit une serviette et s'essuya la figure.

— S'il savait dans quel état il m'a mise, il jubilerait.

— Peut-être que oui, mais pas pour les raisons que tu imagines, dit Jude. Il a des sentiments pour toi. C'est visible.

— Tiens donc ! fit Darcy avec amertume. Il a parlé avec Carrick.

— Je le savais ! s'exclama Brenna d'un ton triomphant, en donnant une claque sur la table. Je savais que tu serais la troisième. Tu le savais aussi, Jude, non ?

— C'était logique... Mais toi, Darcy, tu n'as vu ni Carrick ni Gwen, si ?

— Apparemment, ni l'un ni l'autre n'ont le temps de parler avec des gens de mon espèce.

Cela la soulageait-il ou l'attristait-il ? Elle l'ignorait.

— Cependant, ils ont trouvé le temps de discuter avec Trevor Magee, reprit-elle. Il m'a annoncé que Carrick nous avait choisis tous les deux. Il voulait que je le sache, mais il m'a dit très clairement qu'il n'avait aucunement l'intention de céder aux diktats d'une légende. Ce n'est pas de l'amour qu'il attend de moi. Non. Il me veut au lit et en bonne place sur son tableau de chasse, précisa Darcy, dont les yeux se mirent à étinceler. Je lui ai accordé la première de ces choses, pour notre plus grand plaisir à tous les deux, et je peux lui accorder aussi la seconde. Mais il va découvrir que Darcy Gallagher n'est pas bon marché.

Jude éprouva un pincement d'appréhension.

— Qu'as-tu en tête ?

Les yeux de Darcy avaient beau être humides, on y lisait une détermination farouche.

— Je vais le faire ramper à mes pieds.

— Tu ne penses tout de même pas lutter à armes égales ?

— J'ai de la volonté. Si je dois souffrir et trembler de peur, eh bien, nom de Dieu, lui aussi en passera par là. Et lorsqu'il sera aveuglément amoureux, je me retrouverai avec une grosse bague au doigt avant qu'il n'ait eu le temps de recouvrer la vue.

— Et ensuite ? murmura Jude.

La suite, Darcy n'y avait pas encore réfléchi. Elle haussa les épaules.

— Ensuite, le reste se fera tout seul. C'est du présent qu'il faut que je m'occupe.

14

Pour Darcy, le « présent » avait déjà commencé, et elle n'avait pas l'intention de le laisser filer. De retour au pub, elle alla directement à la cuisine. Irritée que Shawn ne soit pas encore là, car son café était meilleur que le sien, elle mit en route la cafetière, puis s'examina dans le miroir suspendu à côté de la porte. Un peu mouillée et décoiffée par le vent. Parfait.

Elle remplit une grande tasse de café, se donna une paire de claques pour rosir ses joues et ressortit sous la pluie.

Elle se fraya un chemin au milieu des gravats et longea l'épais mur de parpaings. Grâce à Dieu, Trevor n'était pas sur l'échafaudage, ce qui lui éviterait de tenter une escalade, la tasse à la main. Elle s'arrêta un moment pour regarder les hommes qui portaient du bois de charpente. Ils en étaient donc déjà au toit. Avec un léger effort d'imagination, elle pouvait presque le voir s'élever en pente douce, comme s'il poussait naturellement à la suite de celui du *Gallagher's*.

Cette idée astucieuse, Trevor avait eu l'intelligence de la repérer dans le dessin de Brenna et de la développer. Encore un don qu'elle admirait chez lui. Il savait déceler l'originalité d'une idée et trouvait les moyens de la concrétiser.

Elle appréciait aussi son sens de la famille et l'amour qu'il portait à ses parents, et elle était émue par la blessure, moins visible, due au manque d'affection de son grand-père. Cette loyauté et cette vulnérabilité, qui le rendaient plus humain, la touchaient.

Si elle n'y prenait garde, ce salaud allait la transformer en pleurnicheuse.

D'après les ouvertures grossières laissées dans le mur gris, elle pouvait deviner l'emplacement des portes et des fenêtres. Les parpaings seraient couverts d'un revêtement de pierres que les intempéries patineraient, et un jour il serait impossible de dire à quel endroit l'ancien cédait la place au neuf.

De cette façon, les Gallagher et les Magee allaient fusionner. Enfin, ce type avait beau avoir de l'imagination, pas question qu'il devine à quel point elle tenait à cette fusion.

Elle passa par l'une des ouvertures. À l'intérieur du bâtiment, on s'activait tout autant. Des planches reposaient sur le béton qu'elle avait vu sortir de la bétonnière le premier jour. Des tuyaux, des fils électriques et des morceaux de bois émergeaient çà et là. Les ouvriers foraient et installaient d'autres éléments dans un vacarme ahurissant.

Enfin, elle le vit, accroupi à côté d'un de ses hommes, devant un tuyau qui sortait du mur. Une fine couche de poussière grise, sans doute due au forage d'un parpaing, recouvrait ses vêtements. Pourquoi cette image, ainsi que la vue de la ceinture à outils qui battait ses hanches, lui faisait-elle venir l'eau à la bouche ? se demanda Darcy. Seigneur, il fallait qu'elle soit sérieusement atteinte !

Elle n'était cependant pas éblouie au point de se ruer sur lui. Elle attendit donc qu'il se lève, grommelle quelque chose à son ouvrier, se retourne et l'aperçoive.

À cet instant, elle vit son regard se transformer. Parfait. L'atmosphère entre eux se chargea d'électricité. Elle n'aurait pas été surprise de voir une étincelle tomber à ses pieds et laisser sur le sol la trace d'une brûlure.

— J'avais envie de jeter un coup d'œil au chantier avant d'aller travailler, dit-elle en lui tendant la tasse. Tiens. Ça te réchauffera.

Le regard de Trevor exprima plus de méfiance que de plaisir, mais c'était un début.

— Merci.

— Je t'en prie. Je suppose que je gêne, ici... Mais c'est intéressant et ça progresse rudement vite, ajouta-t-elle en examinant les alentours.

— J'ai une bonne équipe.

Il sut dès la première gorgée que c'était elle qui avait fait le café. Il était bon et fort, mais elle n'avait pas le coup de main de Shawn. Sa méfiance s'accrut. Que voulait-elle donc, exactement ?

— Un jour où tu ne seras pas trop occupé, peut-être pourras-tu me montrer à quoi ça va ressembler.

— Je peux te le montrer maintenant.

— C'est vrai ? Oh, formidable !

— On passera par le pub, là, expliqua-t-il en désignant le mur sombre encastré entre les parpaings. L'ouverture sera percée un peu plus tard. Les niveaux ne sont pas identiques, aussi avons-nous construit le passage en pente. Cela donnera plus de hauteur à la salle, sans décaler trop les toits. Et plus on avancera, plus ce passage s'élargira.

— Comme un éventail ouvert, c'est ça ?

— Exactement. Et il se transformera en hall d'entrée de la salle de spectacle.

— Qu'est-ce que c'est que tous ces tuyaux qui sortent d'un peu partout ?

— C'est pour les toilettes. Brenna pense qu'on devrait écrire « messieurs » et « dames » en gaélique, comme dans le pub. Les portes seront en bois sombre.

Il plissa les paupières et se représenta l'image.

— Il y aura tout le confort moderne, avec les meilleurs matériaux d'aujourd'hui, mais l'aspect extérieur sera conforme à celui du pub.

Au milieu des travaux, des tuyaux et des parpaings, il voyait le résultat final.

— Le plancher restera nu, continua-t-il, identique à celui du pub. Les couleurs seront douces, un peu fanées, sans rien de brillant ni d'éclatant. Quelques sièges seront disposés dans le hall, peut-être des bancs, pour garder au lieu une allure simple et intime. On mettra des tableaux aux murs, mais pas trop, et uniquement de l'art celtique.

Il lui jeta un coup d'œil et haussa les sourcils en voyant qu'elle le regardait fixement.

— Qu'y a-t-il ?

— Je pensais que tout serait très moderne, à l'intérieur comme à l'extérieur.

— Tu aurais préféré ?

— Non, pas ici, admit-elle en secouant la tête. Ici, il te faut de la *duachais*.

— OK. Mais puisque c'est ce qu'il me faut, pourquoi ne m'expliques-tu pas ce que c'est ?

— C'est le mot gaélique pour...

Elle s'interrompit, à la recherche de la bonne traduction.

— Pour « tradition ». Non, ce n'est pas seulement ça. Ça désigne aussi un endroit en particulier, avec ses racines et ses coutumes. Enfin, c'est un tout qui comprend ce qui existe et pourquoi ça existe.

Il fronça les sourcils.

— Tu peux me répéter ce mot ?

— *Duachais*.

— Oui, c'est ça, c'est exactement ce que je cherche à réaliser ici.

— Tu as tout à fait raison. J'en suis très heureuse.

— Et très surprise, non ?

— Un peu, c'est vrai. Mais je ne devrais pas.

Embarrassée par son regard inquisiteur, elle s'écarta.

— Et dans la salle de spectacle ?

— Il y aura des portes, deux sur chaque largeur, répondit-il.

Il lui prit la main, geste auquel ni l'un ni l'autre ne prêtèrent attention, mais qui n'échappa pas à ceux qui les regardaient.

— La salle elle-même aura deux cent quarante places en trois sections. Ce sera un espace petit et intime, comme le hall. C'est la scène qui sera la vedette. Je t'y vois tout à fait.

Elle ne dit rien et se contenta de réfléchir à ce qu'il lui décrivait.

— Ça te fait peur de monter sur scène ? insista-t-il au bout d'un instant.

— J'ai joué toute ma vie.

D'une façon ou d'une autre, ajouta-t-elle en son for intérieur.

— Je n'ai pas le trac, si c'est ce que tu voulais dire. Peut-être faut-il que je construise cette image dans ma tête, comme tu le fais pour ce bâtiment, et que je voie si elle tient debout. Tu es fier de ce que tu as réalisé et de ce que tu fais. J'ai l'intention de l'être aussi.

Comment s'était-elle retrouvée à parler de ça ? Ce n'était pas pour ça qu'elle était venue, mais pour le surprendre, flirter, s'assurer qu'il ne penserait qu'à elle toute la journée et qu'il la désirerait jusqu'au soir.

— J'aime bien ta salle de spectacle, Trevor, et je serai heureuse d'y chanter avec mes frères, comme on en a discuté… Pour le reste, poursuivit-elle en le débarrassant de la tasse vide, j'hésite encore. Il y aura probablement un concert ce soir, au pub.

Ce n'était pas prévu, mais elle se faisait fort de l'organiser.

— Pourquoi n'y dînerais-tu pas ? acheva-t-elle. Ensuite, je t'inviterai dans mon appartement, et c'est moi qui t'offrirai un verre de vin.

Sans attendre sa réponse, elle l'embrassa sur la bouche et, après un regard prometteur, fit demi-tour.

L'odeur des pommes, de la cannelle et du sucre roux qui cuisaient dans le four l'accueillit dès le seuil de la cuisine. Shawn n'était pas là depuis longtemps, mais il n'avait pas chômé. Une cocotte mijotait déjà sur le fourneau et, penché au-dessus d'une planche, il émincait un ingrédient qu'il avait l'intention d'y ajouter.

Il lui jeta un bref coup d'œil, sans interrompre sa tâche.

— Tu peux inscrire du crumble aux pommes comme dessert sur le menu du jour. Et pour le plat, du chili mexicain et des filets de plie.

Au lieu de s'atteler immédiatement au boulot, elle sortit du réfrigérateur une bouteille de *ginger ale* et observa son frère. Voilà quelqu'un qui lui répondrait franchement, quitte à être brutal, se dit-elle.

— Que penses-tu de ma voix ? demanda-t-elle.

— Ça ne me dérangerait pas si je l'entendais moins souvent.

— Je parle de ma voix quand je chante, imbécile.

— Eh bien, jusqu'à présent, elle n'a pas brisé de verre, que je sache.

Comme elle avait encore besoin de son frère, elle se retint de lui balancer sa bouteille à la tête.

— Je te pose une question sérieuse, tu pourrais avoir la courtoisie de me répondre.

Intrigué par le ton sec de Darcy, Shawn reposa son couteau et leva les yeux. Cet air maussade, il le connaissait, mais pas cette inquiétude que trahissait son regard.

— Tu as une belle voix, forte et juste. Tu le sais aussi bien que moi.

— On ne s'entend pas soi-même comme les autres le font.

— J'aime bien t'écouter chanter mes chansons.

Ça, pensa-t-elle, c'était la plus simple et la plus parfaite des réponses. Ses yeux s'éclairèrent. Renonçant à assommer son frère, elle posa sa bouteille et le prit dans ses bras.

— Eh bien, que se passe-t-il, maintenant ? demanda-t-il en lui tapotant le dos, tandis qu'elle nichait la tête sur son épaule.

— Quel effet ça te fait, Shawn, de vendre ta musique ? De savoir que des gens vont l'écouter, des gens que tu ne connais pas ? Est-ce que c'est merveilleux ?

— En partie, oui. D'un côté, c'est très exaltant. D'un autre, ça me fait peur et ça me perturbe.

— Pourtant, tout au fond de toi, c'est ce que tu as toujours voulu.

— C'est vrai. Mais garder ce souhait tout au fond de moi l'empêchait d'être effrayant et perturbant.

— J'aime chanter, mais ce n'est pas l'ambition de ma vie. Pour moi, c'est quelque chose qu'on fait quand l'envie nous prend, à la façon Gallagher... Dis-moi, reprit-elle en s'écartant, maintenant que tu vends tes compositions, est-ce que tu éprouves autant de plaisir à les écrire ou est-ce que c'est devenu un boulot comme un autre ?

— Je le craignais, mais non. Quand je m'assois devant mon piano avec un air qui me trotte dans la tête, c'est exactement comme avant.

Il lui souleva le menton du bout des doigts.

— Que se passe-t-il, chérie ? Dis-moi ce qui te tracasse.

— Trevor veut que j'enregistre. Avec un contrat. Il pense que ma voix se vendra bien et que je ferai carrière.

N'importe quel frère affectueux et moqueur aurait répliqué par une demi-douzaine de plaisanteries. Mais Shawn se contenta de la vérité toute simple, car il sentait que Darcy en avait besoin.

— Tu seras merveilleuse, et tu nous rendras tous fous de fierté.

Elle émit un drôle de son, qui se termina en rire tremblotant.

— Mais ce ne sera pas comme les petites séances qu'on s'offre au pub ou chez des amis. Ce sera pour de vrai.

— Tu voyageras et tu deviendras riche, comme tu l'as toujours voulu. Et tu exprimeras ce qu'il y a au fond de toi, ce qui est la seule façon de trouver le bonheur.

Elle reprit sa bouteille de *ginger ale*.

— Te voilà drôlement intelligent, tout d'un coup.

— J'ai toujours été intelligent. Mais tu ne l'admets que quand je suis d'accord avec toi.

— Mmm...

Elle but une gorgée en réfléchissant. Il s'agissait à présent de se faufiler entre les obstacles et les pièges.

— Toi et Brenna, d'une certaine façon, vous travaillez ensemble. Tu écris la musique, elle en fait la promotion. C'est elle qui s'est débrouillée pour que Trevor entende ta chanson. Elle est en passe de devenir ton agent ou ton associée, appelle ça comme tu veux.

Shawn émit un grognement, reprit son couteau et se remit au travail.

— Elle peut se montrer sacrément autoritaire, crois-moi.

— Ça vous cause des problèmes ? s'inquiéta Darcy.

— Ça n'en causerait pas si elle voulait bien se mêler de ses oignons.

Il leva les yeux, vit l'expression de sa sœur et éclata de rire.

— Pour l'amour de Dieu, cesse de te tracasser. Je plaisante. C'est vrai qu'elle me harcèle, et il m'arrive de râler. Mais elle ne fait ça que parce qu'elle croit en moi. Ce qui est très important, presque autant que son amour.

Pour quelque raison obscure, le cœur de Darcy se serra.

— Qu'on ait foi en vous est sans doute important. En tout cas, au début, murmura-t-elle. Et pour en arriver à la fin, il faut passer par le début.

Elle décrocha son tablier du portemanteau et disparut dans la salle, laissant un Shawn perplexe derrière elle.

Organiser un spectacle au *Gallagher's* n'était pas difficile. Il suffisait de faire confiance au bouche à oreille. Quelle meilleure façon y avait-il de passer une soirée pluvieuse que de chanter entre amis ?

Dès 20 heures, le pub était bondé, et la bière coulait à flots. Brenna avait pris sa place derrière le comptoir, et Darcy avait l'impression d'avoir servi assez de ragoût pour remplir un océan.

Mais Trevor Magee n'avait pas encore franchi la porte.

Darcy fulminait en silence. Elle lança un sourire agressif à une tablée de touristes, qui examinèrent les alentours avec inquiétude.

De quoi pouvait être fait un homme qui refusait son invitation à dîner, à écouter de la musique et à faire l'amour? De pierre? De glace? D'acier? Elle déposa bruyamment les verres sales sur le comptoir, ce qui attira l'attention d'Aidan.

— Vas-y doucement avec la vaisselle, Darcy. On en aura tout juste assez, avec le monde qu'il y a ce soir.

— Qu'ils aillent se faire foutre, dit-elle entre ses dents. Deux pintes de Guinness, une Smitty's, un demi de Harp et deux cognacs.

— Tu peux apporter de l'eau à Jude, s'il te plaît, pendant que je prépare les Guinness? Et tâche de la persuader de manger un peu de ragoût. Elle n'a pas beaucoup d'appétit, ces jours-ci.

Darcy ne répliqua rien. Elle se sentait incapable de s'en prendre à un homme qui se tracassait pour sa femme. Aussi alla-t-elle à la cuisine chercher une assiette de ragoût, du pain et du beurre, qu'elle revint déposer sur la table de Jude.

— Et maintenant, tu manges! dit Darcy Sinon, Aidan sera inquiet, Shawn vexé, et moi tout simplement furieuse.

— Mais je...

— Je parle sérieusement, Jude Frances. Tu dois prendre soin de mon neveu ou de ma nièce, et je ne veux pas qu'il ou elle ait faim.

— C'est que...

Elle s'interrompit et, après avoir jeté un coup d'œil autour d'elle, fit signe à Darcy de se pencher.

— Ces derniers jours, vers 17 heures, j'ai une faim terrible. Je n'y peux rien, c'est plus fort que moi. Je mange de la glace, murmura-t-elle, de la glace au chocolat. Je te jure, cette semaine, j'en ai bien descendu huit litres.

Darcy pouffa de rire.

— Eh bien, qu'y a-t-il de mal à ça? Tu as le droit.

— Mais ça fait tellement cliché. Je ne mange pas de cornichons marinés avec, ni quoi que ce soit d'aussi ridicule, mais quand même, je me sens si idiote que je n'ai pas osé le dire à Aidan.

— Eh bien, tu dois assumer les conséquences de ton crime, maintenant, répliqua Darcy en poussant l'assiette sous le nez de Jude. D'ailleurs, ce n'est pas une façon de nourrir un bébé. Mange un peu du ragoût de Shawn, et si tu es gentille et que tu gardes cette chaise pour ce salaud de Magee, je t'offrirai de la glace demain.

Jude s'obligea à prendre sa cuillère.

— Au chocolat, précisa-t-elle. À propos, le salaud vient d'arriver.

— C'est vrai ?

L'orgueil et la colère accumulée depuis le début de la soirée l'empêchèrent de se retourner. D'un air détaché, elle prit la carafe et versa un verre d'eau à Jude.

— Il était temps. Qu'est-ce qu'il fait ?

— Un tour d'horizon, comme le font tous les hommes. À mon avis, il te cherche. Ça y est, il t'a repérée. Ah, le regard de mâle qu'il te jette ! Merveilleux, chaud et possessif, mais avec un brin de réserve. Il y a un type avec lui, un beau garçon très raffiné qui n'a pas du tout l'air à sa place ici.

Sans même y penser, Jude mangea une cuillerée de ragoût.

— Ils sont sans doute amis, poursuivit-elle. Le nouveau pose une main sur l'épaule de Trevor et désigne le comptoir. Trevor secoue la tête et fait un signe dans notre direction. Tu viens d'en mettre plein la vue à son copain. Ses sourcils ont bondi jusqu'en haut de son front, et je m'étonne que sa langue ne se soit pas décrochée.

— Dis donc, tu es drôlement bonne pour décrire une scène, remarqua Darcy, impressionnée.

— J'ai été psychologue et je suis écrivain. Dans les deux cas, il s'agit de savoir observer. Je suis bien meilleure, Dieu merci, pour écrire sur les gens que pour les analyser… J'ai hâte qu'on fasse de la musique, déclara-t-elle soudain, en haussant la voix pour signaler à Darcy qu'on pouvait les entendre. Heureusement que je suis arrivée avant que la salle ne soit bondée, sinon je n'aurais pas eu de table.

— On t'aurait juchée sur une chaise derrière le bar. Mange ton ragoût, maintenant, avant qu'il ne refroidisse.

— Je n'ai vraiment pas… Oh, salut, Trevor !

Désormais prête à l'affronter, Darcy se retourna et lui offrit un sourire amical.

— Tu as de la chance. Jude a une table et je suis sûre qu'elle sera ravie de la partager avec vous. Il y a foule, ce soir.

Elle sourit ensuite à l'homme qui accompagnait Trevor et eut le plaisir de voir apparaître dans ses yeux la plus pure des appréciations masculines.

— Bonsoir.

— Darcy Gallagher, Jude Gallagher, Nigel Kelsey. Un ami à moi, expliqua Trevor.

— Enchantée, dit Darcy.

— Trevor ne m'avait pas prévenu que je serais environné de beautés, fit le nouveau venu en s'inclinant pour baiser la main de Jude, puis celle de Darcy.

— Tu nous as amené un charmeur, Trevor. Asseyez-vous là et dites-moi ce que vous voulez boire. Il faut que j'aille chercher une commande qui attend depuis longtemps au bar.

— Un gin tonic pour moi, demanda Nigel.

— Avec glace et citron ?

— Oui, s'il vous plaît.

— Une pinte de Harp, dit Trevor.

— Tout de suite. Et le ragoût est bon, ce soir, si ça vous tente.

— Et même si ça ne vous tente pas, marmonna Jude, comme Darcy s'éloignait.

— Alors, je suppose que vous êtes l'écrivain américain qui a épousé le patron du pub, dit Nigel en s'asseyant.

— Je suis arrivée américaine, et j'ai découvert ici que j'étais écrivain. Vous venez d'Angleterre ? demanda-t-elle en faisant allusion à son accent.

— De Londres. J'y suis né et j'y ai été élevé. Trev ne m'avait pas menti, ajouta-t-il en jetant un coup d'œil autour de lui. Cet endroit est authentique, un vrai décor de film. Rien n'y manque.

— Nous aimons à le penser.

— Nigel n'avait pas l'intention d'être condescendant, précisa Trevor en s'installant à côté de Jude. Il est seulement maladroit.

— Je le disais comme un compliment. Les pubs anglais, en ville, en tout cas, sont moins animés que celui-ci. Et leurs serveuses ont rarement des visages de stars.

Il pivota pour regarder Darcy.

— Je crois que je suis amoureux.

— Quel crétin ! Mais tu ne manges pas, dit Trevor à Jude. Est-ce que Darcy aurait menti en prétendant que le ragoût était bon ?

— Non, fit Jude, honteuse, en reprenant une cuillerée. C'est excellent. Mais je n'ai pas faim. J'ai eu une...

— Une envie ?

Elle rougit, et Trevor éclata de rire.

— Les trois fois où ma sœur a été enceinte, ses fringales la prenaient au petit déjeuner. Elle mangeait des tonnes de biscuits à la figue.

— Moi, c'est de la glace au chocolat, et ça se déclenche à l'heure du goûter. J'en mange des litres. Je ne me suis pas encore confessée à Aidan, et comme il me voit bouder les repas, il a peur que je ne me nourrisse pas suffisamment.

— Et voilà, un gin tonic et une Harp, dit Darcy en posant les boissons sur la table. Alors, vous voulez dîner ?

— On va prendre le ragoût, dit Trevor, avant que Nigel n'ait eu le temps d'ouvrir la bouche. Tu chanteras, tout à l'heure ?

— C'est possible.

Elle lui décocha un clin d'œil et s'éloigna.

— J'aurais bien jeté un coup d'œil au menu, se plaignit Nigel.

— C'était pour venir au secours de cette dame. Si on prend la même chose, ça nous permettra de transvaser un peu de sa part dans nos assiettes et de la sauver du courroux marital.

— Dieu te bénisse, dit Jude en passant à Trevor la corbeille de pain.

Ils venaient d'être servis lorsque la musique commença. D'abord, deux des clients installés à une table encombrée de pintes, de verres, de cendriers et de paquets de cigarettes jouèrent du violon et de la flûte.

Les conversations ne s'arrêtèrent pas, mais baissèrent d'un ton. Darcy débarrassa la table des musiciens et remplaça les cendriers débordants par des propres. Un vieil homme, qui tenait un accordéon, lui donna une petite tape paternelle sur les fesses, puis son pied se mit à battre la mesure, et il se joignit à la musique.

— Au violon, c'est Brian Fitzgerald, expliqua Jude. Nous sommes un peu cousins. Au deuxième accordéon, c'est le jeune Connor, et celui qui joue de la flûte, c'est Matt Magee, probablement un de vos cousins, Trevor. La jeune femme avec la guitare, c'est Patty Riley, et l'autre violoniste, je ne la connais pas. Elle ne doit pas être d'ici.

Nigel hocha la tête, tout en prenant une première bouchée de ragoût.

— Vous faites venir des musiciens d'ailleurs, même pour des spectacles improvisés ?

— Souvent. Les soirées musicales du *Gallagher's* ont une excellente réputation, qu'elles soient improvisées ou programmées.

Jude jeta un regard reconnaissant à Trevor, qui répartissait le contenu de son assiette entre la sienne et celle de Nigel.

— Pour te remercier, je donnerais bien ton prénom au bébé, mais j'ai peur qu'Aidan ne pique une crise de jalousie.

— Oh, je ne me sacrifie pas, Shawn est un génie !

— Je pensais que Trev exagérait les talents culinaires de notre nouvel artiste, mais j'avais tort, dit Nigel en replongeant avec appétit sa cuillère dans le ragoût. J'aurais dû lui faire confiance, il ne se trompe jamais.

Un rire chaud, féminin, sexy le fit se retourner. Darcy avait posé la main sur l'épaule du vieil accordéoniste. Son pied battait la mesure, puis sa voix s'éleva.

— « Comme je traversais les fameuses montagnes du Kerry / Je suis tombé sur le capitaine Farrell qui comptait son argent. »

Nigel posa sa cuillère et ne fit plus attention au bruit de fond.

— « D'abord, j'ai pris mon pistolet, puis j'ai sorti ma rapière / Et j'ai dit : debout et donne, car tu n'es qu'un traître. »

L'air allègre ne demandait d'autre talent à la chanteuse que d'être capable de maintenir un rythme rapide. Mais Nigel sut aussitôt à qui il avait affaire.

Il regarda Trevor et approuva de la tête.

— Non, tu ne te trompes jamais.

Ensuite, il y eut des quadrilles, des gigues, des valses et des ballades, chantés ou non. Shawn sortit enfin de la cuisine, et Nigel put voir les trois Gallagher à l'œuvre.

— Il y a là un trésor génétique, murmura-t-il, pour le plus grand plaisir de Jude.

— N'est-ce pas qu'ils sont beaux ? Et écoutez, ajouta-t-elle, comme ils entonnaient un chant à la gloire des Fenians.

Le regard qu'échangèrent Trevor et Nigel ne lui échappa pas. Ils avaient des choses à se dire, songea-t-elle. Aussi, la chanson terminée, tapota-t-elle le bras de Trevor.

— Je vais prendre une tasse de thé tranquillement à la cuisine. Merci pour la compagnie et le coup de main avec le ragoût. J'ai été ravie de vous rencontrer, Nigel. J'espère que vous ferez un bon séjour chez nous.

Comme elle ne réussissait pas à se relever, elle dut accepter l'aide de Trevor, qui la hissa doucement sur ses pieds.

— Bonne nuit, dit-elle.

Puis, sur une impulsion, elle l'embrassa sur la joue.

Les violons entamaient un duel, et Nigel n'eut pas à attendre longtemps pour que Jude soit hors de portée de voix.

— Ces trois Gallagher, c'est une mine d'or.

— C'est possible, mais Aidan ne lâchera pas le pub, et Shawn non plus, répondit Trevor. Ils chanteront ici et accepteront de se faire enregistrer, pour la famille et pour le *Gallagher's*, mais ça n'ira pas plus loin.

— Et Darcy ?

— J'y travaille. Le pub et ses frères, c'est ce qui compte le plus pour elle. Mais elle a le goût du luxe. Il faut juste que je la convainque que ce n'est pas contradictoire.

L'un des violonistes passa à Darcy son instrument au lieu de sa pinte vide, qu'il alla remplir lui-même pendant qu'elle essayait le violon.

— Avec ce visage, cette voix et... Bon sang, écoute-la jouer ! Elle peut obtenir tout ce qu'elle désire.

— Je sais. Et, crois-moi, elle le sait aussi, dit Trevor, que cette idée n'enchantait pas totalement.

— Ce n'est pas une petite Irlandaise naïve, hein ? Mais je ne t'ai jamais vu échouer quand tu avais décidé quelque chose. Tu la feras signer, Trev.

Nigel sortit une cigarette de son paquet de Players presque vide, l'alluma et examina Trevor à travers la fumée.

— Qu'attends-tu d'autre d'elle ?

« Trop de choses pour mon bien, répondit son ami en son for intérieur. Beaucoup trop. »

— Je ne sais pas encore.

— Eh bien, si jamais tu décides de t'en tenir à une relation d'affaires, j'aimerais assez...

Trevor lui jeta un regard glacial, et il s'interrompit.

— Bon, d'accord. N'en parlons plus, reprit-il. Je vais me commander un autre gin tonic.

— Bonne idée.

— C'est aussi mon avis, car notre unique bagarre au sujet d'une fille remonte à notre premier trimestre à Oxford, et c'est toi qui as gagné.

Nigel se leva et fit un signe de tête en direction du verre de Trevor.

— Tu en veux un autre ?

— Non, merci. Je tiens à garder l'esprit clair. Et tu ferais bien de t'arrêter après celui-là. Je ne te raccompagnerai pas, ce soir.

— Je vois. Tu as toujours eu de la chance.

La chance... se dit Trevor. Il aurait besoin de bien plus que ça pour affronter Darcy Gallagher.

Il l'attendit dans le salon de son petit appartement, avec une impatience qu'attisait son parfum, dont la pièce et toutes les jolies choses qui l'encombraient étaient imprégnées.

L'appartement était totalement féminin. Pas du genre chichiteux, mais raffiné. Des coussins, dont il ignorait qu'elle les avait faits elle-même, étaient disposés artistiquement sur le canapé. Des fleurs rouge vif aux longues tiges se dressaient dans un grand vase étroit.

Un tableau représentait une sirène aux longs cheveux noirs et aux seins nus, dont le corps cambré émergeait de la mer comme un arc triomphant. L'œuvre était à la fois subtilement originale, sensuelle et, d'une certaine façon, innocente.

La forme du visage et la courbe pleine des lèvres ne laissaient aucun doute sur l'identité du modèle.

Quand diable Darcy avait-elle posé pour ce tableau ? se demanda-t-il, avec une forte envie d'étrangler l'artiste.

La violence de sa réaction l'inquiéta. Le problème était grave, autant que le désir insatiable qu'il avait d'elle. Il avait horreur de la jalousie et de la possessivité. Elles n'étaient pas seulement dévastatrices, affaiblissantes, elles étaient aussi... improductives.

Il lui fallait faire marche arrière, se libérer de cette brume de désir dans laquelle il errait depuis qu'il l'avait aperçue à cette foutue fenêtre.

À cet instant, elle arriva, et cette brume l'engloutit complètement.

— Nigel est rentré seul ? demanda-t-elle en s'adossant à la porte.

— C'est un grand garçon.

Elle ferma le verrou.

— J'espère que tu lui as dit de ne pas t'attendre.

Il s'approcha d'elle.

— Tu es restée sur tes pieds toute la nuit.

— Ça, c'est vrai, et ils me le font savoir.

— Alors, laisse-moi les soulager, dit-il en la soulevant.

— Eh bien, ça va déjà mieux.

— Chérie, tu n'as encore rien vu.

15

— Café.

Un homme ne pouvait espérer survivre après seulement trois heures de sommeil s'il ne commençait pas sa journée par une tasse de café. L'amour vous apportait d'intenses satisfactions, la nourriture remplissait votre ventre et la tendresse vous réconfortait, mais sans café on n'arrivait à rien.

Surtout à 5 h 30 du matin.

Il avait pris sa douche et enfilé son jean, mais ne pouvait faire un pas de plus sans ingurgiter une dose de ce qui constituait le vrai sang de la vie.

— Café, répéta-t-il à l'oreille de Darcy, dont la tête disparaissait sous les oreillers. S'il te plaît, dis-moi où il est.

— Mmm.

Elle bougea, se retourna langoureusement et passa un bras autour du cou de Trevor.

— C'est trop tôt.

— Il n'est jamais trop tôt pour une tasse de café, ni trop tard. Darcy, je t'en supplie, dis-moi simplement où tu le ranges.

Elle ouvrit les yeux. Il ne faisait pas encore assez clair pour qu'aient disparu les souvenirs de la nuit. Ce fut ce qui sauva Trevor d'un des fameux accès de colère de Darcy Gallagher.

— Tu as besoin de te raser, dit-elle en lui caressant la joue. Cette barbe naissante te donne un air de mâle dangereux. Reviens au lit.

Faire l'amour avec une femme superbe ou se préparer du café. L'un des dilemmes les plus difficiles de sa vie. Bienheureux celui qui pouvait avoir les deux. Mais chaque chose en son temps.

Il glissa les mains sous les draps, puis sous le corps chaud et doux de Darcy, et il la souleva hors du lit.

— Montre-moi où il est.

Il fallut à Darcy une fraction de seconde pour réaliser qu'il l'emmenait dans la cuisine.

— Trevor, je suis complètement à poil.

— Vraiment ? fit-il en laissant son regard errer sur son corps. Incroyable ! Le café, je t'en supplie, Darcy, et le monde est à toi.

— C'est le genre de promesse que les hommes tiennent chaque fois qu'il leur tombe un œil.

Elle fit un geste en direction d'un placard et poussa un cri aigu lorsqu'il la posa sans cérémonie sur le plan de travail.

— Salaud !

— Je ne le vois pas.

— Les hommes ne voient jamais ce qu'ils ont sous le nez.

Elle le rejoignit et fourragea entre les boîtes de conserve en marmonnant des jurons.

— Tiens. Si ç'avait été un serpent, il t'aurait mordu entre les yeux. Et maintenant, je parie que tu vas vouloir que je le prépare ?

Quelle charmante idée ! Plein d'espoir, il posa les mains sur les hanches de Darcy et mordilla ses lèvres boudeuses.

— Tu ferais ça pour moi ?

S'il n'avait pas été aussi sacrément beau, avec ses cheveux humides, son début de barbe et ses yeux gris encore ensommeillés, elle lui aurait assené un coup de poêle sur la tête.

— Écarte-toi, que j'aille mettre ma robe de chambre.

— Pourquoi ?

— Parce que j'ai froid.

— Oh... Bien sûr. Je vais te la chercher.

Il l'embrassa sur le front et alla chercher la robe de chambre.

Tout en bâillant à s'en décrocher la mâchoire, Darcy remplit la bouilloire et sortit la cafetière et un filtre en papier. Elle mesurait le café lorsque Trevor revint avec le vêtement demandé.

— Il va falloir que je t'achète une cafetière automatique, dit-il, tandis qu'elle s'habillait.

— Je ne fais pas de café assez souvent pour que cela en vaille la peine. La plupart du temps, je commence la journée avec du thé.

— Le thé, ça... ça m'écœure.

— Quelle faiblesse! C'est sympa de t'en découvrir une. Voilà. On n'a plus qu'à attendre que la bouilloire chauffe.

Elle se hissa sur la pointe des pieds et tendit la main pour attraper une tasse. Elle était si belle ainsi, avec ses cheveux qui tombaient en cascade sur ses épaules, qu'il éprouva une sorte de vertige.

Un petit étourdissement, se dit-il. Un petit étourdissement de rien du tout.

— Mais ne t'attends pas que je te prépare un petit déjeuner complet, précisa-t-elle.

Le besoin de la toucher se fit impérieux. Il glissa les bras autour d'elle et pressa les lèvres sur son cou en la serrant contre lui.

— Tu es une fille vachement mesquine.

Le cœur de Darcy bondit. Ce geste simple était d'une douceur intime que même les rapports sexuels les plus passionnés ne pouvaient apporter. Elle ferma les yeux et fit attention, très attention, à garder un ton léger.

— Tu es drôlement tendre, ce matin.

Il ne l'était pas, d'habitude, mais la tenir ainsi contre lui était si délicieux qu'il ne s'inquiétait même pas de ce changement.

— Toute femme qui me fait du café a droit à ma tendresse. Et si en plus elle me prépare mon petit déjeuner, je deviens son esclave.

— Les serveuses de New York doivent se disputer ta table.

Elle posa les mains sur celles de Trevor et s'autorisa à céder un bref instant à l'illusion d'un amour tranquille, solide.

— Moi, je ne cherche pas d'esclave, mais tu peux prendre tout ce que tu trouves.

Il se rabattit sur des toasts, puisque la cuisine ne semblait pas contenir grand-chose d'autre, et s'adossa au plan de travail pendant que le grille-pain chauffait et que Darcy versait l'eau bouillante dans le filtre.

— Seigneur, fit-il en inspirant profondément. Comment peut-on vivre sans cette odeur le matin ?

— Vous autres Yankees, vous buvez tellement de café que vous n'en sentez plus le goût.

— Blasphème ! Il y a un bistrot à deux pâtés de maisons de chez moi, où l'on te sert un café qui t'arrache des larmes de gratitude.

— Ça te manque, constata Darcy.

Comme le café sentait bon, elle sortit une seconde tasse pour elle.

— Les bistrots, l'effervescence de la grande ville, ça te manque, insista-t-elle.

Elle ouvrit le réfrigérateur et prit un carton de crème.

— Qu'y a-t-il d'autre qui te manque ?

Les toasts sautèrent.

— Les petits pains.

— Les petits pains ?

Elle sortit aussi le beurre et la confiture et resta plantée là, à le regarder.

— Tu es censé être riche et sophistiqué, et tout ce qui te manque, c'est le café et les petits pains ?

— En ce moment, je paierais bien cent dollars pour un petit pain frais. Ce n'est pas pour critiquer votre pain irlandais au bicarbonate de soude, mais vraiment...

— Eh bien, ça, c'est étonnant.

Il allait répliquer par une plaisanterie, mais le parfum divin qui emplissait la cuisine lui donna une idée qu'il saisit au vol.

— New York a plus à offrir que du café et des petits pains – bien qu'il ne faille pas les oublier, dit-il en déposant les toasts sur une assiette. Il y a aussi des restaurants, des théâtres, des galeries d'art et, pour les matérialistes, tout ce qui peut s'acheter sur cette terre. Tu adorerais.

— Parce que je suis matérialiste ?

— Parce que si tu cherches quelque chose de précis, même un truc complètement extravagant, il est à peu près impossible de ne pas le trouver à New York.

Il prit avec gratitude la tasse de café qu'elle lui tendait.

— Merci. C'est l'une des villes où tu iras forcément si tu signes avec Celtic Records.

Et voilà, se dit-elle, la porte se refermait sur l'intimité et s'ouvrait sur les affaires. Avec Trevor, on en revenait toujours là.

— Pourquoi est-ce que j'irais à New York ?

— Pour la même raison que tu irais à Dublin, Londres, Chicago, Los Angeles, Sydney, partout. Pour y donner des concerts, rencontrer des journalistes, te montrer à la télévision.

Elle agrémenta son café d'un sucre et d'un nuage de crème.

— Tu promets beaucoup, alors que tu ne sais même pas ce que donnera cet enregistrement, ni comment je chanterai en public, ni si je serai capable de m'adapter à ce nouveau style de vie.

— Mais si, je le sais. C'est mon boulot de savoir.

— Tu as des tas de boulots, Trevor, et je suis certaine que tu excelles dans chacun. Mais celui-ci me concerne. Si je te crois sur parole et que j'accepte, c'est toute ma vie qui changera. C'est un gros risque que tu me demandes de prendre, uniquement parce que tu aimes le son de ma voix.

Elle leva la main pour l'empêcher de répliquer.

— Toi aussi, tu prendrais un risque, je le comprends bien, en pariant sur moi. Mais tu en as l'habitude, non ? Si l'un de tes investissements est un échec, c'est ennuyeux, mais un autre le rattrape. Tu as beau être déçu, contrarié, ta vie n'est pas en jeu.

— Je vois ce que tu veux dire, répondit-il au bout d'un moment. Habille-toi.

— Pardon ?

— Habille-toi. Je crois que j'ai un moyen de te rassurer, au moins partiellement. Essaie de faire vite, d'accord ? ajouta-t-il en regardant l'horloge de la cuisine.

— Tu en as du culot de me donner des ordres, et à 6 heures du matin, en plus !

Il faillit lui demander ce que l'heure venait faire là-dedans, mais décida sagement de ne pas discuter, conscient que cela ne servirait qu'à la braquer.

— Excuse-moi. Est-ce que tu veux venir avec moi ? Ça ne prendra pas longtemps, et ça répondra à ton argument. Lequel est très valable.

— Tu es un malin, hein ? Bon, d'accord, je vais te suivre, parce que je suis debout, de toute façon. Mais souviens-toi que je ne suis pas ton chien et que je ne fais pas le beau quand tu claques des doigts.

Sur ce, elle fit demi-tour et disparut dans sa chambre. Satisfait, Trevor finit son petit déjeuner.

Pour la seconde fois ce matin-là, Trevor tira quelqu'un du sommeil. Le résultat ne fut pas aussi agréable que la fois précédente.

— Putain de bordel de merde ! grommela Nigel. Si ta copine t'a jeté du lit à cette heure indue, tu n'as qu'à prendre le canapé. Je ne bouge pas et je ne partage pas le lit.

— Je ne veux pas me coucher, je veux que tu te lèves. Darcy est en bas.

L'un des yeux que Nigel maintenait résolument fermés s'ouvrit tout grand.

— Ça signifie que c'est toi qui partages ?

— Rappelle-moi de t'envoyer un coup de poing plus tard. En attendant, lève-toi, habille-toi et fais en sorte d'être présentable.

— Personne ne peut être présentable à... Seigneur, 6 h 30 du matin !

— Je suis assez pressé, Nigel, déclara Trevor en faisant demi-tour. Je te donne cinq minutes.

— Au moins, allume la cafetière, cria Nigel.

— Ce n'est pas moi qui prépare le café, ce coup-ci, déclara Darcy.

Les bras croisés sur ses seins, elle accueillit Trevor en bas de l'escalier avec un regard d'acier. Elle lui avait déjà fait savoir, en termes clairs, qu'elle n'avait pas apprécié qu'il la bouscule de façon aussi cavalière.

— Pas de problème, répondit-il en l'entraînant dans la cuisine. Tu veux du thé ?

— Ce n'est pas une tasse de thé qui va m'apaiser. Tu ne m'as même pas laissé le temps de mettre du rouge à lèvres.

— Tu n'en as pas besoin.

Comme il n'avait pas encore allumé la bouilloire, le sifflement qu'il entendait ne pouvait venir que de Darcy.

— C'est bien d'un homme de dire un truc aussi stupide en pensant faire un compliment.

Il mit l'eau à chauffer et se tourna vers elle.

— Tu es la plus belle femme que j'aie jamais vue. Et j'ai vu un nombre considérable de belles femmes.

— Ce n'est pas la flatterie qui va t'aider, grommela-t-elle en s'asseyant.

Le geste suivant de Trevor les surprit tous les deux : il s'approcha d'elle et prit son visage dans ses mains.

— Tu me coupes le souffle, Darcy. Ce n'est pas de la flatterie, c'est un fait.

Le cœur de Darcy s'emballa. Elle eut beau battre des cils, les larmes affluèrent dans ses yeux.

— Trevor... murmura-t-elle.

Elle l'attira à elle, et leurs lèvres se joignirent.

Et l'amour jaillit, comme une lampe qu'on allume. La tendresse et le désir, les vœux pas encore prononcés. Un instant, le temps d'un éclair, elle sentit Trevor y répondre et crut voir son propre univers étinceler comme un joyau.

Elle était sûre aussi d'entendre de la musique, le chant romantique d'une harpe accompagné par le son joyeux des cornemuses. De sa bouche, collée à celle de Trevor, sortit une note de joie.

— Désolé de vous interrompre, dit sèchement Nigel depuis le seuil de la pièce, mais tu m'as dit de me dépêcher.

La lumière vacilla. Trevor s'écarta, sans quitter Darcy des yeux, ni lâcher son visage. Puis il recula, et la musique se tut.

— Oui, fit-il.

Quelque chose d'inconnu palpitait dans sa tête et dans son cœur. Il frotta sa chemise, sous laquelle le disque en argent paraissait avoir pris feu. Derrière lui, la bouilloire émettait un long sifflement d'énervement. Il se retourna et l'éteignit d'un geste vif et plein d'une colère rentrée dont il ne comprenait pas la cause.

— Bonjour, Darcy, dit Nigel.

Bien qu'il eût l'impression de s'immiscer entre deux systèmes nerveux complètement à vif, il conserva son expression de courtoisie amusée.

— Je peux vous proposer un peu de café, quand il sera prêt ? demanda-t-il.

— Non, merci, j'en ai déjà pris. Après qu'on m'a réveillée plutôt grossièrement.

— Ah, bon ? Vous aussi ?

Décidé à tirer parti de la situation, quelle qu'elle soit, Nigel s'assit en face d'elle.

— Quand notre Trevor a quelque chose en tête, personne n'est à l'abri. C'est un vrai raz de marée.

— C'est vrai ?

— Seigneur, oui, répondit-il en allumant sa première cigarette de la journée. Ou bien on se laisse emporter, ou bien on se noie. Bien sûr, c'est l'une de ses méthodes pour obtenir ce qu'il veut et comme il le veut.

— Dites-m'en plus, demanda Darcy, qui commençait à s'amuser.

— C'est un obstiné, qui fonce droit devant et ne contourne les obstacles que s'il estime que ça vaut le coup. Un type impitoyable, diraient certains, qui n'auraient pas complètement tort... Mais c'est un garçon qui aime beaucoup sa mère, ajouta-t-il après avoir fait un rond de fumée.

Darcy éclata de rire.

— Tais-toi, Nigel, ordonna Trevor.

— Pas tant que je n'aurai pas eu mon café.

— Vous osez le contrarier ? s'étonna Darcy.

— Moi aussi, il m'aime beaucoup, expliqua Nigel en décochant un clin d'œil à Trevor, qui bougonnait devant le fourneau. Qui ne m'aimerait pas, d'ailleurs ?

— C'est vrai que je commence à vous apprécier, moi aussi. Que pouvez-vous m'apprendre d'autre sur ce personnage impitoyable qui aime sa mère ?

— Il a une cervelle plutôt bien faite et un cœur farouchement fidèle. Il est généreux, mais il ne faut pas abuser de ses largesses. Ce qu'il admire par-dessus tout, c'est l'efficacité, l'honnêteté et la créativité. Et sa façon de procéder avec les dames est réputée dans le monde entier.

— Ça suffit, grommela Trevor en posant une tasse de café sous le nez de son ami.

— Oh, mais je suis sûre qu'il ne faisait que commencer ! protesta Darcy. Et le sujet m'intéresse au plus haut point.

— En voici un autre qui devrait te passionner, dit Trevor. Nigel dirige la filiale londonienne de Celtic Records. Et il a beau être exaspérant, sur un plan strictement professionnel, il a un instinct infaillible.

— C'est vrai, commenta l'intéressé entre deux gorgées. Il n'y a rien de plus vrai.

— Hier soir, tu as entendu Darcy chanter dans un pub bondé, sans micro, ni orchestration, ni répétition. Dans un lieu qui n'est absolument pas prévu pour ça. Qu'en penses-tu ?

— Elle est excellente.

— On n'est pas en train de négocier, dit Trevor. Alors, ne tourne pas autour du pot. Dis-lui franchement ce que tu as pensé de sa prestation.

— Bon, d'accord. Une fois de temps en temps, dans ma profession, on tombe sur un joyau, un diamant. Non, dans votre cas, je dirais plutôt un saphir, à cause de vos yeux. C'est l'impression que j'ai eue, hier soir, au *Gallagher's*. Et j'aimerais beaucoup enchâsser ce joyau dans une monture appropriée pour le mettre en valeur.

— Je te laisse le soin de lui dire ce que cette monture pourrait être. Il faut que j'aille sur le chantier. Je suis déjà en retard. Je te laisse la voiture, Darcy.

— Merci, je préfère rentrer à pied. Ça m'éclaircira les idées.

— Comme tu veux.

— Viens déjeuner au pub, puisque tu as dû te contenter d'un petit déjeuner d'ascète.

— Si j'ai le temps.

Il l'embrassa doucement, puis se tourna vers Nigel.

— Descends tout à l'heure jeter un coup d'œil au chantier. La promenade dégourdira tes jambes de citadin, ajouta-t-il en quittant la pièce.

— Merci beaucoup... Vous êtes sûre de ne pas vouloir une tasse de café, Darcy ? demanda Nigel en se levant pour se resservir.

— Ça va, merci.

Il remplit une nouvelle fois sa tasse et se rassit.

— Alors, voilà... commença-t-il.

Darcy leva une main pour l'interrompre.

— Attendez, s'il vous plaît, j'ai une question. M'auriez-vous fait les mêmes compliments si je ne couchais pas avec Trevor ? Soyez franc... Je ne lui dirai pas ce que vous m'aurez répondu, vous avez ma parole, ajouta-t-elle, comme elle le voyait battre des paupières. Mais il faut que je sache la vérité.

— La vérité, la voilà. Ça aurait été plus simple pour moi, et plus confortable, de vous dire ce que je vous ai dit si vous ne couchiez pas avec Trevor.

— Moi aussi, j'aurais préféré, mais on n'y peut plus rien. Vous devez me croire car, là aussi, c'est la vérité : ce n'est pas pour qu'il m'offre un contrat intéressant que je couche avec Trevor.

— Compris.

Nigel réfléchit un instant, avant de reprendre :

— Ce sont vos relations personnelles qui vous empêchent d'accepter une relation d'affaires avec lui ?

— Je ne sais pas. Je doute qu'il ait pour habitude d'entretenir des relations personnelles avec les artistes qu'il signe. Ce n'est pas son genre, il me semble.

— Non, pas du tout.

Voilà qui était intéressant, songea Nigel. Non, fascinant. Cette femme était amoureuse, il en était à peu près convaincu.

— Je ne l'ai jamais vu se lier intimement avec quelqu'un à qui il voulait faire signer un contrat. À votre place, je ne m'inquiéterais pas. Vous ne risquez rien.

Oh, si ! se dit-elle. C'était un pari, le plus important de sa vie.

— Si je signe avec Celtic Records, qu'attendra-t-on de moi ?

— Oh, Trevor attend la lune de tout le monde ! fit Nigel avec un sourire complice. Et il l'obtient.

Enfin détendue, elle pouffa de rire.

— Dites-moi tout. Les exigences les plus élevées, et les petites aussi.

— Vous traiterez avec des réalisateurs, des producteurs, des musiciens, des gens du marketing, des consultants, des assistants. Ce n'est pas uniquement votre voix que nous voulons, mais vous tout entière, et chacun aura des idées sur la meilleure façon de mettre en valeur ce package, comme on dit. Toutefois, mon impression est que vous êtes une femme intelligente et consciente de vos atouts. Vous savez donc que le package est déjà aussi parfait qu'il peut l'être.

— Ça veut dire que si j'étais laide comme un crapaud ou incapable d'aligner deux phrases cohérentes à la suite, vous trouveriez le moyen de refaire le package.

— Ou d'utiliser vos défauts. Vous seriez étonnée de voir ce qu'une publicité intelligente peut tirer des défauts. Bref, il vous faudra travailler dur, longtemps, et vous n'aurez pas toujours les rênes de la situation en main. Vous serez fatiguée, exaspérée, frustrée, intriguée, stressée et… Êtes-vous capricieuse ?

— Moi ? fit-elle avec un battement de cils délibéré. Bien sûr que je le suis.

— Alors, ajoutez-y des engueulades, des bouderies, des crises de colère… Et ça, ça ne concerne que la première séance d'enregistrement.

Darcy posa le menton sur son poing.

— Je vous aime bien, Nigel.

— C'est réciproque. Je vais donc vous dire ceci, que j'aurais gardé pour moi si vous ne m'aviez pas plu : si Trevor et vous continuez à vous voir comme vous le faites maintenant, les gens vont jaser. Et ils ne seront pas tous gentils. Il va s'en trouver qui vous tireront dessus à coups de boulets, qui raconteront dans votre dos que c'est en couchant avec le patron que vous avez obtenu ce contrat. Ils se débrouilleront pour vous faire sentir leur mépris de mille façons désagréables et mesquines. Ce ne sera pas facile pour vous.

— Ni pour Trevor.

— Ils ne lui diront rien, sauf s'ils sont très, très bêtes. Et les gens mesquins et jaloux ne sont pas tous stupides. Bien sûr, vous pourrez toujours aller pleurer sur son épaule.

Darcy redressa la tête, et ses yeux s'allumèrent.

— Je ne suis pas du genre à pleurer sur l'épaule d'un homme.

— J'en suis sûr, dit-il doucement. Mais si jamais vous deviez en arriver là, j'espère que vous vous servirez de la mienne.

Elle avait bien fait de décider de rentrer au village à pied. Elle avait besoin de réfléchir au grand air. Trop de pensées tourbillonnaient dans sa tête. Combien de temps lui faudrait-il pour les démêler et les examiner une à une ? Elle l'ignorait. Elle savait simplement que c'était nécessaire.

Première question : que ferait-elle s'il n'y avait entre Trevor et elle que cette proposition de contrat ? La réponse lui vint étonnamment vite. Elle l'accepterait, bien sûr. Ce serait une aventure fabuleuse, et sans grand risque. Elle n'avait rien à perdre, et si elle réussissait, elle mènerait la vie luxueuse de ses rêves.

Tout ça parce qu'elle chantait bien. Incroyable, non ?

Les corvées dont avait parlé Nigel ne la troublaient pas outre mesure. Elle n'avait pas peur de travailler dur. Quant aux voyages, ils faisaient aussi partie de ses rêves. En revanche, elle n'avait jamais éprouvé l'envie de monter sur scène. Mais peut-être était-ce préférable ? Peut-être, sans cette pression, y trouvait-on plus de plaisir ?

Elle aurait de l'argent qu'elle pourrait dépenser sans compter, pour elle-même, sa famille, ses amis. Non, l'argent n'était évidemment pas un problème.

Bon, mais cela ne réglait pas le point essentiel : ses relations personnelles avec Trevor, la chose la plus précieuse qu'elle avait jamais eue dans sa vie.

Il fallait qu'elle l'amène à l'aimer.

Elle ignorait complètement si ses petites manœuvres avaient eu l'effet escompté. Le comportement réservé de cet homme interdisait toute interprétation. Les lèvres pincées, elle arracha un bouton de fuchsia de la haie et le déchira en petits morceaux.

Pourquoi, après avoir si longtemps attendu que cela lui arrive, s'était-elle éprise d'un homme qu'elle n'éblouissait pas, un homme qui n'était pas anxieux de lui plaire, qui ne lui promettait pas le monde sur un plateau d'argent ? Certes, ceux qui le lui avaient promis n'avaient ni plateau d'argent, ni monde à leur disposition, et elle ne serait probablement pas tombée amoureuse de Trevor s'il lui avait fait ce genre de promesse, mais là n'était pas la question. Puisqu'elle était amoureuse de lui, pourquoi ne pouvait-il pas l'aimer en retour, tout simplement ?

Espèce d'individu pervers !

Quand il l'avait embrassée, là-bas, dans la cuisine du cottage, Darcy avait senti son propre cœur jaillir de sa poitrine et tomber dans les mains de Trevor sans qu'elle puisse rien y faire. Oh, qu'elle détestait son impuissance à stopper ce phénomène !

Autant s'y faire. Elle jeta ce qui restait du bouton de fuchsia émietté et le regarda voler comme un confetti dans le vent frais qui balayait la colline. Elle ne manquait pas d'armes pour arriver à ses fins. Tôt ou tard, elle le coincerait. Ce serait bien le diable si elle n'y parvenait pas !

Quel que soit le temps que cela lui prendrait, un jour ou l'autre, elle serait riche, célèbre. Et mariée.

Elle arrivait à un virage lorsque l'éclat du soleil l'aveugla. Elle cligna des yeux, leva une main en visière pour se protéger de la lumière et distingua derrière la brume un reflet d'argent.

— Bonjour, belle Darcy.

Le cœur battant, elle baissa lentement la main. Ce n'était pas le soleil qui l'éblouissait, car la lumière de l'astre était tamisée par plusieurs couches de nuages qui donnaient au ciel la couleur des yeux de Trevor. Ce qui l'aveuglait, c'était un phénomène surnaturel dû à un homme qui se tenait sur le bas-côté, sous la silhouette menaçante de la tour ronde.

— On m'a dit que vous aimiez à vous promener près de la fontaine sacrée, dit-elle.

— Oh, je vais ici ou là, ça dépend ! Toi, il est rare que tu montes sur cette colline.

— Moi aussi, je vais ici ou là, ça dépend.

Le rire fit étinceler les yeux de Carrick.

— Puisque tu es ici et moi aussi, puis-je t'accompagner un instant ?

La grille en fer du vieux cimetière s'ouvrit, bien qu'il n'y ait pas touché.

— Les hommes sont tous les mêmes, qu'ils soient mortels ou surnaturels, commenta Darcy. Il faut toujours qu'ils fassent les intéressants.

En voyant Carrick froncer les sourcils, elle réprima un sourire. Elle passa devant lui d'un pas dégagé.

— Je me demandais si vous chercheriez un jour à me rencontrer.

— Je te surestimais, apparemment.

Elle tourna la tête pour le regarder fixement. Bravo, se félicita-t-il. C'est ce qui s'appelait répondre du tac au tac.

— J'étais convaincu qu'une femme dotée d'autant de talents que toi pouvait conquérir tout homme sur lequel elle jetait son dévolu. Mais tu n'as pas encore ferré Magee.

— Ce n'est pas un poisson. Et je vous rappelle que c'est vous qui lui avez mis dans la tête l'idée qu'il tomberait forcément amoureux de moi. Résultat : il s'est aussitôt braqué contre cette possibilité.

— Il y a trop de prosaïsme yankee en lui, et pas assez de romantisme irlandais. C'est ça, son problème.

Darcy avait raison, il s'était trompé dans ses calculs, admit-il avec agacement.

— Je ne comprends pas ce type, reprit-il en avançant sur le sol inégal. Si son sang n'a pas bouilli dès qu'il t'a vue, je veux bien être pendu. Depuis le temps, tu aurais dû le mettre à genoux devant toi.

Il s'interrompit et la regarda.

— Tu le veux, n'est-ce pas ?

— Si je ne l'avais pas voulu, il ne m'aurait jamais touchée.

— A-t-il seulement touché ton corps ? Ou bien ton cœur aussi ?

Elle se détourna et baissa les yeux vers le village.

— Vos pouvoirs ne sont pas assez forts pour lire dans mon cœur ?

— Je veux que tu le dises. Au cours de mon existence, j'ai appris le poids et le pouvoir des mots, même si la leçon a été dure.

— Les mots que j'ai à dire sont destinés à Trevor, pas à vous. Je les prononcerai quand je le déciderai, et non à votre demande.

— Par Finn, je savais bien que j'aurais des problèmes avec toi !

Il réfléchit un moment en se frottant le menton. Puis, un sourire rusé sur les lèvres, il leva les bras. L'air frissonna et se rida comme la surface liquide d'une mare dans laquelle on jette un caillou. Des silhouettes apparurent, des ombres s'étendirent, s'élevèrent toujours plus haut et prirent peu à peu couleur et vie. La douce voix de la mer se changea en rugissement, auquel vinrent se greffer des milliers d'autres bruits.

— Regarde ! ordonna Carrick.

Les yeux écarquillés, Darcy vit des immeubles, des rues encaissées, de larges avenues et une foule qui se hâtait sur les trottoirs à l'endroit même où s'était trouvé son village, une minute plus tôt.

— New York.

— Ô mon Dieu ! balbutia-t-elle en reculant, de peur de basculer dans cet univers immense, surpeuplé et merveilleux. Quelle ville !

— Tu pourrais y être chez toi et jouir de ce qu'elle possède de plus beau. Des magasins pleins de trésors...

Des vitrines où étaient disposés bijoux étincelants et vêtements raffinés passèrent devant les yeux de Darcy.

— Des restaurants élégants...

Il fit apparaître des nappes damassées, des fleurs exotiques, des chandelles et l'éclat du vin dans des verres en cristal.

— Des immeubles luxueux...

Darcy vit du bois ciré, des tapis épais, la courbe fluide d'un escalier, une grande fenêtre qui donnait sur des arbres que l'automne teintait de rouge.

— C'est l'appartement de Trevor. Ça pourrait être le tien.

La crainte, l'admiration, le plaisir et le désir se peignirent tour à tour sur le visage de Darcy.

— Il a d'autres maisons. Ses parents ont une propriété dans une région qui s'appelle les Hamptons, une villa au bord de la mer en Italie, un joli pied-à-terre à

Paris et l'hôtel particulier de Londres que tu connais déjà.

Une maison en bois d'un blanc éblouissant, dont la baie vitrée donnait sur une piscine bleue. Une demeure jaune pâle recouverte de tuiles rouges et nichée au pied d'une colline, face à la mer. Un charmant petit immeuble en pierre dans une rue parisienne. L'austère hôtel particulier de Londres. Tous ces bâtiments défilèrent devant les yeux de Darcy et lui donnèrent le vertige.

Puis, en un clin d'œil, ils s'effacèrent, et il ne resta plus qu'Ardmore, blotti douillettement sous la couverture des nuages blancs et gris.

— Tout cela pourrait t'appartenir, car tu fais partie de ces femmes qui n'ont qu'à émettre un souhait pour obtenir ce qu'elles désirent.

— Je n'arrive pas à réfléchir, dit-elle en se laissant tomber par terre. Ça m'a donné mal à la tête, votre truc.

— Que veux-tu, exactement ?

Sans la quitter des yeux, Carrick prit sa bourse et la retourna. Des pierres d'un bleu étincelant se répandirent sur l'herbe.

— Je les ai offertes à Gwen, mais elle s'en est détournée, ainsi que de moi. Les veux-tu ?

Elle secoua la tête, en pleine confusion.

— Il t'a donné un bijou, et tu le portes.

— Je...

Elle caressa son bracelet.

— Oui, mais...

— Il t'a regardée et t'a trouvée belle.

— Je sais.

Les pierres étincelantes lui faisaient mal aux yeux. Et c'était leur éclat aveuglant qui lui donnait envie de pleurer, rien d'autre, se dit-elle.

— La beauté ne dure pas, reprit-elle. S'il n'y a que ça qui le retient, que se passera-t-il lorsqu'elle m'aura quittée ? Ne peut-on m'aimer pour autre chose que pour mon joli visage ?

— Il a entendu ta voix et t'a promis la célébrité, la richesse, et une sorte d'immortalité. Que peut-il y avoir de plus ? De quoi d'autre rêvais-tu ?

— Je ne sais pas.

Elle avait une folle envie de pleurer. Pourquoi les merveilles qu'elle venait d'entrevoir lui donnaient-elles envie de sangloter ?

— Tu as le pouvoir, tu as le choix, et voici un cadeau pour toi.

Il ramassa l'une des pierres et la posa dans la paume de Darcy.

— Avec cette pierre, tu peux faire un vœu. Pas trois comme dans les contes, un seulement. Ton souhait le plus cher repose dans ta main. Si c'est la fortune, tu vivras dans la richesse. Si c'est la beauté, ton joli visage ne se ridera jamais. Si c'est la renommée, le monde entier connaîtra ton nom. Si c'est l'amour, l'homme que tu désires le plus sera à toi, pour l'éternité.

Il recula. Si Darcy n'avait pas eu les yeux pleins de larmes, elle aurait vu la compassion qui adoucissait le regard de Carrick.

— Fais attention, belle Darcy, car tu devras vivre avec ce que tu auras choisi.

Il disparut, et toutes les pierres, à l'exception de celle qu'elle tenait dans la main, se transformèrent en fleurs. Darcy s'aperçut qu'elles recouvraient une tombe dont la stèle portait le nom de John Magee.

Alors, elle posa la tête sur la pierre et pleura.

16

Darcy avait prévu de traverser le pub sans s'arrêter et de monter directement chez elle pour réparer les dégâts causés par ses larmes. Mais Aidan était déjà là et faisait l'inventaire. Il lui jeta un coup d'œil et posa son carnet.

— Qu'est-ce qui t'est arrivé ?

— Rien. J'ai eu une petite crise de larmes, c'est tout.

Elle tenta de le contourner, mais il l'intercepta, la prit dans ses bras et l'embrassa sur le front.

— Allons, chérie, dis-moi ce qui se passe.

L'idée affreuse le traversa que Trevor avait fait du mal à sa sœur, d'une façon ou d'une autre, et qu'il allait être obligé de tuer un homme qui était devenu son ami.

— Arrête, Aidan, tu vas me faire pleurer de nouveau, protesta-t-elle. C'est juste un coup de cafard.

— Je sais que tu es lunatique, Darcy, mais pleurer n'est pas dans tes habitudes. Qu'est-ce qui t'a mise dans cet état ?

— Essentiellement moi-même, je pense.

C'était bon d'être soutenue par quelqu'un qui ne l'avait jamais laissée tomber, songea-t-elle.

— J'ai des tas de choses qui tournent dans ma tête, et il m'a semblé que les larmes étaient le seul moyen d'en faire sortir quelques-unes.

Aidan se prépara au pire.

— Magee n'a rien fait qui...

— Non, il n'a rien fait.

C'était bien le problème. Il n'avait rien fait, à part être l'homme qu'elle aimait.

— Aidan, dis-moi, quand tu es parti voyager, il y a quelques années, et que tu as visité tous ces endroits, c'était merveilleux ?

— Oui, même s'il m'est arrivé de voir des choses affreuses, répondit-il en lui caressant les cheveux. On pourrait dire que j'en avais plein la tête, moi aussi, à l'époque, et que voyager a été ma façon de faire le tri.

— Mais tu es rentré.

Elle s'écarta pour examiner le visage de son frère.

— De tous les endroits que tu as connus, c'est celui-ci que tu as choisi pour revenir y vivre.

— Ici, c'est chez moi, répondit-il en essuyant du pouce une traînée de larme sur la joue de Darcy. À vrai dire, quand je suis parti, je ne pensais pas revenir. Je me disais que j'allais voir le monde et y trouver ma place, alors que, durant mes années d'errance, ma place m'attendait ici, là où ma vie avait commencé. Mais il fallait que je m'en aille pour le découvrir.

— Papa et maman, eux, ils ne rentrent pas.

De nouvelles larmes emplirent ses yeux, alors qu'elle aurait juré les avoir toutes versées.

— Parfois, ils me manquent tellement que c'est insupportable. Ça n'arrive pas tous les jours, mais de temps en temps je me rappelle qu'ils sont à des milliers de kilomètres de nous, et ça me donne un coup au cœur.

Furieuse contre elle-même, elle s'essuya vigoureusement la figure.

— Je sais bien qu'ils sont rentrés pour les mariages et qu'ils viendront voir ton bébé, mais ce n'est pas pareil.

— Non, ce n'est pas pareil. Moi aussi, ils me manquent.

Soulagée de ne pas être la seule, elle hocha la tête.

— Je sais qu'ils sont heureux, reprit-elle, et c'est une consolation. Chaque fois qu'ils téléphonent ou qu'ils écrivent, ils ont des quantités de choses à raconter. Le nouveau pub *Gallagher's* qu'ils ont ouvert à Boston a l'air de leur donner une bouffée de jeunesse.

— Notre entreprise est devenue une compagnie internationale, dit Aidan, ce qui la fit enfin sourire.

— Et le prochain pub, on l'ouvrira en Turquie ou Dieu sait où. Ils sont heureux, là-bas, répéta-t-elle avec un petit soupir. J'irai les voir un jour. Mais si je partais, il se pourrait bien que je ne revienne pas non plus. Or j'ai beau avoir très envie de voir le monde et de faire des tas de choses nouvelles, je ne veux pas perdre ce que j'ai ici.

— Ce n'est pas tant une question de perdre que de changer. Mais pour découvrir les changements qui t'attendent, il faut partir. Tu as la bougeotte depuis que tu tiens toute seule sur tes jambes. J'étais pareil. Shawn, lui, est enraciné ici, et il est satisfait de son sort.

— Quelquefois, je regrette de ne pas être comme lui... Si jamais tu lui racontes que j'ai dit ça, je jurerai que tu mens, s'écria-t-elle en relevant brusquement la tête.

Il lui caressa les cheveux en riant.

— Ah, voilà qui est mieux !

— Il y a autre chose.

Elle glissa la main dans sa poche et toucha la pierre offerte par Carrick.

— J'ai une grave décision à prendre, poursuivit-elle. Dois-je signer le contrat de Trevor et le laisser faire de moi une chanteuse ?

— Tu es déjà une chanteuse.

— Ce qu'il propose est très différent, tu le sais bien.

— C'est vrai. Tu me demandes mon opinion ?

— Oui. Ça m'aidera peut-être à me décider.

— Tu serais formidable. Je ne dis pas ça parce que je suis ton frère. J'ai voyagé et, au cours de mes pérégrinations, j'ai eu l'occasion d'entendre beaucoup de voix. La tienne resplendit, Darcy. Elle a toujours resplendi.

— Je crois que je pourrais y arriver, dit-elle d'un ton rasséréné. De plus, je pense que j'aimerais ça. J'ai besoin du regard des autres, c'est comme de la nourriture, pour moi, ajouta-t-elle avec un éclair malicieux dans l'œil. Le pain et le vin.

— Si tu montes sur scène, tu auras droit à un véritable banquet.

— Sûrement. Trevor m'a réveillée tôt ce matin pour m'emmener discuter avec son copain de Londres, Nigel. Il ne m'a pas fait un dessin rose et doré, et j'ai apprécié. Bâtir une carrière, ça demande du travail.

— Tu sais travailler dur. Et tu sais aussi comment te défiler quand tu en as marre des corvées, ce qui est presque aussi important.

Darcy sentit son fardeau devenir moins lourd.

— Je n'aurais pas à me défiler si tu n'étais pas un tel esclavagiste. J'ai l'impression que Trevor est du même tabac. Il va me harceler, et ça ne me plaira pas toujours.

— Moi, j'ai l'impression que tu as pris ta décision.

— Je suppose que oui.

Elle se sentit soulagée. En revanche, elle n'éprouvait aucune excitation. Mais cela viendrait sans doute plus tard, se dit-elle.

— Tout n'est pas encore très clair dans ma tête, et je ne compte pas en parler à Trevor tout de suite. Je préfère le laisser mariner encore un peu. Cela le poussera peut-être à rendre sa proposition plus attrayante.

— Enfin, je retrouve la Darcy que je connais !

— Marchander, c'est dans le sang des Gallagher... Il y a une dernière chose.

Darcy sortit la pierre de sa poche en retenant sa respiration.

Le hochement de tête d'Aidan exprima plus de résignation que de surprise.

— Je savais que tu serais la troisième, mais je ne voulais pas y penser.

— Pourquoi ?

Il la regarda droit dans les yeux.

— Ma petite fille... murmura-t-il avec amour.

Elle faillit tomber par terre.

— Oh, Aidan, tu vas encore me faire pleurer !

— Non, non, s'il te plaît.

Pour se donner à tous les deux le temps de se remettre, il alla chercher deux bouteilles d'eau et les posa sur le comptoir.

— Tu es allée sur la tombe de Maud ?

— Non, sur la colline de la tour.

Elle s'aperçut soudain qu'elle avait la gorge sèche et but une grande rasade d'eau.

— Quand je suis partie, il y avait un tapis de fleurs sur la tombe de John Magee. L'apparition de Carrick m'a à peine surprise. Enfin, ça m'a fait un coup, quand même.

Sans lâcher la pierre, elle serra le poing sur son cœur.

— C'est étonnant, tu ne trouves pas ? Il a l'air malin, ce Carrick, et hardi. Mais son regard est triste. L'amour est un tel embrouillamini !

— Tu aimes Trevor ?

Darcy baissa brusquement la main, comme si la pierre lui brûlait la poitrine.

— Oui. Ça ne ressemble pas du tout à ce que j'imaginais. Ce n'est ni doux, ni facile. Et je n'ai pas du tout l'impression d'être une reine. Dès la minute où je l'ai aperçu par la fenêtre, j'ai senti quelque chose changer en moi. Pendant un moment, c'était comme s'il n'y avait eu là personne d'autre que lui et moi. À cet instant, j'aurais dû me douter qu'il était déjà trop tard pour faire machine arrière.

Aidan hocha la tête. Lui aussi avait vécu ça.

— Si tu pouvais revenir en arrière, tu le ferais ?

— Je pense que oui. J'arrêterais tout ou je freinerais jusqu'à ce que j'aie repris mon souffle et que ce type me rattrape. Il reste toujours à un pas derrière moi. Exprès. Je le sais, parce que je l'ai fait souvent moi-même. Il me veut, ajouta-t-elle d'un ton songeur.

En voyant Aidan hausser les sourcils, elle s'exclama :

— Oh, ne joue pas au grand frère macho !

— Je suis un homme et je suis ton frère, riposta-t-il, avant de boire de l'eau aussi goulûment qu'elle. Mais vas-y, continue.

— Il y a de la passion entre nous. Heureusement, car sans elle l'amour est ennuyeux. Il y a aussi de la tendresse, mais Trevor s'arrête juste avant… la confiance.

— Il faut que l'un de vous fasse un pas en avant, au lieu de reculer.

— Je veux que ce soit lui, déclara-t-elle en retrouvant son habituel ton arrogant, ce qui inquiéta et amusa Aidan en même temps.

Elle ouvrit les doigts, et la pierre bleue parut palpiter sur sa paume.

— Carrick m'a montré des choses étonnantes. Il a dit que je pouvais les avoir, qu'il me suffisait d'en faire le souhait. La richesse, la renommée, l'amour, la beauté… Quoi que je veuille, je n'ai qu'à le demander. Mais je n'ai droit qu'à un seul vœu.

— Et que veux-tu ?

— Tout

Elle rit, mais sa voix avait un son tremblant qui bouleversa Aidan.

— Je suis égoïste et avide, et je veux tout, insista-t-elle. Pourquoi ne puis-je me satisfaire de plaisirs simples, ordinaires et tranquilles, Aidan ? Pourquoi ne puis-je me contenter de rêves accessibles ?

— Que tu es dure envers toi-même, *mavourneen* ! Plus dure et plus exigeante que n'importe qui d'autre. Il y a des gens qui veulent des choses simples, ordinaires et tranquilles. Ce n'est pas pour ça que ceux qui préfèrent les plaisirs extraordinaires et excitants sont des êtres avides et égoïstes. Les uns ne sont pas meilleurs que les autres.

Darcy hocha lentement la tête et le regarda dans les yeux.

— Ça, c'est une pensée intéressante, dit-elle enfin. Je n'avais jamais vu les choses comme ça.

— Réfléchis-y un peu, dit-il en refermant les doigts de Darcy autour la pierre. Et ne te dépêche pas de faire ton choix.

— Merci du conseil, mais j'y aurais pensé toute seule.

Elle remit la pierre dans sa poche.

— Carrick a beau être pressé, je compte prendre mon temps.

Elle embrassa Aidan sur les deux joues.

— Merci. Merci d'avoir été là au moment où j'en avais besoin.

Durant les jours suivants, Darcy réfléchit plus calmement. Sa conversation avec Aidan l'avait rassurée.

La semaine s'écoula sans que Trevor et elle reparlent du côté « affaires » de leurs relations. C'était un fin négociateur, aussi futé qu'elle. Il faudrait bien que l'un des deux cède un jour, mais une chose était sûre : ce ne serait pas elle.

Le chantier continuait à progresser, et elle en suivait le déroulement avec plus d'intérêt qu'elle ne l'avait imaginé. Un bouleversement se produisait sous sa fenêtre. Un bouleversement monumental né d'un rêve et qui était bien autre chose qu'un simple assemblage de parpaings et de mortier.

Elle prenait plaisir à voir se réaliser le rêve de Trevor et se réjouissait pour lui. Ce qui, supposait-elle, était le propre de l'amour.

Comme Trevor travaillait souvent à l'intérieur du bâtiment, dont le toit était en grande partie posé, elle souffrait de ne plus l'apercevoir. Et elle n'entendait plus sa voix, car le vacarme l'obligeait à garder sa fenêtre fermée.

L'été était là, et les touristes affluaient. Grâce à Dieu, le travail lui permettait de s'occuper l'esprit. Elle comprenait enfin ce que la salle de spectacle allait apporter à Ardmore. Ce n'étaient plus seulement les gens du village et des environs qui en parlaient, mais aussi les visiteurs de passage. Lorsqu'elle s'arrêtait un bref moment durant le service, qu'elle regardait les gens attablés ou accoudés au bar, qu'elle entendait les voix, les cris, les rires, elle se demandait ce que ce serait l'été suivant. Où serait-elle, d'ailleurs, à ce moment-là ?

Trevor et elle aimaient s'éloigner de leur lieu de travail, aussi le rejoignait-elle presque tous les soirs au cottage. Elle s'y rendait à pied chaque fois que le temps le permettait. Elle savourait l'air calme de la nuit, la caresse de la brise et le spectacle des étoiles filantes.

Depuis qu'elle avait compris qu'elle ne passerait pas toute sa vie dans cet environnement, qu'elle ne jouirait pas éternellement de la douceur qui montait de la mer et du bruit incessant des vagues, elle observait ce qui l'entourait avec un œil neuf. Ce qu'elle préférait, c'était le moment où l'ombre des falaises se dessinait dans le clair de lune.

Elle s'arrêtait presque toujours au sommet de la colline de la tour. Lorsque le vent poussait les nuages, le toit conique semblait chanceler au-dessus des stèles, qui demeuraient immobiles.

La tombe de John Magee était toujours fleurie mais, si Carrick était là, il préférait ne pas se montrer.

Elle reprenait ensuite son chemin. La route se rétrécissait, et les lumières d'Ardmore disparaissaient derrière elle. Dans l'air montaient les parfums de la terre et de l'herbe. Enfin, les lumières du cottage de la colline aux fées surgissaient dans la nuit.

Il l'attendait. Et cela, songea-t-elle un soir, c'était merveilleux. Comme toujours, son cœur se fit plus léger, et elle dut s'empêcher de courir vers le portail. Il l'appela à l'instant où elle pénétrait dans la maison.

— Je suis dans la cuisine.

Darcy sourit. La petite femme de retour du travail, et l'homme qui s'affairait dans la cuisine. C'était un peu comme jouer au papa et à la maman, se dit-elle, en essayant d'oublier que ce jeu se terminerait un jour.

Le voir s'activer devant le fourneau l'amusait follement. Il était parfaitement capable de cuisiner, ainsi qu'il l'avait démontré lors de leur premier petit déjeuner. Mais il n'était pas homme à en faire une habitude.

— Tu veux de la soupe ? demanda-t-il en remuant le contenu d'une casserole avec une cuillère en bois. C'est une conserve, mais ça se mange. J'ai été coincé au téléphone toute la soirée, et je n'ai pas dîné.

— Non, merci. J'ai mangé des lasagnes de Shawn, et elles avaient sûrement meilleur goût que ça. Si tu m'avais appelée, je t'en aurais apporté.

— Je n'y ai pas pensé.

Il se retourna pour prendre un bol dans le placard. Un simple coup d'œil à Darcy, et il eut envie de se jeter sur elle.

— Tu arrives plus tard que d'habitude, remarqua-t-il, en s'efforçant de garder un ton désinvolte. Je commençais à me dire que tu ne viendrais pas.

— On a eu plus de monde que d'habitude. Enfin, je ne devrais pas dire « d'habitude », vu qu'il y a eu foule toute la semaine, corrigea-t-elle en faisant jouer ses épaules pour les détendre. Aidan a demandé à Shawn de trouver quelqu'un pour l'aider à la cuisine. Il s'est vexé comme si on remettait en cause sa virilité. Un drame ! Ils se disputaient encore quand je suis partie.

— Aidan aussi aurait besoin d'aide au bar.

— Eh bien, ce n'est pas moi qui le lui dirai. Je sais qu'il réagira comme Shawn, et je ne tiens pas à me faire arracher la tête.

Elle remplit la bouilloire, tandis que Trevor mangeait sa soupe, adossé au plan de travail.

— Je vais me préparer du thé pour te tenir compagnie. Et, tant qu'à faire de manger, peut-être auras-tu envie de ce qu'il y a dans mon sac.

— Qu'est-ce que c'est ?

Trevor posa son bol et plongea les mains dans le sac avec la mine enthousiaste d'un gamin qui cherche à attraper une énorme grenouille dans une mare. Elle éclata de rire.

— Des petits pains ?

— On n'allait pas te laisser dépérir, quand même !

Ravie de la réaction de Trevor, elle mit la bouilloire sur le feu.

— C'est Shawn qui les a faits. La première fournée ne lui a pas plu, sinon tu les aurais eus il y a deux jours. Il a été satisfait de ceux-ci, alors j'espère que tu les trouveras à ton goût.

Bouche bée, Trevor tripotait le petit paquet en regardant Darcy, qui allumait le gaz sous la bouilloire. C'était ridicule, complètement dément, mais quelque chose frémissait en lui. Quelque chose de chaud, de fluide, de délicieux. Tout en espérant que cette sensation allait s'évanouir d'elle-même, il tenta de plaisanter.

— On dirait qu'il y en a une douzaine. Ça fait que je te dois mille deux cents dollars.

L'espace d'une fraction de seconde, le visage de Darcy se vida de toute couleur, puis elle sourit.

— Cent dollars pièce, j'avais oublié. Zut, il va falloir que je partage avec Shawn.

Elle lui tapota la joue, puis sortit le thé du placard.

— Cette fournée-là est gratuite. Je me suis dit que ça te ferait plaisir de retrouver un peu le goût de chez toi.

— Merci, répondit-il d'un ton grave.

Intriguée, Darcy se retourna. Le visage de Trevor était grave, lui aussi, ses lèvres serrées, son regard sombre. Elle haussa les épaules pour masquer son émotion.

— De rien. Ce n'est jamais qu'un peu de pain, après tout.

Non, ce n'était pas qu'un peu de pain. Elle y avait pensé. Elle ne se rendait peut-être pas compte de la portée de ce simple geste, mais elle avait pensé à lui.

Il s'approcha d'elle et posa sa bouche sur la sienne. Ce fut un long baiser très tendre, enivrant. Et cette chose mystérieuse qui avait frémi en lui se mit à enfler de façon stupéfiante.

Dans l'espoir de trouver une explication sur le visage de Darcy, il s'écarta d'un pas. Mais elle avait les yeux embrumés, comme si une épaisse fumée bleue emplissait la pièce.

— Bon... souffla-t-elle.

Elle était en train de perdre pied dans les sables mouvants, et plus rien ne pouvait la sauver.

— J'ai hâte de savoir s'ils sont à ton goût, balbutia-t-elle.

Il la fit taire d'un autre baiser voluptueux et tendre et réalisa qu'elle tremblait. Il l'avait déjà sentie trembler dans ses bras, mais cette fois-ci c'était différent, pour lui comme pour elle. L'attirance violente qui les avait jetés l'un vers l'autre s'était changée en une douce vibration, continue et sincère, et le sang ne se ruait plus dans leurs veines, mais coulait langoureusement.

— Trevor...

Son prénom tournoyait dans sa tête, franchissait ses lèvres sans qu'elle y réfléchisse.

— Trevor...

Il tendit la main derrière elle et éteignit le gaz.

— J'ai envie de faire l'amour avec toi, murmura-t-il en la soulevant dans ses bras.

Elle pressa les lèvres sur son cou. Elle avait l'impression de glisser dans un rêve qui s'était formé au plus profond d'elle-même sans qu'elle le sache. Elle se sentait... aimée.

Tandis qu'il la portait dans l'escalier, une musique s'éleva dans sa tête, un duo très doux de harpe et de flûte. Et lorsqu'il s'arrêta pour la regarder, elle supposa qu'il l'entendait, lui aussi.

La fenêtre de la chambre à coucher était ouverte, et le vent qui faisait voleter les rideaux apportait avec lui les parfums humides et mystérieux de la nuit. La lune inondait la pièce d'une poussière d'argent.

Trevor déposa Darcy sur le lit, puis il alla allumer les chandelles qui n'avaient jamais servi. Leurs flammes vacillantes projetèrent des ombres douces dans la chambre et répandirent un parfum suave. Dans le flacon posé sur la table de chevet, il prit l'une des fleurs qu'elle avait cueillies dans le jardin du cottage et la lui tendit.

Puis il s'assit à côté d'elle et l'installa sur ses genoux. Elle se blottit contre lui, et il se demanda comment ils avaient pu manquer cette étape, pourquoi ils s'étaient hâtés d'atteindre le paroxysme, nuit après nuit, sans savourer le chemin qui y menait.

Cette fois, ils prendraient leur temps, se promit-il.

Lorsqu'il caressa sa joue, elle releva la tête, et sa bouche chercha la sienne. Le temps fila, perdant toute importance, tandis que leurs lèvres refaisaient connaissance. L'amour tapi au fond du cœur de Darcy s'écoulait à travers ce baiser et continuait à monter en elle, comme s'il jaillissait d'un puits inépuisable.

En cet instant, ils découvrirent la tendresse qu'ils avaient rejetée d'un haussement d'épaules, la patience qu'ils avaient oubliée.

Trevor pressa ses lèvres dans le creux de la main de Darcy. Elle avait des mains élégantes, pensa-t-il, à la texture soyeuse. Des mains de princesse élevée dans un château. Non, elles avaient trop de puissance pour une princesse. C'étaient celles d'une reine, décida-t-il en embrassant ses doigts un à un. Puis il caressa des lèvres l'intérieur de son poignet et sentit palpiter le pouls de Darcy.

Le vent s'engouffrait dans la pièce en murmurant son chant mélodieux. Lorsque Trevor allongea Darcy sur le lit, elle caressa doucement son visage et ses cheveux. Ses yeux n'étaient plus embrumés, mais parfaitement clairs.

— Il y a de la magie, ce soir, chuchota-t-elle en l'attirant à elle.

Ils se touchèrent comme si c'était la première fois et qu'il n'y en aurait pas d'autres ensuite. Darcy comprit que, cette nuit au moins, rien n'était artificiel, et elle se livra entièrement à l'amour. À Trevor.

Dans la lueur des chandelles et du clair de lune, chacun s'offrit à l'autre. Il la goûtait, et elle murmurait. Elle le caressait, et il murmurait. Les sons du plaisir s'entrelaçaient. Ils se dévêtirent mutuellement, sans hâte, en savourant le bonheur de redécouvrir le corps de l'autre.

Elle avait une peau plus claire que la sienne, songea Trevor. L'avait-il déjà remarqué ? Avait-il jamais pris le temps de se délecter de sa peau ? Avait-il déjà vu que la passion la teintait de rose ? Et cette saveur délicate, là, sous le sein... Il se dit qu'il pourrait s'en nourrir exclusivement pour le restant de ses jours. Et quand il promena sa langue sur le corps de Darcy et qu'il la sentit frissonner, il en fut convaincu.

Et même lorsque la passion les embrasa et que les halètements laissèrent la place aux gémissements, ils ne se hâtèrent pas. Une longue et douce vague amena Darcy à l'orgasme, et elle se sentit envahie par des sensations distinctes, qui se fondirent ensuite les unes dans les autres.

Puis elle se hissa sur Trevor et caressa tendrement ses muscles puissants, qui frissonnèrent. Avant que l'avidité ne revienne insidieusement leur voler cet instant magnifique, elle étreignit ses mains et le prit en elle. Lentement, doucement, il s'enfonça en elle, et elle l'enserra.

La lumière qui dansait sur la peau de Darcy, dans ses cheveux et dans ses yeux ensorcelait Trevor. Il se souvint du tableau qui la représentait en sirène, le corps tendu comme un arc, ses cheveux éparpillés sur ses épaules en un manteau de soie noire. Elle lui appartenait, à présent, et si elle le lui avait demandé, il l'aurait suivie jusqu'au cœur de la mer.

Elle ferma les yeux et rejeta la tête en arrière. Et lorsqu'elle succomba au plaisir, il sut qu'il n'avait jamais rien vécu d'aussi beau. Le frémissement qui la parcourut se communiqua à lui. Alors, il vint à sa rencontre, l'enveloppa de ses bras, pressa les lèvres dans le creux de sa gorge. Et tandis qu'ils s'étreignaient, ils oublièrent tout le reste et sombrèrent ensemble vers le cœur palpitant de la mer.

Alors qu'elle se sentait glisser dans le sommeil, Darcy referma la main sur le disque en argent qui reposait sur le cœur de Trevor. Sûrement un cadeau de sa mère, se dit-elle. Elle trouvait touchant qu'il le porte.

— Qu'est-il écrit ? demanda-t-elle.

— Amour éternel, dit Trevor après un instant.

Lorsqu'il répondit, elle dormait déjà. Les mots avaient-ils flotté jusque dans son rêve ? se demanda-t-il.

Peu après, il rêva d'une eau bleue dans laquelle étincelaient des rivières de joyaux. Sous la surface, au lieu du silence des profondeurs, un concert de sons mélodieux faisait battre le pouls plus vite et enchantait l'esprit.

Il s'enfonça plus profondément et chercha d'où venait cette musique. Sous ses pieds, le sable doré était jonché de pierres précieuses. On eût dit qu'une main généreuse les avait éparpillées là aussi négligemment que des miettes de pain.

Encadré de tours étincelantes, un palais d'argent apparut dans la lumière bleue, au sein d'un parc fleuri. La musique s'amplifia, et l'appel irrésistible d'une sirène lui parvint.

Il la trouva à côté du palais, assise sur une masse d'un bleu profond qui palpitait comme un cœur. Elle chantait et lui souriait. Ses cheveux noirs comme la nuit voletaient autour d'elle et effleuraient la peau laiteuse de ses seins. Ses yeux rieurs étaient du même bleu que le monticule sur lequel elle était assise.

Dès qu'il la vit, il eut follement envie d'elle, plus même que de vivre. Il ne put s'empêcher d'approcher, car ce désir éperdu lui ôtait toute volonté.

— Darcy...

— Es-tu venu pour moi, Trevor ? demanda-t-elle d'une voix ensorcelante. Que me donneras-tu ?

— Que veux-tu ?

— C'est à toi de le deviner, répondit-elle, sans cesser de rire.

Elle tendit la main pour l'inviter à la rejoindre. Les pierres qui ornaient son bracelet scintillaient comme des flammes.

— Alors, que me donneras-tu ?

Il sentit son pouls s'accélérer.

— D'autres comme celui-ci, dit-il en effleurant le bijou. Autant que tu veux, si c'est ce que tu veux.

Elle agita le bras, ce qui fit étinceler les pierres.

— J'avoue aimer ce genre de chose, mais cela ne me suffit pas. Qu'as-tu d'autre à m'offrir ?

— Je t'emmènerai visiter tous les endroits que tu veux voir.

En guise de réponse, elle fit la moue, ramassa un peigne et entreprit de coiffer ses longs cheveux.

— Qu'as-tu d'autre à me donner ?

— Je peux te rendre riche et célèbre. Je mettrai ce sacré monde à tes pieds, grommela Trevor entre ses dents serrées.

Elle bâilla.

— Des vêtements, ajouta-t-il avec hargne. Des domestiques, des maisons, l'envie et l'admiration de tous ceux qui te verront. Tout ce que tu pourras demander.

— Ce n'est pas assez.

Il remarqua soudain qu'elle avait les yeux pleins de larmes.

— Tu ne comprends pas que ce n'est pas suffisant ?

— Que te faut-il d'autre, bon sang ?

Il tendit les bras pour la secouer et l'obliger à répondre, mais il ne put la toucher, car il trébucha et se retrouva par terre.

La voix qui s'éleva derrière lui n'était pas celle de Darcy, mais celle de Gwen.

— Tant que tu ne le vois pas et que tu ne le donnes pas, rien n'aura lieu.

Il se réveilla brusquement, le cœur battant, le souffle court, comme un homme sur le point de se noyer. Un léger murmure lui parvint encore :

— Regarde ce que tu as déjà. Donne ce que toi seul peux donner.

— Seigneur...

Bouleversé, il sortit du lit. Darcy se blottit sur la place chaude qu'il venait de quitter et continua à dormir.

Il se dirigea vers la salle de bains pour boire un verre d'eau, mais il se ravisa, enfila son jean et descendit. L'horloge de la cuisine indiquait 3 heures du matin. Il soupira, prit la bouteille de whisky et s'en servit une bonne rasade.

Nom de nom, qu'est-ce qui clochait chez lui ?

Question stupide, il le savait parfaitement. Il vida son verre et souffla, la gorge en feu. La réponse, c'était qu'il était amoureux. « Je suis tombé amoureux à cause des petits pains », songea-t-il avec un rire forcé.

Jusque-là, pourtant, il s'était bien débrouillé. L'attirance, l'affection, l'intérêt, le sexe : tout cela, c'était du sûr, du solide, des choses qu'il pouvait maîtriser.

Et il avait suffi de quelques petits pains pour qu'il tombe dans le piège. « Ne te raconte pas d'histoires, Magee, se morigéna-t-il. Dès la première minute, tu étais mal parti. La dernière glissade n'a fait que te prendre par surprise. »

Une sacrée glissade, pour quelqu'un qui se croyait incapable de tomber amoureux. Après s'être efforcé d'aimer Sylvia, après avoir planifié cet amour et s'être lamentablement planté, il s'était dit qu'il était condamné à ne jamais éprouver ce genre d'émotion.

Cela l'avait tracassé, consterné, irrité. Ensuite, il avait accepté son sort en se disant que cela valait probablement mieux, et il avait compensé ce manque en se plongeant dans le travail et en se dévouant à ses parents et à sa sœur.

Il avait tenté de se convaincre que cela lui suffisait. De même qu'il s'était persuadé qu'il pouvait désirer Darcy, la posséder et apprécier sa compagnie sans que cela aille plus loin.

Et voilà que sans l'avoir planifié, sans le moindre effort de sa part, c'était arrivé.

Une partie de lui était ravie. Preuve était faite qu'il n'était pas incapable d'amour. Mais il ne pouvait s'empêcher d'éprouver une certaine crainte face à ce sentiment inconnu.

Il ouvrit la porte de la cuisine et respira à fond l'air frais et humide. Il avait besoin de réfléchir, et il fallait qu'il ait les idées claires.

Cette nuit était magique, avait dit Darcy. Eh bien, elle avait raison, et sans doute la magie hantait-elle ce lieu depuis toujours. À lui de découvrir, maintenant, si aimer Darcy était de la chance ou de la malchance. En tout cas, ce ne serait pas facile, il en était sûr. Mais il n'avait jamais été attiré par les entreprises trop aisées.

Il ne voulait pas vivre, comme ses grands-parents, la solennité froide d'un mariage privé de passion, d'humour et de tendresse. Mais la vie avec Darcy ne risquait pas d'être froide et solennelle.

Il la voulait, et il saurait bien comment la garder, cela ne faisait aucun doute. Il lui suffisait de trouver un moyen de l'appâter.

Le dernier écho de son rêve lui revint à l'esprit : « Donne ce que toi seul peux donner… »

Mais il chassa ce souvenir et referma la porte. Il avait eu son content de magie pour cette nuit.

17

Darcy s'éveilla dans la lumière grise d'une matinée brumeuse. À côté d'elle, la place était vide. Il n'y avait là rien de nouveau, car Trevor était toujours debout avant l'aube. Cet homme était réglé comme un robot.

Elle se retourna en regrettant de ne pouvoir se blottir contre lui. Elle savait que désormais, le sommeil la fuirait, car elle ne cesserait de se demander ce qu'il faisait. Depuis qu'ils étaient devenus amants, ni l'un ni l'autre n'avaient passé une nuit de sommeil correcte. Mais rouler à l'énergie sexuelle avait l'air efficace.

Elle se sentait merveilleusement bien.

Elle se leva pour prendre sa robe de chambre dans la penderie. Petit à petit, elle avait apporté des vêtements au cottage, ainsi que d'autres articles indispensables. Mais ils avaient beau mener une vie quasi conjugale, ils évitaient soigneusement d'en parler, comme s'il s'agissait d'un sujet aussi délicat que la politique ou la religion.

De la même façon, Trevor avait laissé quelques affaires dans l'appartement de Darcy. Ce déménagement d'objets d'un endroit à l'autre et ce mélange de styles de vie s'étaient faits tout naturellement. Aussi naturellement et avec autant de désinvolture que se déroulait leur liaison.

Pourtant, il n'y avait rien eu de désinvolte dans ce qui s'était passé la veille, songea Darcy, tout en se glissant sous la douche et en penchant la tête en arrière. Cela dépassait tout ce qu'elle avait vécu jusqu'alors et tout ce qu'elle avait entendu raconter.

Et Trevor avait sûrement éprouvé la même chose, sinon il ne l'aurait pas caressée de cette façon, il ne se serait pas livré comme il l'avait fait.

Songeuse, elle se savonna lentement, tandis que la vapeur l'enveloppait. Faire l'amour... Avant Trevor, elle n'avait pas compris tout ce que cela signifiait. Faire l'amour, c'était baisser sa garde, s'autoriser à être vulnérable ; c'était rassurant, chaleureux, délicieux ; c'était se montrer à l'autre sans fard.

Enfin, il y avait un homme à qui elle pouvait s'ouvrir complètement, un homme qu'elle pouvait aimer et chérir. Ils vivraient ensemble, iraient où le destin les mènerait, saisiraient ce que la vie leur offrirait et en tireraient le meilleur parti possible. Quoi qu'ils fassent, dans les journées de travail intense ou les nuits sereines, dans la solitude ou la foule bruyante, qu'ils élèvent leurs enfants ou qu'ils bâtissent des maisons, ils seraient ensemble. C'était en marchant à côté de lui qu'elle atteindrait ses objectifs et qu'elle ouvrirait les portes qu'elle avait toujours eu envie de pousser.

C'était possible, songea-t-elle, puisque l'amour ouvrait toutes les portes.

Lorsque Trevor revint à l'étage, le chant joyeux de Darcy l'accueillit et le bouleversa. Posté derrière la porte entrouverte de la salle de bains, il l'aperçut à travers la fente étroite. Il avait passé une partie de la nuit à réfléchir à ce qu'il devait faire. À présent, il était temps d'agir.

Il frappa et entra. Drapée dans une serviette, Darcy s'enduisait d'une crème au parfum d'abricot qui ne manquait jamais de l'émouvoir. Ses boucles mouillées et sauvages lui rappelèrent la sirène du tableau et le rêve qu'il avait fait durant la nuit.

— Je t'ai apporté du thé.

— Oh, c'est gentil, merci !

Les yeux encore rêveurs, elle prit la tasse et sourit.

— Je pensais que tu étais déjà parti travailler. Je suis contente que tu sois là.

Elle lui effleura la bouche d'un baiser délicat, geste qui lui donna aussitôt envie de retourner au lit et de revivre l'expérience de la nuit précédente.

— Je venais te réveiller.

De crainte que le désir ne lui embrume le cerveau aussi efficacement que la buée couvrait les murs de la salle de bains, il ressortit, en laissant la porte ouverte. Elle le suivit dans la chambre, où l'air frais la fit frissonner.

— Et que comptais-tu me faire après m'avoir réveillée ?

Même un homme doté d'un quotient intellectuel inférieur à cinquante aurait compris l'invitation. « Garde le cap », se dit Trevor.

— Je comptais t'emmener en promenade.

— En promenade ?

— Oui, fit-il en s'asseyant sur le lit.

Il ne la toucherait pas, d'accord, mais rien ne lui interdisait de se torturer en la regardant s'habiller.

— De toute façon, tu vas tous les jours au village à pied. Alors, allons nous promener, et ensuite je te déposerai au pub.

Elle était rose et chaude, elle ne portait qu'une serviette, elle sentait bon, et voilà que ce type voulait l'emmener se balader dans le brouillard. Une femme moins sûre d'elle aurait craint d'avoir perdu tout sex-appeal durant la nuit.

— Tu n'as pas de travail ? demanda-t-elle en ouvrant la penderie.

— Mick vient surveiller le chantier. Grâce à lui et à Brenna, je peux me permettre de manquer une heure ou deux.

En fait, il aurait pu manquer des jours, voire des semaines. La raison eût même exigé qu'il regagne New York pour s'occuper de près des affaires en cours là-bas. Mais, tandis qu'il regardait Darcy se glisser dans sa lingerie, il sut qu'il n'irait nulle part dans un avenir proche. Pas seul, en tout cas.

— Ce n'est pas sérieux. Mick O'Toole devrait encore se reposer.

— «J'en ai ma claque d'avoir des bonnes femmes qui me tournent autour jour et nuit», grommela Trevor en imitant le ton écœuré de Mick, ce qui fit sourire Darcy.

— Ce n'est pas une raison.

— Tu veux essayer de l'obliger à rester couché ? Vas-y. Moi, je n'ai pas le courage.

— Bon, du moment qu'il n'en fait pas trop... dit-elle en choisissant un chemisier. Ce n'est pas qu'il soit vieux, mais il n'est plus aussi jeune qu'il l'a été. Et comme c'est un homme, il va vouloir montrer qu'il est aussi en forme qu'avant.

— Cela signifie-t-il que les hommes ont tendance à faire les intéressants ?

— Bien sûr que oui ! s'écria-t-elle.

Elle lui décocha un regard amusé, qui le vexa légèrement.

— De toute façon, Brenna ne le laissera pas se fatiguer. Sans s'agiter comme sa mère et ses sœurs, elle le couve du regard comme une louve surveille ses petits. Je ne crois pas que ça lui déplaise. Les hommes aiment se faire dorloter, même s'ils prennent un air excédé.

— Tu penses peut-être que je l'ignore ? J'ai deux frères, rappelle-toi. On les attire dans la cuisine, on leur propose un bon repas chaud, on les cajole un peu, on s'extasie sur leur beauté, leur force ou leur intelligence, peu importe... La flatterie aussi, ça marche, acheva-t-elle en boutonnant son chemisier.

Son pantalon dans la main, elle se retourna.

— Et puisque tu es un homme, ce dont je peux me porter garante, tu ne veux pas de ce traitement ? Un repas chaud dans la mignonne petite cuisine qui nous attend au rez-de-chaussée, et t'entendre dire que tu es le plus beau, le plus fort, le plus intelligent ?

Le sourire de Darcy faillit faire craquer Trevor. Mais il se rappela à temps qu'il avait des priorités à respecter.

— J'ai mangé un petit pain, répondit-il. Il était délicieux.

— Alors, je suis contente.

Perplexe, mais contente. Elle enfila son pantalon et mit ses chaussures.

— Laisse-moi me coiffer et me maquiller, et je suis à toi.

— Qu'est-ce qu'ils ont, tes cheveux ?

— D'abord, ils sont mouillés.

— Il fait humide, dehors. Ça n'a pas d'importance, répliqua Trevor, gagné par l'impatience.

Il se leva et lui prit la main.

— Si je te laisse entrer dans cette salle de bains, tu n'en sortiras pas avant une heure.

— Trevor ! protesta-t-elle, tandis qu'il l'entraînait dans l'escalier. Je n'ai pas fini de me préparer.

— Tu es très belle, riposta-t-il. Tu es toujours belle.

Il décrocha une veste du portemanteau et la lui jeta sur le dos.

— Pourquoi es-tu aussi pressé ?

Mais elle le suivit. Pour cette fois, et parce qu'il ne s'agissait que d'une petite promenade, elle le laisserait mener la danse. Cela lui semblait être une façon intelligente d'entamer une existence de concessions mutuelles.

Un brouillard peu épais voilait les contours du cottage et les couleurs du jardin et donnait aux collines un aspect mystérieux. Çà et là, des trouées bleues perçaient le gris du ciel. Le silence était tel qu'ils auraient pu se croire seuls au monde. Comme la nuit précédente, songea Darcy en se remémorant la chaleur et l'intimité de leur étreinte.

— Où allons-nous ? demanda-t-elle au bout d'un instant.

— À la fontaine de saint Declan.

Un frémissement la parcourut. Était-ce de la nervosité ou de l'excitation ? Elle l'ignorait.

— Si j'avais su que nous allions sur la tombe de Maud, j'aurais cueilli des fleurs.

— Il y en a toujours.

Des fleurs magiques qu'une puissance surnaturelle maintenait en vie, songea-t-elle. À travers le brouillard qui se dissipait, elle vit apparaître les ruines, qui semblaient les attendre. Elle frissonna.

— Tu as froid ?

— Non, je...

Mais elle ne vit pas d'inconvénient à ce qu'il lâche sa main pour passer un bras autour de ses épaules.

— C'est un drôle d'endroit pour se promener par un matin brumeux.

— Il est trop tôt pour les touristes. Le site est magnifique, et si le brouillard se lève, on aura une vue superbe.

— Il est peut-être trop tôt pour les touristes, mais pas pour les esprits, ajouta Darcy.

Dans un lieu pareil, on ne savait jamais qui dormait sous une touffe d'herbe ou à l'ombre d'une stèle...

— Tu cherches Carrick ? demanda-t-elle.

— Non, répondit-il. Je voulais venir ici avec toi.

Ils passèrent devant la fontaine et les croix celtiques. Les stèles bancales des tombes anciennes se dressaient dans le brouillard. Sur celle de Maud, des fleurs aux couleurs vives se balançaient dans la brise.

— Ils ne cueillent pas ses fleurs.

— Qui ?

— Les gens qui montent ici, dit Trevor. Les touristes, les étudiants et les villageois qui viennent se promener. Ils ne cueillent pas ses fleurs.

— Ce serait un manque de respect.

— Les gens ne sont pas toujours respectueux, mais ici, si.

— C'est une terre sacrée.

Il hocha la tête et s'inclina pour déposer un baiser sur ses cheveux mouillés.

Un frisson la traversa. Ils étaient seuls en ce lieu saint, au lendemain d'une nuit d'amour durant laquelle ils s'étaient découverts l'un l'autre, et il la menait sur la falaise qui surplombait le village et la mer, au milieu du brouillard et de la magie.

Il allait lui dire qu'il l'aimait. La joie la fit trembler légèrement. C'était en ce lieu magique qu'il avait décidé de lui avouer son amour et de la demander en mariage. Qu'y avait-il de plus romantique, de plus adéquat que cet endroit ?

— Le brouillard se lève, murmura-t-il.

Debout sur la crête, ils regardèrent le voile de brume se déchirer doucement et les rayons du soleil répandre une lumière nacrée. À leurs pieds, Ardmore et la mer qui le gardait se découvraient lentement, comme si des mains invisibles tiraient un rideau transparent.

Face à ce spectacle splendide, Darcy sentit les larmes lui monter aux yeux. Oui, Aidan avait raison. Où qu'elle aille, où que Trevor l'emmène, c'était ici qu'elle se sentirait toujours chez elle. L'amour du pays natal l'emplit aussi doucement que la lumière du soleil traversait le brouillard.

— Vu d'ici, c'est merveilleux, dit-elle, aussi joli que l'image d'un livre de contes. Quand je suis en bas, à accomplir jour après jour les tâches quotidiennes, j'oublie combien c'est beau.

Submergée par l'émotion, elle posa la tête sur l'épaule de Trevor.

— Je me demandais pourquoi Maud avait choisi d'être enterrée ici, à l'écart de sa famille et de ses amis. Mais c'est pour ça. Cet endroit était fait pour elle, et elle n'est pas loin de son Johnnie. De toute façon, elle ne l'a jamais été.

— Ce genre d'amour tient du miracle, commenta Trevor.

Et il ferait tout ce qui était en son pouvoir pour en bénéficier à son tour, ajouta-t-il en silence.

— L'amour est toujours un miracle.

« Dis-le, dis-le vite, pour que je puisse te répondre », supplia-t-elle en son for intérieur.

— Les miracles de ce genre semblent abonder dans le coin.

« Voilà, on y vient », se dit-elle, le cœur gonflé de bonheur.

— Ce pays est beau et plein de charme. Mais il y a d'autres endroits au monde tout aussi beaux et intéressants, Darcy.

Elle fronça les sourcils, perplexe, puis sourit de nouveau. Bien sûr, il cherchait à la préparer, à lui expliquer qu'il devait voyager pour son travail, avant de lui demander de l'accompagner.

— J'ai toujours eu envie de voir ces endroits, déclara-t-elle, pour lui faciliter la tâche.

Encore une concession, songea-t-elle, au bord de l'ivresse.

— Je me suis aperçue récemment que le fait que je désire partir ne signifiait pas que je n'appréciais pas ce que j'avais ici, reprit-elle. Partir permet de revenir.

— Tous ces endroits, tu peux les voir.

Il la fit reculer d'un pas, posa les mains sur ses épaules et la regarda intensément.

Il s'apprêtait enfin à lui offrir ce que son cœur désirait, se dit-elle. Le seul homme qu'elle ait jamais aimé allait lui demander sa main alors qu'elle avait les cheveux mouillés et qu'elle n'était même pas maquillée.

Quelle idiote elle faisait ! se dit-elle en souriant de cette pensée frivole. Il l'aimait telle qu'elle était, de toute façon.

— Oh, Trevor...

— Il y aura du travail, mais du travail excitant. Satisfaisant, épanouissant, lucratif.

— Bien sûr, mais je...

La brume romantique se dissipa, comme le brouillard sur la mer, et laissa pénétrer dans son esprit la dernière partie de sa phrase.

— Lucratif ?

— Très. Plus vite tu signeras, plus tôt on pourra se mettre au boulot. Mais c'est à toi de faire le pas décisif, Darcy.

— Le pas décisif...

Prise de vertige, elle porta la main à sa tempe et se détourna. Bon Dieu, comment aurait-elle pu faire un pas, quel qu'il fût, alors qu'elle perdait l'équilibre ?

C'était du contrat qu'il parlait, des affaires, et non d'amour et de mariage. Et elle qui s'était grisée de fantasmes stupides, qui s'était dépouillée de ses défenses ! Seigneur, comment avait-elle pu être aussi naïve ?

Le pire, c'était qu'il ne s'en rendait même pas compte.

— Tu m'as amenée ici pour parler du contrat, c'est ça ?

« Première étape, se disait Trevor. Lui faire signer un contrat qui la ligote solidement à moi. Lui montrer le monde et tout ce qu'elle a toujours désiré. Et, une fois qu'elle y aura goûté, la combler, la couvrir de cadeaux. »

— Je veux que tu obtiennes ce que tu désires. Et je veux t'aider à l'obtenir. Celtic Records construira ta carrière. J'y veillerai personnellement. Je prendrai soin de toi.

— Tu t'occuperas toi-même du package, si je comprends bien.

La gorge nouée par la déception, elle leva les yeux sur lui. Ce qu'elle désirait par-dessus tout se tenait debout devant elle. Le vent lui ébouriffait les cheveux, et son regard froid rebutait toute tentative de baiser ou de caresse.

— Le package, répéta-t-elle. Ainsi, tu y veilleras personnellement ?

— Et à ce que tu sois heureuse, je te le promets.

— À combien estimes-tu mon bonheur ?

— D'abord, à la signature du contrat...

Il énonça un chiffre qui lui aurait coupé le souffle si elle ne s'était pas sentie glacée jusqu'aux os. Un haussement de sourcils fut sa seule réaction.

— Et dans cette somme, si je puis me permettre, quel pourcentage va à mon talent et quel autre à nos nuits ?

Le regard de Trevor se durcit.

— Je ne paie pas les femmes pour coucher avec moi. C'est insultant de dire ça, pour nous deux.

— Tu as raison, admit-elle.

Elle se sentit soudain très faible, accablée par le poids de la douleur.

— Excuse-moi. Je me suis mal exprimée. Mais d'autres le diront. Nigel m'a prévenue.

Il n'y avait pas pensé. Cet oubli prouvait à quel point Darcy lui avait fait perdre la tête.

— Tu es au-dessus de ça. C'est sans importance.

Elle s'écarta et s'approcha de la tombe de Maud, mais ni les fleurs ni la magie du lieu ne lui apportèrent de réconfort.

— C'est facile à dire pour toi, Trevor. Ta position et ton nom te font une armure. Moi, je n'en aurai pas.

— C'est ce qui te retient ? demanda-t-il en la rejoignant. Allons, Darcy, tu as vraiment peur de ce que pourront dire des imbéciles et des jaloux ?

— Je n'en ai pas peur, non, mais j'en suis consciente.

— Les affaires et la vie privée sont deux choses distinctes, affirma-t-il, tout en sachant fort bien qu'il était justement en train de les mélanger. Tu as un don, et je peux t'aider à le mettre en valeur. Ce qui se passe entre nous par ailleurs ne concerne que nous.

— Et si ce qui se passe entre nous commence à faiblir ? Si l'un de nous décide qu'il est temps d'y mettre un point final, qu'arrivera-t-il ?

Il en mourrait. L'idée seule lui déchirait le cœur.

— Ça n'aura pas d'impact sur nos relations professionnelles.

— Peut-être devrait-on établir un contrat séparé qui le préciserait, dit-elle avec sarcasme.

À sa grande surprise, il acquiesça.

— Entendu.

— Bon, eh bien, si c'est comme ça...

Elle soupira et se retourna pour contempler Ardmore une fois de plus. C'était donc ainsi que se faisaient les choses en ce monde. Des contrats, des accords et des négociations raisonnables. Très bien. Elle saurait affronter cela. Elle s'en accommoderait.

Mais qu'il essaie seulement de la laisser tomber en cours de route ! Qu'il essaie, et il retrouverait ses jambes d'un côté de la pièce et le reste de l'autre. Il n'avait encore jamais vu Darcy Gallagher piquer une colère, une vraie.

— Très bien, Magee. Prépare tes papiers, appelle tes avocats, commande ton orchestre, lance les opérations.

Elle pivota sur elle-même et lui fit face, un sourire dur et brillant sur les lèvres.

— Je signerai. Tu l'auras, ta voix. Tu auras tout le foutu package. Et que Dieu te vienne en aide !

« Que Dieu nous vienne en aide à tous les deux ! », ajouta-t-elle en silence.

Une vague de soulagement submergea Trevor. Il avait mis la main sur Darcy, et il n'était pas près de la lâcher.

— Tu ne le regretteras pas.

— J'espère bien.

Son regard était si acéré qu'il aurait pu couper du verre.

— Oh, non, pas ça ! Je ne scelle pas les contrats d'affaires avec des baisers, protesta-t-elle, comme il tendait les bras vers elle.

— Affaire conclue, dit-il en lui serrant solennellement la main.

— Pour le moment.

Et puisqu'il voulait une amante, elle allait lui en donner pour son argent sur ce plan-là aussi.

Elle posa les mains sur les hanches de Trevor, les fit remonter le long de son torse, jusqu'aux épaules, puis se colla contre lui. Provocante, moqueuse, elle mordilla ses lèvres, s'écarta, mordilla de nouveau, jusqu'à ce qu'elle voie le désir et la frustration assombrir son regard.

Alors, elle rejeta la tête en arrière et se laissa étreindre.

Ils se dévorèrent l'un l'autre, sans rien de la tendre patience de la nuit précédente. Ce n'était que passion, avidité et exigences insatiables. L'âme en deuil, Darcy se livrait au plaisir pur.

Il la désirait, et il continuerait à la désirer. Elle y veillerait. Tant qu'elle détiendrait ce pouvoir, il serait son prisonnier.

— Touche-moi, murmura-t-elle en lui mordillant le cou. Caresse-moi.

L'idée choqua Trevor. Le lieu ne se prêtait pas vraiment à ce genre d'activité. Mais la chaleur qui émanait de Darcy l'enivrait et brouillait son cerveau. Ses mains, maladroites et possessives, s'emparèrent des formes somptueuses de la jeune femme.

À la seconde même où, aveuglé par le désir, il s'apprêtait à l'entraîner sur l'herbe avec lui, elle recula. Sa chevelure volait au vent comme une bannière sombre, et le soleil allumait des éclats durs dans ses yeux. Sa beauté d'ordinaire charmeuse avait pris quelque chose d'effrayant.

— Plus tard, dit-elle en lui caressant la joue. Je serai à toi et tu seras à moi.

La fureur lui noua la gorge.

— Tu joues un jeu dangereux, Darcy.

— Mieux vaut qu'il soit dangereux qu'ennuyeux, non ? Tu obtiendras ce que tu veux de moi, Trevor Magee. En ce qui concerne les affaires, je t'ai donné ma parole et, pour le reste, cet avant-goût.

Les nerfs à vif, partagé entre la colère et le désarroi, Trevor demanda :

— Que veux-tu de moi ?

Elle baissa les paupières, de peur qu'il ne décèle son chagrin dans ses yeux.

— Tu le sais, non ? Autrement, tu ne m'aurais pas fait grimper jusqu'ici pour que nous ayons cette petite discussion.

— Je suppose que oui, murmura-t-il.

— Eh bien, tu vois, fit-elle en lui souriant. Bon, on ferait mieux de rentrer. L'heure tourne, et je n'ai même pas eu le temps de boire mon thé.

Tout en marchant, elle lui prit la main et la serra avec une joie feinte. « On va voir si tu es à la hauteur, espèce d'abruti », se dit-elle.

— Tu partageras les petits pains avec moi ? demanda-t-elle d'un ton guilleret.

Il s'obligea à calquer son humeur sur la sienne.

— Peut-être que tu arriveras à me convaincre.

Ni l'un ni l'autre ne jetèrent un regard en arrière. Ils ne virent donc pas l'air se rider, puis se déchirer.

— Pauvres idiots, marmonna Carrick, juché sur la fontaine sacrée. Espèces de bourriques, de crétins aveugles ! C'est bien ma veine d'être coincé avec eux. Ils ne sont qu'à un pas du bonheur, et ils s'enfuient comme si c'était un serpent venimeux.

Il sauta de son perchoir et alla s'asseoir à côté de la tombe de Maud, les jambes croisées.

— Ah, ma pauvre amie, il y a des jours où je me dis que je ne comprendrai jamais les mortels ! Peut-être qu'il ne s'agit que d'une attirance physique et que je me trompe complètement.

L'air accablé, il posa le menton sur son poing.

— Mais non, reprit-il, ils sont amoureux fous l'un de l'autre, ça se voit comme le nez au milieu de la figure. Et c'est bien le problème. Aucun d'eux ne sait comment réagir face à l'amour. Ça les effraie. Ils ont peur de s'abandonner à ce qui leur paraît déraisonnable et de laisser leurs sentiments les guider.

Il poussa un petit soupir, puis, d'un geste de la main, il fit apparaître une pomme dorée, dans laquelle il mordit.

— D'accord, tu vas me dire que j'ai été aussi borné qu'eux, et c'est vrai. Magee a pris le même chemin que moi. Il lui promet ceci, il lui donne cela, il fait le serment de lui offrir le monde, ce qui ne coûte pas grand-chose quand on est riche et puissant. Mais l'essentiel, il ne le lui offre pas. Je n'ai pas été attentif à ce qu'éprouvait ma Gwen, et lui est incapable de lire dans l'âme de Darcy. Ce qu'il prend pour du matérialisme n'est que de la peur.

Sa pomme dans la main, il fit un geste éloquent vers la stèle, comme si la vieille femme se tenait sur la tombe et l'écoutait. Et peut-être s'y trouvait-elle, d'ailleurs.

— Et Darcy n'est pas plus maligne que lui. Elle voudrait qu'il lui offre son cœur, mais pas question de le lui dire ! Sacrées bonnes femmes, qui pourra jamais les comprendre ?

Il soupira et croqua dans sa pomme. Tout à l'heure, il avait bien failli perdre patience et leur tomber dessus. Ils étaient amoureux l'un de l'autre, qu'ils l'admettent et qu'on en finisse !

Mais intervenir lui était interdit. Toutes les décisions leur appartenaient. Sa contribution – il n'aimait pas le mot « ingérence » – ne pouvait qu'être mineure.

Il avait fait ce qu'il pouvait. Après avoir attendu trois siècles, il ne lui restait plus qu'à prendre son mal en patience une fois de plus. Son destin, son bonheur, sa vie même dépendaient de ces deux mortels.

On aurait pu croire qu'après s'être occupé des deux autres couples, il en avait appris assez pour régler rapidement cette dernière histoire. Mais la seule leçon qu'il avait retirée de ces deux premières expériences était que l'amour avait trop de facettes pour qu'on puisse les compter. La force et la faiblesse y étaient intimement mêlées. Mais une chose était sûre : pour aimer et être aimé, il fallait faire preuve de générosité.

Il s'allongea sur l'herbe et évoqua le visage bien-aimé de Gwen.

— Tu me manques terriblement. Je souffre dans mon cœur, dans mon corps et dans ma tête. Je donnerais tout ce qui est en mon pouvoir pour te caresser de nouveau, respirer ton parfum, entendre ta voix. Je te le jure, lorsque tu reviendras enfin à moi, c'est mon amour que je déverserai à tes pieds. Un amour immense et humble à la fois. Et les fleurs qui en naîtront ne périront jamais.

Il ferma les yeux et, las d'avoir tant attendu, s'endormit et disparut.

Lorsque Trevor la déposa au pub, Darcy était épuisée par les efforts qu'elle avait déployés pour se montrer joyeuse, sexy et spirituelle. Mais, décidée à jouer la comédie jusqu'au bout, elle fit le tour du chantier avec lui pour s'extasier sur l'avancement des travaux.

Lorsque, au regard perplexe de Trevor, elle comprit qu'elle poussait un peu dans le style euphorique, elle l'embrassa et battit précipitamment en retraite.

Brenna la rattrapa sur le seuil de la cuisine.

— Que se passe-t-il ?

Les deux amies se connaissaient depuis l'enfance, et chacune lisait dans l'autre à livre ouvert.

— Tu peux monter avec moi ?

Sans attendre la réponse, Darcy se rua dans l'escalier en laissant tomber son air enjoué comme un vêtement emprunté.

— J'ai mal à la tête, grommela-t-elle en se frottant le front.

Brenna sur ses talons, elle se précipita dans la salle de bains, où elle avala deux cachets d'aspirine avec un grand verre d'eau.

Leurs regards se rencontrèrent dans le miroir, et Brenna sut immédiatement que Darcy souffrait.

— Qu'est-ce qu'il a fait ?

— Il m'a offert une fortune, petite selon ses critères, mais considérable selon les miens. Suffisante, en tout cas, pour que je puisse atteindre mes objectifs.

— Et alors ?

— J'ai accepté, répondit-elle, avec une absence d'enthousiasme qui inquiéta Brenna. Et je vais signer le contrat.

— Bravo, Darcy. C'est super, si c'est ce que tu voulais.

— Oui. Je suis sur le point d'obtenir ce à quoi j'ai toujours aspiré. Autrement, je ne signerais pas.

— Alors, je suis contente, et déjà fière de toi, dit Brenna en lui caressant l'épaule. Maintenant, racontemoi ce qui s'est passé.

— Je croyais qu'il allait me demander de l'épouser, qu'il allait me dire qu'il m'aimait et qu'il voulait qu'on reste ensemble jusqu'à la fin de nos jours.

— Je vois, fit Brenna, dont le cœur saignait pour son amie.

— Ce qui est sûr, c'est qu'il n'y voit pas aussi clair que toi. Il n'a aucune idée de ce que j'espérais.

Elle se cramponna au bord du lavabo et inspira lentement et profondément.

— En tout cas, il n'est pas question qu'il me fasse pleurer.

— Allez, viens t'asseoir.

Darcy obéit, tandis que Brenna étreignait sa main avec sympathie.

— Le salaud…

— Merci. Le pire, c'est que c'est en partie ma faute. Je me suis monté la tête. Comme une idiote, je me suis inventé une belle histoire bien romantique.

— Pourquoi ne l'aurais-tu pas fait, puisque tu l'aimes ?

— Oui, je l'aime, le goujat, et il me le paiera cher !

— Qu'est-ce que tu vas faire ?

— Le prendre au piège, bien sûr. L'aveugler de désir, jouer avec lui, l'aguicher, le repousser, lui faire perdre la tête. Tout ce en quoi j'excelle avec les hommes.

— Ça, je ne peux pas le nier, admit Brenna. Mais si tu pars dans cette direction et que tu gagnes la bataille, tu ne seras pas forcément heureuse.

— Je ferai en sorte que si. Beaucoup de relations ont commencé par une simple histoire de sexe. Il n'y a pas si loin du désir à l'amour.

— Tu te trompes, Darcy. Quand l'un n'éprouve que du désir et que l'autre est amoureux, la distance qui les sépare est infinie. Et ça peut faire très mal.

— Je ne peux pas souffrir plus que ce matin. Et j'y ai survécu.

Elle alla se planter devant la fenêtre. À ses pieds, Trevor était en train de bâtir son rêve.

— Je vais prendre le risque. Je peux l'obliger à avoir besoin de moi, à passer du désir à l'amour… Il faut que j'essaie, ajouta-t-elle en se retournant.

— Bien sûr qu'il faut que tu essaies, approuva Brenna.

Ne l'avait-elle pas fait elle-même ?

— Mais, pour le moment, j'ai besoin de me défouler. Shawn va bientôt arriver. Je vais descendre et l'insulter jusqu'à ce que je me sente mieux.

— Dans ce cas, je ferais mieux de me mettre à l'abri et de reprendre le boulot.

18

L'orage menaçait. Venu du nord-est, il campait à proximité du village, telle une armée se préparant à assiéger l'ennemi. Le vent et la pluie crépitante qui formaient son front avancé chassaient les estivants de la plage et glaçaient l'atmosphère. Les villageois regardaient avec inquiétude le ciel tourmenté.

Il y avait longtemps qu'on n'avait pas vu les nuages prendre cette teinte verdâtre, ni senti une telle odeur âcre flotter dans l'air. Ça allait cogner, disait-on, et cogner fort.

Ceux qui avaient déjà connu de pareils phénomènes vérifiaient leurs réserves de bougies, de lampes à huile et de piles électriques. On faisait provision de nourriture, on ordonnait aux enfants de rester près des maisons et on tirait les bateaux au sec. Ardmore se préparait à la bataille.

La porte du pub s'ouvrit violemment, et Jude surgit, le visage rayonnant.

— Ça y est, il est là, annonça-t-elle, dans un murmure essoufflé qui se perdit dans le brouhaha ambiant.

Darcy aperçut soudain sa belle-sœur, les cheveux ruisselants, les joues empourprées, qui serrait un livre sur sa poitrine.

Elle posa brutalement son plateau sur la table de quatre étudiants français. Ceux-ci restèrent bouche bée devant les sandwichs, les salades de chou et les chips qu'ils n'avaient pas commandés et plongèrent le nez dans leurs dictionnaires.

— C'est le livre ? Ton livre ? s'écria Darcy en tendant la main.

— Non, je veux le montrer d'abord à Aidan. C'est lui qui doit le voir en premier.

— Oui, bien sûr. Viens. Laisse-la passer, Jack, tu prends trop de place. Pousse-toi, Sharon, il s'agit d'une question de vie ou de mort.

Darcy ouvrit la route pour Jude, puis la poussa derrière le comptoir. Celle-ci étreignait si fort son livre qu'elle sentait son cœur battre contre la couverture.

— Dépêche-toi, ordonna Darcy. Je meurs d'envie de le voir.

— D'accord, d'accord ! s'exclama Jude. Aidan ?

Son mari posa une pinte sur le comptoir et ramassa la monnaie.

— Bonjour, chérie. Tu n'as pas trouvé de table ?

— Non, je...

— On va t'installer confortablement dans l'arrière-salle mais, dès que tu auras fini de manger, je veux que tu rentres te mettre à l'abri à la maison. L'orage ne va pas tarder à nous tomber dessus... Deux pintes de Smithwick. Ça fera trois livres vingt.

— Aidan, je voudrais te montrer quelque chose.

— Je suis à toi dans une petite minute, chérie. Voilà votre monnaie, quatre-vingts pence.

Finalement, Darcy perdit patience et attrapa Aidan par le bras.

— Regarde-la, espèce de grand babouin.

— Qu'est-ce qui se passe ? Tu ne vois pas que j'ai des clients, là, qui...

Puis il remarqua ce que sa femme serrait contre elle et sourit jusqu'aux oreilles.

— Ton livre !

— Il vient d'arriver. Il sort de l'imprimerie. C'est un vrai livre. Il est magnifique.

— Bien sûr qu'il est magnifique. Tu me le montres ?

— Oui. Je... je ne peux pas bouger.

— Jude Frances, je t'aime, dit-il, d'une voix si tendre que Darcy sentit sa gorge se nouer. Allez, passe-le-moi.

Il desserra doucement ses doigts serrés autour du livre, prit l'ouvrage et examina la photo qui ornait le dos de la couverture.

— Est-ce qu'elle n'est pas belle, ma Jude, avec son regard grave et charmant ?

— Tourne-le, tourne-le, Aidan, supplia Jude, qui aurait dansé sur place si le bébé n'avait pas pesé si lourd. Ce côté-ci n'est pas important.

— Pour moi, si. Tout le monde peut voir comme j'ai bon goût en matière d'épouses.

Il obéit cependant et laissa échapper un « ah » de plaisir. *Les Joyaux du soleil et autres légendes irlandaises* s'étalait sur le haut de la page. Le nom de l'auteur, lui, était écrit en bas. Entre les deux, une illustration aux couleurs vives montrait un homme vêtu d'un costume argenté et une femme aux cheveux clairs qui traversaient le ciel sur un cheval blanc ailé.

— C'est magnifique, murmura-t-il. Jude Frances, c'est très beau.

— C'est vraiment réussi, n'est-ce pas ? fit-elle, sans se soucier des larmes, ô combien justifiées, qui coulaient sur ses joues. Je n'arrête pas de le regarder, de le toucher. Je ne pensais pas que ça me ferait cet effet-là.

— Je suis très fier de toi, dit-il en l'embrassant sur le front. Donne-moi ce volume-ci, que j'en lise chaque mot.

— Commence tout de suite, avec la dédicace.

Aidan ouvrit le livre à la première page.

— Non, va plus loin.

Il tourna la page et commença à lire. Aussitôt, ses yeux s'assombrirent. Sa lecture achevée, il releva la tête et échangea un regard vibrant d'émotion avec Jude, avant de l'embrasser sur la bouche.

— *A ghra*, fit-il en posant la joue sur les cheveux de sa femme. Mon amour.

— Emmène Jude dans l'arrière-salle, lui murmura Darcy. Il ne faut pas qu'elle reste debout trop longtemps. Prends ton temps, je m'occupe du bar.

— Merci. Je l'installe et je lui apporte du thé... Tiens, je te le confie, ajouta-t-il, les yeux humides, en tendant le livre à sa sœur.

Sans plus se soucier des clients, Darcy ouvrit le volume et lut ce qui venait de bouleverser Aidan.

Pour Aidan, qui m'a montré mon propre cœur et m'a donné le sien.

Grâce à lui, j'ai appris qu'il n'y a pas de magie plus puissante que l'amour.

— Je peux voir ?

Les yeux embués de larmes, Darcy découvrit Trevor, accoudé au comptoir. Incapable de parler, elle lui passa le livre et se hâta de préparer deux pintes de Guinness.

— C'est splendide.

— Bien sûr, puisque c'est le livre de Jude.

Sans mot dire, il la rejoignit derrière le bar, posa le volume sur une étagère et lui tendit un mouchoir.

— Merci, fit-elle en s'essuyant les joues.

— Tu es très jolie, quand tu es émue comme ça, remarqua-t-il.

— Peut-être, mais ça ne fait pas avancer le travail. D'ailleurs, c'est à Aidan d'être ému, aujourd'hui. Je prendrai mon tour une autre fois, conclut-elle en enfonçant le mouchoir dans sa poche, juste au cas où elle en aurait encore besoin.

Elle esquissa un pas de danse, puis décocha un sourire éclatant à un client qui s'approchait du comptoir.

— C'est merveilleux, non ? Ma belle-sœur est un écrivain célèbre. Voilà son livre, déclara-t-elle en prenant l'ouvrage sur l'étagère. On le trouvera dans toutes les librairies dans deux semaines. À bon entendeur, salut. En attendant, qu'est-ce que je vous sers ?

— Darcy, tu t'occupes des commandes, ou bien je dois aussi faire le service ? grommela Shawn, qui sortait de la cuisine, un plateau sur les bras.

— Regarde un peu, abruti ! répliqua-t-elle en agitant le livre sous son nez.

— Le livre de Jude !

Il lâcha brutalement le plateau sur le comptoir et attrapa le volume.

— Une tache de graisse dessus, et tu es un homme mort.

— Ça va, je fais attention, répliqua-t-il en manipulant le livre avec des gestes précautionneux. Il faut que Brenna le voie, ajouta-t-il en l'emportant dans la cuisine.

— Seigneur, dans quel état ces deux-là vont-ils nous le rendre ? soupira Darcy.

Elle se retourna et eut la surprise de voir Trevor servir deux pintes.

— Eh bien, le voilà qui joue au barman, maintenant !

— Je remplace Aidan. Toi, sers ces repas avant qu'ils ne refroidissent.

— Tu sais préparer une Guinness ?

— Je l'ai vu faire assez souvent pour me débrouiller.

— Il y en a qui assistent à des opérations du cerveau, mais cela ne veut pas dire qu'ils savent manier le scalpel, rétorqua-t-elle en prenant le plateau. Merci pour ton aide.

— Pas de problème, jeta-t-il.

Travailler au comptoir lui permettrait de la regarder sillonner la salle. Et de réfléchir.

Depuis quelques jours, elle le faisait osciller sur une crête à la fois périlleuse et délicieuse. Au lit, c'était une sirène, et en dehors, une peste. Elle était infatigable, énergique, capricieuse, fascinante. Et cruelle.

Quelque chose s'était brisé depuis la nuit où ils avaient fait l'amour avec lenteur et tendresse. Il ignorait à quel instant cela s'était produit, mais le changement était indéniable. Le regard froid et calculateur de Darcy ne laissait aucun doute là-dessus.

Jamais elle n'avait caché ses ambitions, et il admirait sa franchise, mais la Darcy qu'il venait de voir n'était ni capricieuse ni intéressée. Elle avait versé des larmes de joie sur la réussite de Jude et la fierté de son frère. L'amour qu'elle éprouvait pour sa famille et ses amis la rendait vulnérable et généreuse, deux qualités qu'il appréciait. Et il aurait voulu qu'elle l'aime au point de verser une larme pour lui.

Peut-être était-il temps de passer à l'étape suivante, songea-t-il.

À la fin du service, Aidan partit ramener Jude. Du seuil du pub, Darcy les regarda s'éloigner en voiture.

— Elle est épuisée, dit-elle. C'est l'excitation. Il va la convaincre de s'allonger un instant... Oh, ça commence à souffler !

Elle ferma les yeux et savoura les gifles du vent sur son visage.

— La tempête va nous tomber dessus avant la nuit. Tu as intérêt à fermer les écoutilles, Magee.

— Je vais bientôt rentrer. J'ai du travail à terminer. Mets-toi à l'abri, tu vas te faire tremper.

— C'est agréable de respirer un peu d'air frais, après la foule qu'on a eue aujourd'hui, dit-elle en fermant la porte, qu'elle verrouilla. Je te parie cinq livres qu'on travaillera aux chandelles, ce soir.

— C'est un pari idiot, et je ne suis pas idiot.

— Dommage, je n'aurais pas craché sur cinq livres de plus.

Elle commença à débarrasser les tables.

— Ça va être plein à craquer, ce soir. Les gens aiment bien se rassembler quand les éléments se déchaînent. Reviens, si tu peux. On fera sûrement de la musique pour calmer les esprits.

— Je viendrai. Tu peux t'arrêter un instant ? Je voudrais te parler.

— Si tu insistes...

Elle s'assit sur une table et posa les pieds sur une chaise.

— Des jours comme celui-ci, on aimerait avoir trois bras et autant de pieds.

— Tu as hâte de servir ta dernière pinte ?

« Pas autant que je l'aurais cru », songea Darcy. Elle acquiesça cependant.

— Chaque fois que je décrocherai le téléphone pour appeler le service d'étage, je lèverai mon verre au chemin parcouru depuis le *Gallagher's*.

Il était temps de faire monter les enchères et de jouer la carte suivante, se dit Trevor en s'asseyant en face d'elle.

— On devait me faxer le brouillon de ton contrat aujourd'hui. J'espère le trouver en arrivant au cottage.

Un mélange d'excitation et d'angoisse fit se nouer l'estomac de Darcy.

— Eh bien, ils n'ont pas perdu de temps.

— La plus grande partie est standard. Il faudra que tu le lises en entier et que tu le montres à ton avocat… ou à un juriste quelconque, ajouta-t-il en se rappelant qu'en Europe, tout le monde n'avait pas systématiquement un avocat. Si tu as des questions à poser ou si tu veux modifier quelque chose, on en discutera.

— D'accord.

— Il faut que j'aille passer deux jours à New York, annonça-t-il sans préambule.

Darcy sentit ses jambes devenir toutes molles et se félicita d'être assise.

— Ah, bon ? Tu ne me l'avais pas dit.

— Je te le dis maintenant, répliqua Trevor, qui venait de prendre cette décision. Tu veux venir avec moi ?

Oui, décidément, elle avait bien fait de s'asseoir.

— T'accompagner à New York ?

— Tu pourras signer ton contrat là-bas. Et ensuite on fêtera ça.

Il en profiterait pour la présenter à sa famille, lui montrer sa maison, lui donner un avant-goût de ce qu'il pouvait lui offrir.

— Le travail ne nous prendra pas longtemps. Je te ferai visiter la ville.

Rien ne pourrait me faire plus plaisir, crois-moi… Trevor et New York, la joie d'être avec l'homme qu'elle aimait dans la ville de ses rêves…

— Alors, je vais tout organiser.

— Je ne peux pas, Trevor.

— Pourquoi ?

— La saison d'été bat son plein. Tu as vu le boulot qu'il y a au pub ? On n'est déjà pas assez nombreux pour faire face. Je ne peux pas laisser tomber Aidan et Shawn. Ce ne serait pas correct.

Zut ! Était-ce vraiment le moment d'avoir des scrupules ?

— Tu peux trouver quelqu'un pour te remplacer. Il ne s'agit que de quelques jours.

— Cela ne résoudrait qu'une partie du problème. J'ai beau en avoir très envie, je ne peux pas partir maintenant. Jude doit accoucher d'un jour à l'autre. Elle a besoin de sa famille, et Aidan aussi. Je ne vais pas les lâcher en fichant le camp maintenant.

— Je pensais qu'elle en avait encore pour une semaine.

— Ah, les hommes... fit-elle avec un petit sourire. Les bébés arrivent quand bon leur semble, et les premiers sont les plus capricieux, à ce qu'on m'a dit. Si je ratais ça, je ne me le pardonnerais jamais.

— On prendra le Concorde, ça réduira à quasiment rien le temps du trajet.

Le Concorde... Darcy se leva pour aller chercher une bouteille de *ginger ale* derrière le comptoir. S'envoler, comme une star de cinéma, pour le lieu qui vous passe par la tête, quand l'envie vous en prend, et arriver presque avant d'être parti...

Doux Jésus, qu'elle aimerait cela ! Et il le savait bien, le salaud !

— Désolée, je ne peux pas.

Trevor devait admettre qu'elle avait raison, mais il était déçu.

— Je regrette, fit-il. Ça tombe mal.

— Je t'assure que j'aurais vraiment aimé t'accompagner. Un voyage en Concorde et une visite éclair de New York... À n'importe quel autre moment, je serais déjà en train de faire ma valise.

Et, quel qu'en eût été le prix, elle aurait su se montrer joyeuse et décontractée, coller au modèle de la jeune femme sophistiquée, jouer le rôle qu'il attendait d'elle.

— Quand pars-tu ?

— Où ça ? demanda-t-il, éberlué.

Il n'avait jamais eu l'intention d'y aller sans elle. « Tu t'es pris à ton propre piège, Magee », se dit-il en buvant avidement une grande gorgée d'eau.

— Je vais d'abord te montrer le projet de ton contrat et, s'il te convient, je ferai préparer le texte définitif. Je ne resterai pas plus de deux jours à New York, et je rapporterai les papiers avec moi.

— Voilà qui est efficace.

— Oui. Efficace, c'est mon deuxième prénom, répliqua-t-il avec un petit rire sans joie.

— Préviens-moi quand tu auras fixé le jour et l'heure de ton départ. Je te dirai au revoir de telle façon que tu seras rassasié jusqu'à ton retour.

Cette fille ne suit pas les règles, se disait Trevor, maussade.

Il s'était installé dans son bureau, mais il ne parvenait pas à travailler. Les yeux perdus dans le ciel orageux, il ruminait.

Pourquoi ne lui avait-elle pas demandé de retarder son départ de quelques jours ? Ou même de quelques semaines ? Cela lui aurait donné une excellente occasion de céder, de montrer qu'il était prêt à faire des concessions pour elle.

Et pourquoi diable n'avait-il pas réfléchi avant de lancer son invitation ? N'importe quel imbécile aurait compris qu'elle ne pouvait pas s'absenter à cette période de l'année. Décidément, l'amour rendait stupide. C'en était pathétique.

Pourquoi n'avait-il pas été plus direct ? Il aurait été plus simple, et plus efficace, de lui dire qu'il voulait l'emmener passer quelques jours à New York, et pas seulement pour affaires. Cette façon de procéder aurait donné à sa proposition un sens complètement différent. En annonçant dès le début qu'il partait, il s'était enfermé dans son propre piège.

Il ne lui restait plus qu'à y aller sans elle ou à s'expliquer, ce qu'il n'était certainement pas prêt à faire.

Le tonnerre gronda comme un éclat de rire sinistre au milieu des hurlements du vent et du crépitement de la pluie, qui dansait une gigue frénétique contre la fenêtre.

L'ennui, c'était qu'il ne savait pas quelle carte abattre, maintenant. Jusque-là, il avait toujours réussi à trouver le chemin le plus rapide d'un problème à sa solution. Jamais il n'avait buté sur un mur qu'il ne puisse escalader, enfoncer ou contourner.

Eh bien, pas question que ça commence !

Il allait laisser le problème reposer, et la solution s'imposerait d'elle-même. La meilleure façon d'y parvenir était de se concentrer sur autre chose.

Il commença par les fax arrivés durant la journée. Comme il avait déjà lu le contrat proposé à Darcy, il le rangea dans une chemise. Une chose était claire : cette femme était une vraie trouvaille pour Celtic Records. Mais dans cette aventure, tout le monde trouverait son compte, Darcy comme la société.

Il fallait absolument que ses parents entendent sa voix. Le plus simple était de l'enregistrer sur une cassette avant d'aller à New York. Cela ferait office de présentation partielle de la femme qu'il aimait.

Il lui apporterait le contrat au pub dès qu'il aurait réglé les affaires urgentes. Il l'étudierait avec elle et répondrait à ses questions, car elle en aurait sûrement. Ensuite, il lui dirait qu'il avait besoin de l'enregistrer sur une cassette.

Satisfait de ses nouvelles résolutions, Trevor rangea les fax et se lança dans le reste de la paperasserie.

Il songea à descendre pour faire du café et se trouver quelque chose à avaler, mais l'envie lui passa rapidement. Manger seul l'ennuyait, désormais. Pire, l'idée de travailler lui répugnait. Il n'avait qu'une envie : courir se mêler à la foule du pub et voir Darcy.

Au lieu de quoi, sans tenir compte de l'orage, il ouvrit ses e-mails. Vu le temps, éteindre l'ordinateur eût été plus prudent, mais il fallait qu'il fasse quelque chose, n'importe quoi, pour s'occuper et s'empêcher d'aller au pub.

Il éprouva une satisfaction perverse à imaginer Darcy en train de guetter la porte, en se demandant s'il allait la franchir. C'était idiot, bien sûr, mais tant pis !

Selon son habitude, il répondit en premier aux e-mails professionnels. Il imprima ou sauvegarda ce qui méritait d'être conservé, puis se consacra à son courrier personnel.

Un e-mail de sa mère le fit enfin sourire.

Tu n'appelles pas, tu n'écris pas. Enfin, pas souvent. J'ai réussi à convaincre ton père que nous avions besoin d'un petit voyage. En Irlande. Cela ne m'a pas demandé beaucoup d'efforts, en fait. Tu lui manques autant qu'à moi, et je crois qu'il a envie, comme toi, de retrouver ses racines. J'espère que les travaux avancent bien – à vrai dire, sous ta direction, je n'en doute pas.

Sans me le dire, ton père a déjà commencé à s'organiser. Je fais la même chose. Si tout va bien, nous arriverons le mois prochain. Je te préviendrai dès que j'en saurai plus.

Je pense que tu vas bien, puisque tu ne nous as pas dit le contraire, et je suppose que tu es très occupé, comme toujours. Mais garde un peu de temps pour toi. Avant ton départ, tu travaillais beaucoup trop, comme pour te punir de ton attitude envers Sylvia.

Je vois d'ici ton air irrité, je n'en dirai donc pas plus sur ce sujet... Pardon, je vais te dire encore une chose : prends des vacances, Trevor. Personne, pas même toi, ne pourrait soutenir le rythme que tu t'imposes.

Bon, j'ai fini. Je t'aime. Prépare-toi à une invasion.

Maman.

Est-ce qu'il avait l'air irrité ? Il étudia son reflet dans la fenêtre et songea que oui, probablement. Il trouvait à la fois agaçant et réconfortant que sa mère le comprenne aussi bien.

Pour la faire rire, il écrivit :

Chère enquiquineuse, très chère enquiquineuse,

Dépêche-toi d'arriver pour pouvoir m'enquiquiner de vive voix. Ça me manque.

Oui, les travaux avancent selon le rythme prévu, bien qu'on ait dû arrêter de bonne heure aujourd'hui. Il y a un orage terrible, et il va falloir que j'éteigne dans une minute.

Je pense que tu seras heureuse d'apprendre que j'ai choisi le nom de la salle de spectacle. Elle s'appellera Duachais. *C'est du gaélique. Enfin, tu le sais probablement déjà, mais j'ai dû consulter un dictionnaire pour vérifier l'orthographe. Ce terme désigne les racines et les traditions d'un lieu. Une femme très intelligente m'a expliqué que c'était ce que je cherchais à mettre en valeur en construisant ce bâtiment. Elle avait raison.*

Bien sûr, un nom pareil va donner des cauchemars aux publicitaires.

Ne t'inquiète pas, je me garde du temps pour moi. De toute façon, ici, on n'a pas le choix. Dès qu'on ouvre les yeux, on est happé par la beauté du paysage, et ce spectacle vous fait perdre la notion du temps…

Je m'apprête à faire signer à Darcy Gallagher un contrat d'enregistrement avec Celtic Records. Elle a un talent étonnant. Attends un peu de l'entendre. Donne-moi un an, et sa voix, son nom, son visage seront partout. Elle a une allure extraordinaire. Elle a aussi de l'ambition, de l'énergie, du tempérament, de la finesse et du charme. Elle n'a rien de la petite Irlandaise timide. Je suis sûr que tu l'aimeras.

Je suis amoureux d'elle. Est-ce normal que je me sente idiot ?

Il s'arrêta et relut la dernière ligne. L'aveu lui avait échappé. Il secoua la tête et commença à l'effacer.

Une violente lumière bleue jaillit soudain et inonda la pièce. Le tonnerre éclata en un fracas assourdissant. Une fraction de seconde plus tard, les lumières s'éteignirent.

— Merde ! marmonna-t-il.

L'ordinateur était sûrement grillé. C'était sa faute, il aurait dû se méfier.

Comme l'écran restait aussi noir que le reste du monde, il en conclut que la batterie de secours était hors service. Il jura de nouveau et chercha à tâtons la lampe torche qu'il avait placée à côté de l'appareil.

Il appuya sur le bouton. En vain. Que se passait-il ? se demanda-t-il en secouant la lampe avec irritation. Par mesure de prudence, il avait fait un essai avant de se mettre au travail, et elle fonctionnait parfaitement.

Plus ennuyé qu'inquiet, il se leva et se dirigea prudemment vers la petite table sur laquelle se trouvaient un bougeoir et une boîte d'allumettes.

Un nouvel éclair le fit sursauter, et les allumettes se répandirent sur le sol.

— Reprends-toi, murmura-t-il, d'une voix peu convaincue qui le mit mal à l'aise. Ce n'est ni ton premier orage, ni ta première panne de courant.

Mais, ce soir, il y avait quelque chose de... différent, comme si ce vent, ces éclairs, cette pluie le prenaient pour cible.

Ridicule ! se dit-il en grattant une allumette. La petite flamme lui rendit un peu d'assurance. Il alluma la mèche de la bougie et, soulagé, souleva le bougeoir pour y voir un peu mieux.

Lorsqu'un éclair éclaboussa de nouveau la pièce de sa lumière électrique, il la vit.

— Carrick pique une colère.

Il tressaillit violemment, et la flamme vacilla dans sa main. Un peu plus, et il laissait tomber la chandelle et mettait le feu au cottage.

— Les orages rendent souvent les gens nerveux, remarqua Gwen avec un gentil sourire. Il n'y a pas de quoi avoir honte. Il sait très bien quel effet il produit et, en ce moment, il s'autorise un petit accès de colère.

— Ça me paraît un peu excessif, dit Trevor en posant le bougeoir.

— Il est du genre à s'emporter, mon Carrick. Mais c'est parce qu'il souffre, Trevor. L'attente use l'âme, et quand on en voit presque le bout, c'est encore plus dur. Puis-je vous poser une question personnelle ?

Il hocha la tête. Cette conversation avec un fantôme, au beau milieu d'une nuit déchirée par l'orage, avait une allure étrangement banale.

— Pourquoi pas ?

— Je ne voudrais pas vous offenser, mais je ne comprends pas ce qui vous empêche d'ouvrir votre cœur à la femme que vous aimez.

— Ce n'est pas aussi simple que ça.

— Je sais que c'est ce que vous pensez.

Bien qu'elle gardât les mains tranquillement croisées devant elle, sa voix était tendue.

— Je voudrais savoir pourquoi ça n'est pas aussi simple.

— Avant de construire quelque chose, il faut établir les fondations. Sinon, on court à l'échec.

— Des fondations ? répéta-t-elle, perplexe. Que voulez-vous dire, exactement ?

— Dans le cas de Darcy, il s'agit de lui montrer le genre de vie qu'elle pourrait mener.

— Vous parlez d'argent, de luxe, de choses merveilleuses ?

— Oui, c'est ça. Une fois qu'elle aura vu...

Il s'interrompit, sérieusement inquiet, cette fois, car le sol s'était mis à osciller sous ses pieds.

— Excusez-moi. Moi aussi, j'ai mon petit caractère, s'écria Gwen en levant une main.

Sans baisser la main, elle ferma brièvement les yeux, puis les rouvrit. Son regard brûlait de colère. Stupéfait, Trevor resta cloué sur place.

— Carrick m'a offert exactement la même chose : des joyaux, des richesses, un palais, l'immortalité... Vous ne voyez donc pas quelle erreur c'était ? Une erreur qui nous a coûté trois fois cent ans !

— Darcy n'est pas comme vous.

— Allons, Trevor, ne soyez pas si buté. Comment se fait-il que vous soyez tous les deux aussi aveugles ?

Elle baissa sa main.

— En tout cas, il y a encore du travail pour cette nuit. Il faut que vous descendiez au village, on a besoin de vous là-bas.

— Darcy ? s'écria-t-il, pris de panique. Elle a eu un accident ?

— Non, non, elle va bien. Mais on a besoin de vous. Cette nuit verra des merveilles, Trevor Magee. Et vous avez un rôle à y jouer.

Il n'hésita pas. Dès qu'elle eut disparu, il saisit la chandelle, dévala l'escalier et sortit dans la tempête.

19

Dehors, la colère de Carrick se déchaînait. Le vent giflait et mordait. La pluie battait les vêtements de Trevor et piquait les parties exposées de sa peau comme autant d'aiguilles de verre. Des grêlons bombardaient l'herbe, écrasaient les fleurs et transformaient le sol en patinoire.

Un éclair déchira le ciel, et le tonnerre retentit aussitôt avec un grondement fracassant.

Lorsque Trevor arriva à sa voiture, il était déjà trempé et essoufflé.

La partie rationnelle de son cerveau protesta vivement. S'aventurer sur les routes dans ces conditions était suicidaire. Il aurait été plus raisonnable d'attendre la fin de l'orage au lieu de se livrer à ses crocs acérés. Mais il tournait déjà la clé de contact.

Le vent hurlait comme un damné et déchiquetait les haies, dont les fleurs et les feuilles voletaient comme des insectes. On eût dit que la tempête était munie de poings et de doigts. Lorsque les rais de lumière des phares transpercèrent le mur de pluie, Trevor contempla avec ahurissement le spectacle des éléments déchaînés. La voiture se hasarda sur la route, qui se transforma rapidement en fossé boueux. Dans un virage, le ciel explosa, et le zigzag d'un éclair aveugla Trevor. Le grondement du tonnerre suivit aussitôt.

Et, à travers ce vacarme, il crut entendre l'écho désespéré des pleurs d'une femme.

Il appuya sur l'accélérateur, prit le virage suivant sans ralentir et faillit faire une embardée. Enfin, les lumières d'Ardmore apparurent au loin.

Toutes les maisons étaient munies de chandelles et de lampes à pétrole. Certains bâtiments, dont le pub, possédaient même des groupes électrogènes. Darcy était au sec et en sécurité. Il n'avait aucune raison de conduire comme un fou. Tout allait bien.

L'appréhension qui l'habitait ne le quitta pas pour autant. Les mains cramponnées au volant, il dérapa dans le virage situé au pied de la tour ronde, et la voiture s'arrêta.

— Merde, qu'est-ce qui se passe ?

Il tourna frénétiquement la clé en pompant sur l'accélérateur, mais n'obtint qu'un petit déclic moqueur. Tout en jurant, il ouvrit d'un grand coup la boîte à gants et en sortit une lampe électrique. Celle-ci, au moins, fonctionnait.

Lorsqu'il sortit de la voiture, une violente rafale faillit le jeter à terre. Il se courba quasiment en deux pour lutter contre le vent et décida de gagner du temps en coupant par le vieux cimetière. Giflé par la pluie et les grêlons, il parvint à la grille et dut peser dessus de tout son corps pour l'ouvrir.

Ses pieds s'enfonçaient dans le terrain boueux, et il ne pouvait courir. Les stèles pointaient comme des dents au-dessus de la couche de brouillard qui, curieusement, restait cantonné à l'espace du cimetière.

Encore un tour de Carrick, pensa Trevor, furieux. Ce maudit prince des fées faisait tout ce qu'il pouvait pour lui mettre des bâtons dans les roues.

Un éclair inonda soudain d'une lumière bleue la tombe de John Magee.

Des fleurs ? Hors d'haleine, Trevor s'arrêta dans une glissade pour regarder le parterre fleuri. Tout autour, l'herbe était couchée et aplatie par la tempête, mais ces fragiles pétales étaient indemnes. Le vent ne faisait que les caresser, et le brouillard ne les atteignait pas.

Toujours la magie... Il se tourna vers la mer, dont les vagues se dressaient en murs couronnés d'écume qui roulaient et s'écrasaient avec fracas. La magie n'était pas toujours synonyme de jolies fleurs et de délicates pierres précieuses, songea-t-il. Ce soir, elle s'abandonnait au courroux.

Il se détourna de la tombe et repartit au petit trot.

Il dérapa dans la pente et se cogna violemment contre le tronc d'un arbre sorti de nulle part. La douleur embrasa son épaule, et sa chair se mit à palpiter à l'unisson de son cœur. À plusieurs reprises, il perdit l'équilibre et faillit basculer sur la route en contrebas.

Une fois arrivé sur le sol plus dur du sentier, il s'élança. Au détour du virage, le pub apparut, ses fenêtres éclairées d'une lumière chaude et accueillante.

Les poumons en feu, il accéléra encore. Soudain, quelque chose le poussa à lever les yeux. Un murmure, perceptible malgré le vent ? Des pleurs, plutôt. La silhouette d'une femme se dessinait derrière l'une des fenêtres de la maison des Gallagher. Ses cheveux clairs brillaient dans le noir, et ses yeux verts le regardaient.

Ce n'était pas normal, se dit-il. Mais aussitôt la femme disparut, et il ne resta plus qu'une lumière ténue derrière la vitre.

Il se passait quelque chose de grave. Sans cesser de lutter contre le vent, il poursuivit son chemin jusqu'à la grande maison. Il poussa la porte, et le vent et la pluie s'engouffrèrent avec lui dans le vestibule. Il s'apprêtait à appeler quand il aperçut Jude, assise en haut des marches. Son visage était blanc comme un linge, ses cheveux emmêlés et sa chemise de nuit trempée de sueur.

— Merci, mon Dieu. Oh, merci, mon Dieu ! Je n'arrivais pas à descendre.

Un cri étouffé lui échappa, tandis qu'elle portait les mains à son ventre.

— Le bébé, le bébé, il arrive, souffla-t-elle.

Trevor s'obligea à refouler sa panique. Rapidement, il la rejoignit et lui tendit la main. Elle l'étreignit si brutalement qu'il crut sentir ses os se briser.

— Respire. Inspire, souffle. Encore ! Regarde-moi et respire.

— Oui, oui.

Les yeux rivés à ceux de Trevor, Jude sentait la contraction la déchirer.

— Mon Dieu, il est énorme !

— Je sais, je sais, chérie. Continue à respirer. La douleur va s'atténuer.

— Oui, ça passe, mais... je ne m'attendais pas... C'est venu si vite.

Comme l'horrible sensation s'estompait, elle soupira de soulagement et repoussa ses cheveux d'une main tremblante.

— J'étais en train de prendre mon thé au lit. Je l'avais promis à Aidan. Et voilà que l'électricité a sauté, et ça a commencé d'un seul coup.

— Il y a une voiture, ici, non ? Je vais t'emmener à l'hôpital. Tout va bien se passer.

— Trevor, c'est trop tard, je n'y arriverai pas.

La panique revint le chatouiller, mais il l'envoya au diable avant qu'elle n'ait eu le temps de s'installer en lui.

— D'habitude, cette histoire prend un certain temps. Combien de minutes y a-t-il entre les contractions ?

— Je n'ai pas compté entre les dernières. Le téléphone ne marche pas. Je n'ai pas pu appeler le médecin. J'ai pensé que si j'arrivais à descendre... mais je n'y suis pas arrivée. Et maintenant, les contractions sont de plus en plus rapprochées et de plus en plus douloureuses.

— Tu as perdu les eaux ? demanda Trevor, en s'efforçant de parler d'un ton posé.

— Oui. Normalement, ça aurait dû arriver moins vite. Dans tous mes cours, dans tous les livres, on dit que ça dure des heures, au moins la première fois. Va chercher Aidan. S'il te plaît, va... Ô mon Dieu, ça recommence.

Durant la contraction, il lui tint la main et lui parla d'une voix calme, tout en réfléchissant à toute vitesse.

Les contractions étaient beaucoup trop rapprochées, trop violentes. Il avait assisté aux trois accouchements de sa sœur, et il savait que Jude avait raison. Elle n'aurait jamais le temps d'arriver à l'hôpital.

— Je vais t'aider à te recoucher. Mets tes mains autour de mon cou. Comme ça.

— J'ai besoin d'Aidan, gémit Jude d'une voix pleine de sanglots.

— Je sais, je vais aller le chercher. Reste calme, Jude. Cramponne-toi.

Il la déposa sur son lit et jeta un coup d'œil rapide autour de lui. Elle avait réussi à allumer plusieurs bougies. Il faudrait s'en contenter.

— Quand la prochaine contraction arrivera, inspire et souffle très rapidement sans t'arrêter. Je reviens tout de suite.

— Ça va aller.

Elle appuya la tête sur les coussins qu'il avait remontés derrière elle. Oui, ça irait. Il le fallait.

— Autrefois, les femmes accouchaient sans docteurs ni hôpitaux, remarqua-t-elle en s'efforçant de sourire. Seulement, nom de nom, aucune d'elles n'était moi. Dépêche-toi.

Trevor essaya d'oublier son air effrayé et de ne pas penser au nombre de contractions qu'elle allait subir, couchée toute seule dans ce lit, avec des bougies pour toute lumière. Non, il ne devait pas penser à tout ce qui pouvait aller de travers.

Il se précipita dehors. Le vent avait tourné et le poussait dans le dos, comme pour l'inciter à se hâter. Malgré tout, il eut l'impression de parcourir des kilomètres avant que sa main ne tourne la poignée de la porte du pub.

Il fit irruption dans la chaleur, la musique et les rires.

Darcy se tourna vers lui, radieuse.

— Regardez ce que la tempête nous amène !

Elle s'interrompit et écarquilla les yeux.

— Que s'est-il passé ? Tu es blessé ?

Il secoua la tête, s'agrippa à son épaule et se tourna vers Aidan, debout derrière le bar.

— C'est Jude.

— Jude ?

Jamais Trevor n'avait vu le sang déserter aussi vite un visage.

— Que se passe-t-il ? s'écria Aidan en se ruant dans la salle.

— Le bébé est en train d'arriver. En ce moment.

— Appelez le docteur ! cria Aidan, qui fut dehors avant d'avoir achevé sa phrase.

— Le bébé est en train d'arriver, répéta Trevor à l'intention de Darcy. On n'a pas le temps de prévenir le médecin, et de toute façon le téléphone ne marche pas.

— Ô mon Dieu… fit Darcy, livide.

Elle se reprit aussitôt.

— Dépêchons-nous, alors. Jack, occupe-toi du bar. Que quelqu'un avertisse Shawn et Brenna ! Tim, tu peux aller chercher Mollie O'Toole ? Elle saura ce qu'il faut faire.

Oubliant sa veste dans sa précipitation, elle se rua sous la pluie.

— Comment l'as-tu trouvée ?

Elle était obligée de crier pour couvrir les hurlements du vent et le fracas des vagues qui se brisaient sur la grève.

— Quand je suis arrivé au village, la maison était plongée dans le noir. J'ai pensé que quelque chose n'allait pas.

— Ô mon Dieu… Elle, comment va-t-elle ? Elle tient le coup ?

— Elle était toute seule.

Trevor savait qu'il n'oublierait jamais l'expression de Jude lorsqu'il l'avait trouvée sur l'escalier, ni son air paniqué quand il avait dû l'abandonner.

— Elle est terrorisée, reprit-il. Elle a mal.

La peur glaça le dos de Darcy.

— Elle est solide, notre Jude Frances. Elle va y arriver. Quant à nous, il faut juste qu'on réfléchisse à ce qu'on doit faire.

Elle se précipita dans la maison, tout en repoussant les cheveux que la pluie avait plaqués sur son visage.

— Tu n'es pas obligé de monter. Ça risque d'être difficilement supportable, pour un homme.

— J'y vais.

Assise sur le lit, Jude haletait, les mains cramponnées à celles d'Aidan. Celui-ci avait le regard hagard, mais il psalmodiait d'une voix apaisante :

— Voilà, chérie, c'est parfait. C'est presque fini, maintenant. Presque fini.

Elle se laissa retomber en arrière, la figure trempée de sueur.

— Elles sont de plus en plus fortes.

— Elle est en train d'accoucher ! s'écria Aidan.

Il se releva, sans lâcher la main de Jude.

— Elle dit qu'elle va accoucher ici. Ce n'est pas possible. Je lui ai dit, mais elle ne veut pas m'écouter.

— Bien sûr qu'elle peut accoucher ici, dit Darcy d'une voix enjouée.

Si Aidan cédait à la panique, se disait-elle, qui allait les tirer d'affaire ? Pourtant, elle reprit son couplet optimiste.

— Accoucher à la maison, c'est ce qu'il y a de plus confortable. Ça redevient à la mode, paraît-il. Et tu as bien choisi ta nuit, Jude Frances, pour mettre au monde un petit Gallagher. Une nuit sauvage.

Tout en parlant, elle essuyait le visage de Jude avec un coin du drap. Que faire ? Qu'était-elle censée faire ? Seigneur, elle n'arrivait pas à penser. Mais si, voyons, il fallait qu'elle pense !

— Tu as suivi un nombre phénoménal de cours de préparation à l'accouchement. Dis-nous ce que nous devons faire en premier pour t'aider.

— Je ne sais pas. Ce n'est pas censé se produire comme ça. Seigneur, que j'ai soif...

— Je vais te chercher de l'eau.

— De la glace, intervint Trevor. On peut lui donner des glaçons. Aidan, elle serait probablement plus à l'aise si tu t'installais dans le lit derrière elle pour soutenir son dos. Assise, elle sera mieux. Je le sais, j'ai assisté aux trois accouchements de ma sœur.

Bien sûr, les circonstances étaient très différentes. Sa sœur avait accouché dans une superbe salle de travail, soutenue par son mari et entourée d'un médecin et d'une sage-femme.

— Eh bien, voilà, s'écria Darcy avec un grand sourire. Nous avons un homme expérimenté avec nous. Juste ce qu'il nous fallait. Je vais te chercher une serviette humide, chérie, et quelques glaçons.

Jude se remit à haleter et battit l'air de la main pour attraper le bras de Darcy.

— Il arrive !

— Non, non, attends ! dit Trevor.

La bataille à mener exigeait qu'on établisse un plan, un ordre des priorités. Pas de précipitation ! s'exhorta-t-il en repoussant le drap et en s'efforçant de faire le vide dans sa tête.

— Ne pousse pas encore, Jude, reprit-il. Inspire, souffle, inspire... À toi, Aidan.

— C'est ça, chérie, souffle, fit celui-ci, qui se mit à masser le ventre dur comme du bois de son épouse. Tiens bon et respire à petits coups, tu vas surfer sur la douleur.

— Surfer, tu parles !

Lorsque la contraction atteignit son pic, elle leva le bras et agrippa une poignée de cheveux d'Aidan, dont les yeux faillirent sortir de leurs orbites.

— Qu'est-ce que tu en sais, crétin ?

— Tu peux trouver mieux, intervint Darcy, qui craignait de voir les ongles de Jude percer son bras jusqu'à l'os. Il existe des noms bien plus jolis à donner à son mari dans un moment pareil.

— Idiot, crétin, gorille, salaud ! cria Jude, lorsque la douleur fut à son comble.

— Vas-y, continue, chérie, trouves-en d'autres, murmura-t-il, sans cesser de la masser. Tout ça, et pire encore. Là, là, ça passe. Maintenant, si tu pouvais me lâcher les cheveux et me laisser ceux que tu n'as pas encore arrachés...

— Ne perdons pas de temps, dit Trevor. Il y a des tas de choses à faire.

La porte d'entrée claqua, et des pieds ébranlèrent l'escalier. Ouf, voilà de l'aide, se dit-il en voyant Shawn et Brenna entrer dans la chambre.

— Shawn, fais du feu, ordonna-t-il. Brenna, descends chercher de la glace, prépare des petits glaçons que Jude puisse mâcher. Trouve de bons ciseaux bien affûtés et de la ficelle. Darcy, il faut des draps et des serviettes propres.

Tout le monde se dispersa.

— Je vais me laver, dit-il à Jude. Ma sœur aimait écouter de la musique pendant l'accouchement, elle disait que ça la soulageait.

— On comptait justement en faire, ce soir.

— Chante, dit Trevor à Aidan, avant de sortir de la pièce.

Ils travaillèrent efficacement et rapidement. Dix minutes plus tard, un bon feu crépitait et remplissait la pièce de lumière et de chaleur. Dehors, la tempête hurlait sauvagement, mais dans la chambre, des voix chantaient.

Appuyée sur Aidan, Jude essayait de reprendre son souffle. Elle ne pensait qu'à cet enfant si décidé à naître. Alors, sa pudeur, elle s'en moquait pas mal. Que Trevor reste agenouillé entre ses genoux écartés ne la gênait pas le moins du monde.

— Il faut que je pousse. J'ai besoin de pousser.

— Attends une minute, que je me prépare... Bon. Quand je te dirai « stop », cesse de pousser, pour que je puisse faire pivoter la tête et les épaules du bébé.

Cette manœuvre, effectuée sous ses yeux par l'obstétricien de sa sœur, l'avait fasciné. Pourquoi n'y arriverait-il pas ? Il n'y avait aucune raison.

— OK. À la prochaine contraction, pousse, et quand je dis « stop », respire.

Il essuya son front trempé de sueur sur son avant-bras et prit une profonde inspiration.

— Ça y est, il faut...

— Pousse !

Au même instant, un éclair jeta dans la pièce un million de joyaux scintillants. Et, à la grande surprise de Trevor, le bébé jaillit comme une balle et atterrit dans ses mains. Sans perdre une seconde, l'enfant se mit à crier.

— Ça alors ! s'exclama-t-il, en regardant bêtement la petite vie furieuse qui gigotait dans ses mains. Elle était vraiment pressée. C'est une fille, ajouta-t-il en levant les yeux.

Il croisa le regard de Darcy et, pour la troisième fois depuis qu'il la connaissait, il la vit pleurer.

— Jude, balbutia Aidan en posant la joue sur les cheveux de sa femme. Regarde-la. Regarde comme elle est belle.

— Je voudrais...

Les mots s'étranglèrent dans sa gorge, aussi Jude se contenta-t-elle de tendre les bras. Lorsque Trevor posa le bébé sur son ventre et qu'elle put enfin toucher sa fille, elle se mit à rire.

— Elle est parfaite. N'est-ce pas qu'elle est parfaite ? Elle a déjà des cheveux. Regardez-la. De si jolis cheveux noirs.

— Et une bonne voix, remarqua Shawn, en s'approchant pour déposer un baiser sur la joue de la jeune mère. Elle a ton nez, Jude Frances.

— Tu trouves ? Oui, peut-être, fit-elle en tendant les lèvres vers celles d'Aidan. Merci.

Bouleversé, il ne put que marmonner le prénom de sa femme.

— Comment allez-vous l'appeler ? demanda Darcy, qui tamponnait le visage de Jude avec la serviette humide.

Son émotion était telle qu'elle aurait voulu s'écrouler sur le lit, rire et pleurer à la fois. Mais ce serait pour plus tard.

— Quel prénom avez-vous choisi ?

— Elle s'appelle Ailish.

Jude cessa de compter et recompter les doigts minuscules et parfaits de sa fille et regarda Trevor.

— Comment s'appelle ta mère ?

— Pardon ?

Il n'avait pas bougé depuis la seconde où le bébé avait atterri dans ses mains, et il dut secouer la tête pour s'éclaircir les idées.

— Ma mère ? Carolyn.

— Eh bien, cette petite fille va s'appeler Ailish Carolyn Gallagher. Et vous serez tous ses parrains et marraines.

Ils mirent un certain temps à s'apercevoir que la tempête s'était tue.

Lorsqu'il descendit l'escalier, ses jambes flageolèrent. C'était étrange. Il débordait d'énergie et se sentait capable de courir quinze kilomètres sans être essoufflé, mais il avait les jambes en coton.

Brenna, qui s'affairait avec Shawn dans la cuisine, lui versa un verre de whisky. Sans un mot, il le prit et le but cul sec.

— Eh bien, bravo, mais maintenant tu vas devoir en boire un deuxième, dit Brenna en le resservant d'une main généreuse. On va trinquer à la santé d'Ailish Carolyn Gallagher.

— Quelle nuit !

— Ça, tu l'as dit, fit Shawn en lui décochant une bourrade. Dieu te bénisse, Trevor, tu as été un vrai champion.

— Je ne voudrais pas vexer Trevor, mais moi, je donnerais la palme à Jude, déclara Brenna. Si je suis à moitié aussi courageuse qu'elle quand mon tour viendra, je serai contente.

Comme il levait son verre, Trevor remarqua le regard radieux qu'échangeaient les deux jeunes gens.

— Tu es enceinte ?

— On venait de l'annoncer au pub quand tu es arrivé, et c'est pour ça que j'ai du thé dans mon verre à la place du whisky. Mais ne t'inquiète pas, c'est pour février et, à part la décoration, les travaux seront finis.

— Tu devrais mettre notre enfant au monde à la maison, Brenna. C'est charmant.

— Très bien, on fera ça. Dès que tu sauras accoucher.

— En tout cas, félicitations, dit Trevor en trinquant de nouveau avec les futurs parents. Mais, sois gentille, Brenna, essaie de ne pas accoucher aussi vite que ta belle-sœur. Mener à bien une telle aventure en moins de deux heures, c'est un peu trop éprouvant pour les nerfs.

— La fin de l'aventure a été merveilleuse. Tu as fait du bon boulot.

— Ça, c'est sûr, approuva Shawn. Allons au pub répandre la bonne nouvelle. Si tu es d'attaque, viens fêter ça avec nous, Trevor. Je te promets qu'au *Gallagher's*, tu ne paieras plus un seul verre de ta vie.

Sur ce, Shawn le prit par les épaules et lui plaqua un baiser enthousiaste sur les lèvres. Trevor en resta sans voix.

— Que Dieu te bénisse ! Viens, Brenna.

Une fois seul dans la cuisine, Trevor se mit à rire.

— Que de gaieté, cette nuit ! remarqua Darcy en entrant.

— Shawn vient de m'embrasser sur la bouche.

— Pas question que je me laisse doubler par mon propre frère.

Elle se rua sur lui, ce qui le fit chanceler, et l'embrassa avec ferveur.

— Voilà, ça devrait faire l'affaire.

Puis son regard perdit toute malice et s'emplit de tendresse.

— Tu es un héros, dit-elle en lui caressant la joue. Ne proteste pas. On aurait peut-être pu s'en tirer sans toi, mais Dieu sait comment. Je préfère ne pas y penser.

— Tu n'as pas perdu la tête une seconde.

— J'avais envie de hurler.

— Moi aussi.

— C'est vrai ? demanda-t-elle, surprise. Tu avais l'air tellement compétent et calme... Tu as tout pris en charge, comme si tu accouchais des femmes tous les samedis à titre de passe-temps.

— J'étais terrifié.

— Alors, tu mérites encore plus le titre de héros.

— Ce n'était pas de l'héroïsme, c'était de la terreur toute crue, avoua-t-il. Pour ma sœur, c'était très différent. Tout ce que j'avais à faire, c'était d'être là, lui tenir la main, l'écouter injurier mon beau-frère, et parfois respirer en même temps qu'elle. Et il y avait un toubib, une sage-femme, des moniteurs et des... enfin, plein d'appareils. Là, c'était... Seigneur, c'était primitif. Fantastique.

Il termina son whisky et reprit :

— Rien ne s'est passé comme prévu. La tempête qui se déchaîne, l'électricité qui saute, Jude qui fait son travail à toute vitesse. Non, rien ne s'est passé normalement. Et pourtant tout a été parfait, comme si on nous avait envoyé ces difficultés en sachant qu'on pourrait les résoudre.

— Et nous étions tous là, dans cette maison, autour d'elle, ajouta Darcy en posant la main sur son bras. Oui, c'était parfait. J'ai l'impression d'avoir participé à un miracle, cette nuit. Le bébé, notre Ailish, elle a l'air en bonne santé, tu ne trouves pas ?

— Elle va très bien, ne t'inquiète pas.

— Tu as raison, bien sûr. Elle a braillé à peine sortie, et elle est déjà en train de téter. Que demander de plus ? Buvons à notre parfait petit miracle.

Trevor baissa les yeux sur la bouteille de whisky.

— J'ai déjà bu deux fois, avec Brenna et Shawn.

— Et alors ? demanda-t-elle en prenant un autre verre.

— Rien. Je ne sais plus à quoi je pensais. À notre miracle, alors. À la dernière des Gallagher.

— *Slainthe.*

Elle porta le verre à ses lèvres, rejeta la tête en arrière et le vida d'une lampée, ce qui obligea Trevor à en faire autant.

— Je vais préparer du thé pour la jeune accouchée et ranger un peu. Tu vas au pub ?

— Je vais t'attendre.

— C'est gentil.

Elle se retournait pour brancher la bouilloire lorsqu'elle remarqua que la théière était pleine et chaude.

— On dirait que Shawn m'a devancée pour le thé comme pour le baiser. Assieds-toi et détends-toi, suggéra-t-elle en disposant des tasses sur un plateau.

— Miracle ou pas, mettre au monde un bébé est un travail épuisant.

— Tu parles !

Comme Darcy quittait la pièce, il hésita à s'asseoir. N'aurait-il pas dû monter voir si Jude et le bébé n'avaient pas besoin d'autre chose ? D'ailleurs, il avait toujours cette grande vague d'énergie à dépenser. Pas question de rester assis à ne rien faire.

À cet instant, il entendit la porte d'entrée s'ouvrir, puis la voix de Darcy qui accueillait Mollie O'Toole.

« Merci, mon Dieu », pensa Trevor qui, pour la première fois de sa vie, était ravi de passer les commandes à quelqu'un d'autre. Il déambula dans la cuisine, regarda un instant par la fenêtre, et il s'apprêtait à chercher le café et à s'en préparer quelques tasses lorsque Aidan entra.

— Et voilà l'homme du jour !

Cette fois, Trevor se tenait sur ses gardes, mais il n'évita pas le baiser chaleureux.

— Et de trois, marmonna-t-il. Je commence à m'y habituer… Comment va Jude ?

— Elle est en pleine forme. Assise dans son lit, jolie comme tout, elle boit du thé pendant que Darcy câline le bébé.

— Darcy ?

— Elle m'a fichu à la porte, dit Aidan en sortant un autre verre. Elle m'a dit qu'il fallait que je descende et que je boive un coup comme tout jeune père doit le faire, pour la laisser jouir de son privilège de tata et commencer à gâter le bébé.

— Tata? répéta Trevor qui, malgré ses efforts, ne parvenait pas à se représenter Darcy en « tata ».

— Mollie O'Toole s'affaire, et elle a promis de passer la nuit ici. Elle et Darcy ont déjà habillé Ailish d'une petite chemise de nuit bordée de dentelles. Elle a l'air...

Il s'interrompit et s'appuya au plan de travail.

— Seigneur, Seigneur! Quel effet ça fait! J'en ai l'âme toute secouée, je te le jure. Je ne me rendais pas compte qu'il me restait encore des choses nouvelles à ressentir. Je ne me serais jamais cru capable d'aimer quelqu'un comme ça, en un battement de cœur. Elle n'a même pas une heure, et je serais déjà prêt à tuer pour elle, à mourir pour elle. Quand je pense que j'aurais pu être privé d'elles, de Jude et d'Ailish, si le destin ne m'avait pas ouvert la porte...

Pétrifié, Trevor ne trouva rien à répondre.

— Je te serai redevable toute ma vie pour ce que tu as fait cette nuit, reprit Aidan.

— Mais non.

— Mais si. Un jour, si Dieu te bénit en te donnant un enfant, tu comprendras l'étendue de ma dette envers toi.

Aidan se détourna. Un mot de plus, et il allait plonger cet homme dans un embarras dont il ne se remettrait pas.

— Les Irlandais sont des sentimentaux, dit-il en guise d'excuse. Buvons un coup tous les deux, pour que je retrouve mon aplomb.

S'il continuait à porter des toasts à ce rythme, se dit Trevor, il allait vite se retrouver par terre. Il leva cependant son verre avec Aidan et but à la santé de la jeune mère, puis à celle de l'enfant.

Lorsque Aidan remonta et que Darcy redescendit, il la contempla d'un œil admiratif à travers le brouillard épais et ambré du Jameson.

Il suffit à Darcy d'un seul coup d'œil à son visage, son sourire béat, ses cheveux ébouriffés comme ceux d'un jeune garçon pour comprendre la situation. Le voir dans cet état lui donna envie de le cajoler aussi tendrement qu'elle venait de cajoler sa nièce. Elle s'approcha de lui et lui tapota la joue.

— On dirait que tu es parti pour être fin soûl, chéri.

— D'habitude, je ne bois jamais plus de deux verres.

— C'est une règle très sage, qui ne demande qu'à être rompue par une nuit pareille.

— Ça n'aurait pas été gentil de refuser de trinquer à la santé du bébé.

— Impardonnable.

— On porte un dernier toast ? demanda-t-il avec espoir, ce qui la fit pouffer de rire.

— Allons d'abord au pub. Ensuite, on verra. Allez, debout. Appuie-toi sur moi.

— Je n'ai pas besoin d'aide.

Vaguement vexé, il écarta sa chaise de la table. Dès qu'il fut debout, la pièce se mit à tourner lentement devant lui.

— Ouh là là... fit-il en tendant la main. Ça va, ça va... Il me faut juste le temps de retrouver mon équilibre.

— Préviens-moi quand tu l'auras retrouvé.

En remarquant que la bouteille était presque vide, elle fronça les sourcils. Elle ne s'était pas rendu compte de la quantité qu'à eux tous ils lui avaient fait ingurgiter.

— Pour un héros, on t'a vraiment maltraité, dit-elle en passant un bras autour de la taille de Trevor. On va aller au pub et te trouver quelque chose à manger. Je suis sûre que tu seras content d'avoir un bon plat chaud dans le ventre.

— Toi. Je t'ai déjà en moi, dans ma tête. Et partout, bordel de merde. Aidan m'a embrassé, alors c'est ton tour.

— Oui, oui, attends un peu.

Cramponnés l'un à l'autre, ils traversèrent le vestibule cahin-caha.

— Allons voir le bébé. J'adore les bébés, marmonna-t-il en essayant de mettre le cap sur l'escalier.

Darcy le maintint fermement en direction de la porte d'entrée.

— Tu aimes les bébés ?

Ça, c'était une révélation.

— On ira la voir demain matin. Ailish est en train de dormir comme un ange, et Dieu sait que Jude a besoin de se reposer.

Elle réussit à ouvrir la porte et à lui faire franchir le seuil. Une vague d'air frais les accueillit.

— Ah, quelle nuit !

— Je te préviens, si tu tombes par terre, je te laisse là, menaça-t-elle, tout en resserrant sa prise autour de lui.

— Je ne vais pas tomber. Je me sens très bien.

Toutes les étoiles étaient de sortie, des milliers et des milliers d'étoiles qui étincelaient, clignotaient et scintillaient sur un ciel d'encre. À croire qu'il n'y avait jamais eu d'orage.

— Écoute, on entend la musique du pub, dit-il en s'arrêtant. Qu'est-ce que c'est que cette chanson ? Je la connais.

Il réfléchit intensément, jusqu'à ce que la mémoire lui revienne. Puis, à la surprise de Darcy, il se mit à chanter.

Caressée par la brise qui montait de la mer, baignée dans la lumière des étoiles, elle entonna la seconde voix.

— « Ses yeux brillaient comme des diamants / On aurait dit la reine du pays / Et ses cheveux tombaient sur ses épaules / Attachés par un ruban de velours noir. »

Il lui sourit et s'écarta pour pouvoir la prendre dans ses bras.

— Cette chanson me fait toujours penser à toi.

— Je prends ça pour un compliment. Je ne savais pas que tu savais chanter, Trevor Magee, ni que tu avais une voix aussi belle et forte. Quelles autres surprises me réserves-tu ?

— Attends un peu, tu verras.

Elle se tortilla pour se libérer et le faire avancer.

— J'y compte bien, dit-elle en riant.

20

L'essentiel de ses souvenirs se réduisait à un brouillard épais dans lequel il reconnaissait parfois un visage ou une voix. Il avait perdu le compte du nombre de pintes qu'on lui avait fourrées dans la main, ainsi que celui des claques qu'on lui avait données dans le dos. Il se rappelait aussi qu'on l'avait embrassé à maintes reprises.

Beaucoup avaient laissé couler une larme. Il avait mortellement peur d'avoir été l'un d'eux.

On avait chanté, et il était à peu près sûr d'avoir effectué un solo. On avait dansé, aussi, et il se souvenait vaguement d'avoir tournoyé sur la piste dans les bras de son chef électricien, un homme aux bras musclés et tatoués. À un moment donné, il lui semblait bien qu'il avait fait un discours.

Darcy l'avait extirpé du chaos et emmené à la cuisine, où elle lui avait fait manger de la soupe à la becquée. À moins qu'elle ne lui ait plongé la figure dans le bol, il ne se souvenait plus très bien.

Ce dont il était sûr, c'était qu'il s'était bagarré avec elle pour la faire s'allonger par terre, ce qui n'était pas une mauvaise idée en soi, sauf que Shawn était présent et qu'il avait perdu le combat contre une femme qui pesait vingt-cinq kilos de moins que lui.

Seigneur, quelle cuite !

Attention, il n'était pas un bleu. Il s'était déjà enivré auparavant. Il avait fréquenté l'université, bon sang, et il était tout à fait capable de se bourrer la gueule et de faire la fête, s'il le voulait. Mais là, il ne s'était pas rendu compte de ce qui lui arrivait, et ce qu'il se rappelait de son comportement l'ennuyait.

Par contre, il y avait un truc qui était parfaitement clair. Clair comme du cristal de Waterford.

Darcy l'avait emmené au lit tandis qu'il titubait et chantait une version horriblement larmoyante de *Rose of Tralee*, au milieu de laquelle il s'était arrêté pour expliquer que la fille de la cousine d'une tante de sa mère avait été élue Rose de Chicago dans les années 1980.

Une fois couché, il lui avait fait une proposition d'une telle obscénité que n'importe quelle autre femme l'aurait viré dans l'escalier à coups de pied aux fesses. Mais Darcy s'était contentée de rire et avait déclaré que les hommes dans son état n'étaient pas du tout aussi bons qu'ils le pensaient et qu'il ferait mieux de dormir.

Il s'était exécuté, ce qui lui avait probablement évité l'humiliation de tourner de l'œil.

Mais, à présent, il était bien réveillé, et il se trouvait dans l'obscurité complète, avec la moitié du sable de la baie d'Ardmore dans la bouche et toute la troupe d'une comédie musicale en train de caracoler dans sa tête.

Il n'aspirait qu'à l'inconscience. Comme son vœu ne s'exauçait pas, il envisagea de couper cette foutue tête et de la laisser à côté de lui, le temps qu'elle guérisse, pendant que le reste de son corps dormirait. Mais, pour ça, il fallait trouver une scie, pas vrai ?

Un tube d'aspirine, voilà la solution, se dit-il en se redressant. Il grimaça à chaque centimètre gagné, mais il ravala ses gémissements et parvint à s'asseoir sur le bord du lit.

Les yeux bouffis, il regarda le cadran lumineux du réveil. 3 h 45. Puis, avec précaution, il tourna la tête et vit que Darcy dormait paisiblement.

Dans sa bouche, le goût amer du ressentiment se mélangea à celui du sable. Comment est-ce qu'une femme pouvait dormir quand un homme était en train de mourir à côté d'elle ? N'avait-elle donc aucune sensibilité, aucune pitié ? Et surtout, pas de gueule de bois ? Il faillit la secouer un bon coup, histoire de ne pas être le seul à souffrir.

À peine fut-il debout que la chambre se mit à tournoyer. Puis son estomac se révolta, et le reste de son corps déclencha une mutinerie générale.

Plus jamais, se jura-t-il. Plus jamais il ne prendrait de cuite. Même s'il devait accoucher des triplés au cours d'une tempête. Le souvenir de la petite vie qui gigotait et hurlait dans ses mains lui donna envie de sourire, mais ce fut en grimaçant qu'il tituba vers la salle de bains.

Machinalement, il appuya sur l'interrupteur. Un gémissement se fit entendre. Le sien, hélas, dut-il admettre. Aveuglé, il s'empressa d'éteindre et s'adossa au mur pour reprendre son souffle.

— Trevor ? fit la voix de Darcy, qui posa une main douce sur son bras. Ça va ?

— Super, merci. Et toi ?

Les mots étaient sortis péniblement de sa gorge, qui semblait tapissée de papier de verre.

— Mon pauvre chéri… Enfin, si tu n'avais pas mal aux cheveux après la soirée d'hier, tu ne serais pas un être humain. Viens, recouche-toi et laisse-moi te soigner.

Sa gentillesse ne fit qu'exacerber la mauvaise humeur de Trevor.

— Toi et ta bande de sadiques, vous m'avez déjà bien arrangé, ça suffit.

— Oh, c'était terrible ! J'ai tellement honte.

Il lui aurait volontiers décoché un regard assassin, mais ce n'était pas le genre de mouvement qu'il pouvait faire sans risque.

— Tu rigoles ?

— Bien sûr que je rigole, dit-elle en l'entraînant dans la chambre à coucher. Mais ce n'est pas le problème. Allez, viens, assieds-toi.

Sa gentillesse et sa compétence l'inquiétèrent. Combien d'hommes ivres avait-elle ramenés au lit ? Pensée indigne, se morigéna-t-il, mais cela ne l'empêcha pas de grommeler :

— Tu as beaucoup d'expérience, hein ?

Sachant qu'il souffrait, elle ne prit pas la mouche et haussa les épaules.

— On ne peut pas travailler dans un pub sans l'acquérir. J'ai un remède pour toi, tu vas voir.

— Si tu crois que tu vas me faire boire du whisky, tu es folle.

— Non, non. J'ai quelque chose de mieux. Repose-toi.

Elle plaça les oreillers derrière son dos avec des gestes d'infirmière.

— J'en ai pour une minute. J'aurais dû en préparer hier soir, mais dans l'excitation j'ai oublié.

— Je ne veux que de l'aspirine, bon Dieu !

— Je sais, fit-elle en déposant un léger baiser sur sa tête douloureuse. Je reviens.

À quel jeu jouait-elle ? se demanda-t-il. Pourquoi était-elle aussi gentille, aussi douce ? Il l'avait réveillée à 4 heures du matin et l'avait engueulée. Pourquoi ne répliquait-elle pas ? Et pourquoi ne souffrait-elle pas des effets de la fête de la veille ?

Désireux d'éclaircir ce mystère, il se força à se lever et, les mâchoires serrées, il parvint à enfiler son jean. Darcy était dans la cuisine. Dès qu'il se fut habitué à la lumière violente, il vit qu'elle mélangeait des ingrédients dans un verre.

— Tu n'as pas bu, toi ?

Elle s'arrêta et le regarda. Seigneur ! Malgré son expression agressive et méchante, il était toujours aussi beau.

— Non.

— Pourquoi ?

— Avant même qu'on arrive au pub, il était visible que tu allais te payer une cuite assez grosse pour deux. Et tu en avais le droit. Chéri, tu ne veux pas t'asseoir ? Inutile de souffrir plus que nécessaire. Tu dois avoir la tête comme un camion, ce matin.

— Il n'est pas dans mes habitudes de m'enivrer, déclara-t-il d'un ton digne.

Puis, comme il se sentait décidément très mal en point, il battit en retraite en direction du salon et s'assit sur le bras d'un fauteuil.

— Je me doute que ce n'est pas dans tes habitudes.

Voilà pourquoi il était aussi vexé, comprit-elle. Adorable.

— Mais cette nuit était exceptionnelle, et tu t'es bien amusé. C'était sûrement la plus belle fête depuis le mariage de Shawn et de Brenna, qui a duré toute la journée et la moitié de la nuit.

Elle sortit de la cuisine, un breuvage sombre à l'air suspect à la main.

— On avait tellement de choses à fêter, après tout : Jude, le bébé, la salle de spectacle.

— La salle de spectacle ?

— Son baptême. Oh, la bière a effacé ce souvenir ? Tu as annoncé qu'elle s'appellerait *Duachais*. Je trouve ça merveilleux, Trevor. Et tous les gens qui étaient là, c'est-à-dire le village entier, étaient enchantés. C'est un beau nom, exactement celui qu'il fallait. Il signifie plein de choses pour nous.

Trevor était contrarié d'avoir oublié cet instant important et d'avoir lâché ce nom alors qu'il ne se contrôlait pas. Qu'avait-il fait de sa dignité ?

— C'est toi qui y as pensé.

— Je t'ai appris le mot, mais c'est toi qui l'as mis à la bonne place. Bon, avale ton aspirine avec ça, et tu seras frais comme un gardon en moins de temps qu'il n'en faut pour le dire.

— Qu'est-ce que c'est ?

— La potion Gallagher. Une recette de famille. Allez, vas-y, bois comme un grand garçon.

Les sourcils froncés, il la regarda, tout en prenant le cachet et le verre qu'elle lui tendait. Elle était splendide, avec son teint frais, ses cheveux dénoués, son regard lumineux et ses lèvres qui dessinaient un sourire compatissant. Il avait désespérément envie de poser sa tête douloureuse sur ses jolis seins et d'y trouver une mort sereine.

— J'ai pas envie.

— Ce n'est pas si mauvais que ça, tu vas voir.

À contrecœur, il but une gorgée et lui jeta un regard furibond.

— Je n'aime pas ça du tout.

Ni cette boisson ni le besoin qu'il avait d'elle, se dit-il, tandis qu'elle attendait patiemment qu'il finisse son verre. Il avait beau se sentir aussi dégoûtant qu'un homme pouvait l'être, il était dévoré par le désir. Quelle humiliation !

— Merci, grommela-t-il en lui rendant le verre.

— De rien.

Elle s'obligea à se rappeler qu'il méritait un peu de patience et de tendresse, et elle retint un accès de mauvaise humeur.

Il avait mis sa nièce au monde, et elle lui en serait reconnaissante toute sa vie. En outre, il lui avait fait l'honneur de donner à sa salle de spectacle le nom qu'elle avait suggéré. Elle ne profiterait donc pas du moment où il était mal en point pour ajouter à ses souffrances.

— Maintenant, tu as besoin de café et d'un gros petit déjeuner pour te remettre d'aplomb. Alors, je vais jouer le rôle de la maman attentionnée et tout préparer.

Elle s'arrêta sur le seuil de la cuisine et se retourna vers lui.

— Bon sang, où ai-je la tête ? À propos de mère, la tienne a appelé au pub, hier soir.

— Quoi ? Ma mère ?

— Quand elle a téléphoné, tu étais dehors, en train de chanter la sérénade aux Duffy qui rentraient chez eux. C'est Shawn qui a décroché, et elle a juste dit de te transmettre un message.

Trevor bondit sur ses pieds.

— Il y a un problème ?

— Non, pas du tout. Selon Shawn, elle avait l'air très contente. En tout cas, il fallait qu'on te dise de sa part que oui, bien sûr, c'est parfaitement normal et qu'elle est ravie. Elle a demandé que tu la rappelles aujourd'hui pour lui en dire plus.

— Qu'est-ce qui est normal ?

— Je ne sais pas, fit-elle depuis la cuisine.

— Je ne comprends pas de quoi...

Il s'interrompit et s'agrippa au dossier d'une chaise.

« Je suis amoureux d'elle. Est-ce normal que je me sente idiot ? »

Mais il n'avait pas envoyé cet e-mail ! Il était en train d'effacer cette ligne quand l'électricité avait sauté, et jamais il n'avait cliqué sur « envoi ». Elle n'avait pas pu recevoir un message qui n'avait pas été envoyé.

Il se frotta le visage et poussa un long soupir. N'avait-il pas appris qu'ici, l'impossible était presque ordinaire ?

Résultat, sa mère était enchantée qu'il se sente idiot. Tant mieux, se dit-il en faisant les cent pas, parce qu'il avait l'impression de sombrer de plus en plus bas dans la bêtise.

La femme qui s'affairait dans la pièce voisine le rendait stupide et faible. Et le pire, c'était qu'une partie de lui s'en réjouissait.

Il s'arrêta devant la peinture de la sirène et sentit son irritation redoubler. De qui était-il amoureux ? Qui était-elle vraiment ? La sirène ou la femme aimante qui préparait son petit déjeuner ? Et si tout cela n'était qu'un sortilège ? Lui avait-on inventé des émotions pour les mettre au service de quelqu'un d'autre ? Pour satisfaire les besoins de quelqu'un d'autre ?

Peut-être le savait-elle.

Duachais. Les traditions attachées à un lieu, songea-t-il avec amertume. Darcy connaissait les traditions d'Ardmore. On avait offert à Gwen des joyaux arrachés au soleil, à la lune et à la mer. Elle les avait refusés. Et qu'avait dit Darcy lorsqu'il lui avait demandé si elle échangerait son honneur contre des bijoux ?

Qu'elle trouverait le moyen de garder les deux.

Eh bien, voilà !

Elle avait conservé ce tableau, n'est-ce pas ? Elle l'avait accroché au mur et l'avait gardé bien après avoir mis l'artiste à la porte.

— Je n'ai pas de charcuterie pour le petit déjeuner, dit Darcy, qui revenait dans le salon. Il faut que je descende en piquer à Shawn. Tu veux du bacon ou des saucisses ? Ou les deux ?

— Tu as couché avec lui ?

Les mots avaient jailli de sa bouche presque malgré lui.

— Quoi ?

— Le peintre, celui qui a peint ça.

Il se retourna et se retrouva face à un visage courroucé.

— Est-ce que tu as couché avec lui ?

Il fallut quelques secondes à Darcy pour parvenir à réfléchir, car le sang battait furieusement à ses tempes.

— Tu mets ma patience à rude épreuve, Trevor, et tout le monde sait que je n'en ai guère. Je te répondrai seulement que ça ne te regarde pas.

Bien sûr que cela ne le regardait pas, mais il fallait qu'il sache.

— Si, merde ! Il était amoureux de toi ? Tu as pris plaisir à incarner son fantasme avant de le foutre à la porte ?

Elle s'interdit de souffrir. C'était défendu. Elle jaugea la fureur qui assombrissait le regard de Trevor et laissa la sienne monter au même niveau.

— C'est une sacrément bonne opinion que tu as de moi, et elle n'est pas loin de la vérité. J'ai eu des hommes et je ne m'en excuse pas. J'ai pris ce qui me convenait, et alors ?

Il fourra les mains dans ses poches.

— Et qu'est-ce qui te convient, Darcy ?

— Toi, tu m'as convenu pendant un moment. Mais il semble qu'on arrive à la fin de l'histoire. Va-t'en, Trevor, avant que nous ne disions des choses qui nous empêcheraient d'avoir affaire l'un à l'autre.

— Avoir affaire ?

Comment pouvait-elle rester calme, parler d'un ton si froid ?

— Tu ne penses qu'à ça, hein ? Les affaires, les contrats, l'argent. Tu ne perds pas de vue le gros lot.

La peau de Darcy devint livide, mais ses yeux bleus flamboyaient.

— Va-t'en. Sors de ma maison. Je n'ouvre pas mon lit à un homme qui, lorsqu'il me regarde, ne voit qu'une putain.

Ses mots firent à Trevor l'effet d'une gifle.

— Ce n'est pas ce que j'ai voulu dire. Je n'ai jamais pensé ça.

— Ah, non ? Fous le camp, salaud, lança-t-elle en tremblant de tous ses membres. Mais, avant que tu ne partes, une dernière chose : c'est Jude qui a peint ce tableau. Pour mon anniversaire.

Sur ce, elle tourna les talons et se rua dans la chambre.

— Darcy, attends !

Il parvint à bloquer la porte avant qu'elle ne la lui claque au nez.

— Excuse-moi. Écoute...

Il ne put en dire plus. Un objet venait de s'écraser sur le battant, à deux doigts de sa figure.

— Seigneur !

— Je t'ai dit de foutre le camp.

Elle n'était plus du tout livide, mais rouge de rage, et elle tendait la main vers une très jolie boîte en porcelaine. Devait-il avancer ou reculer ? Il hésita une fraction de seconde de trop, et la boîte rebondit violemment sur son épaule.

— Pardon, répéta-t-il.

D'un geste preste, il empoigna les bras de Darcy avant qu'elle n'ait pu s'emparer d'un autre projectile.

— J'étais complètement à côté de la plaque. Je n'ai pas d'excuse. S'il te plaît, écoute-moi.

— Lâche-moi, Trevor.

— Jette tout ce que tu veux, mais écoute-moi. Je t'en prie.

Elle vibrait comme un arc bandé à bloc.

— Et pourquoi je t'écouterais ?

— Tu n'as aucune raison, mais écoute-moi quand même.

— Bon, mais lâche-moi et recule. Je ne veux pas que tu me touches.

Il resserra brièvement sa prise, puis il hocha la tête et lâcha ses bras. Il l'avait mérité, se dit-il. Il méritait même pire. L'idée qu'elle pourrait choisir le pire, c'est-à-dire le chasser de sa vie, le terrorisa.

— Je n'ai jamais été jaloux. Crois-moi. Je n'aime pas ça plus que toi. C'est méprisable.

— Tu as eu des femmes avant moi. Est-ce que je te les jette à la figure pour te rabaisser, comme tu le fais avec moi ?

— Non.

Il l'avait profondément blessée, il s'en rendait compte.

— Je n'en avais pas le droit et je n'avais aucune raison de le faire. Je ne pensais même pas au tableau, en fait. J'ai perdu le contrôle de mes sentiments. Moi-même, je ne me contrôle plus du tout.

Face à lui, Darcy se figea.

— Les sentiments que j'éprouve pour toi me rendent stupide, acheva-t-il en lui caressant les cheveux.

Le cœur de Darcy se mit à battre la chamade.

— Je n'ai pensé à aucun autre homme depuis que je te connais, dit-elle. Est-ce que ça te suffit ?

— Ça devrait. Mais ça ne me suffit pas.

Il s'éloigna, revint, repartit. Ses plans et son programme ne valaient plus rien. Il était temps d'agir.

— J'ai besoin de plus, et je suis prêt à te donner tout ce que tu veux.

Darcy eut l'impression de recevoir un coup de poignard.

— Explique-toi.

— Je veux… comment dire… des droits exclusifs. En échange, poursuivit-il en se tournant vers elle, demande-moi tout ce que tu désires. J'ai un appartement à New York. S'il ne te convient pas, on en trouvera un autre. J'ai plusieurs maisons dans un certain nombre de pays. Si tu en as envie, je peux acheter un terrain ici et construire la maison de ton choix. Quels que soient les voyages qu'il nous faudra effectuer, tu voudras sans doute garder un pied-à-terre ici.

— Je vois, fit-elle d'un ton posé, en baissant les yeux. C'est très courtois de ta part. Est-ce que j'aurai aussi des comptes en banque, des cartes de crédit, ce genre de chose ?

Il remit les mains dans ses poches et serra les poings.

— Bien sûr.

— Et en échange de tout ça...

Elle passa un doigt sur le bracelet qu'elle n'avait cessé de porter depuis le jour où il le lui avait offert. Elle l'avait d'abord aimé pour sa beauté, puis simplement parce que c'était lui qui le lui avait donné.

— En retour, je me garderai pour toi, c'est ça ?

— C'est une façon de dire les choses, mais je...

Il ne vit pas venir le petit vase qui s'écrasa sur son front. À travers les étoiles qui valsaient devant ses yeux, il distingua le visage de Darcy, de nouveau pâle et crispé d'indignation.

— Espèce d'enfoiré ! Quelle différence y a-t-il entre une putain et une maîtresse, à part les modalités de paiement ?

— Une maîtresse ?

Horrifié, il porta la main à son front, puis examina ses doigts souillés de sang. Une soucoupe le manqua de peu.

— Qui a dit... Arrête ! cria-t-il en baissant la tête pour éviter une soucoupe.

— Misérable ver de terre !

Les jolis bibelots qu'elle collectionnait depuis des années prenaient l'un après l'autre le chemin de la tête de Trevor.

— Je ne veux pas de toi, pas même sur le plateau d'argent sur lequel tu es né ! Alors, remballe tes maisons de luxe, tes comptes en banque, tes cartes de crédit et bouffe-les. Et étouffe-toi avec.

Les larmes l'empêchaient de viser correctement, mais la pièce était petite, et les objets nombreux, si bien que Trevor avait du mal à esquiver les attaques. En rattrapant la lampe qu'elle avait arrachée du mur, il marcha sur du verre brisé et lâcha un juron.

— Je ne veux pas de maîtresse !

— Va au diable !

Elle saisit sa dernière arme, une boîte en bois sculpté qu'elle aimait beaucoup, et s'enfuit en courant.

— Pour l'amour de Dieu, arrête ! supplia-t-il, en s'asseyant sur le lit pour enlever le bout de verre qui s'était fiché dans son pied.

Soudain, il songea avec effroi qu'elle était peut-être partie chercher un couteau ou quelque instrument pointu. Le claquement de la porte le fit sursauter.

— Darcy ? Merde !

Il bondit et se précipita derrière elle, laissant des taches de sang sur le parquet.

Il dévalait l'escalier lorsque le choc sourd de la porte de service du pub lui fit lâcher une nouvelle bordée de jurons. Aucun d'eux n'était habillé ! Où courait-elle ainsi ?

Un homme raisonnable serait parti dans la direction opposée, mais Trevor traversa la cuisine à toute allure.

Sans cesser de courir, Darcy prit la pierre que contenait la boîte et se débarrassa de celle-ci. Au diable les vœux ! fulminait-elle. Au diable l'amour ! Et Trevor avec ! Elle allait tout jeter à la mer.

Fini les rêves, les espoirs, les promesses ! Elle n'allait pas renoncer à ce qu'elle était pour un homme qui la méprisait autant. Si c'était ça, l'amour, elle n'en voulait pas.

Les cheveux au vent, elle courait vers la plage sous un ciel où se dessinaient les premières couleurs de l'aube. Assourdie par le halètement sourd des vagues, elle n'entendait ni ses propres pleurs, ni les supplications de Trevor. En déboulant sur la plage, elle trébucha. Elle serait tombée s'il ne l'avait pas rattrapée.

— Darcy, attends ! Ne fais pas ça.

Persuadé qu'elle avait l'intention de se jeter dans la mer, il l'enserra de ses bras.

Elle se débattit comme un chat sauvage, à coups de pied, de griffes et de dents. Finalement, il la poussa sur le sable et se coucha sur elle pour la faire tenir tranquille.

Une gueule de bois n'était rien à côté de la douleur que pouvait infliger une Darcy Gallagher en colère, songea-t-il.

— Doucement, souffla-t-il. Calme-toi.

— Je te tuerai à la première occasion.

— Je te crois sur parole.

Il la regarda. Son visage était strié de larmes qui continuaient à couler, malgré la colère qui incendiait son regard. C'était la première fois qu'il la voyait pleurer sur elle-même, et il en était la cause.

— Je le mérite. Pardonne-moi ma maladresse, Darcy. Je ne voulais pas te demander d'être ma maîtresse. De toute façon, ce terme est ridicule et ne te convient pas du tout. J'essayais de te demander de m'épouser.

Darcy en eut le souffle coupé.

— Quoi ?

— Je voulais te demander de m'épouser.

— Épouser ? Comme mari et femme, avec alliance au doigt et jusqu'à ce que la mort nous sépare ?

— C'est cela, fit-il avec un timide sourire. Darcy, je...

— Est-ce que tu peux t'enlever ? Tu es lourd.

— Désolé.

Il se mit debout et l'aida à se relever.

— Je peux reprendre du début ?

— Oh, non, reprends là où tu t'es arrêté ! Quand tu m'offrais des maisons et des comptes en banque. C'est comme ça que tu préfères faire ta demande à une fille de mon espèce ?

Sa voix était à la fois mielleuse et cinglante.

— Ah...

— Tu crois que je t'épouserais pour ce que tu possèdes, pour ce que tu peux m'offrir ?

Elle le repoussa des deux mains, l'obligeant à reculer.

— Tu crois pouvoir m'acheter comme l'une de tes sociétés ?

— Mais tu disais...

— Je me fiche de ce que je disais. N'importe quel crétin, s'il avait pris la peine d'écouter, aurait compris que ce n'était que du baratin. Je vais te dire ce que tu peux faire de tes jolies maisons et de tes comptes en banque, Magee. Tu peux les réduire en cendres, pour ce que j'en ai à faire ! Et c'est moi qui allumerai la putain de torche pour y mettre le feu !

— Mais tu avais dit clairement...

— Je n'avais rien dit clairement, parce que rien n'était clair pour moi. Mais maintenant je vais le faire. Je t'aurais pris sans un sou. Mais, à présent, je ne te prendrai pas du tout.

Sur ce, elle se retourna et leva le bras. L'instinct poussa Trevor à agripper sa main et à lui ouvrir les doigts.

— Qu'est-ce que c'est ?

— C'est à moi, c'est un cadeau de Carrick. Un saphir.

Elle se dégagea et reprit, d'une voix qui faiblissait :

— Un saphir arraché au cœur de la mer. Il m'a dit que je pouvais l'utiliser pour faire un vœu, un seul vœu, pour demander ce que je désire le plus. Mais je ne m'en suis pas servi et je ne le ferai jamais. Tu sais pourquoi ?

— Non. Ne pleure plus, je ne peux pas le supporter.

— Tu sais pourquoi ? répéta-t-elle d'une voix enrouée par les larmes.

— Non, je ne sais pas pourquoi.

— Je voulais que tu m'aimes de ton propre chef, sans que j'aie à utiliser un sortilège. C'était ça, mon désir le plus profond. Alors, comment aurais-je pu faire ce vœu ?

La magie, songea Trevor. Il avait craint un instant qu'elle ne lui ait jeté un sort, alors qu'elle avait justement refusé de se servir de son pouvoir. Il lui avait offert des quantités de choses, alors que tout ce qu'elle voulait, c'était son amour. Elle se moquait de la fortune, alors qu'il s'était persuadé qu'elle ne désirait que cela.

— Je t'aimais sans cela, dit-il. Je t'aime toujours.

Il reprit sa main et referma ses doigts sur le saphir.

— Ne le jette pas. Ne le jette pas juste parce que j'ai été stupide. Jamais je n'ai mené une opération aussi mal que celle-ci. Laisse-moi réparer mes erreurs.

— Je suis fatiguée, dit-elle en fermant les yeux. Je suis très fatiguée.

— Il y a très longtemps – du moins, il me semble que c'était il y a une éternité –, je t'ai dit que je ne pouvais pas tomber amoureux. Je le croyais vraiment. Personne… personne ne m'avait inspiré un sentiment aussi magique.

Elle baissa les yeux sur la pierre précieuse qui reposait sur sa paume.

— Je ne m'en suis pas servi.

— Tu n'en as pas eu besoin. Il t'a suffi d'exister. Ma vie a basculé le jour où je t'ai rencontrée. J'ai essayé de l'ignorer, de garder le contrôle, de me concentrer sur le boulot, les affaires, mes occupations habituelles. Je n'étais pas venu ici pour te chercher, Darcy. C'est ce que je me disais. Mais j'avais tort et, au fond de moi, je le savais. D'une certaine façon, je t'ai toujours cherchée.

— Tu me crois trop dure, trop insensible pour n'aimer qu'à condition d'y trouver un profit ?

— Je pense qu'il y a d'innombrables facettes en toi. Chaque fois que j'en découvre une nouvelle, j'en tombe amoureux. Je voulais que tu m'appartiennes, et ça m'arrangeait de penser que je te retiendrais en t'offrant des quantités de choses.

— C'est ce que je voulais autrefois, avoua-t-elle. Avant toi.

— Quoi qu'on ait voulu jadis, l'un et l'autre, ça n'a plus d'importance.

Non, seul l'amour comptait, désormais, songea-t-il.

— C'est vraiment ce que tu penses ? demanda-t-elle en se tournant vers lui.

— Oui.

— Alors, moi aussi.

— Ce que je désire le plus au monde, en ce moment, c'est que tu me regardes dans les yeux et que tu me dises que tu m'aimes.

Elle regarda la mer et croisa les bras sur sa poitrine. Le vent la faisait frissonner, mais elle n'y prêtait pas attention. C'était le moment décisif, se dit-elle. Celui où sa vie basculait, où les sortilèges étaient jetés et rompus.

— Merde, Darcy ! s'écria-t-il, d'une voix impatiente qui brisa en mille morceaux les rêveries romantiques de Darcy. Tu veux que je rampe à tes pieds ?

Elle le regarda, et ses yeux encore humides de larmes s'éclairèrent.

— Oui.

Il ouvrit grand la bouche et faillit tomber sur les genoux. Après tout ce qu'il avait souffert depuis qu'il s'était réveillé, ç'aurait été le bouquet.

— Je veux bien être pendu si je le fais !

Le cœur de Darcy bondit. Elle éclata de rire et se jeta dans ses bras.

— Le voilà, le salaud arrogant que j'aime !

Elle l'embrassa avec chaleur, puis Trevor demanda :

— Dis-le une seule fois sans m'injurier, s'il te plaît.

— Je t'aime tel que tu es.

Elle recula soudain et émit un petit cri de compassion.

— Oh, non ! Regarde, tu saignes.

— Ce n'est rien.

— Je te mettrai un pansement tout à l'heure, mais auparavant je voudrais que tu me demandes de nouveau en mariage, en bonne et due forme. Ici, face à la mer, entre la lune et le soleil, avant que l'aube ne cède la place à la lumière du jour. Le lieu et l'heure sont empreints de magie, Trevor, et je voudrais que nous en ayons une part.

Il sentait, tout comme elle, le frémissement d'un pouvoir surnaturel tout autour d'eux. Malheureusement, il n'avait pas de bague à lui offrir. Il se rappela alors le disque en argent et passa la chaîne par-dessus sa tête, avant de la glisser autour du cou de Darcy.

Elle se souvint des mots qu'elle avait entendus un soir, alors qu'elle succombait au sommeil : « Amour éternel. »

— Ceci est un serment, dit-il. Épouse-moi, Darcy. Fais ta vie avec moi. Bâtissons un foyer et élevons des enfants ensemble.

— Je le ferai. Avec joie. Tiens, dit-elle en lui donnant le saphir. Prends-le, en guise de serment.

— J'ai honte de ne pàs avoir mieux à t'offrir.

— Arrête, protesta-t-elle en lui caressant la joue. Je t'aurais pris, Trevor, prince ou pauvre. Mais, comme tu m'aimes, tu comprendras certainement que je préfère que tu t'approches plus du prince.

— Tu es parfaite pour moi, dit-il en l'enlaçant.

— C'est vrai.

Elle soupira et posa la tête sur l'épaule de Trevor.

— Tu entends ? murmura-t-elle.

— Oui.

Un air joyeux de flûtes et de cornemuses se détachait sur le rythme sourd des vagues.

— Regarde, Darcy. Au-dessus de la mer.

Sans se dégager de son étreinte, elle tourna la tête. Alors que le soleil perçait la couche de nuages et faisait miroiter la surface de la mer, un cheval blanc apparut dans le ciel.

Carrick le montait, vêtu d'un pourpoint argenté. Ses cheveux noirs volaient dans le vent, et il tenait dans ses bras sa bien-aimée, dont les yeux verts brillaient d'amour. Ils s'élevaient triomphalement vers les collines vertes étincelantes de rosée.

— Ils sont enfin réunis et heureux pour toujours, chuchota Darcy. Le charme est rompu.

— Le leur, oui. Mais le nôtre ne fait que commencer. Seras-tu capable, Darcy, de tenir bon jusqu'à la mort, et au-delà encore ?

— Oh, oui, je tiendrai bon, Trevor Magee ! répondit-elle en l'embrassant pour sceller sa promesse.

Tandis qu'ils s'éloignaient de la mer, la musique céda peu à peu la place au silence de l'aube, et un arc-en-ciel sans commencement ni fin se dessina dans le ciel.

6357

Composition
CHESTEROC LtD

Achevé d'imprimer en Slovaquie
par NOVOPRINT
le 10 septembre 2013

Dépôt légal avril 2013
EAN 9782290069257
OTP L21EPLN001416C002

Éditions J'ai lu
87, quai Panhard-et-Levassor, 75013 Paris
Diffusion France et étranger : Flammarion